布罗茨基诗歌全集

Стихотворения и Поэмы Т. 1 Вторая часть

布罗茨基诗歌全集

Стихотворения и Поэмы Т. 1 Вторая часть
Иосиф Бродский

第一卷

（下）

[美]约瑟夫·布罗茨基 著

娄自良 译

上海译文出版社

目录

---

① 此处及以下以星号标明的诗收入于较早期的集子，而本书仅以标题（或
首行）和援引更早的版本表示其在该集子中的构成。

戈尔布诺夫和戈尔恰科夫

---

74. 戈尔布诺夫和戈尔恰科夫

Ⅰ. 戈尔布诺夫和戈尔恰科夫

"喂，你梦见什么了，戈尔布诺夫？"
"是呀，其实就是一些小狐狸。""又是？""又是。"
"哈哈，你把我逗乐了，没话说。"
"可我看不出，有啥好笑的。
医生说：一切基础的基础是——
正常的梦。""我不想
令人不快……何况这个梦也不是新的。"
"你能写些什么呢，既然没有别的梦？"
"我们列宁格勒人有那么多的梦，
而你却怎么也摆脱不了这个

蘑菇梦。""告诉我，戈尔恰科夫，
你们列宁格勒人时常梦见什么呢？"
"因时而异……音乐会啦，弓弦如林。
大街小巷啦。人头攒动。
（梦好像是碎片构成的。）
涅瓦河啦、大桥啦。有时是——书刊，
于是我不戴眼镜就看了起来！
（睡觉前护士拿走了眼镜。）"
"是呀，这个梦我的眼睛可受不了！"

"怎么会呢？往往也梦见医院。"

"不需要生活。就一个劲地看吧。
这才叫梦呢！真的，也不需要白天。
这样的梦会受到曙光的干扰。
你被叫醒的时候，会多么恼火啊……
该死，密茨凯维奇！你别嚷嚷！……
我打赌，我会睡过晚餐。"
"我时而还梦见一群红腹灰雀。
时而是一个孩子在水洼里蹦跶。
而这是——我……""你怎么啦，说呀，
怎么不吭声了？""我好像感冒了。

这一切与你何干？""听听罢了。"
"嗯，我想说，我梦见了童年。
和几个小男孩在往阁楼上爬。
还梦见老年。到哪里也
躲不开老年……好像某种杂烩：
老头子、小顽童……""凄凉的组合。"
"嘿，戈尔布诺夫，你多么缺心眼哪！
须知这些梦是把夜晚
过得更有趣的仅有的机会。""怎么说？！"
"为了夜间把白天的遗产花掉。"

"你说'遗产'？真没想到！
请允许我向你提出一个问题：
而老年又怎样？你是看不到自己的老年的。
你何曾有过白发苍苍的时候？"
"为什么巴巴诺夫在窗口喘息？
为什么密茨凯维奇老是在鼻子底下转悠？
我们天赋的想象力要来何用？

我用想象力就像用抽水机一样，
把老年抽进梦的王国。"

"不过，戈尔恰科夫，请原谅，那时不是你，
不是你梦见自己啊。""只有十字架
在等着像你这样的笨蛋，
也不会放出玻璃杯！
而我梦见的是谁呢？你怎么不吭声？钻进灌木丛了？"
"那是戈尔-凯维奇。在最好的情况下是戈尔-巴诺夫。"
"你疯了，戈尔布诺夫！""你的容貌，
他们的白发；够了，这样的
自我欺骗真的令人作呕。"
"你注定要穿着没有口袋的病号服。"

"我本来就穿着没有长衬裤的病号服。"
"有时我会梦见小炉子、炭火……"
"是呀，戈尔恰科夫，这个梦才叫梦！
大街、谈话。简单的事物。
钢琴与小提琴的和谐演奏。
以及女人们。也许还有更刺激的什么。"
"昨天我梦见了六位要人用餐的桌子。
而你的梦——也有这样的现象吗？
或者一切都像车轮一样团团转？"
"怎么说呢：有些是现象，有些是不祥之兆。"

"弗洛伊德说，每个人都是梦的俘虏。"
"我听说：每个人都是习惯的奴隶。
你没有搞错吧，戈尔布诺夫？"
"没有，我甚至记得那一页的样子……"
"弗洛伊德不是瞎说吧？""嗨，瞎说的人还少吗……
我们就假定，他想要一粒麝香草莓……"

"裤子里的那种?""没裤子也一样。
而梦见的却是几只山雀在鸽你。
梦比所有的演说家都坦率。"
"怎么样啊,戈尔布诺夫,你的小狐狸们?"

"我的小狐狸们——就是那些岛屿。
(而且小狐狸是靠那些小岛长大的。)
就是那些大街、胡同、言语。
我们的谈话照例是断断续续。
像沉寂一样,断续之间是——一片草地。
但是可以用双手触及它们!
它们因而拥有广泛的特权,
于是我觉得,它们是浮标,
涅瓦河上的浮标,它们
对我是惟命是从。

"这么说,你是那些渔夫之一,
他们善于经常地
观察浮标的状态,
不是吗?""目前还无可挑剔。"
"日落后再悠闲地
添些鱼钩喂食?"
"而且每个口袋都藏着蠕虫!"
"我担心,你会永远陷在这里了。"
"你成心让我不痛快?""当然。
所以我才是闻名遐迩的戈尔恰科夫。"

Ⅱ. 戈尔布诺夫和戈尔恰科夫

"你晚饭吃了吗?""吃了,一盆儿
蔬菜羹。""瞧,越来越快活了。
外面怎么样?""是繁星满天的田野。"

"我看，你颇有伽利略的气魄。"
"二月的下半月
以宝瓶座的离开为标志，
双鱼座也出现了，预示着
河流即将回暖。"
"那地球呢？""地球，什么意思？"
"咳，下面有什么？""医院的林荫小径。"

"是呀，看来你是有准备的，
我觉得，你意在牛顿的力学定律。
还有某个蛮横的霍穆托夫——
四周是吵嚷、呕吐和呻吟——
硬说：我是哈密尔顿，而且很健康，
自己却像我们的风箱那样喘息不止。"
"彼得大帝时代建设了港埠，
各种条顿人蜂拥而至。
他们的姓氏让我们很费解。
或许是霍穆托夫-哈密尔顿家族。"

"炉火正旺，我却打寒颤。"
"你不该靠在窗口。"
"为了你的那些耀眼的心上人嘛。"
"怎么，你肯定？""我怀疑。
我看见的只是林荫小径和雪堆。"
"你看，宝瓶座偏西了。"
"我们这里有望远镜就好了。"
"是呀，那才好呢。""你也就安静下来了。"
"什么?！望远镜?！我要望远镜何用！"
"嘿，戈尔布诺夫，你怎么暴跳如雷呢？"

"你的一双脚爬上了我的床。

我想劳你的驾，把拖鞋
脱掉。""可是我冷啊，没有，
没有拖鞋的话。不应该生气。
我觉得冷，因为对虚胖的
小狐狸的兴趣在记忆里扎了根。"
"弗洛伊德的梦不曾有过这样的进步！
对进步不该羞于承认：
积极分子梦见潮湿的树林，
消极分子就会感冒。"

"小狐狸并非无害，在我看来，
它们是精神健康的敌人。
你珍惜它们?""与爱情无异。"
"你把爱情理解为什么?"
"离开孤寂。""彻底?"
"可以俯向床头，在寂静中
以呼吸、手或眉毛
轻轻触及生命……"
"你在窗口只顾盯着什么呢?"
"独自抵制空谈。"

"你能给我一个苹果吗?""接着。"
"喂，你的小狐狸们怎么样?"
"平时在看着小狐狸的时候，
我总是想到爱情。
不知道，是在哪里想——在头脑里还是在血液里，——
不过我觉得好像是在彼此呼应。"
"习惯，唉，和理性
对无个性的正常向往。"
"那是手的领域，而在头脑方面——
没有任何习惯可言。"

"嗯，这么说，在天黑的时候，
你在梦里憧憬着小狐狸?""经常如此。"
"更确切地说，是憧憬爱?""嘿，反正一样。
在你看来，这大概很奇怪吧?"
"不是奇怪，而是，在我看来，是罪孽。
罪孽，并且，我认为下流!
你笑什么?""可笑。"
"能给我一个苹果吗?""我给，可是
我不给你对小狐狸的理解。"
"小狐狸——你知道吗，是群婚。

瞧! 我才把你痛骂了一顿!
戈尔恰科夫的责备有苦衷啊!"
"为什么你说，这是罪孽?
罪孽——生前就要受到惩罚。
试问你怎么惩罚，既然人生的一切
磨难之箭像聚集于棱镜一样
聚焦于我的胸腔? 我可以毫无阻碍地
梦想未来。""这么说，我们是在
追悼会上?""因而我今天的笑
是乐观主义的见证。"

"而末日审判呢?""而它——是倒叙，
在回忆里。就像电影。
《启示录》又怎样! 仅仅五个，
在荒野的五个月。
而我苦干了半辈子，从今而后
我想和小狐狸们睡在一起。
我记得，该退往何处，
避开火热的砥柱天使……"
"痛苦将摧毁傲气。""寸步不退;

痛苦培育了傲气之树。"

"就是说，你不惧怕黑暗？"
"黑暗中有地标。""你向我起誓。"
"我也有找你的地标。
不说地标了，只要你吹一声口哨。"
"随机应变——乃忙乱之源。"
"我不信服这样的格言。
灵魂不觉得拥挤。"
"你这么以为？而在死者的机体里呢？"
"我认为，灵魂在有生之年
会获得死的特征。"

Ⅲ. 戈尔布诺夫在夜间

"医院。夜。敌对的环境……
这一切并非悲剧！……况且
末日审判对我肉体中的
灵魂的判决越重，对我灵魂的
判决就越轻……我在难受
的时候，总是想，同样的
痛苦，我可以轻易地再次承受。
就像把小男孩当作大男人来盯梢……
小狐狸们顺便把我带到了这里。
而与它们有关的一切都是表面上的。

现在我会梦见它们。却不会
梦见妻子。也对。哪里薄，
就在哪里破。这个想法不无道理……
我故意使她生了个孩子。
我想，她会留下来。
不过这是——下流坯的心理。

不过，看来我是把事情做绝了。
我不知道心灵如何，而鼓膜
是完好的。我听得见门扇的吱吱声。
巴巴诺娃用牙叼着梳子在歌唱……

我在寂静中听到谁的声音。
不过这声音与幻听毫无
共同之处：按压耳底——
按压无碍于听觉。
而那个嗓音在反对我，
自信、执着而低沉。
这嗓音是谁的？不是妻子的。
不是天使的。因为神灵王国
与妻子一样寂然无声。
可惜，我没有旧式的护耳棉帽！

医院的林荫小径。夜。雪堆。
赤杨在呼啸，与星星交战。
男护士用犹太人的望远镜
从墙角后瞭望，变成了犹太佬。
我的被褥变窄了，像棺材。
水晶体与被褥交战，眼睛眯细。
血液也在沸腾，好像酸果蔓糖浆。
脚踝也冻僵了，因为裸露着。
我的理智也在分裂，好像细菌，
在悄悄地无限繁殖！

我们是一对。就是说，要去教堂举行婚礼……
她走了。触痛了我的自尊，
现在我老是和某个人谈话。
不错，是一对，而且依然是一对！

二月来接替一月了。
这就使人想起押送队，
教堂，由于历法而
制止沉默，我要打破
沉默，办法是在自己的心里
创造第二个力场。

她走了。我被自己所控制。
自己？那么是不是把戈尔恰科夫叫来呢？
喂，戈尔恰科夫！……可是没人，已挂机。
其实，这就那么不可理解吗，
在没有放床的凹室的时候
双唇争先恐后地演唱两个角色？
我自己注意自己的嘴唇。
歌词把嘴分为两半。
我——圆的截面。于是我们
二人中的任何一个都是——半圆形的磁铁。

夜。双唇以两个声部歌唱。
你是不是认为，我的荣幸超乎寻常？
不过，在这方面有特别舒适的环境：
尽管抵触，却在一起。
双唇几乎悄悄地组成
一个家庭。尤其是——小憩时
上唇是情人的栖身之处。
而下唇便是未婚妻。
然而能一分为二的东西，这时，
毫无疑问，也就能分开二百次。

而一切能成倍增长的东西
便可以接受，不再微不足道。

单独的问题以二分法
完全可以解决。
绝望，对我而言，像刀劈开木板
一样把我的心劈成两半，然而
我和刀并非单独留在一起。
如果说有二心就是不信神，
那就不是木柴需要火，
而是火温暖着对立的一切。

你，上帝，如果能同时倾听两个，
两个声部，而且这两个声部出自
同一张嘴，却并不感到是噪音，
而是视为过去和未来的斗争方式，
那就带着我的咳嗽着的智力上升，
把它的微菌分布于民间茅屋，
并以你万能的手向它们揭示
岁月和紧张思考的总和。
而给我留下这些总和的差数：
战胜沉默和窒息。

若是我这里真的需要
一位听者，那么，主啊，不要耽搁：
给我派一位天人来吧。我不会
由于痛苦，也不会以冷笑凌驾于他，
因为他无懈可击。
在我看来，若是硬币的背面朝上，
那就不是找戈尔恰科夫，而是让基路伯
飞升污秽的小客栈上空，
盘旋于号啕痛哭声的上方，和以
你的祝福为名的跟踪监视上方。"

Ⅳ. 戈尔恰科夫和医生们

"喂，戈尔恰科夫，咱们谈谈您的报告吧。"
"关于戈尔布诺夫?""是呀，关于戈尔布诺夫。"
"他表达了对事物，对现象的
非党的观点，——其基本理论
是辩证的，然而一系列——
然而他的一系列言论对我们来说
是生疏的。""显然，这些言论说明，
血液中罕见地充满了
氮气，它瓦解了
自我监督的器官。""连在一起的眉毛，

不对称的下巴颏，下巴颏上
的肥膘。他的鼻子点缀着
扩张的血管……"
"我想，是肝脏受到了损伤。"
"混乱的血管所敷的压布
给他的不对称的额头戴上了花冠。
小狐狸——是他的癖好和偶像。
他对女人太缺乏吸引力。
'我们的内心世界被夸大，
而外部世界被相应地缩小'——

这就是他的典型的语言。
正是这种示范性的表达
反映了他的真实面目
是非党的、昙花一现的观点的
拥护者……""在这里可以感觉到
是向左偏离马克思主义的真实
可信的发现。""罪证不足。"

"而关于大气现象该怎么说呢?"

"他疏远女人了?""疏远了。

他没有典型的肢体动作……

作为这个……这要怎么说呢……哎哟你啊!……"

"安静,戈尔恰科夫!""……作为好色的男人。"

"他怎么样……嗯,在裸体方面?……

器官啦什么的?""加倍地,

加倍地所需所予。

请原谅,我出语粗鲁。"

"哪里话!您要水吗?"

"水?""您想要一点白兰地吧?"

"我反对这种无稽之谈。"

"那您为什么舔嘴唇?"

"不知道……是与水有关的什么东西。"

"究竟是什么?""不记得了,抱歉。"

"想必是饭前一杯酒?"

"也不是,你们打乱了我的思绪……

等一等,我看见……一个人……瘦瘦的……

四周——一片荒野……亚洲……你们看哪:

沙地像鞑靼军队一样缓缓移动。

阳光普照……这是怎么了?……是烈日当头。

他被敌对的环境所包围……

突然——一口井……""后来呢!快说!"

"后来又是一片空旷和死一般的沉寂。

水井……正是那口井……从视野中消失了。"

"喂,戈尔恰科夫!您怎么了?""我……那个。

我,知道吗,那个……扯远了。

如今他充分揭示了自己

的辉煌的唯心主义。"
"谁？戈尔布诺夫？""对呀，我说的正是他。
请原谅，朋友们，我刚才走题了。"
"不，不，您继续说。没关系。"
"我太专注于戈尔布诺夫了……

他是无党派人士，这就是他的不幸！
要是天气特别寒冷，
他急剧地偏往……
嗯，偏向左面取暖……""了不起的人物！"
"而他信教吗？""噢，是的，是的！
他那么信仰……信仰宗教！
我有时甚至担心：
说不定，他就会扑通一声跪倒在地
开始祈求上帝降临。"
"他因为无党派而那么神经过敏。"

"他左倾。""哈哈！"
"您笑什么，我的同事？"
"我笑这都是扯淡：
暖气片在戈尔恰科夫的左边，
因而在戈尔布诺夫的……""啊哈！
就像国际象棋？王和后？
面对面！""对了。""我们就记录下来，
以免出错，这么说吧，为了强化
两种见解。""想法不错。"
"这是什么歌呢，没有曲调？

这就要有……鞋带！
要缝上鞋带！……哎，戈尔恰科夫，您就不能
看看自己的手稿？""我现在没有眼镜。"

"我的合用吗?""但愿合用吧。

是这样:'他偏向左……'怎么样!

……'又偏向右'……正确!两种意见

都说得通。这些少爷嘛……

二者必居其一:把他们撵走,或者……"

"谢谢您,我的朋友戈尔恰科夫。

我们让您去过复活节。""谢谢。

是的,是的。向您表示感谢。感谢啊……

要不要深深地鞠躬?……

戈尔布诺夫到哪里去了?!要擦亮他的眼睛!……

噢,可怕,我竟然没有一句话道及真相!

是呀,说真的,这样的机敏又从何而来?

唾弃这个森林里的妄想狂!

纬线失去了自己的经线,

当经线在纬线下面发狂的时候

多么奇怪,戈尔恰科夫说着

戈尔布诺夫的疯话!"

Ⅴ.第三人称的一章

"于是他对他说。""于是他对他

说。""于是他说。""于是他回答。"

"于是他说。""于是他。""于是他注视着

暗处说。""他信口开河。"

"于是他对他说。""不过,这么说,

说'他说过了'说的却完全不是

他自己说过的。""于是他'对此详述

细节';全都明白了。句号。"

"一个说过另一个说过缓缓吐出来。"

"他说了罪孽细说枷锁。"

"于是他站在台上逆来顺受地说。"

"于是，总之有点儿鞑靼枷锁的气味。"
"于是他对他说。""而他联系起来
也说了自己的看法，于是对方默然没有反响。"
"于是他说。""不过这时他说。"
"于是他对他说；也占用了时间。"

"于是他说。""一个鹅卵石就那么突然地
被抛进池塘。圆圈——一个，四个……"
"于是他说。""这也就是——那个圆圈，
不过它的半径，显然更宽些。"
"他说——一枚指环。""他说——还有一枚。"
"于是他说的话撞上了海岸。"
"于是他自己说的话碰到了面庞，
又返回。""于是不再有美洲。"
"他说。""他说。""他说。""他说。""他说。"
"有一列火车。""铁轨越来越远。"
"于是他几乎就要说到火车站。"
"他们谁也不愿躺到铁轨上。"
"于是他说。""而他也回答了。"
"他说火车消失了。""他说来到了月台。"
"于是他说。""不过，他既然说到——主题，
也就应该与另一个他有关。"

"于是他对他。""于是他。""于是他对他。"
"于是我很快就注意到，家庭晚会已经开始。"
"于是他对他。""这一切都意味着，
他俩的意思是彼此一致的。"
"他，说实在的，是个问题。""给他的，是回答。"
"然后换位。""于是没有分歧。"
"当然，他们之间有一线希望。"
"不过只是作为避免虚伪的手段。"

"他（对他而言）是他的什么亲属？"
"在无生物界也可能有
性关系，不受理智的约束？"
"就算不是普通的亲属，然而类似？"
"有什么是法庭不能审理清楚的！
法官坐着；他的眼镜没有镜片。"
"他是他的什么人？""他对他——说了呀。"
"那就比公参更有劲了。"

"高大的楼房。没有窗户的楼层。
两张脸，由于臭气熏蒸而苍白。"
"他们不在这里。""那么在哪里呢，你说？"
"在哪里？在他——对他——说的地方或在他那里。"
"高大的楼房。窗口有身影。
人声鼎沸，好像就在车站的拱顶下面。
什么时候这里才会安静啊？"
"只有在他——对他——说的间隙。"
"她说，你知道吗，提出要求的是她。"
"不过这是在他说的时候啊。"
"而安静毕竟令人惬意。"
"比读经台的诅咒更可怕。"
"这么说，可见这里的人们怕安静？"
"也不是；好像'他说'把
时间和地点的情况全都
结合在一起，像血亲婚配一样。"

"这是———种行为方式？""噢，是的。
他们醉心于自己的性交。"
"什么时候安静下来？""永不。"
"大概像自己的名字。"
"是的，自己的名字是——精选矿。

它不容转移、
代替、改变和失效。"
"总之，这是问题的发动机。"
"正是如此！而间接引语
实际上是——最直接的。"
"不可能忽视这一点而不
有损于本人。""唉，在倾听他
说的时候他将宣布，
孩子们在教堂的入口附近怎么样，
我们好像在参悟交谈前
就已经达到的高度。"

"你们梦见了什么，他对他说了吗?"
"四周——是医生们。""详细地讲讲吧。"
"我夜里梦见了海洋的波涛。
我梦见了大海。""奇怪!"
"他大概已经忘记了自己的
小狐狸们。""不可能!""可能。"
"才不是呢，他是在代表两个人回答。"
"这样争论下去嘛，当然就无边无际啦。"
"我看见了暮色苍茫中的洪水。
看得清清楚楚。不过，同时
我也同样清楚地看到天空……"
"这就像连发两枪。"
"……于是浪峰好像与
沉没的马车分离的骏马的马鬃。"
"而那里，你们是否知道，没有溺水者和
划船人?""我不是艾瓦佐夫斯基。
我看见了峭壁上冒着白沫的浪峰。
而堤岸——好像巨大的马蹄铁……
于是他说它运行于乌云之间，

带着戈尔布诺夫、戈尔恰科夫的微笑。"

Ⅵ. 戈尔布诺夫和戈尔恰科夫

"喂，你梦见了什么？你说。"
"我对你说了呀，梦见和监察小组
谈话。""得了吧你，不要耍滑。
我亲自在走廊里偷听到了那次谈话。"
"嘿，我说……""我打赌，
你肯定会说，梦见了大海。"
"是呀，大海，就是嘛。""别瞎扯，
我不信。""我不坚持。
不在乎。""你就看着吧，
你会脱一层皮！真的，

小偷身上连帽子也会着火。""嘿，住口吧。"
"有意思，为什么要我住口？"
"我嘛，戈尔恰科夫，把你看透了……"
"出了一位伦琴射线学家！""你的打趣
不合适。可别后悔
莫及。""妄想！""是老实话。
只要我们之间出现分歧，
监察小组立刻就会知道，
我们在这里所讲的……与性有关，不是吗？
你怎么脸红了，像个待嫁的姑娘？"

"你生气了？""不，没生气。"
"不要折磨我吧！""什么，我——你？真有趣！"
"你是在生气。""咳，你要我对天发誓吗？"
"对你来说，这是令人恼火的。"
"不，我并不觉得特别可耻。"
"这才是由衷之言。""又

来了？难道在你看来，
我应该受到监视？不可理解。"
"那你为什么不对天发誓呢？""我担心，
你不相信我。""可能吧。"

"我不大明白其中的意思。"
"我把谷物和谷壳混在一起。"
"瞧你，什么都不信：
既不信画十字，也不信承诺。"
"克里米亚之战。一切，看来都在烟雾中。
我在援引克雷洛夫老爷子的……
你将因此而进监狱。"
"你去进监狱吧，趁早……"
"为什么你在那里瞪大眼睛望着暗处？"
"我看到了乌兰诺娃和奥尔洛娃。"

"你知道吗，我想到走廊去一趟。"
"干吗？""没啥，头顶有刺痛感。"
"为什么你老是出问题？""胡说！"
"怎么，你要找出真相的根源？"
"要知道，你也在瞪大眼睛望着院子。"
"你大概在侦查狗崽子。"
"我只是要扩大视野。"
"却并不相信？""疑心重不是负担。
你知道，告密也好，谈话也好——
这一切或多或少都能打发时间。"

"而时间也或多或少能打发日子。"
"这不，前囟的刺痛好像也减轻了……
喂，你梦见了什么，说实话！"
"可是，这一切令人忧愁而又厌恶……

你最好看看灯火吧。"

"嘿，木板外面的阴影……"

"奥尔洛娃！乌兰诺娃也在阴影里……"

"你知道，可别让咖啡凉了。"

"那是战争时期，你明白，她们也

好像是后方的象征。"

"二月的下半月。

你看哪，指针在表示什么。"

"我想，只是零点的半径。"

"而数字呢?""好像碟子上的边饰……

我见过迈森产的一套

餐具……""我喜欢仿制品。"

"那上面有题词：'王室作坊'

和一轮红日——像煤气喷嘴。"

"现在但愿举起一杯苦艾酒。""而我

现在决不会拒绝热水袋……

你看，灌木丛多么浓密的阴影！"

"对不起，而我的话题依旧……

是那块表……""回首往事不无用意吧?"

"你对我的评判远逊于

我应有的……""罪错在于你的嘴。"

"难道一无是处?""啊哈。""可是为什么呢?"

"随便说说；表面上——空空如也。"

"然而里面比表面温暖。"

"嘿，这些温暖的部位

只不过是严寒的后果。"

"可是那些劈柴垛怎么处理啊?"

"大概一些有联系的环节……

噢，天哪，拐角刮着好大的风！
我像野兽一样又冷又饿。"
"疾病——大于医生。"
"宅院大于门前。"
"不过，你要知道，这毕竟是住处。"
"咱们嘛，戈尔恰科夫，就摈弃虚伪吧；
要懂得——说出的话的现实性
大于怀疑的现实性。"

"是呀，严寒大于温暖。"
"而时间大于指针。"
"而树大于树窟窿。"
"树窟窿又大于松鼠。"
"而松鼠的姿态比鹰优美。"
"而一条小鱼……就是它……那里水浅。"
"我想把衣服脱光！"
"哪里有桡骨，哪里就有餐叉和碟子！"
"而烧光的树……"
"未必大于热水袋。"

Ⅶ. 戈尔布诺夫和戈尔恰科夫

"你晚饭吃了吗?""吃了，淡而无味。
都是蔬菜……""不值得抱怨。
这里为我们提供鸟的特权。"
"可是不应该禁止肉食。"
"你最好看看：新劈的木柴……"
"我有愤怒的权利！"
"不是你，权利的主管人员，
权利在半径的界限之内。""渴望
挤进这个半径的不是脑袋，
而是肚子……""我不愿

重提上面的旧话；何况
我的肾脏好像有点毛病。"
"不过我本人——在半径之外。""荒唐！
谁在我面前啊？""一具躯壳。"
"嘿，关于灵魂的无限性
我年轻时听说过一些。句号。"
"不，此外我是——丈夫。
表面上我有妻子，也有女儿。"
"你需要洗个冷水淋浴！"
"究竟是在哪里？""在奥波奇卡火车站。"

"大概是梦见的。""没有！
很可能是你梦见了我。"
"奥波奇卡是一个州的什么地方。""啊哈。"
"你，那个……扯得太远啦。"
"我应该奔向那里。"
"不值得。你已经深深地扎下了根。"
"你是对的。不过，据说一条腿……
另一条在那里……总之，我懒惯了！
不能突飞猛进！"
"好了，好了，安静下来吧。""我安静下来了。"

"你过去挣多少钱？""七百，
照旧。""是在哪里？""在机关。"
"你担心，我问了去告密？"
"有谁会拒绝自己的享受呢？"
"我的沉默救不了你。"
"是的，知道吗，按老练的看法……"
"认为我是秘密工作人员，
比思量所在地要好受些。"
"唉，达到如此炫目的高度

妨碍我掂量身世。"

"你怎么这样逼视着菜单?"
"还没有成为老手,
所以一日三餐都同样……"
"你是以餐厅的标准来衡量。"
"我把亲族列入了半径。"
"想必为你的晚餐
宰了一只羊。""其实,我的用意
在于,及早摒弃我的
过去。""不要瞎扯。"
"什么惹你不高兴了?""太啰嗦。"

"我把半径扩大到亲族。"
"更糟,这对你来说就更糟。"
"我只是圆规的一只脚。他们——
是外面的不动的支撑。"
"而这多少美化了白天,
这半径越宽的话?""越窄。
世间理应如此:一些人
站着,另一些人在一旁走动。"
"有时不动的灯火
被水洼的半径扩大。"

"我在动!""我不知道起点在哪里,
但终点是——列宁格勒的雪堆。"
"我动故我在。笛卡儿
会嫉妒我啊。""那还用说!
我喜欢你由衷的激动。"
"而你内心难以理解的地方
使我厌烦。""而你的十亿是什么——

欷，是星斗和摩天大楼？"
"白羊座升起，烟雾迷蒙的三月。"
"我们这里有望远镜就好了。"

"就是嘛。这样便看得见
我们远处的几个支撑点。""行动的
起点。""我们应该能意识到
奥波奇卡和勘察加半岛的稳定性。"
"我生于三月。动摇徘徊
是我的宿命。我的特征被磨灭……
遗憾，我们不得不战战兢兢：
我们远处的支撑点是那么不可靠……"
"生于白羊座的人
应该戴卡拉库利羔皮帽。"

"你以为我是冷得发抖？"
"看看你发青的手指吧。"
"你呢？""我属于双子座。
生于五月，在双子座下。"
"你觉得暖和吗？""我既然谈起……"
"简单点！别向老实人卖弄聪明！"
"和你比起来，我发现
我一点也不冷。""住口！"
"怎么了，戈尔恰科夫？""我无法忍受！"
"别误会，这一切都是实情——与月份有关。"

"哎呀，你别刮破了望远镜，
以致我们不能观察自己的支撑点。"
"即使生活的半径不受尊重，
圆规本身，戈尔恰科夫，却永不凋谢。"
"我还会死在这里，主啊，宽恕吧，

考虑到阴间没有人烟。"
"不，你不会死；不要徒然地悲伤。"
"你这样想?""我们在分析评论。""是在讨论。"
"我们现有的负担，不可能
搬进另一种生活。"

Ⅷ. 戈尔恰科夫在夜间

"你的论据预兆我的不朽！
我的理智，好像底层的脑回
洒满了你的论据的光辉——
值得赞扬的不是我自己的小油灯……
该死，结肠炎在作怪！
而思绪——好像玻璃瓶里的魔鬼。
你的蜡烛我的灯捻不能令人喜悦！
噢，戈尔布诺夫！由于你随便说的几句话，
我的满腔热血在沸腾——
由于这投入锯末的火星！

他走了……我剩下独白。——
加上夜间刻度盘的半径……
我只留下几个苹果作抵押
而溜掉，像彼拉多一样！
我们试图躲到角落里，
检查上衣的边。
把粘上残余色拉的
小锅顶在后脑勺上……
哪有什么星星?! 地板和天花板。
小玻璃窗——映出病房的影子。

夜。窗户——看不到尽头的围墙。
围墙里的病房分为两部分，高高耸起。

窗外是——编结的栅栏：
影子不会透到外面去。
在这个空间——背面—向前——
很难不弄错床铺。
不过今天睡眠不接受我。
但愿入睡……总之也就是——自杀而死！
冒险吧——既然在这里一切都相反——
就此沉湎于自己的灵魂！

但愿入睡……卫生员们在岗位上。
影子会不会给他们带来益处？
它只是使他们加倍拥挤，
因为无限性——即相乘。
我已经自视长大，
而玻璃刺激了想象力，
于是把病床间的距离缩短了一俄里……
我感到内脏灼痛，
在遥望星星的时候。
吸引力的基础是——抑制！

正常的梦——一切基础的基础！
更正确地说，是康复的基础。
哎，戈尔布诺夫！……戈尔布诺夫于我何用？！
我们要减少关于戈尔布诺夫的言语！
梦比所有的演说家更坦率，
也比眼球更有力量。
弗洛伊德说，人人都是梦的俘虏。
重新思考这一点觉得很奇怪……
坟墓在矫正驼背！……
当然，由于缺少某种

药物……而这样的胡扯——
只是邻床默然无语
的结果。因为我觉得，
只是有对话者的时候我才存在！
我在语言中了解存在！
语言需要继续者和传承者！
你，戈尔布诺夫，我的最高裁判！
而我本人——只是自己睡眠
和失去知觉之间的中介，
被驱逐走在前面的自己人的巡视员……

夜。通风小窗……噢，要是男护士
发现了它！……这根本不可能。
我的脸和双肩正适合
这个——今天上了锁——正方形空间。
须知这意味着腐化、
影像的漏失。而漏洞之害
在于任何一个败类
都会下决心，因为并不遥远而
逃往列宁格勒，哪怕掉脑袋……
噢，戈尔布诺夫！与你相见时

我好像十足的白痴，
觉得自己只是餐碟的半径！
我想，没有人等我，
无论是在这里，还是在满是数字的
餐碟的界线之外。笑话！
唉，对你而言，这些尺度都太小！
你的磨难即将来临。对你，
磨难的尺度按尺寸来衡量。
必将发生在你身上的一切惨祸，

梯阶或小门的变体

通往人们等了你好久的地方。我的缺憾
就在于叫你却老是叫不应。
你，戈尔布诺夫！只要我还有一口气，
就该服从你的支配！
向你奉献自己的祈祷！
我由于你的话而不知所措！
你到我这里来吧！我需要你的话。
话音要回响在我的上方！
然后我就根据你的话提出报告，
这些话我不会忘记，

在你离开的时候……对不起！
并不是我害怕离别……
而是自由在握，这才
向你伸出自己的双手。
好像面临转折的一切——
冷漠和郁闷的根源——
你，戈尔布诺夫，不要记着我，不要报复！
好像延续音响的回声，
力求挽救音响，以免被忘却，
我出于爱心而让你经受磨难。"

Ⅸ. 戈尔布诺夫和医生们

"喂，戈尔布诺夫，您给我们讲讲吧。"
"讲什么？""讲您的梦。""讲外貌。"
"还要称呼所有人的名字。"
"讲圆规。""讲小女孩吧。"
"女儿和梦没有关系。"
"咱们，戈尔布诺夫，不要磨蹭啦。"

“我梦见了大海。”“让它见鬼去吧。”
“是呀，我们最好不搞湿敷也能应付。”
“不要您的大海和波涛。”
“要是您愿意，就从奥波奇卡讲起。”

“这又何必？”“需要。”“而且要全面。”
“对您有好处。”“要有符合小红帽
问题的时尚对白。您记得，
她曾向祖母问起耳朵，
那耳朵长得出奇……
‘你别怕’——对方回答，——‘哎哟，我怕呀’，
‘为的是更清楚地听见孙女的声音’！”“是这样！
我们没想到，您是个胆小鬼。”
“况且结果是小不点儿得到解脱。”
“凡事都有长处。”“您想想长处吧。”

“您怎么沉默了？”“简直受不了！
等到了，似乎势必会生气！”
“你在等什么？”“要是谎言，
即使不遭到驳斥也会烟消云散。”
“那又怎样？”“毕竟平等地
讨论更合乎情理，正如常言所说。”
“嘿，他的牢骚使我厌恶极了。
我们来注射钙吧，护士小姐。”
“他浑身颤抖。”“很自然的颤抖。
这是注射器引起的精神紧张。”

“喂，戈尔布诺夫，您想起
梦见什么了吗？”“只有大海”“小狐狸们呢？”
“唉，它们再也没有出现过。”“唉！”
“我和它们处熟了。这是——习惯使然。”

"关于女性，在她们死亡
或溜往遥远的地方的时候
会使男性多么伤感。""您说的对：
'唉'——男性的叹息。引号。"
"不过也可能是寡妇的惋惜。"
"我们把两个想法都记入小报告。"

"梦暴露隐秘的梗概，以反映
男人内心所发生的一切。"
"而现实中所发生的一切，
我们却并不那么感兴趣，原因……"
"我自己也能向你们说明原因。"
"是呀：戈尔恰科夫。不过问题不在于面孔，
更正确地说，他这是在淘气，
您的梦却——倾向于汪洋大海。"
"你们把我的梦境变成了涅瓦河。
而河口讲的不是逝世；

更正确地说，讲的是繁殖。""未必
能容忍各种人渣
都有后代。""多么可悲。
河，像哲学家要我们相信的那样，
停在原地，却奔向远方。"
"而这，据说是一切问题的关键。"
"牛顿因此而获得道德上的启迪。"
"啊哈！又是牛顿！""还有罗蒙诺索夫。"
"我们的窗外怎么样？""二月。
暴风雪、蛰伏和告密的时候。"

"作为一个月份，二月是一年中唯一
有天数的变化。""类似于残疾人。"

"不过二月更容易度过，不是吗?""说来惭愧，
我承认：再容易不过啦。""河流呢?"
"什么——河流?""局限于坚冰之下。"
"可我们正在谈论的是人。"
"您知道吗，等着您的是什么?""是灾难，
我怀疑：要查询监管情况?"
"查询您所说的一切，
总之，您将永久地留在这里。"

"为什么?! ……不过，应该
给自己套上笼头……别无出路。"
"还要把戈尔恰科夫叫来。""关于命运
可以和他谈谈。""有道理。"
"处处有好的一面。""正是：处处。"
"而且他本人无处不在，像耶和华一样，
不过他也会告密。""照例，
马蹄铁吊在钉子上。"
"多么奇怪，十字架上的戈尔布诺夫
把希望寄托于下面的戈尔恰科夫。"

"何必夸张?""最亲爱的，
关于各各他的这些想法有什么用啊?"
"可这是——惨剧。""我不明白：
你们把永恒等同于惨剧?"
"他不要永恒，因为
永恒就好比半俄升装酒瓶里的塞子。"
"是呀，他想不到这一点。"
"喂，戈尔布诺夫，您要咖啡吗?"
"他为什么离弃我!""您这是
说谁呢?""他又在思念

戈尔恰科夫。""不是女儿，不是妻子，
而是戈尔恰科夫!""全部问题在于利己主义。"
"是戈尔恰科夫?""形式不重要。
哎，戈尔布诺夫，你露面吧。
你要知道，你的结局已定。"
"而戈尔恰科夫呢?""要信赖责备的含义：
从今而后你们注定要离别。
我们准许。你不要为这个鼻涕虫发愁。"
"从今而后像平常一样，死后
即永恒的开始。""简直鸦雀无声。"

Ⅹ. 在台阶上的交谈

"漆黑夜幕下的大都市。"
"画上线的学生练习本。"
"有一个很大的疯人院。"
"仿佛世界秩序中的真空。"
"正面掩蔽着冷透的院子，
院子里满是雪堆、木柴。"
"这不也是在讲话吗，
"既然一切都以话语来描述?"
"这里——人们也都疯了，
由于恐惧——从娘胎里带来的和冥界的恐惧。"
"而人们自己呢? 恰恰就是
把与自己类似者称为人们的
可能性?""可是他们的眼神?
他们的四肢? 脑袋和肩膀?"
"事物获得名称之后，立即
成为言语的一部分。"
"也是物体的诸部分?""正是。"
"而这个地方?""就称作院嘛。"
"而日子?""日子都有名称。"

"噢，这一切成了孜孜以求者
的所多玛！他们的权利从何而来？"
"这时喊名字便是不祥之兆。"
"充满物体的话语会使
脑袋迅速地膨胀！"
"无疑，这会导致晕头转向。"
"好像大海之于戈尔布诺夫；不利于健康。"
"可见，不是海水涌向岸边，
而是话赶着话。"
"语言——几乎类似于圣骨！"
"要是这些物体挂在什么地方……
名称——即来自物体的庇护。"
"来自生命的意义。""在某种意义上。"
"莫非也来自基督的磨难？"
"来自任何人的磨难。""上帝保佑您！"
"他自己以话语给双唇带来益处……
"不过他也曾以话语庇护了自己。"
"其实，那就更是他和他的预见的一个范例！"
"我们在海里——不致溺死的保证。"
"而他的死——唯一有双重意义的
现象。""因而是同义语。"

"可是永恒呢？或者它也被放在桌子上，
作为后身打褶短外衣里的一个传说？"
"这是人间唯一的词，
迄今未能包容其对象。"
"这不是来自空话的庇护？"
"未必。""一个画十字为自己
祝福的人必将得救。""并非全体。"
"我们不再复活于同义语。"
"是的。""若是复活于爱呢？

爱——抵制空谈。"
"您要么是天人；要么您
是在混淆潜力和爱。"
"没有这样泯灭特征的空话。"
"也没有什么像语言那样比圣母帡幪日
更神秘莫测，后者那么彻底地吸收了特征，
也没有什么比空话更令人惆怅。"
"不过要是从旁观的角度来看，
就可以大体上作出结论：
语言也是一种现象。于是我们得救！"
"那么沉默也就开始。

沉默——这是时代的未来，
时代正迎着我们的言语快步走来，
带着我们在言语中所强调的一切，
相遇时便匆匆告别。
沉默——这是语言的未来，
语言已经使议员们吞没全部物体，
物体都怕自己的贼窝，
一个盖过永恒的浪潮。
沉默是爱的远景；
空间，而非僵死的障碍
在剥夺跳动于血液中的
爱和回应的假嗓，及其回声。
沉默——对生活在我们之前的人们
来说是真实的。沉默——好像拉皮条的女人，
心里连结着所有的人，
今天在撮合一个常来常往的女子。
生活——只是面对沉默
的谈话。""动态的拌嘴。"
"暮色和模糊的尽头的言谈。"

"而墙壁——是反对的体现。"

"漆黑夜幕下的大都市。"
"叙述混沌时期的简明扼要的言语。"
"有一个很大的疯人院，
好像世界秩序里的真空。"
"该死，拐角刮着大风！"
"你的诅咒，我不觉得刺耳：
我面临的不是生活——而是言谈的胜利。"
"啊，仿佛由名词构成的谈话！"
"小鸟这样飞出鸟窝，
迫于觅食的需要。"
"一颗星在平原的上空升起，
寻觅更明亮的对话者。"
"而平原本身，在视野
所及之处，以邮政的迟缓
保持着深夜的交谈。"
"究竟由于什么？""由于土路崎岖。"
"怎么区分夜谈者呢，
尽管这毫无意义？"
"声音较高的——是戈尔布诺夫，
较低的——是戈尔恰科夫的嗓音。"

XI. 戈尔布诺夫和戈尔恰科夫

"喂，你梦见什么了？""像平时一样。"
"那我也就不问了。""这么说吧，
有一种感觉苏醒了——叫什么来着？——廉耻心。"
"不如说，有分寸或知道轻重。"
"对了！""有什么办法呢？媒体
坑人了。还有现实的支配。"
"什么现实？""来到这里。"

"你会陷入心肌梗死。
你和种种现实一起去……那里吧。"
"我们不要断绝交往。"

"你这是为什么?""有谁在意啊""也行……"
"你就这样离弃我?""复活节之后。"
"你离开这里,到哪里去呢?"
"回家。""人们会毫无顾忌地接待吗?"
"当然。""那你住在哪里?"
"我不会把地址宣扬出去。"
"朋友,我觉得这是谎言。"
"随你的便。""你不要瞎说嘛。"
"反正你不会到我家里来。"
"你什么意思?""我越发想到结局了。"

"这就对啦。""我以为是对的。"
"只是你以为?""嘿,我这是脱口而出。
我没有怀疑的权利。"
"你在家里从事什么活动?""这是秘密。"
"你以这种作风交谈,
是想要交流? 非常奇怪。"
"不是作风如此,而其实是我的性情使然。"
"也许你要一个苹果?""给我,不过
我不切开,拿到苹果后……
搬起又扔下,搬起或放下——

这就是我的主要工种。
我认为其余的一切都不相干。"
"他用裹尸布蒙住我的双眼!
搬起又扔下! ——这正是
与我有关的一切的同义词。"

"嘿，别担心，我们不会贬低你。"
"'我们'，什么意思?""你不要激动，病人。
要不要我教你看手相?"
"对不起，我会把背转向你。"
"我们果真要埋葬我们之间的友谊?!

在我看来，你好像更善良。"
"显然，我出娘胎就是这样的一个人。"
"而存在……""你要喝茶吗?""斟满吧……
决定……""把茶热一热?""不必……
意识……好吧，热一热。"
"你要是从右到左把这读一遍就好了。"
"可我是什么人，在你看来我是个——犹太男人?"
"犹太男人从知善恶的树上摘下了
这个苹果。""你，老兄，一个大傻瓜。
摘的人是夏娃。""大概是他和夏娃吧。"

"毕竟他有其独特的智慧。
是一个学派的创始人。
于是声名大噪。""最好无名。
我担心，双手不能利落地
整理出这个意思的回文。"
"他也使自己注定要遭罪。
现在他是各民族和部落的领袖。"
"泛蒙古主义! 这个词勾起多少遐想。"
"他似乎也曾遭到判决。"
"肯定，不是判处离别。""不是离别。

离别是什么意思?""你要知道，我不明白
你何必问呢?""可以说，为了制作卡片索引。"
"离别——这要看

和谁分别。问题在于人。
你停留在哪里。可否独自
留在那里，向某人让步？
若是与亲属分别，——你把他交给谁？
分别多久？""要是永别呢？"
"那么你就站着，盯着夜色瞅，
夜色好像下垂的眼皮，

如同你平时为了睡眠而把眼皮阖上。
于是你时而痛苦得浑身战栗，
因为一片漆黑是显而易见的。
而你却见不着小狐狸或大海。"
"假如窗外是春天呢？
春天，心情越发轻松。""这是有争议的。""辩论时
别忘了，窗子里——有一片白光。"
"那么，你——就像从田野上拔来的什么。"
"土地不会像牙床那样渗血。"
"嗯，看来这是上帝的旨意……

而离别对你意味着什么？""扯淡……
嘿，背后是关上的两扇门。
咳，那是在白天，有日光。"
"要是在夜里呢？""视情况而定。
嗯，也许有点燃的灯光。
要不——还有街心公园里的空板凳。"
"和谁分别了，你会
怀念吗？""最好举个例子。"
"唉，你会说什么呢，要是失去我的话？"
"总而言之，我不觉得有什么损失。"

"不觉得？而你关于友情的

如怨如诉呢?""迄今信守不渝。
趁我们还在一起生活的时候,
看来,我们最好一同根据
那个,бытиё(生活)……""不是'ё'!
不是 бытьё,而是 бытие(存在)。""你不要——
不要挑刺嘛……对了,небытиё(死后)
将使平原多样化,
那时就根本没有我了。"
"你,这么说来,我的沉默……"

XII. 戈尔布诺夫和戈尔恰科夫

"你晚饭吃了吗?""吃了,你呢?"
"吃了。""你觉得卷心菜怎么样?"
"菜汤要着眼于稠度,
当然,希望有所改善:不要太稠。"
"而菜汤,一般地说,照例是不放肉的。
甚至还有这样的谚语。""这令人懊丧。
即使有一点醋的辛辣味也好啊!"
"一切皆空。""滋味上的区别嘛,
大概也就是空话和空话的区别。"
"我想要的不是口香糖,而是咀嚼声。"

"我们被丢在这种地方,
什么也没有剩下,除了
在大斋前很久就吃斋。"
"你在讲疯人院?"
"是呀,我们的地区很简单。"
"那么以后呢?""你老是讲以后!
以后是何时?""从十字架上解救下来以后。"
"你说什么?!""你就当是习惯成自然吧。"
"哪怕奉献桂枝呢。"

"却依然被溶解于溴水。"

"是呀，这一切决不会有好结果。
溴——还用说吗——有害于健康。"
"头发也会脱落。这是——溴啊！
你仔细地看一看任谁的床头吧：
一头白发的巴巴诺夫在告别，
密茨凯维奇的出疹子的眉毛。
我的头顶也乱七八糟。
溴在慢慢地导致贫血。"
"溴——小鬼和肋骨之间的墙壁，
使我们不至于因爱而损害脑髓。

我在部队里曾服用溴剂。""就你一个？"
"全军。我们杜撰了一个词。
称之为'对抗值'。
带着它的乌兰诺娃-奥尔洛娃什么样啦！"
"我本是黑发男子，而现在成了金发男子。
分头的缝遭到破坏！难看的经线……
而织物也就没有了……活到白头也是
枉然……""你可别忘了主要的一点。"
"我别忘了什么呀，先生？"
"也许都不再需要了。"

"谁？""鬈发。""也许吧。""你不要哆嗦。"
"我冷哪。""你把手臂塞到
被子下面吧。""对。""你说，
爱是什么？""我说过……""可是每个说法
都有不同的界线和层次。"
"爱情是分手的前奏。"
"不可能！""我愿意成为

谎言的纪念碑，让曾孙和孙子辈
向我叩首！""别胡闹。"
"我如此等等，是由于无聊。"

"糟糕，窗户透风。"
"窗户是用油灰抹住的。""不像话。
你看，电池也是冰凉的！"
"这里总是又冷又脏……
你看，树木上空的一颗星能看得见——
无需望远镜。""肉眼也看得见，不过，
星星不会单独出现。"
"我突然想了想——不过，当然啦，是空想——
要是真的把十字架锯开
做木柴，会升起十字架形状的烟吗？"

"你疯了！""我没疯，而是在维护
你的利益。""情意可嘉。
不过你所指的究竟是什么呢？"
"生火使冻僵的肢体暖和过来。"
"是呀，我的四肢冰冷。"
"我说对了。""可是其中有操劳的一面。
你要把那些劈柴垛堆得更稳定，像那颗星一样。"
"你是对的，那颗星使人想起永恒；
可不是十字架，后者使人蒙羞。"
"不是永恒，而是恶的无限性。"

"几点了？""看来是夜里。"
"恳求你啦，别提黄道带。"
"表面上我有妻，有女。
讲到爱情，势必也要讲到婚姻。"
"我也不反对悄悄结婚。

可你不应该。""又说，
又说，我看你就是容不得
我有老婆。""你最好把烦恼娶进门！"
"得了吧，我不喜欢套话。
家里有坑洼，也有沟沟坎坎。"

"几点了？""快到零点。"
"噢，很晚了。""我对数字
没有兴趣，告诉你吧，对我来说，
所有的'o'都是——加号的先驱。"
"嗯，我的双唇现出圆形……
这也是打哈欠和张口吃东西的结果。
你目的何在，把一切都
混为一谈？""不可逾越的厄尔布鲁士山。"
"而地球没有形成相当的
凹地？""它使懦夫胆怯。"

"既然你想起山，
那就想想各各他吧，因为
已是日历上的三月，
而我将消失于凹地的某处。"
"或者躲进云朵，好像蒙着恰得拉，
在这荒诞的东西里装神弄鬼。"
"你是以自己的尺度来衡量，破折号，
你的两座雪峰，
我的一俄尺永远装不下，
这一俄尺容纳了院子里的几个雪堆。"

XIII. 关于大海的谈话

"你的论据预示我永垂不朽。
可是你的预言不幸而落空，

我已是半个残疾人。
仿佛走廊里我梦境中的聚光灯，
你的火炬不能取悦于我的黑暗……
不过这不是责怪，而且全无责怪
之意。就是说，让火炬亮着吧！……
在开阔和渐渐眯细的视野
一直有某种强有力的东西在汹涌，
好像是大海。我认为是海。"

"医院。夜。敌对的环境。
我不能认可你的看法而不冷得
打颤，不过也由于火炬
而问心有愧。因为海——毕竟只是
一片凹地。不过，我不会
去那里，尽管探明真相更重要……
不过，我决不使你遭受损害！
凹地多么大呀！显然，你也
不大相信那是海……苦难。
这一切，天哪，像话吗？"

"好吧，是海……一群海鸥在防波堤上，
在一个农妇的上方，她向海鸥投掷着面包皮。
风吹拂破烂的前下摆，
以波浪形的带子扑打
她的布鞋……而她处于唧唧喳喳
尖叫的激战中，带着凌乱的刘海儿
投掷面包，盯着暗处瞅……
好像突然成了远视眼，
看得出土耳其的一只蜜蜂。"

"不错，这是大海。的确是。

存在的渊薮，我们所有的人那么早
就像古罗斯勇士一样从那里出现，
所以你就不要再涉及这个话题，
我会忘掉有海底和
地平线，以及其他空间
系统，唯有一处例外，在那里
我们注定只看见漆过的墙壁
及其浅紫色的线条；不过，
有听力的都是哑巴。"

"生活中有某种东西大于我们，
它温暖着我们，却不温暖自己，
它把一个个小丘堆积到凹地上——
尽管是借助于北风之神，
那些小丘还彼此借力推移。
我觉得，我在睡梦中神气地
走在阶梯上，出了暗处，
时而走进深渊，时而来到仙境门前，
独自在开花的穗子之间，那是——
不眠不休的涅柔斯的自动梯。"

"不过海是太陌生的环境，
以致难以置信，有谁会在海域旅游。
当然，要是那里没有坚冰的话。
看来，戈尔布诺夫，你的苦楚
似乎没有尽头。大概需要几年，
这全部故事才会结束，
年数是屈指可数的……不知道你年复一年
越来越远地向哪里蹒跚而去，
是去水天相接的地方。
在这样的苍穹下向谁诉求？"

"不行，我的灵魂太软弱。
我是波浪，而不是油漆
过的我们的窗间墙，命运把我钉在
哪里，到处可见——从天堂到囚室的马桶。
而这，戈尔恰科夫，并非自夸：
在这水天混杂的情况下，
我又能祈祷什么？
对善听者而言，
惊涛骇浪般的炮火齐射美于
因命苦而含泪祈祷。"

"但这是——罪孽！……可我算什么？
只顾斥责你，忘了有关劈柴的反常行为……
记得，你曾问我
梦见什么了。我用语言表达，
说梦是——白天的遗产，
而你把小狐狸们称为列岛。
我对你说这些，是要你注意
我们居于人下的艰难。
你看见海了——扯淡！
还是那个梦，即使有更多的权利。"

"而梦是什么？""一切基础的基础。"
"于是我们像河水似的流入其中。"
"我们流入黑暗，而你的臆造
令人厌恶。对心理不健全的人能追究什么！"
"梦——是摆脱黑暗的出路。""戈尔布诺夫！
你忘了，你生活在哪一个世纪。
你的梦不新鲜！""人也不新鲜。"
"你怎么讲到人呢？"
"而人是出自梦境的人。"

"在他身上什么起决定作用?""眼睑。

你闭上眼睛就能看到黑暗。"
"哪怕有光?""哪怕有光……
于是你会突然注意到一个细节。
一个,又一个……第三个被看中。
耳鸣嘴里有凉意。
后来孩子们在海堤上奔跑,
而海鸥飞快地叼起面包……"
"我不是在那里吗,在护墙上?"
"那时我所看到的一切,
比你站在凳子上看得更真切。"

XIV. 交谈中的谈话

"不过这是——胡话! 你听见吗,是胡话!
过来,巴巴诺夫,你是——目击者!
你看: 我这时就站到了凳子上!
我穿的是没有纽扣和活结的长衫!
喂,戈尔布诺夫,你看见我了吗?""没有。"
"长衬裤的颜色呢?""真的,我没在意。"
"我恨不得把你的画像撕得粉碎!
喂,戈尔布诺夫,注意,起风啦!
此刻会有海浪涌来的大杂烩!
你能听到吗,坏蛋?""可我已经回答过了。"

"原来是这样,那么我们只好动用拳头!
是该教训,木头人不教训不行!
给,接着,喂,你说,是谁打着了:
是戈尔恰科夫还是巴巴诺夫?""我看,是戈尔-巴诺夫。"
"你在饶恕我的罪过,我明白! 水龙头
立刻开始流淌出你那海洋般的无量宽容!""嘿嘿。"

"怎么，你抑制不住地大笑?！哼，像野山羊!"
"你们为什么大声喧哗，两个老家伙?"
"走开，密茨凯维奇!""我是老医生，

而我想，他既然闭上
眼睛，——你也就算了吧；况且
已是深夜。""我也同意，
因为他并不是由于疼痛才闭上眼睛。"
"我对你说过了：刹车。"
"你怎么，密茨凯维奇，你在发号施令，是吗?
你算老几啊，蜻蜓?"
"我撕烂你的臭嘴!""哎哟哟，踩了鸡眼!"
"喂，你们这些乡巴佬，为什么捣乱?"
"鬼才知道。""他们使某人

气恼啦。""阿塔斯，医生们来了!"
"上床，快!""我已经在被窝里啦!"
"你，戈尔布诺夫，盖上被子，别出声，
装睡。""而他也真的
睡着了。""阿塔斯，有钥匙发出的响声!"
"他睡着了? 不可能! 你们在发呆!"
"你闭嘴，糊涂虫!""巴巴诺夫，不要袖手旁观哪。"
"别打扰他。""我，真的，只是稍微提醒一下。"
"喂，戈尔布诺夫，你敲击暗号试试吧。"
"可他睡着了。""喂，弟兄们，他们飞快地来啦。"

"该怎么迎接医生呢?"
"起立……起立吧，笨手笨脚!"
"你们对伙食有意见吗?"
"我听到吵闹声，可我没看到打架。"
"谁在打架，我的宝贝?"

"男护士说，这里有人在打架。""胡说。"
"你不要向我逢迎讨好。""这是什么地方的一股水流？"
"这是萨卡呀。""我讲的不是萨卡。
不是出自何处，而是问——什么地方的？"
"是吗，什么地方的，雄鹰？""库班的哥萨克。"

"密茨凯维奇！""怎么？""要擦干净哪，有一条眼镜蛇！"
"对，我们医生要关心日常生活。"
"戈尔布诺夫怎么没有起床？""他在睡觉。"
"就是说，他睡着，而你们还没睡。"
"我们马上就躺下。""是呀，这可耻。"
"嗯，我们走了。""当心，不要打呼噜。"
"要让一只苍蝇飞过也听得见！"
"我最好去整理一下。""已是早晨，您就忍一忍吧。"
"你，戈尔恰科夫，是负责日常生活的。"
"是的，这可真新鲜：卫星在轨道上。"

"他们走了。""哎，戈尔恰科夫，你的尿？"
"你滚开……""嘿，我们遮住那些监视孔。"
"复活节要是能吃上特制的大面包就好了。"
"是呀，解解馋。奶油、小香肠……"
"你怎么不问问医生呢——
你可以毫无顾忌地这样做啊：
他曾问过多少次嘛。""我在气头上忘了。"
"闭嘴吧，你们。没完没了地讲复活节。"
"你瞧，戈尔恰科夫在嘟囔着什么，
同时紧挨着戈尔布诺夫。""这是为了空口许愿。"

"你真的安息了？是的，从一切迹象来看，
你真的安息了……—绺绺头发多么凌乱。
一切是怎么发生的，我自己也不清楚。

你宽恕我吧，宽恕我吧，看在上帝面上。
等一等，让我把枕头稍微抬起……
这样舒服些吧？……我本人与你不和。
宽恕吧……那一切都是我的不是。
安息吧……倘若真的要谈观点，
在这里它没有立足之地。
这里全是障碍。只能停留于障碍之上。

安息吧，戈尔布诺夫，在小号没有
吹响终止信号的时候……在所有的奖赏中，
我看中的是守护你的睡眠……不过要带着它，小号！
你不习惯，而我习惯于障碍。
宽恕我和我的自夸吧。
宽恕我和我的一切分歧……
安息吧，安息吧，我的朋友。我陪你略坐片刻。
不在你之上，不在你之下——只是与你并排。
至于期限——我会等候任何期限，
直至我的目光与你的相遇。

你看见什么了？大海？好几个大海？
于是你在走廊里步履艰难地穿过海浪……
于是海鱼默默地由门里向外张望……
我——在你后面……于是眼前立刻
浮起无数气泡……
我走不过去，不能战胜压力……
你说什么来着?! ……错觉……很
可能，交谈只是我的呓语……
你看哪，北风之神多么肆无忌惮：
枕头被揉皱了，分头不复存在……"

1965—1968

译自约翰·多恩的诗四首

75. БЛОХА

Узри в блохе, что мирно льнет к стене,
В сколь малом ты отказываешь мне.
Кровь поровну пила она из нас:
Твоя с моей в ней смешаны сейчас.
Но этого ведь мы не назовем
Грехом, потерей девственности, злом.
    Блоха, от крови смешанной пьяна,
    Пред вечным сном насытилась сполна;
    Достигла больше нашего она.

Узри же в ней три жизни и почти
Ее вниманьем. Ибо в ней почти,
Нет, больше чем женаты ты и я.
И ложе нам, и храм блоха сия.
Нас связывают крепче алтаря
Живые стены цвета янтаря.
    Щелчком ты можешь оборвать мой вздох.
    Но не простит самоубийства Бог.
    И святотатственно убийство трех.

Ах, всё же стал твой ноготь палачом,
В крови невинной обагренным. В чём

Вообще блоха повинной была?

В той капле, что случайно отпила?..

Но раз ты шепчешь, гордость затая,

Что, дескать, не ослабла мощь моя,

     Не будь к моим претензиям глуха:

     Ты меньше потеряешь от греха,

     Чем выпила убитая блоха.

76. ЩТОРМ

Г-ну Кристоферу Бруку

Ты, столь подобный мне, что это лестно мне,
Но все ж настолько *ты*, что этих строк вполне
Достадочно, чтоб ты, о мой двойник, притих, —
Узнав, что речь пойдет о странствиях *моих*, ——
Прочти и ощутишь: зрачки и пальцы те,
Которы Хилльярд мнил оставить на холсте,
Пустились в дальний путь. И вот сегодня им
Художник худших свойств, увы, необходим.
Английская земля, что души и дела,
Как в рост ростовщики, нам только в долк дала,
Скорбя о сыновьях своих, в чужом краю
Взыскующих Судьбу, но чаще — Смерть свою,
Вздохнула грудью всей — и ветер поднялся.
Но, грянувшись вверху о наши небеса,
Он устремился вниз и, поглядев вперед,
Узрел в большом порту бездействующий флот,
Который чах во тьме, как узники в тюрьме.
И он стремительно приблизился к корме.
И наши паруса набухли и взвились.
И мы, на палубах столпясь, смотрели ввысь.
И радовала нас их мощь и полната,
Как Сарру зрелище большого живота!

Но, добрый к нам тогда,, он, в общем, не добрей
Способных бросить нас в глуши поводырей.
И вот, как два царя объединяют власть
И войско, чтоб затем на третьего напасть,

Обрушились на нас внезапно Зюйд и Вест.
И пропасти меж волн разверзнулись окрест.
И смерч, быстрей, чем ты читаешь слово «смерч»,
Напал на паруса. Так выстрел, шлющий смерть
Без адреса, порой встречает чью-то грудь.
И разразился шторм . И наш прервался путь.

Иона, жаль тебя! Да будет проглят тот,
Кто разбудил тебя во время шторма . От
Больших напастей сон, подобно смерти, нас
Спасает, не убив. Тебя же сон не спас.
Проснувшись, я узрел, что больше я не зрю.
Где Запад? Где Восток? Закат или зарю
И Солнце и Луну кромешный мрак скрывал.
Но был, должно быть, День, коль Мир существовал.

И тыщи звуков в гул, в единый гул слились,
Столь розны меж собой, все Бурею звались..
Лишь Молнии игла светила нам одна.
И дождь, как океан, что выпит был до дна,
Лился с небес. Одни, в каютах лежа без
Движенья, звали смерть, взамен дождя , с небес.
Другие лезли вверх, чтоб выглянуть туда,
Как души — из могил в день Страшного Суда,
И вопрошали мрак: «Что нового?»— как тот
Ревнивец, что, спросив, ответа в страхе ждет.
А третьи в столбняке застыли в люках враз,
Отталкивая Страх огнем безумных глаз.
Мы видели тогда: смертельно болен Флот.
Знобило мачты, Трюм разваливался от
Водянки ледяной. А дряхлый такелаж,

Казалось, в небесах читает «Отче наш».

Лохмотья парусов полощутся во мгле,

Как труп, что целый год болтается в петле.

Исторгнуты из гнезд, как зубы из десны,

Орудья, чьи стволы нас защищать должны.

И нет в нас больше сил откачивать, черпать,

Мы все уже глухи от хаоса вокруг.

Нам нечего сказать, услышь мы новый звук.

В сравненье с штормом сим любая смерть — понос,

Бермуды — Райский сад, Геенна — чарство грез.

Мрак — света старший брат — во всей своей красе

Тщедушный свет изгнал на небеса. И все,

Все вещи суть одна — чья форма не видна.

Все формы пожрала Бесформенность одна.

И если во второй Господь не скажет раз

Свое «Да будет», знай — не будет Дня для нас!

Столь страшен этот шторм, столь яростен и дик,

Что даже в мыслях грех воззвать к тебе, двойник.

77. ПРОЩАНЬЕ ЗАПРЕЩАЮЩЕЕ ГРУСТЬ

Как праведники в смертный час
Стараются шепнуть душе:
«Ступай!»— и не спускют глаз
Друзья с них, говоря «уже»

Иль«нет еще»— так в скорбныймиг
И мы не обнажим страстей,
Чтоб встречи не принизил лик
Свидетеля Разлуки сей.

Землетрясенье взор страшит,
Ввергает в темноту умы.
Когда ж небесный свод дрожит,
Беспечны и спокойны мы.

Так и любовь земных сердец:
Ей не принять, не побороть
Отсутствия: оно — конец
Всего, к чему взывает плоть.

Но мы — мы, любящие столь
Утонченно, что наших чувств
Не в силах потревожить боль
И скорбь разъединенных уст, —

Простимся. Ибо мы — одно.
Двух наших душ не расчленить,
Как слиток драгоценный. Но

Отъезд мой их растянет в нить.

Как циркуля игла, дрожа,
Те будет озирать края,
Где кружится моя душа,
Не двигаясь, душа твоя.

И станешь ты вперяться в ночь
Здесь, в центре, начиная вдруг
Крениться выпрямляясь вновь,
Чем больше или меньше круг.

Но если ты всегда тверда
Там, в центре, то должна вернуть
Меня с моих кругов туда,
Откуда я пустился в путь.

78. ПОСЕЩЕНИЕ

Когда твой горький яд меня убьет,
Когда от притязаний и услуг
Моей любви отделаешься вдруг,
    К твоей постели тень моя придет.
И ты, уже во власти худших рук,
Ты вздрогнешь. И, приветствуя визит,
Свеча твоя погрузится во тьму.
    И ты прильнешь к соседу своему.
А он, уже устав, вообразит,
Что новой ласки просишь, и к стене
Подвинется в своем притворном сне.
    Тогда, о бедный Аспид мой, бледна,
В серебряном поту, совсем одна,
Ты в призрачности не уступишь мне.

Проклятия? В них много суеты.
Зачем? Предпочитаю, чтобы ты
Раскаялась, чем черпала в слезах
    Ту чистоту, которой нет в глазах.

美好时代的终结

79

献给伊丽莎白·罗伯森

不冻港本都岸上的
第二个圣诞节。
圣诞节之星在港埠的灌木篱笆上空。
可我不能说，没有你
就活不下去——因为我活着。
从手稿中看得出。我存在；
大口喝酒，弄脏树叶并
践踏草地。

此刻在咖啡馆，从这里我们，
正如曾一时地粘上幸福，
却被无声的爆炸抛进
未来，在寒冬的压力下
逃往尤格河，我用手指
在穷人的大理石上刻画你的容貌；
女神们在远点儿的地方跳跃，大腿上
扬起了花缎。

什么，诸神，——如果窗台上
那褐色的斑点是你们的象征，诸神——
你们曾急于向我们道出的结局呢？
未来终于来到，这未来也
可以忍受；对象降临，
小提琴手退出，音乐不再持续，
海面的皱纹越来越多，脸上也一样。
却没有风。

什么时候它，而不是——唉——
我们，用绳索套住游戏室的栅栏
并在"不要"的喊声中出发，
把梳子举得高于头顶，
走向一个地方，你，一个女人，在那里独酌，
睡在花园里，晾晒女式衬衣。
——并毁坏家具，给未来的一个软体动物
预备归宿。

1971 年 1 月

雅尔塔

80. 话说洒掉的牛奶

I

1

我口袋空空地走向圣诞节。
出版者迟迟不出版我的长篇小说。
莫斯科的日历染了《可兰经》。
我不能起身出门做客，
既不能去看望朋友，他的孩子们在哭，
也不能去有妻室的人家，也不能驶向相识的姑娘，
到处需要钱。
我坐在椅子上，气得直哆嗦。

2

嘀，诗人的该死的行当。
电话寂然无声，在领稿费之前。
可以向工会借钱，可是
——这就等于向女人借钱。
失去独立性远不如
失去贞洁。从侧面看
我以为，惬意的是幻想有个丈夫，
惬意地说一声"是时候啦"。

3

知道我的处境，我的未婚妻
五年也不移步来看看我；
而她如今在哪里，我一无所知：
从她嘴里鬼也逼不出一句实话。

她说:"你不要无谓地忧伤。
主要的是——感情!心意相通?"
而这出自她的口,妙极。
不过她本人,看来酒意正浓。

4
总的说来,我不信任别人。
以剩余的胃糟蹋厨房的饭菜。
此外,以本人对人在生活
中的角色的观点令人恼火。
别人认为我是坏分子,
讥笑我狼吞虎咽的胃口。
在他们那里我没有威望。
"您给他斟酒要倒得浅一点!"

5
我看着镜子里自己这个单身汉。
我搞不懂简单的事实,
怎么会活到圣诞后的
第一千九百六十七年。
二十六年来不停地颠簸,
在口袋里搜索,受法庭的惩罚,
学习向法律送媚眼,
多少要装疯卖傻。

6
周围的生活都非常顺利。
(当然,我说的是群众)
马克思获得了辩护。可是以马克思
为依据,我早就该杀。
我不明白,结果对谁有利。

我的存在是反常的。
我根据时代制造骤变。
请原谅我的机灵！

7
就是说，所有的根基都是安定的。
已经没有谁会大喊"上马！"
贵族被连根拔除。
你没有普加奇，也没有斯坚卡。
东宫被攻克，若是你相信童话。
朱加什维利隐藏在罐头库里。
前甲板上炮声沉寂。
我的脑子里——只有钱。

8
钱藏在保险柜里，银行里，
长袜子里，地板里，天花板上的屋梁里，
耐火的钱柜里，邮局的表格里。
他们自己淹没了大自然！
一叠叠崭新的纸币发出摩擦的响声，
仿佛白桦、金合欢的树冠。
我完全被幻觉所支配。
快给我输氧！

9
夜。大雪纷飞，簌簌作响。
锹擦着马路发出低微的声音。
对面的窗口亮着圣像前的长明灯。
我直立在银灰色的弹簧上。
我看见的只有长明灯，然而却看不见
圣像。我走近阳台。

雪在屋顶上盖了被子。
站在家里的人，都像陌生人一样。

II

10

平等，兄弟，排除了兄弟情谊。
这应该分析。
奴性总是产生奴性。
即使借助于革命。
资本家繁殖共产主义者。
共产主义者转变为部长。
后者滋生睡梦之神。
请读一读吧，卢齐写了什么。

11

金鱼不会向我们游来。
马克思在生产中醉得语无伦次。
劳动不是市场的商品。
这样说——是侮辱工人。
劳动——这是存在的目的和形式。
钱——好像劳动的铁路站台。
有些东西不经过供给生活资料的途径。
我们要解开这一团乱麻。

12

物品大于它的价格。
现在经济就是核心。
代替教会团结我们，
解释我们的行为，
一般地说，每个单位

究其实质而言是——少女。
她希望团结，
长裤请求裙子接纳。

13

小球往往冲入网兜。
（我大概在折磨缪斯。）
美好的明天不属于
竞争，而属于苏维埃联邦。
（我根本不想成为预言家。
很可能，这几行
将缩短等候的期限：
"一年算作两年。"）

14

时候到了，是劳动——资本
迎来亲密关系的时期。
炫目的臭钱
（以下惟妙惟肖地描述）
比口袋空空更惬意，
比暴君迭次更迭更简单，
比瘾君子的文明更优越，
优于在挤压中进化的社会。

15

嫡长权的罪恶不是孤儿生活的实质。
无疑，比牲畜的生活好得多。
找出差别，易于找相似之处：
"劳动和资本并不直接接触。"
呸，呸，我们不是成长于伊斯兰教国家，
别嗤谈平均分配。

两性相互吸引。
两极形成地球。

16

作为单身汉，我想结婚。
自然啦，我不期待圣骨显灵。
家里有坑洼和沟沟坎坎。
然而夫妻是——占有者的唯一典型，拥有他们
在快乐中所创造的一切。
他们不需要"你不要偷窃啊"。
否则，看在基督面上，我们各走各的路吧。
请珍惜自己的孩子们啊！

17

我，作为诗人，和这一切格格不入。
不仅如此：我知道，"各人……"
我在写，在颤栗：这是胡言乱语啊，
难道我反对合法政权？
时间会挽救一切，假如他们错了。
我有写丑闻的名声。
不过恶劣的政治会败坏风气。
这就是——我们的职责所在！

18

钱像美德一样。
不是从天而降——真主作证——
钱往往随风而逝
不亚于真话。
钱不该借贷。
我们不能把钱带进棺材。
钱规定要倍增，

就像克雷洛夫的寓言那样。

19

前边的想法比后边的更过分。
任何生命都唾弃冰川。
当然，说教者认为，
比起钳工，社会更需要科学。
唉，至今哪里也听不到预言家的消息，
我提议——还为了不过早地
落入罪恶的怀抱——
请用什么活儿占住双手。

20

一般地说，我不关心别人的幸福。
这看来是个漂亮的姿态。
我关心内心的完美：
午夜—半个罐头—竖琴。
我觉得，几棵树比树林宝贵。
我没有普通的兴趣。
但内心进步的速度
快于天体的速度。

21

这是——任何已知绝缘体的
基础。与无底深渊的友谊
在我们的时代加倍
提供局部利益。并且，
这种特性容不得
兄弟情谊、平等，显然，
也与高尚的品德不兼容，
为男子汉所不容。

22

这样，怀念优势的时候
好像督军管辖区域的托普蒂金，
我向你们赞颂生产。
若是上述的方法
能得到大家的正确理解，
社会将与优秀的子弟并驾齐驱，
理性的火炬不会熄灭，
每一个人都能感到幸福。

23

否则，占优势的将是通灵师、
佛教徒、招魂术士、实验标本、
弗洛伊德的信徒、神经学家、精神变态者。
棒极了——迷醉状态
就会把自己的规定强加于我们。
人民委员给自己别上肩章。
墙上挂的是注射器，而不是
救世主和圣母马利亚的圣像。

24

被宽大的面纱束紧灵魂。
他们以密实的螺旋形曲线团结我们。
把流言蜚语插入蝴蝶结。
使言语脱离动词。
多亏优质的迷魂汤，
我们得以像旋转木马一样在云端转动。
降落地球，
只是为了用注射器打针。

25

我已经看到我们的世界，它

蒙上了实验室的网。
而天花板蒙着
轨迹网。多么快!
这看在眼里令人厌恶。
人类增加了两倍。
白色人种处境危险。
作战杀人不可避免。

26
或是有色人种杀死我们。
或是我们把他们放逐到
别的星球。我们回到自己的醉酒状态。
不过两者都——不是基督徒应有的行为。
正教徒们! 这不是办法。
怎么了,你们都呆呆地看着?!
我们最好出卖圣体,
为自己清理空间。

27
我不是师从于诡辩学派。
和平主义者有某种女性习气。
然而区分清浊——
不属于我们的权利,您就信我吧。
我不指出碑文。
有色人种无疑曾欺压我们。
但不是我们把他们生到这个世界,
也不该我们处死他们。

28
重要的是要为许多人创造舒适的条件。
(这可以在霍布斯那里找到。)

我坐在椅子上，数到一百。
打扫卫生——是一个龌龊的过程。
不作兴在墓地上跳舞。
在拥挤的世界创造财富——
符合基督教的精神。或者说：
文化也就体现在这里。

29
"宗教是人民的鸦片"，
现在这个说法的崇拜者
明白，他们获得了自由，
活到了黄金世纪。
不过，在这个清单（音节的清单）里，
不选择的自由——非常有限。
照例唾弃上帝者
首先唾弃人。

30
"没有上帝。而大地坑坑洼洼。"
"是的，看不到啊。我在婆娘们身上找解脱。"
创世主，如此规模的创造者，
在对象之间造成
太大的锚地。以至那里
是上帝的统治领域——无可争议。
那个领域与人世间是函授关系。
你们坐到自己的凳子上吧！

31
夜。小巷。封锁中的寒气。
沿着人行道躺卧着喀尔巴阡山脉。
星辰摇晃着，好像上帝

在夜空点燃的神灯，
上帝以其伟大的敬仰之情
献给我们所未知的天使聚会
（诗在检阅罪状）
就像在巨大的神龛中那样。

III

32

元旦之夜我坐在椅子上。
几口锅闪着耀眼的光芒。
我喝了些劣质酒。
头痛欲裂，像鬼在血管里一样。
后脑勺感到轻微的灼烧。
我在回忆喝光的酒瓶、
沃洛格达的警卫队、十字架、小村社。
我对实质并无异议。

33

我坐在大房子里的椅子上。
尼亚加拉河在空茅坑里翻腾。
我觉得自己是室内靶场的靶子，
听到一点敲击声就哆嗦。
我把大门上了栓，可是
黑夜用绵羊的角瞄准我，
好像阿穆尔河用弓，好像
斯大林用"图拉枪"瞄准第十七次党代会。

34

我打开煤气取暖。
我坐在椅子上，恨得发抖。

不想在粪堆里寻觅珍珠！
我鼓起了自己的这份勇气！
谁愿意研究粪肥就去研究。
先生们，爱国主义者不是克雷洛夫的科切特。
让克格勃不待见我吧。
你不要在事实面前乱弹琴，小事一桩！

35

我最关心小银币而唾弃铜币！
捕捉我用的是钩竿和有洞的网。
我得罪人而走向不朽，
请给我抽人的树条！
我兴奋得发狂，像粮囤里的耗子！
把圣像和总书记画像拿出去！
树林里响着樵夫的斧子声！
躺在雪堆里，也许我会变冷。

36

一点也不冷！总之别放在心上！
我几乎想要造反！
我没有向斜眼的佛宣誓，
为了一个金币我会飞快地追逐兔子！
但愿——哪里有凿子啊！——封上
雅斯纳雅波良纳的嘴！
不以暴力抗恶，贵族老爷，恶心。
对我而言，听着就难受！

37

好像井底的亚里士多德，
我不知道从那里能拿到什么。
恶存在，就要同它斗争，

而不是用扁担掂一掂重量。
所有因个人而悲痛的人，
所有身患结膜炎的人，
——按字母表顺序把他们带到母亲身边的
是彻底的民主！

38

我爱家乡的田野、洼地、
河流、湖泊、丘陵的皱褶。
一切都好。但男人都是窝囊废。
一身膘，却精神脆弱。
这方面我做过可靠的查证。
漂亮的小伙子越来越忍辱含垢。
先生们，哪怕砸碎几块玻璃啊！
只是像婆娘们一样忍受？

39

今天我过了个凄凉的夜。
昔日的 100 卢布钞票从印花壁布上冷眼旁观。
可以到妓院去，拉皮条的女人——
一个女古钱学家——一定会同意。
懒得纠缠忙碌。
仍然平静地坐着，持斋，
还对着窗口画十字，
直至窗口暗淡无光。

40

"夏天的绿色，嗨，夏天的绿色！
一株卫矛在向我低语着什么呢？
不穿背心散散步真好！
夏天的绿色会回来。

一个女孩在走动，嗨，披着小披肩。
她在田野走，采着野外的小花。
若是收为女儿，嗨，若是收为女儿啊。
一只小燕子在天上盘旋。"

1967 年 1 月 14 日

81. 来自 K 城的明信片

献给托马斯·文茨洛瓦

废墟是氧气和时代的
纪念日。现代的阿基米德
可以给旧的定律作出补充，
即处于空间的物体
被空间所排挤。
                        洪水
在阴晦的平静如镜的水面击碎
选帝侯宫殿的遗址；唉，显然，现在
他更听从河流的神启了，
不像当初自信满满的岁月，
那时很快就建成了他的宫殿。
                        有谁
在废墟徘徊，吹拂着
前年的树叶，那是——风，
好像浪子一样，回到父亲的家里，
立即收到了所有的书信。

1967

82. 纪念塔季扬娜·博罗夫科娃

1

花儿没有枯萎，而流水如带
也还没有度过夏天的苦恼的时候，
趁着水流漆黑，可以随意流浪，
因为水流那么漫长，以致我的
纪念好像听从她的哀求，
大约要把它延伸到冬季，——

2

你接受我的这个押韵的微薄贡献吧，
要是它能穿过忘川，
那是因为与你同行，
它赶在我的前面一步；
那么，女友啊，这将是
你对我的最后的效劳。

3

真是没有想到，会有这么多
玫瑰；对某人而言，这是——夏季
的义务，利息，失败，毫无疑问，势必
有人要亲自在田野采集这些玫瑰，却
只活到了花开时节，而他留给它们的是
解释规则的充分自由。

4

问题就在这里，它们当即躺成一堆。
因为自然界在小事上也很正直，

既然问题是与我们的悲痛
有关；不过，我们无权说，
这些理由是颠扑不破的；
死——这是涉及别人的现象。

5

死——这是涉及别人的现象。
甚至听凭每一位女神
在各种凡人中拥有情夫们，
确知，佩尔塞弗涅绝对
没有他们；而河湾水面的涟漪
信任婚姻稳定的人。

6

记住这一切，趁有力气的时候，
趁这一切还新鲜而湿润，
趁你的躯壳，——不如说，
告别躯壳，对我来说更痛苦，
比起与你的灵魂分手，
神会非常高兴地对你的

7

灵魂承担——关于他以后再说，
不管是穆罕默德，还是基督，
总之是你自己生前早已
选定的那一位——他将关心
你未来的无可置疑的福祉；——
趁血管还有失去保护的水分，

8

你要允许我在这个世界从那里谈起，

谈她、躯壳、死，
谈那天晚上在芬兰
湾所发生的事，这成了斯芬克斯们
妒忌的谜——因为你的小船根本没有
沉没，而是留在附近。

9

那时你未必知道是这样，
小船也不可能是灵魂注意
的对象，灵魂立刻就有
眼睛看不见的许多烦恼，
只要一离开尸体；
你未必了解，未必愿意

10

让秘密折磨我们，它的复杂性要么
加剧痛苦（因为
分开的理由重于分开），
要么减轻痛苦，
在有侦探习性的条件下；
即使让你为了

11

这些人而尽心尽力，因为说到底，
他们的大多数毕竟是很相似的，
因为你还想保护他们的眼睛
免于哭泣，这是不可能完成的
任务；而他们的省略号上珍珠般
的闪光便是——第一批人的泪光。

12

你不问那些海鸥，乌云也已消隐。

为的是我们能看得见，使劲
以飞鸟的一瞥看看这一切？
看你怎样和小船一起在海浪上
颠簸，对它们刺耳的呼啸充耳不闻，
躺在距离小船如此之近而又

13

如此之远的地方。这样的场景
也常常在梦中出现；不过你没有
抓住——这是现实中的胜利：
因为在睡梦里感到难受，我们有权
蓦地醒来，带着浑身的战栗
用手指抓住床边不放。

14

你不问那些海鸥，海浪的喧嚣
也毫无意义。剩下的只有
朵朵乌云——可是被风驱散。
因为死总是有目击者
也是牺牲者。对这新的
双重角色你已经准备好了。

15

不过就这样，处于任何心情紊乱
的状态，恰恰是猜破
"这是什么？"的条件。
是自杀？由于海湾的水
冰凉而心脏破裂？
生活允许我写上"或者"。

16

这个连接词决不是对猜想的

让步，而只是不同
说法的恒等式，要在其中
选择——如果摊上了——就会
把两条静止的纯平行线
改变为波浪形的水流。

17

这个连词——预卜未来者的噩梦——
是防止一切非难的条件，
说什么我在白色殓衣里贪婪地搜寻，
说什么我"诋毁死者"，——即
自杀是罪孽和否决；
而我认为这是由于你。

18

因为，包括这个事件在内，
你毕竟是比我优秀的
基督教徒，再说，也许从突厥
歌手的观点来看，他们的几行歌词
你曾唱给我听，而且一般地说，从伊斯兰教
的观点来看，这既非罪孽，亦非耻辱。

19

我不大明白。不过每一种信仰
都有同样的一个特点，即至少
能把信仰和信众打成一片：
那不是禁令，而是底层
民众生前在满是镰刀
和十字架的故土处境如何。

20

所以你可以大胆地走自己的路：

基督的外衣或真主的缠头巾，
嘎扎勒诗体和抓饭的结合
或繁华的帐幕——总之，
通往伊甸园的两扇不同的门
大开着，门根据信仰而定。

21

就是说，穿着任何外衣的
神将把你揽入自己的怀抱，
而这时问题不在于天父的慈爱：
在于违反颇为笼统
模糊的遗训之后，你坚定地遵守着
另一篇详细的遗训：你是善良的女人。

22

这在任何算盘上都更为可贵：
在尘世如此，在天上也一样。
时间到处是一致的。人生
岁月的重要性到处远大于水、
铁轨、活结或切开静脉；
这一切几乎转瞬即逝的东西。

23

所以你的罪孽，其实质，
是——与你咽下最后
一口气的那个片刻有关，
带着肺里的这口气躺在水面上
就此停留在那里，有节奏地摇荡。
而你的美德，想必，

24

将高于这个片刻以及风的

呼啸，正如你已经超过你的
年龄，因为我几乎放声大哭
写下这些诗行的那
一天已经突破了
刻在墓碑上的日期的差异。

25

黑色飘带在与风嬉戏。
奇怪的是把你留在我们这个
地方，放在一大堆鲜花下面的坟墓里，
人们栩栩如生地躺在这里：
在自己永恒的黑暗中，在一定的界线之内；
全部区别在于寂静和鸣禽。

26

奇怪，现在，你陷入比我们更大
的厄运，而我们在哭泣。也许是
信仰薄弱，也许是没有坚强的神经：
适合于**上帝荣耀**在尘世的
怜悯，尘世中的灵魂只活在肉体里。
我哭泣，好像真的

27

能留下什么有生命的东西。
因为两个人在分别的时候，
就会在打开大门之前，
彼此交换纪念品，
以纪念他们所度过的一生：
肉体——有目如盲；灵魂，也许，

28

有视觉和听觉。我哭泣，因为

怀有淡淡的希望，
仿佛你在听着我，看着我，
只是不能出来对我讲话：
因为灵魂有许多积累，
只是没有带上言语，以免激怒上帝。

29

我哭，不如说我在写：泪
流，唇颤，玫瑰枯萎，
药物和草皮的气味
刺鼻。无疑，写的是
你死前所熟悉的一切，这意味着
为自己不哭的她而哭。

30

你对死的了解难道多于
我们？你了解的只是悲痛。而悲痛
告诫的不是死亡而是生活。你了解的
也正是我所了解的。你对死
了解多少，待嫁的姑娘对婚姻也就了解

31

多少——不是对爱情：不是对婚姻。
涉及的不是白热的情欲，不是这种
情欲的熔渣，冷却而容易砸碎的
熔渣——简短地说，讲的是这
漫长的生涯，几多冬夏。
因而现在，在这蜿蜒如带的黑色流水中

32

你好像一个待嫁的姑娘。生前不了解
婚姻的你，从我们的生活中

走开了，覆盖着草根土，
死——这是婚姻，这是身穿黑衣的婚礼，
这是年复一年日益牢固的
纽带，既然不会离婚。

33

你又听到佩尔塞弗涅的嗓音？
她的双手上卷曲着被帕耳卡扯下的
你的纤细的生气勃勃的头发。
那是佩尔塞弗涅在纺车上方唱着
永远忠于丈夫的歌；
只有曲调才向外飘荡。

34

我们会记住你。我们不会
记住你。因为人们的本性
倾向于可见的客体
或如此虚妄的对象，
以致热诚的探索无能为力。
唉，由于非此非彼，

35

你仍然是一道色彩，一幅素描，
名字甚至被自己的同名人视为异类，
也没有把死的阴影投射在
他们身上。对那些人有什么办法？
他们的身体比名字多
得太多！不过眼前的这两个音节——

36

丹娘——还专指你的
身体，不让理性的缺失

介入问题，用两个音节
分开自己的双唇，我要
把你的名字宣扬出去，
作为对身体的最后的抚爱。

37

你的名字与受压的喉咙
分离。今后利用死所创立
的动词，以便我们意识不到
失掉的东西，谁知道呢，甚至
我自己也未必不会认为，
好像你的名字就叫"死了"。

38

要是我能活着，和这个人
健康地度过那么多年，总之，
和你在世间度过的年数一样多，
你记住吧，在 2001 年夏，
我将冒着被列入渎神者的风险，
要求扩充教堂日历。

39

这样，不能在水上走，
你开始年复一年地停下脚步，
便鞋留下的脚印在水波上渐渐消失，
越来越没有目的；于是——我
不能勉强活到这个日期的话，
就走旱路到你

40

第一个去的地方，去那个国度，在那里
我们都只是灵魂，没有肉体，是哑巴，

就是说在那里人人——聪明人、傻子，——
都是一样的面孔，像突厥人，——
我未必能在那些房间里找到你，
而无愧于和你的相逢。

41

也许这样最好，我能对你
说什么呢？讲我们的婚礼、
分娩、离婚、穿过铜管的
旅行、欲火、别人的嘴唇；
就是说，我们怎样以无可比拟
的热望描述你的忘却。

42

值得吗？未必。一行也不值。
好像两条直线在某一点上分开，
我们交叉而过，互道珍重。未必
还能再次相见，管它是天堂呢，还是地狱呢。
死后生活的这两种设想
不过是欧几里得主题思想的延伸。

43

安息吧。你曾经更善良，而这
在死的场合总是一种预兆，
一个迹象，像生前一样不可能
与坏人约会。其次，你不会
沉沦。不过，抛开矫揉造作——
不在天堂再见了，或许在地狱里。

1968

83. 歌声

沉寂来自七个村镇。
懒散来自七个乡村。
他们准备就寝，火炉却凉啦。
几扇窗户朝着北方。
无主的干草垛儿守卫在小溪旁，
而大路泥泞难行，何不带上划水的桨呀。
向日葵的脑袋低垂在秆子上。

那是雨在下，或是姑娘在等候。
你套上两匹马，我们去她那里。
把石头扔进池塘轻而易举。
我们喝上两杯，铺上丝绸被褥。
你为什么不说话，闷闷不乐？
或者锯齿状的栅栏，好像云杉林，
在栅栏那边耸立着绣楼？

你套上马驮着我。
在那里的不是绣楼，而是松木的单身居室。
四周修道院的草地开满鲜花。
没有粮仓，没有农家木屋，没有打谷场。
现在我还没有改变主意，你套上枣红马吧。
人人觉得修道院好，但正面是——空地，
男修道院院长，真是，神经完全失常。

1964

84. 致 Z. 将军的信

殿下，战争是无聊的把戏。
今天——成功，而明天——窟窿……
拉罗谢尔被围之歌

将军！我们的牌是——臭狗屎。我过牌。
北根本不在这里，是在极圈。
而赤道宽于您军裤上的彩色镶条。
因为前线，将军，在南方。
这样的距离，任何命令
通过无线电台传出后都变成了布基武基舞。

将军！混乱发展为窑子。
崎岖的道路不容许输送物资
和更换内衣：床单就像——金刚砂；
您要知道，这对我的神经有影响。
我认为，迄今为止，弥涅尔瓦的祭坛
从未受到这样的亵渎。

将军！我们待在泥浆里这么久，
以致虫豸之王早就兴高采烈，
而布谷鸟寂然无声。不过，上帝
保佑吧，让我们听得到它怎样咕咕地叫。
我认为，应该说声谢谢，
因为敌军没有进攻。

我们的大炮炮筒朝下，
球形炮弹变得软弱无力。只有司号兵们，
从套子里取出自己的

军号，好像有瘾的手淫者那样
不问昼夜地要把它们擦亮，以致
　　那些军号会突然发出迸裂的响声。

军官们徘徊游荡，蔑视军事条令，
穿着马裤和形形色色的军服上衣。
列兵们在干燥地方的灌木丛里
彼此委身于可耻的淫欲，
而红着脸放下鲜红棍子的是
　　我们的光棍中士。

———

将军！我曾随时随地厮杀，尽管
获胜的可能性很小，很渺茫。
我不需要别的星徽，
除了您皮军帽上的星徽。
不过现在我像童话里的那个钉子：
被钉入墙壁而失去了钉帽。

将军！遗憾，人生——一世而已。
为了不去寻找达官贵人的证明，
我们不得不在这不大的密林里
饮尽自己的苦杯：
人生，大概并不那么长久，
可以把糟糕的事情束之高阁。

将军！只有灵魂需要肉体。
灵魂，众所皆知，不会幸灾乐祸，
我想，把我们领到这里，甚至也
不是战略的需要，而是出于兄弟般的情谊；

还是去干预别人的事情吧，
既然我们搞不好自己的事情。

将军！而我现在患有——神经性震颤。
不明所以：由于羞耻，还是由于恐惧？
由于缺少女子？或者只是——胡思乱想？
医生和巫医都治不好。
大概是由于您的厨师
搞不清哪里该放盐，哪里该放糖。

将军！我担心，我们已陷入绝境。
这是——斜斜的一俄丈地区的复仇。
我们的标枪生锈了。有标枪，
也还不是击中靶子的保证。
我们的影子也不会跟在我们后面移动，
　　　即使在日落的时候。

　　　　———

将军！您知道，我不是懦夫。
请您取出专案卷宗，去打听吧。
我对子弹无动于衷。再加上
我既不怕敌人，也不怕统帅部。
让他们在我的肩胛骨之间贴上
方块爱司吧——我就申请退役！

我不愿为两三个
君主牺牲，我根本
没有见过他们
（问题不在于眼罩，而在于窗帘上的尘土）。
不过，就是为他们而生，我也

不乐意。加倍不乐意。

将军！一切都使我厌烦。我
讨厌十字军远征。我讨厌
窗外那山岳、小树林、河湾
纹丝不动的景色。
糟糕，倘若研究外部
世界的是一个内心曾备受折磨的人。

将军！我不认为，我离开
您的部队后，兵力会遭到削弱。
这不会引起什么大的灾难：
我不是独奏者，又与乐队格格不入。
从自己的木笛里取出吹口后，
我就烧了自己的军服，折断马刀。

———

看不见飞鸟，但听得见鸟鸣。
狙击手，由于精神上的渴求而受煎熬，
那也许是上级的命令，也许是妻子的来信，
他坐在树枝上看了两遍，
而我们的画家由于寂寞
　　画了一门大炮的铅笔画。

将军！只有时间才能评价您，
评价您的夏纳、野战工事、方阵、大军。
科学院将笼罩在狂喜之中；
你们的战斗和静物写生
将服务于扩展视野、
世界观，总之是扩大主动脉。

将军！我应该对您说，您
好像身有双翼的雄狮要进入
某个人口。因为，唉，
自然界向来没有您。
不，并非您死了
或被打垮——这副牌里没有您。

将军！让他们把我交给法庭审判！
我愿向您介绍情况：
苦难的总和产生荒谬；
让荒谬具有形体吧！
但愿它的容器显现
黑的什么在白的什么上面。

将军，我还要对您讲一件事：
将军（Генерал）！我曾拿您
与死（умирал）押韵——我这样做过，可是
上帝没有把谷壳和谷粒彻底
分开，于是现在使用
　　谷壳——说假话。

　　　———

在空地上，夜夜亮着两个
信号灯，车辆在解体，
我在那里半脱下丑角的
盛装并扯掉肩章，
我冻僵了，碰见徕茨牌照相机
的一瞥或戈尔贡的目光。

夜。我醉心于一个

女人，她有迷人的内心和侧影。
此刻在我身上所发生的一切
低于苍穹，而比屋顶高得多。
在我身上所发生的一切此刻
　　并非对您的侮辱。

———

将军！没有您，于是我的言语
转向，像平时一样，如今
那个空间，它的边际——某个
辽阔偏僻的荒漠的边际，
地图上的这片荒漠，您和我都
看得见，其实根本不存在。

将军！如果您毕竟听得见
我的声音，就是说，荒漠
隐藏着某种绿洲，以此
引诱骑手；就是说，骑手
是我；我用马刺催马快跑；
马，将军，却不驰往任何地方。

将军！战斗者永远像一头雄狮，
我在军旗上留下了污点。
将军，甚至纸牌搭的小屋——也像家畜的圈。
我给您写汇报，向军旗跪下。
为经历过大规模虚张声势的人们
生活留下的是一张小纸片。

　　　　　　　　　　1968 年秋

85. 献给雅尔塔

下面讲的是真实
的故事。遗憾，当代
不仅谎言，连简单的真理
也需要权威的确认
和论据。这是否标志着，
我们走进了一个全新的，
然而凄惨的世界？被证明的真理
其实不是真理，只是
论据的堆砌。不过现在
人们讲的不是"我相信"，而是"同意"。

原子时代使人们激动的不再是
物，而是物的结构。
就像一个孩子，拆开洋娃娃
便放声大哭，因为发现了里面的干草屑，
正如我们通常把这些或
那些事件的某种表象
误认为是事件本身。这里有
独特的诱惑力，因为
动机、关系、环境
及其它——这一切是生活。而对生活
我们被教会了把生活看作
咱们逻辑推理的对象。

有时觉得，只要
重新编排动机、关系、
环境、问题——就会产生
一个事件；譬如犯罪。

然而不。窗外是平常的一天，
细雨迷蒙，汽车奔驰，
电话机（一团乱麻似的
阴极、焊口、接线头、阻抗）
也寂然无声。事件，哎哟，
没有发生。不过，谢天谢地。

这里所描述的一切发生在雅尔塔。
自然，我要直面前面所提及的
关于真相的假象——即开始解剖
那个洋娃娃。不过，但愿善良的读者
能原谅我，倘若我在某些
地方给真相添加艺术要素，
归根结蒂，艺术是
所有事件的核心（不过，作者
的艺术不是人生艺术，
仅仅与之相似而已）。

目击者

记述的顺序，
即当初抄写的顺序。这就是
真相取决于艺术之一例，
而非艺术取决于——真相的存在。

1

"那天晚上他打电话
说他不来了。可我和他在星期二
就约定，他星期六
顺便来看我。对，就是在星期二。
我打电话请他
过来，他说：'星期六吧。'
用意何在？我们只是早就

美好时代的终结　097

想坐下来，在一起分析
奇戈林的一个开局。没别的。
正如您那时所说的，我们
见面没有别的用意。在那样
的条件下，当然，希望与一个
令人惬意的人见面
不能说有什么用意。不过，您
看得更清楚……但是，可惜，
那天晚上他打电话，说他不来了。
遗憾哪！我那么想见到他。

您说什么：他焦躁了？不。
他讲话的语气是平时的语气。
当然，电话机是电话机；
不过，您要知道，在看不见面孔的时候，
你对嗓音的感知会敏锐一些。
我没有听出焦躁……总之，
他的遣词造句很奇怪。
言语里更多的是停顿，
停顿令人困惑。须知，我们
通常把对话者的沉默
理解为思维活动。
而那是纯粹的沉默。
您开始意识到自己
被静默所支配，
而这会强烈地激怒许多人。
不，我知道，那是挫伤
的结果。是的，我对此深信不疑。
那您还有什么可以解释……怎么？
是的，就是说，他不曾焦躁。不过，
要知道，我是根据嗓音作出判断的，如此而已。

无论如何我要说明一点：
当时在星期二以及后来在星期六
他讲话的语气是平时的语气。要是
在这个时期有什么祸事临头，
那就不是在星期六。他打了电话嘛！
焦躁的人不可能这样行事！
就说我吧，在焦躁的时候……什么？
我们交谈的经过如何？好吧。
电话铃一响，我立刻
拿起听筒。'晚上好，是我呀。
我要向您表示歉意。
不巧，今天我
来不了啦。'是吗？很可惜。
也许改在星期三？我给您打电话？
您得了吧，谈什么歉意！
那就星期三见？于是他说：'晚安。'
是呀，这时快8点了。
我挂上听筒，收拾了餐具，
又拿出棋盘。他最后一次
主张走王后 E－8。
那是奇怪而令人惊慌不安的一步棋
近于荒谬。而且完全不合乎奇戈林
的习性。荒谬、奇怪的一步
没有违反什么，然而这使
棋式的意义化为乌有。
在任何竞赛中结局非常重要：
胜，败，哪怕不分胜负，
但毕竟是——比赛的结果。而这步棋——
它似乎在要求那些棋子
怀疑自己的存在。
我挨着棋盘坐到深夜。

也许，什么时候还有人
这样下棋，至于我……
对不起，我不明白：这个名字
是在向我说明什么吗？是的。
五年前我和她分手了。
是的，对：我们没有结婚。
他知道吗？我想，不会知道。
她是不会告诉他的。
什么？这张照片？照片，
在他来之前我就收了起来。
不，什么话！您不需要道歉。
这是一个合情合理的问题，而我……
我是从哪里知道凶杀案的？
她当夜就给我打了电话。
这就是嗓音焦躁的那个人！"

2

"最近一年和他很少见面，
但见过。他一个月到我这儿
来两次。有时还更少。
十月份干脆就没有来过。
他通常打电话预先
通知。大约在一周之内。
以免出错。我，
您知道，在剧院工作。
那里时常发生意外。突然有人
生病，有人跑下去搞电影
摄影——需要顶替。
嘿，大体上就是这样。何况
——何况他知道，我现在……
是呀，您说得对。可您是从哪里知道的呢？

不过，这正是您所扮演的角色。
而现在的一切，唉，这，总之，
是认真的。换句话我想说，
这……是呀，尽管这样，
我还是和他会面。怎么对您说呢！
他，您要知道，相当古怪
且与别人不相似。而所有，
所有的人彼此不相似。
他却与所有的人都不相似。

是的，正是他的这一点吸引着我。
我们在一起的时候，周围的一切
便不复存在，就是说，
一切在继续运转、移动——
宇宙活着；连它也挡不住他。
不！我对您所说的与爱情无关！
宇宙活着。但在物的表面
——不论运转之物或静止之物——
突然出现了一层白膜似的东西，
准确地说——是灰尘，灰尘使它们
有一种毫无意义的相似。
譬如，您知道，医院里的天花板、
墙壁、床全都漆上白色。
嗯，您就想象一下我的房间
撒上一层白雪。怪怪的，是吧？
而与此同时，您是否觉得，
家具由于这样彻底的变形
只会博得赞誉？不觉得？真可惜。
那时我想，这种相似
乃是宇宙的真实外貌。
我珍惜这样的感觉。

是呀，正因此我才没有与他
彻底决裂。而为什么，
对不起，我就该
与他分手呢？为了大尉？
可我不这么认为。他，当然啦，
为人严肃，尽管是军官。
然而这个感觉对我来说
重于一切！难道这是他能
给予我的吗？噢，天哪，我
只是现在才开始明白，
那种感觉对我是何等
重要！是的，这也奇怪。
那究竟是什么呢？就是我自己
从今而后只是宇宙的一个微小的部分，
我身上也会出现那薄薄的一层
绿锈。而我一个女子居然以为，
我与众不同！……只要
我们还以为，我们是独一无二的，
我们就什么也不懂。可怕，可怕呀。

对不起，我要给自己倒点酒。
您也来一点？好的。您说什么来着，
我想不起来了！我们
是在何时何地结识的？忘了。
好像是在浴场。对，是在那里：
在利瓦季亚疗养院的浴场。
你还在那里与别人会面吧，
在像我们那样的一个窟窿里？怎么，您
对我的情况可是无所不知啊！可是
您永远也猜不出，我们的结识
是从哪些话开头的。

而他对我说：'我明白，您
多么讨厌我，可是……'——以后怎么样
就不那么重要了。当真，无所谓？
我作为女人劝您
拿这句话武装自己。
关于他的家庭我了解些什么？
根本不了解。好像，
他好像有过一个儿子——可是在哪儿？
而其实，不，我搞错了：大尉有一个
孩子。对，一个小顽童、学生。
性情忧郁；但大体上和父亲像是一个模子铸出来的……
不，关于家庭我一无所知。
关于熟人也一样，根据我的记忆，
他不曾介绍我和任何人相识。
对不起，我还要给自己斟酒。
是呀，完全正确：今晚闷热啊。

不，我不知道，谁杀死了他。
您是怎么说的？您说什么！这个——窝囊废。
他由于后翼弃兵局而神经错乱。
何况他们还是朋友，我所
不能理解的就是这种友谊。
在那里，在他们的俱乐部里，他们那样吞云吐雾，
能熏臭整个南岸。
不，那天晚上大尉在剧院里。
当然，是平民剧院！我无法忍受
他们的制服。后来我们就
一起往回走。
　　　　　我们发现他
在我家的正门外。躺在门口。
起初我们断定——是喝醉了。

您知道，我家的大门外光线很暗。
不过这时我从斗篷认出了他：
他披着白色斗篷，不过斗篷上全是污泥。
是的，他不曾喝酒。我记得很清楚；
是的，看得出他曾爬行。而且爬行了很久。
后来呢？嗯，我们把他抬到我那里，
又给分局打电话。我？
不——是大尉。我只是心情不好。

是的，这一切确实是一场噩梦。
您也这么认为？太奇怪了。
须知这是——您的职责。您是完全正确的：
是呀，对这样的事情总是很难适应：
您也是人嘛……对不起！
我的表达欠妥……对啦，
劳驾，不过您别给我斟得太满。
我已经够了。而且睡眠不好，
早晨还要——排练。嗯，也许
倒是医治失眠症的药剂。您对此
确信不疑？那就——喝一口。
您是对的，今天非常，非常闷热。
又难受。又完全喘不过
气来。而且一切都碍手碍脚。闷人哪。
我气喘吁吁。是呀。而您呢？而您呢？
您也一样，是吧？而您呢？而您呢？其余的——
其余的我什么也不知道。是吗？
我完全是一无所知。
嘿，您要我怎么样？嘿，您想……
嘿，你想怎么样？啊？想怎么样？想怎么样？"

3

"您真的认为我有责任

向您作出解释？好吧，
责任就是责任。不过请您注意：
我会让您失望，因为我
对他的了解，毫无疑问，少于
您。尽管我所了解的，
已足以令人发狂。
我认为，这不会威胁到您，
因为您……是的，完全正确：
我痛恨这个家伙。
原因，我想您是清楚的。
否则——热衷于解释
便没有意义。况且，归根结底，
使您感兴趣的是事实。
于是：我承认，我痛恨他。

不，那时我和他并不相识。我——
我知道，有人常去她那里。
可我不知道究竟是谁。她，
当然，什么也没说。
可我是知道的！要想知道，无需
像您这样的歇洛克·福尔摩斯。平时
注意就足够了。
况且……是呀，有可能失明。
可是您根本不了解她！
要是她不曾对我讲起
这个人，那也不是要
隐瞒什么！她只是不想
让我伤心。而且本来
就没有什么可隐瞒的。她还
亲口承认——我把她逼到了
墙角——承认快一年了，他们之间

已经什么关系都没有了……没有搞明白——
我相信她了吗？是的，我相信。
我是否因此而轻松些，那是另一回事。

也许您是对的。您看得更清楚。
不过，假如人们说些什么，
就决不是为了失去别人的信任。
在我看来，嘴唇的动作甚至
比真相和谎言更重要：
嘴唇动作的生命力远大于
嘴唇所说出的话。
所以我才对您说，我相信；不！
这里有更多的东西。我只是
看见了她对我所说的话。
（注意，不是听见，而是看见！）
请理解，我面前有一个人。
他在说话，呼吸，动弹。
我不愿把这一切看作谎言，
也不可能……您感到惊讶，我以
这种态度对人，竟然还能搞到四枚
星章？不过，这都是——小星章。
我的开始完全不同。与我
一起开始的那些人——早就有了
大星章。许多人还有两枚。
（请在您的说法中补充一句，说我
还是一个失败者；这会
使您的说法更逼真。）
再说一遍，我的开始不同。
我，您也一样，曾到处寻觅诡计。
自然，也找得到。士兵们——
这种人——总是投其所好

欺骗长官……但不知怎么，我在
科希策城下，在 1944 年，突然明白了，
那是愚蠢的。我面前的雪地上
躺着二十八个人，
都是我不信任的家伙——士兵们。
什么？为什么我要讲
于事无补的话？
我只是在回答您的问题罢了。

是的，我是鳏夫。已经四年了。
是的，有孩子。一个小孩，男的。
周末晚上你在哪里？
在剧院。后来我送她
回家。是呀，他躺在大门口。
什么？我当时有什么反应？没有啊。
当然，我认出了他。有一次
我在百货商店看见他们在一起。
他们在那里买什么东西。我
那时才明白了……
　　　　　　问题在于我和他
曾在浴场偶尔发生冲突。
我们看中了同一个地方——
要知道，那里靠近隔离网。而我
总是能看到他脖子上的斑点……
就是那种……嘿，您知道的……情况就是这样。
有一次我对他说——嗯，关于
天气什么的——他当即很快地
向我弯下腰来，也不看着
我，说：'不知怎么，我不乐意。'
只是过了几秒钟才又
补充道：'与您说话。'这时

他老是看着上面的什么地方。
就在那时，我向您发誓，我会
杀了他。我两眼发黑，
觉得，有一股热浪灌满了
脑袋，顷刻间，
我好像失去了知觉。
在我终于清醒过来的时候，
他已经躺在原来的地方，
用报纸盖着脸，脖子上尽是
那些发黑的瘀斑……
那时我还不知道，这就是——他。
幸而当初我与她还并不相识。

后来？后来他好像消失了；
不知怎么，我在浴场再也不曾遇见他。
后来在军官之家有个晚会，
于是我和她终于相识。后来
我在那里看到他们，在百货商店……
因此我在周末之夜
立刻就认出了他。实话对您说，
我在某种程度上感到高兴。
否则一切会永久地延续下去，
于是每一次在他造访之后
她就有点儿心慌意乱。
现在我希望，一切纳入正轨。
起初有些难以忍受，
不过我知道，最后人们会
忘记被杀害者。何况
我们想必即将离去。我有
去科学院的邀请函。是的，去基辅。
任何剧院都会录用她。而儿子

和她很投缘。也许我和她
还会添一个自己的孩子。
我——哈哈——正如您看到的那样，我还……
是的，我持有私人武器。
才不呢，不是'斯捷奇金手枪'——我只有
还是在战争中缴获的巴拉贝伦枪。
是啊，曾中弹负伤。"

4

"那天晚上爹爹离开码头来到剧院，
而我和奶奶一起留在家里。
啊哈，我和她看电视了。
家庭作业？要知道那是周末啊！
是呀，可见有电视机。关于什么？
我现在已经忘记了。不是关于佐尔格？
啊哈，正是关于佐尔格！不过我
没有看完——以前看过了。
我们参观过电影艺术。
就是说嘛……我是从什么地方离开的？
嗯，那是有克劳森和德国人的地方。
更正确地说，是日本人……后来他们
还乘着摩托艇沿岸航行。
是的，这是在 9 点以后。
大概是。因为周末
他们在 10 点关闭美食店，
而我想要冰激凌。没有，
我看了看窗外——美食店就在对面。
是呀，那时我想散散步。
不，我没有告诉奶奶。为什么？
她会大声嚷嚷——喂，大衣、
手套、帽子——总之，诸如此类。

啊哈，我穿的是夹克衫。不，根本不是这一件，
而是带风帽的那一件。是的，它有
拉链。
　　　　　是的，我放进了口袋。
才不是呢，我只知道，他把钥匙藏在哪里……
当然，就是这么回事！也决不是
为了吹嘘！我能向谁吹嘘呢？
是呀，很晚了，总之是一片黑暗。
我在想些什么？我什么也没想。
只觉得，我在走呀走。

什么？我怎么会出现在上面？
不记得了……总之，因为你从上面
往下走的时候，在你面前的
始终是——港湾。以及港市的灯火。
是呀，想必你就会竭力想象，
那里发生什么事。而且一般地说，
在已经回家的时候——往下走也更惬意。
是呀，又安静，又有月光。
嗯，总之是赏心悦目之美。
迎面而来？不，没有碰见谁。
不，我不知道是几点钟。不过‘普希金号’
周末在 12 点发车，
而它还停着——那里，在车尾，
有乘客的舞厅，那里的彩色玻璃，
从上往下看仿佛纯绿宝石。
啊哈，于是那时就……
　　　　　　　　什么？不是嘛！
她的家在公园上方，而我
遇见他是在公园的出口附近。
什么？总的说来我和她

是什么关系？要是——她
漂亮。而且奶奶也认为她漂亮。
却似乎没什么，没往心里去。
至于我嘛，总之，觉得这无所谓。
老爸会斟酌……
             是的，在出口旁边。
啊哈，我抽着烟。是呀，我要过，
可他不给我，然后又……嘿，总之
他对我说：'你给我滚开。'
稍后——我已走开
十步左右，也许还更多——
又低声加了一句：'下流坏。'
万籁俱寂，我也听清楚了。
不知道，我究竟是怎么啦！
啊哈，好像有人打了我一下。
我也记不得，我怎样转过身来
朝他开了一枪！但没有击中：
他仍旧站在原来的地方，
好像在抽烟。于是我……于是我……
我大叫一声，拔腿就跑。
而他——而他站着……
             谁也不曾
那样对我讲话！而我，
而我做了什么呢？只是要。
是的，要一支纸烟。就算是纸烟吧！
我知道，这样做很不好。不过在我们这里
几乎人人抽烟。我甚至也
不想抽烟！不抽多好，
我最好只是拿着……不！不！
我是不想显得自己像成年人！
我最好是不抽！不过那里，在港市，

处处是灯火和锚地的萤火虫……
要是这里也……不，我不能
把这一切都妥当地……要是可以的话，
我请求您：不要对我爹讲！
他会打死我……是的，当场打死。
而奶奶？不，她已经睡着了。
连电视也没关，
于是闪烁着一条条光带……我立刻，
我立刻把它关掉，
钻进被窝！别告诉奶奶！
她会杀了我！我不是没打中吗！
脱靶了！是吧？是吧？是吧?!"

5

某某和某某。40 岁。
民族。未婚。子女——空格线。
来自何处。登记地点。何处，
何时，何人发现死者。其后
是嫌犯：三个人。
总之，嫌犯是——三个人。
一般地说，怀疑三个人杀死
一个，这种可能性本身就
很有说服力。是呀，当然，
三个人可以完成
同一件事，比如吃掉一只鸡雏。
不过在这里是——杀人。正是在这个实例中，
嫌疑落在三个人身上，
其前提是——每一个都有可能
杀人。而这个事实使一切侦查
失去意义——因为侦查的
结果只能认定，

究竟是谁；但绝不能认定

其余的人不会……是吗！不！

冷得发抖啦？真是一派胡言！不过总而言之，

一个人完成杀人的

能力和一个人调查

他的能力——在其可见的

一切连续性中——毫无疑问

是不等值的。想必，这

恰恰是他们相互接近的效应，是呀，

这一切令人懊丧……

　　　　　　　什么？您说什么?!

正是受到怀疑的那些人

的人数本身在把他们联合

起来，并在某种意义上

服务于不在犯罪现场？我们不可能

拿一只鸡雏填饱三个人的

肚子？毫无疑问。于是得出结论，

杀人犯不在这个圈子里，

而是在它的界限之外。他

是你不怀疑的人们之一?!

换句话说，杀人犯是——那个，

无缘无故地杀人的人?!

是的，这一回情况恰恰就是这样。

是的，是的，您是对的……不过，须知这……这……

须知这是——荒谬绝伦的辩护！

毫无意义的颂扬！疯人呓语！

结果在这种情况下——才合乎逻辑。

等一等！那么请您解释，

生命的意义何在？难道就在于

从灌木丛里走出一个穿夹克衫的男孩，

开始向您射击?! 要是，

要是这样的话，那么为什么
我们把这叫做犯罪？
不仅如此，还要侦查！噩梦。
结果是我们一辈子都在等候凶杀，
而侦查——只是等候的一种形式，
而罪犯并不是罪犯，
而……
　　　　　对不起，我不大舒服。
我们到甲板上去吧；这里闷热……
是的，这是雅尔塔。您看——就是那里——
那里的这栋房子。不，再高一点，靠近
纪念馆……房子好亮堂！
很美，是吧？……不，我不知道，
它们的估价是多少。是呀，这一切
已经与我们无关。这是仲裁，大概
估价……对不起，我现在
没有精力考虑惩罚问题。
我感到有点儿憋闷。没什么，很快会过去的。
是的，在海上无疑会轻松一些。
利瓦季亚？它就在那里。是的，是的，
那是一组信号灯。太棒啦，是吧？
是呀，尽管是在夜里。怎么？是我没听清？
好了，谢天谢地。我们终于起航。

　　　————

"科尔希达"搅起激浪的泡沫，于是雅尔塔——
和它的鲜花、棕榈、灯光、
休假的人群，他们贴近
关闭的机关门口，仿佛苍蝇
贴近点燃的灯——缓慢地晃了晃

便开始旋转。海上之夜
不同于任何陆地上的夜，大概就像
在镜子里遇见的目光——
不同于看着别人的目光。
"科尔希达"出海了，船尾后
留下泡沫四溅，嗞嗞作响的痕迹，
于是半岛渐渐地融化于
深夜的黑暗。更正确地说，是回归
那个轮廓，就像地图
向我们所展现的那样。

　　　　　　　　　　1969 年 1 月至 2 月

86. 海景

1

十月。大海的面颊
一清早就躺在防波堤上。
金合欢的豆荚在大风里，
就像雨点在屋顶的铁皮上一样，
打着切乔特卡舞的节拍。从海上
升起的太阳的光芒
与其说刺眼，不如说灼热；
为了配合它的刺眼，
开始划桨的桨手们
望着雪白的雉堞。

2

现在女神维斯塔的
大胆的手以无形的手指
梳理着云朵，
在爆炸的龙舌兰和棕榈中
引起骚乱，
不用肥皂完成梳妆的
先知在创造偶像的时候
突然措手不及，
他衣衫不整地在沿岸街上
已经在喝自己的第一杯咖啡。

3

然后他画着十字跳进

拍岸的海浪，可是在肉搏中
惨遭失败。在售报亭弄到
昨天的报纸，
他坐在一把
铝制的圈椅上；
几艘底朝上的气艇在腐烂，
一艘巡洋舰在地平线上冒烟，
而藻类在漂石的扁平
的后脑勺上枯萎。

4

随后他离开岸边。
他轻松地登山。
他离开夹竹桃和
叶子花返回方舟，
方舟和山那样紧密相连，
船底在流，就好像
透过灌木丛向下
看波涛的时候；
一张桌子放在早被
那个下流坯离弃的方舟里。

5

一支笔。一个墨水瓶。炎热。
而亚麻油地毡紧贴着鞋底……
而言语从笔下奔涌，
不涉及未来，而涉及过去；
因为这几个诗行的作者，
他的敏锐会受到
金雕的嫉妒，如今
受到驳斥的先知，

失去了对预言的渴望，
在试着弹奏竖琴。

6

来到海边不是季节，
除了物质利益之外，
还有一个好处，
这种好处是——暂时的，然而
附带说说，一年后走出
监狱的大门。讪然一笑，
即使时间不会受贿——
空间，朋友啊，是爱银子的！
20 戈比硬币的鹰徽是合法的，
在践踏过四季之后！

7

这里，葡萄园从丘陵穿过
暗绿色肥土向下延伸。
白净的家主妇在这里用
带点粉红色的山毛榉生炉子。
晚上公鸡在啼叫。
在旋转着缓慢地空翻的时候，
月亮不会威吓要
摔死在坑坑洼洼的马路上：
其他天体的黑暗
也会轻易地布满容得下的月光。

8

在后面有那么多各种
各样的，尤其是——灾难的时候，
你不要等待任何人的帮助，

搭上火车吧，在海边下车。
大海更辽阔。大海
也更深邃。这个优越性——
不是太令人高兴。不过
要是感到孤独的话，
呆在那些地方更好，
这里景色使人激动，而非使人痛苦。

1969 年 10 月
古尔祖夫

87. 美好时代的终结

因为诗歌艺术需要语言，
我——次等强国的耳聋、秃顶、忧郁的
大使之一，与这样的强国捆绑在一起，——
我不愿强迫自己的脑子，
自己给自己拿衣服，自己下去
到售报亭取晚报。

风吹赶着落叶。旧灯泡昏暗的灯丝
在这凄凉的，碑铭只能是——镜子获胜的地区里，
在一汪汪水洼的协助下产生富裕的印象。
窃贼们甚至叮咚作响地偷窃橙子、水银。
可是，带着情感反观自己，——
这种情感我已忘却。

在这凄凉的地区一切都考虑到冬季：睡眠、
监狱的四壁、大衣、未婚妻们新年的
白色衣装、饮料、秒针。
麻雀御寒的短上衣和强碱的逐日腐蚀；
清教徒式的脾气。内衣。以及小提琴手拿着的——
木制取暖器。

这个地区是静止的。在想象生铁和铅的
总量时，你摇着得意忘形的头，
回忆起当初建立在刺刀和哥萨克马鞭上的权力。
然而雄鹰像磁石一样落在含铁的混合物上。
甚至用柳条编的椅子也挂在这里的
门闩和螺丝帽上。

只有海里的鱼类知道自由的意义；然而它们
的哑症仿佛在迫使我们创立自己的
商标和收款处。而空间通过价目表竖立起来。
死创造时间。由于需要尸体和物体，
它在生的菜里寻觅两者的特性。
公鸡在听音乐自鸣钟。

生活在有所作为的时代而有崇高的情操，
遗憾，很难哪。撩起美女的连衣裙，
你看见的是你所寻求的，而不是令人惊讶的什么。
也并不是要在这里坚定地维护洛巴切夫斯基，
而是两边分开的地方大约某处在收缩，于是这里——
这里就是愿景的终点。

或是当局的间谍窃取了欧洲地图，
或是世界上剩下的六分之五的部分
太遥远。或是一位善良的仙女
在我头顶上占卜，而我无法从这里逃走。
自己给自己斟满卡奥尔酒——却不能呼唤侍役——
对啦，我在给猫咪梳毛……

或是太阳穴中弹，好像手指戳错的地方，
或是新的基督从这里猛地拨动海面。
醉眼惺忪而又冻得发呆，怎能不混淆
机车和海船——反正你不会羞愧而死：
就像水面上的独木舟，不会留下铁轨上
机车车轮的痕迹……

报纸的专栏"来自法庭"会写些什么呢？
判决已执行。朝这里望一眼。
居民透过锡色镜框的眼镜看到

有一个人脸朝下躺在砖墙旁边；
不过他没有睡。因为讨厌做梦的脑袋
右边被弄了一个窟窿。

这个时代的敏锐植根于那样的一些
时候，那时由于其普遍的盲目无知而不能
区别从摇篮里掉下来的和掉下来的摇篮。
白眼的楚德人不愿注视死后。
可惜，菜碟足够，只是不能和谁离开餐桌，
以便追究你的责任，留里克。

这个时期的敏锐——针对绝境中的东西。
现在不该说智慧在树上漫开，
而是唾液在墙上漫开。也不要惊醒鞑子——那个恐龙。
为了最后一个诗行，唉，不要拔下小鸟的羽毛。
所有人的无辜的脑袋及其事业在等候斧子
和绿色的桂冠。

1969 年 12 月

88. 与天人交谈

这里，在地球上，
在这里我时而陷入传统，时而陷入异教，
在这里生活，在别人的怀旧中取暖，
好像灰烬里的耗子，
在这里我比耗子更糟，
啃着亲爱的词典的小号铅字，
对你而言词典是陌生的，在这里，
幸亏有你，我才把自己看作来自上天，

已经在谁的身上
也看不到一个部位，可以用言语
接触一下，不能掌控喉咙，
低头用力压着
叫声响亮的动物的尸体，唾液
微微沾湿嘴唇，以代替卡斯塔利斯基的滋润，
比萨塔向一纸公文倾斜，
在那漆黑的夜里，

你的恩赐
我退还给你——没有埋在地下，没有喝酒花掉；
再说，假如心灵有侧面的轮廓，
你就会看到，
侧影也只
不过是令人痛苦的恩赐之模制品，
此外便一无所有，
而与模制品一起转向你。

我不会刺痛你，

用话语、自白、请求、
该死的问题——一种痘疤，
言语几乎
在襁褓中
就感染到的那种——谁知道呢？——不是你吧；
就是说，可信赖的圣像使你
脱离了痛苦。

我不会等候
你的回答，安琪儿，因为
显露出的面容很沉重
与你相似，
也许只有
沉默——那么持久，以致回声
在其中既不能激起笑声也激不起
惊叫："你听！"

这才会诱惑
我的听觉，我听惯了不协调的声音，
还会改善我和你面对面的
单独交谈。
鸽子不再
返回方舟，足以证明，
一切信仰只是单程
邮件而已。

你看着吧，
看我怎样向上帝申诉，只有
这样才能使你避免回答。
而这也是——一个证据和标志，
在赤贫中

蹉跎岁月不畏惧盗窃，
而把心思集中于伪装的想法。
在十字架上，

我不会大叫："为什么离弃我?!"
我不会把自己变成好消息!
既然痛苦——不违反规则：
受苦乃是
人体的能力，
而人是痛苦的试验者。
不过，也许这是自己的玄妙领域，也许是
痛苦的尽头

———

这里，在大地上，
所有的山岳——不过由于山势陡峭——
都不是以封顶结束，而是以斜坡结束，
在那苍茫的雾幕里。
于是紧闭双唇，
把自己的烙印藏进粗布衣服，
你走向自己散落在第二圈的衣物，
在走下了十字架之后。

这里，在大地上，
从温情脉脉到精神错乱的
一切生活方式都是一种适应。
其中也包括
投向天花板的目光
渴望与上帝融合，如同与风景融合，
在这风景中，比方说，有一名射手在

搜索我们。

好像在鼻子上，
一切都挂在自己的问题的钩子上悬着，
好比有轨电车上的窃贼，弹唱诗人或哲学家——
这里，在大地上，
从各个角落
像鱼一样从右边和左边
带来的是与大自然或与少女
和语言之塔的交汇！

精神——治愈者！
我从深不见底的莫泽尔盘子里
喝够了分钟做的汤和
罗马字母，
以致贪婪的听觉
以前不曾怪僻任性，
现在却听不进树木的细语和喧哗——
今天我聋了。

噢，不，不是我
向你求助，上天所指定的帮助！
没有谁的拥抱会永不分散
像午夜的道岔。
我不点燃蜡烛，
那时，松开有力的怀抱，
裹在外衣里的闹钟在
夜色中响起！

而在这座塔里，
在巴比伦国王曾孙女的心里，在言语之塔里，

总是不能完工的塔呀，你不让我
找到栖身之处！
一片寂静
在那高处迎来黄金连的一名士兵，
结果，在攀登阁楼的时候你
掉下井底。

在那高处……
你会听说一件事：我心怀感激，
因为你夺走了我毕生所拥有的
一切。因为造就的一切坚不可摧，
劳动的产品
是窃贼的食物和伊甸园的原型，
更正确地说——时代的收获：在失去
（但愿永远失去）

什么的时候，你
无权冲着忠诚的期望大喊大叫：
这个**时代**，以前是看不见的，
事物的特征
突然显现，于是前胸挤满了
老年人的皱纹，不过这些线条——
你是弄不平的，稍微碰一碰，就像白霜
一样消失。

我感谢……
更正确地说，智慧的最后微粒
在感谢，你不允许迷恋那些
世外桃源、高楼和词汇，
你没有闯入
我的禀赋、情结和礼让的

好运——也没有把我出卖给它们简陋可怜的形状
任意摆布。

———

你由于蒙受损失
总是认为这一切就是报复，
就是我在配合指针盘，
在斗争，与时代融合——天知道！
得了吧，我吗！
既然这样——那就是与时代疏远，
仿佛觉得每一个圆盘后面的
墙壁里——都有隧道。

那又怎样，挖呗！
要挖得深些，就像连着布扯下纽扣一样，
令人心有余悸，在面对沮丧的时刻，
面对死亡的时候。
要指控苦难的深渊，
努力吧，夸大你的热心！
不过即使想到——怎么说来着！——永垂不朽
也只是涉及独自一人的想法啊，我的朋友。

这句话嘛
我要大声疾呼并展望
未来——既然死的前景是眼睛
看得见的——
远处有谁
应答吗？会不会有回声呢？
或者在那里也遇不到障碍，
像在地球上一样？

夜深人静……
熟睡的函授生用脑袋敲着桌子。
炉子里的耗子惊动了砖头
似的电话仔。
而窗外
有一大片围着木框的树，
好像学校教学图表上淡淡的线图，
沉浸于梦境。

一切都分崩离析……
甚至时间。甚至命运。而关于命运……
只留下对自己的回忆，
微弱的声音。
她孑然一身。
那也——好像烧成的灰烬、残渣，
靠的是一些书信、照片、
镜子、窗户，

暗地里……
伤心的是回忆不起主要的事情！
多么遗憾，基督教没有上帝——
哪怕是一位小神——
让我们回忆，带着一把钥匙
开启故居的房间——有一幅外貌像
古玩商的神像——以便打发僻静的
漫漫长夜。

夜深人静。
鸦巢，好像支气管里的空洞。
衣衫褴褛的炊烟在医院屋顶
的碎屑里翻卷。

任何言语

缺乏针对性，唉，此刻——
我会竭尽所能，天人朋友，予以蔑视，
毫无疑问。

受难周。夜。
在这个世界从生活中品尝到的味道，
就像在别人的住宅里留下许多脏脚印
又立即走开！
而脑子在电流的影响下！
而在那非常遥远的楼层
一扇窗户在燃烧。而我似乎已经不能
清楚地记得

对你高谈阔论了些
什么——更确切地说，是说给一堆玩偶中的一个，
这些玩偶正掠过深夜的苍穹。
现在终止
也料不到，
怎么会有那么多黑的在白的上面？
喉咙里流出大量石笔和粉笔
喉头里——塞着一团东西，

不是话语，不是泪，
而是战胜白雪的古怪想法——
世界的垃圾从天而降——
几乎是个问题。
心里苦楚，
而在墙后面婴儿冲着一页纸的厚度
大声喊叫，而在医院的窗口
站着一个老人。

四月。受难周。一切都涌向春天。
　　不过世界还是一片坚冰白雪。
　　　　而尚未学步的
　　　　　婴儿的目光
　　　　不许白雪融化。
　　　然而也不躲避，
由于同样的想法——屁股朝前——
　　医院里的一个老人在年初：
　　　他看着雪，也知道，他将
死于白雪融化之前，流冰期之前。

1970 年 3 月至 4 月

89—93. 从二月到四月

1

严寒的夜晚。
桥梁笼罩着雾霭。岩洞的女居民们
在交易所的顶上冷得牙齿咯吱作响。
惨无人道，
更确切地说，是荒无人烟的十字路口。一连
水兵打着灯笼走出澡堂。

船鼻深处——
乌鸦的聒噪。那些光秃秃的树
好像学校图表上淡淡的细线。
鸦巢
在其中仿佛一个个黑洞。破衣烂衫
把煤气的火焰抛向天空。

河——好像一件女式衬衫，
解开了灯笼。宫殿中的
小花园空荡荡。在屋顶的雕像上方
弥漫着月亮
的光辉，月光下君主—骑士
以雾凇把自己的侧影染成银色。

而平底驳船靠近
一扇窗着火的枢密院
东北风把沉重的冰块刮得歪歪斜斜。
宫廷蒙上冰霜，
它们的柱廊在夜里等候春天，

好像木排在拉多加等候拖船。

2

在一个空无行人，被晾晒的衣服遮蔽的公园里
一个老妇人在牧羊犬的包围中——
意思是它在老妇人的周围
绕圈儿——编织红色高领毛线衣，
而飞扑树木的风
揉乱了头发，却怜惜脑子。

一个小顽童，用棍棒使篱笆的
网状花纹变成了一片叫声，
逃出了学校，于是一个
鲜红的球落入木筐，
在草坪上投下阴影，
而阴影消灭火灾。

巷子里安静得像在空盒子里一样。
在运河浮动的残余的冰，
对小的鱼类来说就是——那些云朵，
不过要是仰面朝上的话。
它们上方的桥，好像不动的格林威治；
而远处传来响亮的钟声。

拨出的无数厚赠，
唯有视觉无偿地为你服务。
你真走运，而且无论如何
还活着。而今年的春天
小鸟那么少，你可以把它们的地址记入
笔记，而把名字记入——教堂日历。

3. 四月的蔷薇

蔷薇每到春天
就想准确地记起
自己以前的样子：
自己的颜色、弯曲枝条
的曲率——以及使它们弯曲的
究竟是什么。

在花园的篱笆内清晨
在那些铁制的枝条中发现了
恶的根源，
它奔忙于大风里，
它断言，要不是有它们
就能钻到篱笆的外面去。

它把根伸进自己的
叶子里，恶魔，
鲜血上面的教堂。
不是复活，但也
不是圣灵感孕，
不是爱情的结晶。

渴望防护自己的衣衫，
更确切地说——是防护未来的绿叶，
花蕾、影子，
它仿佛在核对世界；
可是世界本身不足信，
在如此阴暗的日子里。

落了叶子、干枯、赤裸，

它在篱笆内乱窜，用针
扎着铁标枪
的金属——又一个四月
使它一无所获，
三月也一样。

毕竟灌木会把
自己的灰烬改造成熔炉，
赶到内部
能撬开任何的
嘴。找来墨水。
又拿起笔。

4

这个冬季我还是
没有发疯。而冬季
眼看就要过去。我可以分辨
流冰的轰鸣和绿色
的植被。可见我没病。
我向自己祝贺
新季节的来临，
把瞳孔凑近小喷水池
把我自己撕成上百的身影。
我用巴掌在脸上
抚摩。脑子里就像在林子里那样，
是一片下陷的白雪。

勉强挨到白头，
看着拖轮挤过冰块
吃力地驶向出海口。
不下于

对恶的回忆
把一纸公文变为
欺凌的替罪羊。
谅解
崇高的文体吧：
恐慌不安的时期无止境，
但冬季即将过去
这是——转变的实质，
卡梅娜在谟涅摩叙涅的
酒宴上吵闹不休。

5. 纪念汉科半岛保卫者的喷水池

在这里喷水池应该喷水，可是它没有。
不过我们北方的潮湿
使当局免于操心，
蓄水池也不会感到口渴。

星期四所指望的正常的雨水
比生锈的自来水管道更可靠。
人类忘了做的事情，
大自然为他们弥补。

而你们，汉科的英雄，毫无
损失：气象预报
肯定了持续的 H_2O，
足以止住人类的泪水。

1969—1970

94. 无伴奏的歌唱

你在异国他乡忆起我的
时候——不过这句话
只是臆想，而非
预见，谈起来

满眼含泪，那是
根本不可能的：你不可能
用这样的钓丝从漩涡里钓出
一个日期来——于是当你

在遥远的海外，以
尾声的形式
（不过我要反复地说，
昔日的泪水除外，现在

是越来越少了）忆起我
终究还是在那些恩年里
于是你长叹一声——噢，
不要叹气！——察看着那

散布在你我之间的
海洋、原野的数量，你没有
注意到，自己引领着
大量的零。你的

傲气或我的茫然无知
才是问题所在，或在于谈这些

为时过早，然而
天哪，今天我感到奇怪，

我负债累累，
因为我未能好好地保护
你免于最大的不幸，从而
摆脱长吁短叹。

未来是漆黑的样子，
可比深夜的宁静。
在那个未来，关于它我们
一无所知，关于它，

至少，现在我可以
准确地指出一点：
我和你注定要在其中
处于离散的状态，还有

它已降临——暴风雪
的怒吼，喊叫声转变
为沉闷的讨论
是它的第一个征兆——

在那个未来有某种东西，它
善于安慰或
——我的声音那么有洞察力！——
拥有山鲁佐德的故事

风格的想象力，区别仅仅
在于这更多的是死后
的声音，不同于她那里

颇为单纯的怕死——请允许

现在，以家乡欧洲山杨的
语言来安慰你；但愿
雪地上来自山杨的影子
挤得像欧几里得凯旋一样。

———

在你忆起某天、某月、某个
恩年的我的时候
在异国他乡，
在 27 块耕地之外——而这

宣告了二十八种
可能性——而你的瞳孔
闪着一滴泪珠，拿起
笔和一张干净的纸

于是画一条竖着的
垂直线，好像天穹的支柱，
在我和你二人之间
——是的，是两个小圆点：须知那时

我们缩小了，那又怎样，天晓得，
彼此看不见的两个人
还把公认的小圆点
引以为荣；于是离别

就是画直线，
而渴望相会的

情侣——你的视线和我的——
向支柱的顶端

仰望，找不到
庇护所而在高处徘徊，
直至太阳穴隐痛；
而这，难道不是三角形！

我们仔细地看一看那个图形吧，
它在其他时候
会把我们惊醒，吓出
一身冷汗，半

疯狂地爬到水龙头下，为的是
不让怒火烧毁理智；
要是我俩都能避免
这样的遭遇——

避免嫉妒、征兆、彗星，
避免蛊术、中邪、草药
——那么，想必，只有描绘的
对象才与他相似。

一起仔细地看一看吧。一切都有期限，
因为拥挤，搂抱的
不可见性——就是离别时
避人耳目的保证——两者

彼此遮掩，隐身于
空间，划定自己的肩胛骨
作为空间的界线，——瞧，

这就是对背信弃义给以

加倍的报应；你拿起笔
和一张干净的纸——空间的
象征——想象的是
比例，——而我们竭力

想象的是整个空间：我们的
世界毕竟是有限的，取决于
造物主，即使没有九霄云外的
卫士，也没有九霄云外某人的

激情——想象一下
我们之间那条直线的
比例吧——整片叶子的激情，
还把地图铺在下面，为了弄清

更重要的细节，你把地图划分为
地球的经纬度，向网中塞进
叶子的长度——你就会发现
爱情对生活的依附关系。

总之，就算直线的长度
我们知道，可我们知道，
这就像——成双成对的样子，
是他们的命，不如说，在那

她被夺去约会的地方，
如果这个估计
正确（唉，是正确的啊），
那么，从中心画的

垂直线就是这两条
锐利的视线的总和；基于
它们的这种力量，
垂直线的尖端也处于

平流层的范围之内——我们
视线的总和未必能有什么
更多的作为；而每一个转向
尖端的视线都是——直角边。

就这样，两个探照灯的灯光
探究着敌方的混乱情况，
在夜间寻找自己的目标，
光线在乌云上方交叉；

不过他们的目标——不是士兵的靶子：
靶子——本身就是为他们效劳，
好像一面镜子，往里面看的人
不敢彼此照面

匆匆一瞥而已；于是舍我其谁，
只有我，直角边，眼瞎，耳聋，
可以向你充分证明
一个普通的反向

定理，那里，折磨着被
证明富足的稻草人的眼睛，
生活需要从我们这里找到的
东西，或者说是我们安排的：一个角落。

瞧，这就是给予我和你的。

长期地。永久地。甚至
即使难以察觉，却是
物质。几乎就是一种景致。

这就是我们会面的地方。九霄云外
的岩洞。云雾缭绕的亭子。
宾客的安身之处。有一种
角落：而且是最佳的一种，

哪怕就因为没有人能
在那里突然碰上我们。这是
只由我们视力支配的财产，
高于对物质的所有权。

多年来，因为——
在死前无处可以相见，
我们营造了这个安乐窝，
按相等的份额带到那里的有

孤单念头的残余，未曾
出口的废话——全都是
我们在各自的角落里积累起来的；
或早或晚所指出的

这一点几乎会
获得物质性的外貌，
星辰般的尊严和
不致遮掩乌云的

内心世界——因为欧几里得本人
在两个角与周边的黑暗

之和中还有一个许诺；
而这似乎是婚姻的形式。

瞧，这就是给予我和你的。
长期地。永久地。终身地。
彼此不相见。不过
从那里，从西方和东方，

可以一眼看到我俩
日夜都是这样，
我们终于受制于
这洞彻一切的

慧眼。不论现实怎样把
监禁强加于黑暗之上，
你要立刻接受并置之于
自己的新的星占图，在

洞彻一切的慧眼还没有
深入研究歌词的时候。离别
是我们的三个角之和，
而它所引起的痛苦

是它们彼此吸引的
方式；而这种方式的力量
远大于其它类似的方式。
的确，大于尘世的引力。

————

空洞的议论，你会说。不错，

空洞的议论在躲躲藏藏的游戏中
也会忧伤地丧失羞愧的
迹象。而且大海上空的星辰——

又何尝不是（允许这么
说吧，为的是你不要在其中
看到崇高的文体）一个老茧，
在空间中被光所擦亮？

空洞的议论。几乎是。天晓得。
可能吧。认定回答是
同意。在这个世界上
什么不是空洞的议论呢？

天知道。我昏昏欲睡，
看见窗外冬季
已逝；也找不到春天：
夜色要阻止原因成为

结果。我的脑子里
有一些正方形的东西，日期，
你的或我的紧按着
太阳穴的手掌……那时你

有一天回忆起我，
要记住被黑暗包围，
挂在上空，外面，
在斯卡格拉克上边的什么地方，

在其它行星的陪伴中
闪烁着微弱昏暗的光线的
星辰，总之，它并不存在。

然而爱的艺术就在于

此，不如说，人生的艺术——在于
看到大自然所没有的东西，
而在空地上看得见
瑰宝、怪物——类似于

生有翅膀和女性乳房的狮子，
拥有不可思议的威力的，
预示着双头鹰的命运的小神仙。
你想一想吧，多么简单

创造类似这样的一些肉身，
编织他们的躯壳
和其余细致费力的事情
嵌入一个小圆点的空间！

你用手指直刺黑暗。不知道
指向何处。指甲会指给你看。
生活的实质不在于生活中有什么，
而在于相信生活中应该有什么的信念。

你用手指直刺黑暗的夜空——指向，
那个作为崇高音符的
本应当是星辰的地方；
而它要是不存在，冗余废话

就是那些用俗了对亮光的比喻，
请你原谅：好像迟啼的公鸡
因为离别而受损的脑子
便不由自主地想要腾飞。

1970

95. 十月之歌

V. S.

雌鹌鹑的标本
立在石砌的搁架上。
古老的钟，在正常地唧唧作响，
在晚上吸引着揉皱的薄膜。
窗外有一棵树———一支昏暗的蜡烛。

大海第四天在堤坝边发出低沉的隆隆声。
你把自己的书放在一边吧，拿起针来；
织补我的内衣，不必点灯：
角落里由于
金发而亮堂。

1971

96. POST AETATEM NOSTRAM

献给 A. Я. 谢尔盖耶夫

I

"帝国——愚人的国度。"
交通由于皇上的到来
而被封锁。人群
挤压着兵士——歌声、叫声；
但轿子关着。爱戴的对象
不愿成为好奇的对象。

在宫廷后面空空的小咖啡馆里
希腊流浪汉和没有刮脸的残疾人
在玩着多米诺骨牌。桌布上
放着下流的上流人士的弃物，
而欢腾的余波轻拂着
窗帘。输了的希腊人
数着德拉克马；获胜者要一份
煮鸡蛋和一小撮盐。

在宽敞的卧室里年迈的包税人
对年轻的荡妇讲，
他看见过皇上。荡妇
不信，哈哈大笑。这就是
他们调情的序曲。

II. 宫廷

用大理石雕塑的萨梯里
和自然女神望着水池深处，

水面漂着玫瑰花瓣。

总督，赤着脚，亲手使
在场的皇帝脸上沾上了血污，
因为三只小鸽子在生面团里烧死了
（在加工烤馅饼的瞬间鸽子被
炸得粉碎，随即落到桌子上）。
节日泡汤了，如果不是仕途泡汤的话。

在总督青筋暴起强有力的膝盖下面
的潮湿的地板上，皇帝默然无语地
扭动身体。玫瑰的香气
弥漫四壁。奴仆们冷漠地
看着自己的前面，在扭动。
可是在平滑的砖块上没有倒影。

在北方微弱的月光下，
紧缩在御厨房的烟囱边，
希腊流浪汉搂着一只猫看着
两个仆役把厨师的尸体
裹在蒲席里抬出门，
又缓慢地向下面的河边走去。

碎石子在絮叨。
　　　　　　屋顶上的人
使劲捂住了猫嘴。

III

被小顽童抛弃理发匠
默默地照着镜子——也许，
在思念他，却彻底忘了

这个顾客抹了肥皂的头。
"想必男孩不会再回来了。"
这时顾客在安静地打盹
还做了一个纯粹的希腊人的梦:
有诸神、基萨拉琴、体操运动
中的搏斗,在那里强烈的汗味
刺得鼻孔发痒。
　　　　　离开天花板,
大苍蝇转了一圈,落在
梦中人雪白的抹了肥皂
的面颊上,于是陷入泡沫,
好像可怜的色诺芬轻皮盾步兵
在亚美尼亚的积雪里,慢慢地
爬过陷坑、高地、峡谷
爬向巅峰,于是绕过张开的嘴,
一心想爬上鼻尖。
希腊人睁开可怕的黑眼睛,
苍蝇吓得嘤的一声飞起。

IV

节日后干巴巴的夜。
门洞里的旗帜与马脸相似,
用嘴唇咀嚼着空气。僻静
街道的迷宫洒满月光:
怪物大概在酣睡。

离开宫廷越远,雕像和水坑
越少,正面的轮廓在消失。
而朝向阳台的门
总是关着。看来,这里
也只有四壁在拯救午夜的安宁。

自己的脚步声总是预示着
不祥和无助；空气
已满是鱼腥味：到了
房屋的尽头。
　　　　　不过月光下的水路
在往前流淌。黑色小帆船
横穿光带，像猫一样，
消失在黑暗之中，从而发出信号，
其实，不值得继续前行。

V

在街道展示板上张贴的
"给统治者的寄语"尽人皆知，
著名的地方当权派怒气
冲冲，果断地讲起
号召从铜币上
（下一行）清除皇帝。

人群以手示意。青年、
白发苍苍的老者、成熟的男人
以及稍通文墨的轻佻女子
异口同声地断言，
"这种事从前不曾有过"——却又
弄不清，"这种事"究竟是
什么事：
　　　是英勇无畏还是谄媚逢迎。
诗歌艺术，也许，没有清晰的界限。

不可思议的蔚蓝色地平线。
波涛拍岸的簌簌声。裸体男子
像三月的蜥蜴一样，伸直

身子躺着，他躺在干燥灼热的岩石上
剥偷来的扁桃。稍远处
两个被铐在一起的奴隶
想必在准备赎罪，他们
笑着彼此帮助对方脱掉
自己的破衣烂衫。
　　　　　　天气热极了；
于是希腊人爬下岩石，翻着
白眼，好像两枚铸有
狄俄斯库里雕像的德拉克马银币。

VI

美好的收音效果！建筑师
在莱姆诺斯的十七年没有白白地
喂虱子。收音效果真好。

天气也令人陶醉。观众
被浇铸成运动场的形式，
屏息凝神，倾听着

叫骂声，两个拳击运动员
正在台上彼此对骂，
为的是相互激怒而亮剑。

比赛的目的绝不是凶杀，
而在于公平和符合逻辑的死亡。
悲剧的规则转化为体育活动。

收音效果真好。看台上
只有男人。阳光把政府包厢里
毛发蓬乱的雄狮们染成金色。

整个运动场是———一个大耳朵。

"你是卑鄙的家伙!"——"你自己才是。"——"卑鄙下流!"
这时，脸像脓肿的乳房的
总督也在笑。

VII. 塔

凉爽的中午。
消失于某处云彩中的
自治市政府的铁灰色塔尖
同时也是
避雷针，灯塔和
升国旗的地方。
而塔的里面——设有一座监狱。

很久以前有过统计，通常——
在总督管辖区，在法老时期，
在穆斯林那里，在基督教时代——
无所事事或被处决的
约占人口的百分之六。
因此又一个百年后
当今皇上的祖父有意于
司法改革。废除了
不道德的死刑习俗，
他借助于特殊立法
将百分之六缩小到百分之二，
这百分之二的人必须坐牢，当然，
是终身监禁。无关紧要，你有
犯罪行为或是无罪；
立法，其实质是征税。
正是在这种情况下才修建了这座塔。

镀铬钢的光芒耀眼。
第 43 层有一个牧人，
把脸伸出舷窗，
把自己的微笑送给来到
下面探望他的狗。

VIII

具有大海中海豚形状的
喷水池十分干燥。
完全可以理解：石头鱼
没有水也行，
正如水没有石头鱼也行。

仲裁法庭的判决就是这样。
法庭的判词会区别干燥的特征。

在宫廷白色柱廊下面的
大理石台阶上有一小撮肤色
黝黑的酋长穿着揉皱了的花哨外衣
等待自己的皇帝驾到，
好像扔在桌布上的花束——
充满了水的玻璃花瓶。

皇帝驾到，酋长们起立
并摇晃着标枪。微笑，
拥抱，亲吻。皇帝微微
发窘；不过这就是肤色黝黑的长处：
皮肤上的紫斑不那么明显。

希腊流浪汉把一个少年叫到自己跟前。
"他们在聊些什么？"——"谁？这些人？"

"啊哈。"——"都在感谢他。"——"感谢什么？"
小家伙抬起明亮的目光：
"反乞丐的新立法。"

IX．动物园

栅栏隔开狮子
和游客，铁栅栏里
重复着丛林法则的混乱状态。

苔藓。金属般的露珠。
藤蔓缠上荷花。

自然界在模拟那种
只有人才能适应的
爱情，对人来说，在哪里
迷路并非无所谓：在密林还是
在僻静的住所。

X．皇帝

角斗士—雇佣兵穿着闪光的铠甲，
在白门边担任警卫，
从门后听得见外面的低语声，
看得见窗外过路的妇女。
他戳在这儿整整一个小时，
已经开始觉得，似乎
并不是各领风骚的美女们
在下面走过，而是同一个女子。

装饰门扇的
金色大写字母 M，实质上，
只是相比较而言的大写，

诸如比之于巨大和由于使劲而出现的红晕，
比之于俯身在门外的潺潺
流水，为的是在一切细节中
辨认自己的倒影。

归根结底，流动的水
丝毫不逊于雕塑家，他们使
这种雕像充斥于整个帝国。
清澈的潺潺流水。
体积巨大完全变形的大便，
低垂在水面上，迟迟没有喷发。

总之，现在一切都步履艰难。
帝国像三桅战船
在运河里，对三桅战船来说太狭窄。
划手的桨刮蹭着陆地，
石头也剧烈地擦破船舷。
不，不能说我们已完全停滞！

是在移动，移动在继续。
我们毕竟在航行。而且谁也不能
赶超我们。然而，唉，这多么
不像往日的速度！
这时又怎能不怀念那样的时代，
那时一切都进行得有条不紊。
                          有条不紊。

XI

油灯就要熄灭，灯捻也已在黑暗中
冒着呛人的烟。一缕青烟
飘向天花板，在黑暗中

天花板的白色在最初的时刻
可以适应光的任何形式。
哪怕是烟子的。
　　　　　　窗外，
在没有除草的花园里，亚洲沉重的瓢泼
大雨整夜喧嚣聒耳。但理智——冷酷无情。
如此冷酷，以致被揽入怀抱
这样凉薄而苍白的火苗
就会使你燃烧起来，比一页
纸或隔年的干树枝还快。

不过天花板没有看到这突然的激动。

既不留下烟子，也不留下
灰烬，一个人走进
潮湿的暗处，缓慢地走向篱笆门。
可是夜鹰的银铃般的声音
在命令他回去。
　　　　　　在雨中
他服从地又走进厨房，
于是脱下腰带，把剩下的
德拉克马都倒在铁桌子上。
随即离去。
夜鹰没叫。

XII

打算越界，希腊人
弄到一个大口袋，后来
又在市场附近的几个街区捉住
十二只猫（毛色黑些的）便带着这
乱抓乱挠，喵喵叫的货物

趁着黑夜钻进边境的树林。

月亮照耀，七月它总是
那样照耀。警犬
当然以苍凉的吠声响彻
整个隘口：猫停止
在口袋里胡闹，几乎安静下来了。
希腊人在小声地说："一切顺利。

雅典娜，你不要离开我。走在
我前面吧，"——而关于自己却补充道，
"我把所有的六只猫都放在
边境的这个地段了。一只猫也没有了。"
狗不会爬上松树。
至于士兵——士兵们都迷信。

一切都表现出最佳形象。月亮、
狗、猫、迷信、松树——
整个系统开动起来了。他爬上
隘口。而在一只脚已经
站在别国的那个瞬间
发现了他所错过的东西：

一转身，他看见了大海。

大海在下面很远的地方。
和动物不同，人会
离开他的所爱
（只是为了有别于动物）。
不过，好像狗的唾液、眼泪
暴露了他的动物天性：

"噢，塔拉萨！……"
　　　　　不过在这个可恶的世界
不可以那么久久地站在显眼之处，
站在隘口，站在月光里，如果
你不想成为靶子的话。把身上的东西一扔，
他开始谨慎地往下走，
进入大陆深处；于是起立相迎的

是云杉的树巅而非地平线。

1970

作者附注

标题的翻译：我们的时代之后。

狄俄斯库里——卡斯托尔和波鲁克斯（卡斯托尔和波利杰夫克），在希腊神话中象征着牢不可破的友情。他们的雕像铸在希腊的硬币上。古典时期的希腊人认为，在硬币上冲压帝王的雕像是亵渎神圣；塑造的只是神和神的象征；同样——神话中的人物亦如此。

莱姆诺斯——爱琴海中的岛屿，过去和现在都是放逐之地。

Верзувий——来自古斯拉夫语词"верзать"。

塔拉萨——海（希腊语）。

97. 饮茶

"今夜我梦见了彼得罗夫。
他像活着似的，站在床头。
我想问起健康，
不过我明白，这话有失分寸。"

她叹了口气，把
视线移向木框里的版画，
其中一个戴巴拿马草帽的人
在赶着一条阴沉的犍牛。

彼得罗夫娶了她的姐姐，
可是他爱上了小姨子；向她
表白过，前年夏天
他去度假，沉没于德涅斯特河。

犍牛。稻田。天穹。
赶牛的人。犁。在新的犁沟下面——
仿佛一粒粒稻种："伊万诺娃留念"
和全然难以辨认的："寄自……"

茶喝完了。我从桌边站起来。
她的瞳孔里闪动着一点
星光——和理解，
要是他复活，她就给予他。

她跟着我来到院子里
把蒙着一层薄翳的视线转向星星，

毋宁说眼睛以薄翳武装自己
转向那无限遥远的星辰。

1970

98. 初次登台

1

参加了自己所有的考试以后，她
邀请男友周六到自己的家里来；
黄昏时分，紧紧
塞住的红酒酒瓶。

而周日从下雨开始；
客人踮着脚尖悄悄地在吱嘎作响
的椅子之间穿过，从墙上钉得
不牢的钉子上取下自己的衣服。

她从桌上拿起茶杯
把剩余的茶水一下子倒进嘴里。
住宅此刻还在沉睡。
她躺在浴盆里，以全身肌肤

感受着表层脱落的盆底，
而散发着肥皂香气的气泡
慢慢地进入她的体内，还是经过
世人皆知的那个缝隙。

2

轻轻掩上门的手
被——他战栗了——污染；把
手藏进衣袋，只听
酒的找头在西服里面叮当作响。

大街空无行人。排水管不停地
排水，清除着烟蒂。
他回忆起钉子和化妆品的溪流，
不知怎么突然从浮肿的唇间

爆出粗口。望着虚空
他脸红了，意识到了言行荒诞，
对自己的嘴感到那么惊讶，
但愿它长在土里，你可别来啊，无轨电车。

他在自己的房间里脱衣服。
不看后来有点发臭的
适合于很多门的钥匙，
任何话语都会使他吃惊，不知所措。

1970

99

季节——冬季。边境安宁。梦里
满是婚后的某些家务，比如制作涩味的果酱，
而曾祖父注视着在鱼钩上颤动的鱼形金属片，
它徒劳地想要摆脱狗鱼的命令。

牛呼哧一声卧倒，你就能在十二月严寒的昏暗中
看到，除了自己毫不掩饰的耻辱感——
新月飘移在满是灰尘的窗玻璃上，窗子在
莫斯科十字架的上空，仿佛剽剐的胜利。

圆顶，像头颅，而且尖顶——也像跷起的脚尖。
好像在死后的门槛外面，我们注定要在那里彼此相逢，
在那里，因为吃得饱而成为偶像、冷却塔、宫殿、犹太教的会堂，
在那里，你也有自己的高耸的宣礼楼。

不要在巴士上中圈套，不要装聋作哑。
要不是卑鄙的当局插手，我们必将自己战胜自己。
你扣上难看的狗嘴吧。因为躺在桌子上，
搞错挂钩或海洋岂不是反正都一样。

1967—1970

100—106. 立陶宛余兴节目

致托马斯·文茨洛瓦

1. 引言

这是谦逊的滨海国家。
有自己的白雪、航空港和电话机，
自己的犹太人。独裁者胆大
妄为的独院府邸。也有诗人的雕像，
这位诗人把祖国比作女友，

在某个方面所表现的即使不是高雅的品味
却也显示了地理知识：那些南方人
在这里每逢周末便驱车驶向北方的人们
而醉意蒙眬地步行返回，
有时朝着西方缓步而行——目的是看
滑稽小品。距离恰好让
两性同体的人们可以在这里生活。

春天的正午。水洼、云朵，
无数的天使在无数
教堂的屋顶上；人
在这里成了拥挤的牺牲品
或巴洛克风格的地区特色。

2. 铸造①

但愿生于一百年之前
唉，从晾晒的绒毛褥子上面
往窗外瞧，就能看见花园，
双头卡塔丽娜的十字架；

为圣母感到羞愧，从瞄准
的单目眼镜里寻找
带着破烂货的大车推行于
特别居住区的黄色小巷；
蒙上头，为波兰小姐
忧伤，这是举例而言；
等到第一次世界大战
在加利西亚阵亡——为了信仰、
皇帝、祖国，——然而不是，
这样把长鬈发改为短连鬓胡子
而侨居新世界，
在路上由于颠簸而朝着大西洋呕吐。

3."涅林加"咖啡馆

时间在维尔纽斯走进咖啡馆的门，
伴随而来的是碟子、刀、餐叉的叮当声，
空间也眯缝着眼睛，微有醉意，
久久地凝视着他的后脑勺。

失去背面，鲜红的圆圈
渐渐消失于瓦房的屋顶，
而喉结变尖了，仿佛
整个面庞突然只剩下了侧面。

唉，听到神话似的言语，
身穿半透明的巴蒂斯塔短衫的女投球手
抚弄着从当地男足运动员的
双肩上拿下两只脚。

---

① 维尔纽斯的街道名称。

4. 徽章

德拉孔诺博尔切斯基·叶戈里，
在哑谜的考验中丧失了
矛，至今保留着
骏马和宝剑，于是
在立陶宛正直地到处追击
别人视而不见的目标。

他紧握手中的宝剑决定
跟踪谁？追捕的对象
隐藏在国徽的范围之外。
那是什么人？多神教教徒？异教徒？
不是全球吧？那时候
维托夫特可真行。

5. **AMICUM-PHILOSOPHUM DE MELANCHOLIA,**
   MANIA ET PLICA POLONICA[①]

失眠。女人的一部分。玻璃上
满是向外爬的爬行动物。
白天的疯狂行为沿着小脑流向
后脑勺，那里已形成一个水洼儿。
你微微地动一下——就会直觉地感到，
好像有人用笔尖在这冰冷
的液体里蘸一下，
缓缓地用心写出字迹工整的
"我恨"，每一笔都
曲折有致。女人的一部分在香脂中

---

① 《致哲学家朋友，论躁狂症，忧郁症和波兰的纠发病》（拉丁文）——18
世纪专题论文的书名，收藏于维尔纽斯大学图书馆。

使劲向耳朵灌输长长的话语，
好像在把伸开五指的手掌插入
长满虱子的一缕缕头发。
于是你在黑暗中孤单赤裸，
在床单上就像黄道十二宫之一。

6. PALANGEN①

只有大海能望一望天空的
面貌；而坐在沙丘上的路人
垂下眼睛喝点儿酒，
好像流放的皇帝没有悦耳的隆隆炮声。

家被洗劫一空。他的畜群——被牵走。
牧人把儿子藏在洞穴深处。
现在他的面前——只有地平线，
而在水上走又缺乏信心。

7. DOMINIKANAJ②

你从车行道拐进出口
很窄的小巷，进入这时
还空着的波兰天主教教堂，
在长椅上坐下，过一会儿，
对着为防白昼的喧嚣
而蒙上的上帝的耳壳，
只是低声说了四个音节：
——宽恕我吧。

1971

---

① 帕兰加（德语）。
② "Доминиканцы"（立陶宛语）——维尔纽斯的波兰天主教教堂。

107

献给 Л. В. 洛谢夫

我总是强调，人生——如戏。
我们何必要鱼，鱼算什么，既然有鱼子。
而哥特式风格的胜利，作为流派，
作为获得快感的能力，避免了刺痛。
　　　　我坐在窗口，窗外有一棵欧洲山杨。
　　　　我爱的人不多，但爱得深沉。

我认为，树林——只是劈柴的一部分。
何须整个少女，既然有膝盖。
倦于百年升腾的尘埃，
俄罗斯的眼睛将在爱沙尼亚的屋顶上休息。
　　　　我坐在窗口。我洗了餐具。
　　　　我在这里有过幸福，已经不会再有。

我写道，小灯泡下有——性的惨境
爱情作为一种活动，被剥夺了动词。
欧几里得不知道，下到圆锥体上，
他所得到的东西不是零，而是时间。
　　　　我坐在窗口。回忆青春时代。
　　　　时而微笑，时而吐唾沫。

我说，叶子毁坏幼芽。
种子落入恶劣的土壤也就
长不出嫩枝：草地和林中空地
是手淫的榜样，大自然赐予的榜样。
　　　　我坐在窗口，双手抱膝，
　　　　与自己臃肿的影子做伴。

我的歌曲没有曲调，
不过因而不能合唱。并不奇怪，
因为这样的言谈给我的奖赏是
谁也不能把自己的两只脚放到双肩上。
　　　　我坐在黑暗的窗口；像个急性子，
　　　　大海在波浪形的窗帘外喧嚣。

作为二等时代的公民，我骄傲地
承认，自己的最佳思想是
二等货，我要把他们作为
与窒息斗争的经验献给未来的岁月。
　　　　我坐在黑暗中，而它在房间里，
　　　　比起外面的黑暗毫不逊色。

1971

108. 静物画

Verrá la morte e avrá i tuoi occhi.

Cesare Pavese[①]

1

东西和人环绕在
我们四周。两者都
折磨眼睛。
最好在黑暗中生活。

我坐在公园里
的长椅上，视线追随着
路过的一家人。
我厌恶光。

这是在一月。冬季。
根据日历。
什么时候黑暗使我厌恶，
我就开始说话。

2

是时候了。我准备开始。
从何说起，不重要。张开
嘴。我可以沉默。
不过我最好说说话。

讲什么？讲白天，讲黑夜。
或者就——什么也不说。
或者就讲东西。

讲东西，而不是讲

人。他们会死。
全都一样。我也必有一死。
这是无效劳动。
好像在风上写字。

3

我的血是冷的。
它的冷比冻到
河底的冰更难以忍受。
我不爱人们。

他们的外貌不合我的心意。
他们的脸使生活
习惯于某种摆脱
不掉的样子。

他们的脸上有点儿什么，
它违反理性。
它表现出不知
对谁的谄媚。

4

东西更惬意。它们之间
既没有恶，也没有善
流于表面。若要深刻理解
它们——也要在内部深处。

---

① 死神将至，她将拥有你的眼睛。切萨雷·帕韦泽（意大利语）。

物体的内部——灰尘。
粪土。木蠹蛾-甲虫。
内壁。干巴的螟蛾。
手不得劲儿。

灰尘。开灯
才能把灰尘照亮。
甚至物体
即使被密封。

5

旧餐柜从里面
到外面都一样，
使我回忆起
巴黎圣母院。

餐柜的里面漆黑。
拖把，长巾
都擦不掉灰尘。物体
本身，照例不会

竭力去战胜灰尘，
不会皱起眉头。
因为灰尘——这时间的
躯体；躯体和血。

6

最近一个时期我
白天睡觉。
看来我的死神
在考验我，

尽管我在呼吸，却把
镜子拿近我的嘴，——
我如何忍受
亮光的缺失。

我一动不动。两条
大腿冷得像冰。
静脉的青紫色
有点儿大理石的特征。

7

意外的礼品浮现为
自己的各个角之和，
物体从语言的
准则中脱落。

物体不是立着。也不
运动。这是——呓语。
物体是空间，这个
空间之外无物体。

物体可以敲打、焚烧、
破开、折断。
扔掉。这时物体
不会大叫："他妈的！"

8

树。影子。土壤
在树的下面为了根。
歪歪扭扭的花字。
黏土。一列石头。

根。它们的盘根错节。
石头，它自身的重量
得以摆脱这种
围绕枢纽的常规。

它凝然不动。既不能
移动，也不能带走。
影子。影子里的人，
好像鱼在网里。

9

物体。褐色的
物体。它的轮廓已被擦掉。
时近黄昏。别无
其他。静物画。

死神必将到来并找到
尸体，她的平静的来访
好像女性的到来
反映了死亡的到来。

这是撒谎，捏造：
颅骨、骷髅、镰刀。
"死神必将到来，她会有
你的一双眼睛。"

10

圣母对耶稣说：
——你是我的儿子还是我的
神？你被钉在十字架上。
我怎么能回家？

怎么能踏上门槛而
不明白，不能肯定：
你是我的儿子还是神？
就是说，你死了还是活着？

他回答道：
——是生是死，
母亲啊，没有区别。
儿子或神，我是你的。

1971

109. 爱情

我两次午夜梦回
缓步走向窗口，走向窗台上的灯，
梦里说的片言只语
化为乌有，仿佛省略号
没有给我带来慰藉。

我梦见你身怀有孕，却又
两地分居这么多年，
我觉得这是我的罪过，于是双手
高兴地抚摸肚子，
真的摸到了女裤

和开关。而在缓步走向窗口的时候，
我知道，我把你一个人留在
那里，留在黑暗中，留在睡梦里，你
在那里耐心地等候，也并不怪罪，
我回来的时候，故意

间歇。因为在黑暗中——
能延续的东西，遇光就会坍塌。
我们在那里结婚，举行婚礼，我们哪，嘿，
是双背怪物，有孩子才能
为我们的裸体辩护。

在未来的某个夜里
你会再来，疲惫不堪，瘦骨嶙峋，
而我会看到一个儿子或女儿，
好像还没有起名字——那么我

不会凑近开关，也已不会

把手伸开，无权
把沉默的你们留在那个阴影
统治的王国，面对岁月的篱笆，
陷入受现实支配的地位，
而我在现实中望尘莫及。

1971 年 2 月 11 日

致父母

言语的一部分

110. 1971 年 12 月 24 日

V. S.

圣诞节魔法师依旧不多。
　食品店里泥泞而拥挤。
小咖啡馆里有果仁酥糖
　售货台引来围观
人群把一大堆包裹给牲口驮上：
　每个人既是自己的主宰也是骆驼。

网兜、提包、网线袋、小纸袋，
　棉帽、歪到一边的领带。
酒、针叶和鳕鱼，
　柑子、桂皮和苹果的气味。
混杂的面孔，也看不清去伯利恒的
　路，因为雪糁。

于是分发微薄礼品的人们
　投入运输，闯门串户，
消失于院子里的塌陷坑，
　甚至明知洞穴是空的：
没有畜类，没有牲口槽，也没有**她**，
　她的头上有——镀金的光环。

空。不过想起它
　你好像突然看见无源之光。
但愿希律知道，他越坚强，
　奇迹就越有必然性，不可避免。
这种坚定不移——
　圣诞节的基本机制。

如今到处都在庆祝

　　他的来临，把桌子全都

移到一起。即使还

　　不需要星光，不过人们的

美好愿望从远处就看得出，

　　牧人们也点燃火堆。

下雪了；火堆没有热气，而屋顶上的

　　烟囱在呼呼作响。人们的脸好像光斑。

希律在喝酒。几个婆娘把孩子们藏起来。

　　什么人即将来临——谁也不清楚：

我们不了解种种预兆，也许心里

　　突然会对这个外来人不予好评。

不过，在午夜浓雾的笼罩下，

　　在门口的穿堂风里

出现了戴头巾的身影，

　　是圣婴，也是圣灵

你可以问心无愧地感觉到；

　　你仰望天空便看得见——星辰。

1972 年 1 月

111. 致暴君

他来过这里：还是不穿马裤——
穿着厚呢大衣；从容、背微驼。
拘捕咖啡馆的常客
终于取缔世界文化，
他好像在以此举发泄积怨（不是向他们
而是向**时代**）因为贫困、屈辱，
因为恶劣的咖啡、寂寞和败给
他们的二十一次交战。

而**时代**压抑着复仇的心愿。
现在这里人声鼎沸，许多人在笑，
响起了唱片的音乐声。可是在桌边
坐下之前，不知怎么想回头看一看。
到处是塑料、镍——全都不是那么回事；
烤馅饼里有溴化钠的气味。
有时他在闭幕之前从剧院，
来到这里，不过是匿名而来。

他进来的时候，大家全体起立。
一些人——职责所在，其余的人——由于幸运。
他用手掌来自腕关节的动作
让这个夜晚恢复安宁。
他在喝自己的咖啡——上等的，比起当年，
吃着小面包，躺在安乐椅上。
那么有滋有味，"噢，真棒！"连死人
也会这样赞叹，要是他们复活了。

1972 年 1 月

112. 波波的葬礼

1

波波死了，不过，棉帽没有掉下来。
怎么解释，这无以排遣的忧伤。
我们不会拿海军部大厦的
针刺伤蝴蝶——以免使它残废。

窗户是正方形的，无论从哪个
角度看。作为对
"出什么事了？"的回答，你要
从里面打开空的白铁罐："瞧，就是这玩意"。

波波她死了，星期三就要结束。
在你找不到宿处的大街上，
一片白色。只有深夜
河里的黑水不接受白雪。

2

波波死了，这一行里有悲哀。
正方形的窗户，半圆形的拱门。
这样的严寒，若要杀人，但愿
用发射火药的武器。

别了，波波，漂亮的波波。
泪水与切开的乳酪很相像。
我们跟着你走体力不支，
可是站在原地也办不到。

我预先知道，你的形象将处于
激情之中，即使遭遇严寒的铁线莲
也不会减弱，而是相反
在罗西独一无二的远景规划之中。

3

波波死了。瞧这内心的感受，
可以分享，却又滑得像肥皂。
今天我梦见睡在
自己的床上。情况就是这样。

你撕下一页吧，不过要更正日期：
损失的清单要从零算起。
没有波波的梦就像现实生活
空气从正方形窗户进入房间。

波波死了。只想微微张开
紧闭的嘴唇，道出"不要"。
死后想必是——空。
它比地狱更可能出现，也比地狱更糟。

4

你曾是一切。不过，因为你
现在死了，我的波波，你什么
也不是——不如说成了空的凝缩。
这也不算小了，你是怎么看的。

波波死了。地平线的景象
像刀子一样作用于吃惊的眼睛，不过
你，波波，基基或扎扎
不是刀子所能代替的。这不可能。

已是星期四。我信仰空。在空里
好像在地狱里，不过更不可思议。
于是新的但丁向一张纸
弯下腰来，并以文字填入空处。

1972

113. 速写

仆人颤抖。奴隶哈哈大笑。
刽子手在磨自己的斧子。
暴君随便地乱切阉鸡。
天上闪烁着冬季的月光。

瞧祖国的风光，线条画。
木床上——一名士兵和一个傻女人。
老太婆挠着死人般的肋部。
瞧祖国的风光，木板画。

犬在吠，风在吹。
鲍里斯请求格列布打嘴巴。
舞会上双双起舞。
在前厅里——地板上躺着一堆人。

月光闪烁，晃眼。
月下，好像单个的人脑，乌云……
但愿画家，不劳而食者，
描绘别的景色。

1972

114—122. 致罗马友人的书信

来自马尔提阿利斯

1

今天起风了，波涛汹涌。
　　秋天快到，周围的一切就会变样。
这些色彩的变化，伯斯图姆，
　　比女友换衣服更迷人。

姑娘给你的安慰有一定的界线——
　　不能越过胳膊肘或膝盖。
有什么快乐能胜过身体外部的美好感觉：
　　既不能拥抱，又不能弃之不顾！

2

这些书籍，伯斯图姆，我邮寄给你。
　　京城出事了？床铺柔和吗？不觉得太硬？
罗马皇帝怎么样？他在忙什么呢？还是搞阴谋？
　　还是搞阴谋，也许吧，对了，还暴饮暴食。

我坐在自家的花园里，亮着一盏灯。
　　没有女友，没有仆人，没有熟悉的人。
代替这个世界的弱者和强者——
　　只有昆虫和谐的鸣声。

3

这里躺着一个来自亚洲的商人。他
　　很精明——会办事，却不露声色。

不久死了：疟疾。他为商务
　　漂洋过海而来，而不是为得病而来。

与他并排的是——一名士兵，躺在粗劣的石英灯下。
　　他在交战中为帝国争了光。
多少次差点被打死！却死于暮年。
　　甚至在这里，伯斯图姆，也没有规则可言。

4

即使千真万确，伯斯图姆，母鸡不是鸟。
　　可是母鸡的脑子会使你吃尽苦头。
要是碰巧出生于帝国，
　　最好住在海边的偏远省份。

既远离罗马皇帝，也远离暴风雪。
　　不需要溜须拍马，提心吊胆，惊慌失措。
你说，所有的总督都是——痞子？
　　不过对我而言，痞子好于吸血鬼。

5

要我与你一起等候一场暴雨，女人哪，
　　我同意，不过我们要一言为定：
从衣衫蔽体的身上拿塞斯特蒂
　　无异于向屋面要板条。

我淌水了，你说？可是水洼在哪里？
　　要说我留下了水洼，那是不曾有过的事。
你要是为自己找到一个丈夫，
　　他就会把水淌在床罩上。

6

瞧，我们活了大半辈子。

正如老仆在小酒馆门前对我所说的话：
"我们回头看，看见的只是废墟。"
　　显然，这是野蛮人的视线，然而精确。

我到过山上。现在捧着一大束花卉。
　　找到了一个水罐，要给花浇水……
好像在利比亚那里，我的伯斯图姆，——或是在别处？
　　难道我们至今仍在作战？

7

你记得吗，伯斯图姆，总督有一个小妹？
　　瘦瘦的，不过两条大腿胖胖的。
你还和她睡过……不久前成了女祭司。
　　女祭司，伯斯图姆，也就与诸神有了关系。

你来吧，我们喝两杯，吃点面包下酒。
　　或者吃点李子就酒。你给我讲讲新闻。
在晴朗的夜空下，我在花园里为你铺好卧具
　　再告诉你，那些星座怎么称呼。

8

快了，伯斯图姆，你的那个欣赏身材的朋友
　　会付清自己很久以前扣除的旧债。
你从枕头下面取出积蓄吧，
　　钱不多，不过足够办丧事。

你骑上自己的黑色骒马
　　到我们城墙脚下的妓院去。
给她们开个价，让她们满意，
　　为的是她们因此而为逝者痛哭流涕。

9

月桂的绿叶在瑟瑟发抖。
　敞开的门，落满灰尘的小窗台。
遗弃的椅子，留下的卧榻。
　织物吸收着正午的阳光。

本都在五针松的黑色篱笆外喧嚣。
　谁的船在海角旁与风搏斗。
坐在干裂的板凳上——大普林尼。
　乌鸫在柏树的针叶间鸣叫。

1972 年 3 月

123. 天真之歌，它也是——经验之歌

> On a cloud I saw a child,
> And he laughing to me ...
> *William Blake*[①]

1

我们想在草地上玩捉人游戏，
不穿大衣，只穿一件衬衫。
要是院子里突然下雨，地上泥泞，
    我们就做功课，不愿哭泣。

我们阅读教科书，不管什么标题。
所梦见的一切，也就会成为现实。
我们爱所有的人，作为回报——他们也爱我们。
    这是最好的结果：正反相抵。

我们要娶有一双野鹿眼睛的姑娘
做夫妻；如果自己是姑娘，
我们就找英俊的小伙子成亲，
    也就会彼此疼爱。

因为洋娃娃有一张微笑的脸，
我们在笑的时候，自己就会犯错误。
于是隐居的智者
    会对我们说，生活就是这样。

2

年复一年我们的智慧与日俱进。
我们用碘酒治愈任何疾病。

我们的窗户将挂满网眼纱窗帘，
　　而不是钉上监狱里的黑色窗栅栏。

我们很早就愉快地下班回来。
眼睛不离电影屏幕。
我们把沉甸甸胸针别在连衣裙上。
　　要是有谁缺钱，就由我们付账。

我们要造一艘有螺旋桨和蒸汽的船，
完全是铁制品，而且有一个坐得满满的酒吧。
我们可以到船上去，领取签证，
　　于是能看到卫城和蒙娜丽莎。

因为在有季节变化的地球上，
大陆的数目，以数目4，
乘以注满燃料的几个油箱后，
　　可以开车前往二十个地方。

3

夜莺将在绿色密林里向我们歌唱。
我们不会更常想到死，比起
忌惮菜园里稻草人的乌鸦。
　　犯了罪，我们就自动站在壁角。

我们将在深座圈椅里迎来自己的暮年，
在孙子孙女绕膝承欢之中。要是
没有孙辈，邻居会让我看看
　　电视上间谍网的覆灭。

---

① 我看见一个孩子在云端上，/笑着对我说……威廉·布莱克（英语）。

正如书本所教导我们的那样，朋友们，时代：
明天不可能那么坏，坏得像昨天
那样，写下这句话吧
　　　在仿效我们行事的过去时。

因为灵魂存在于肉体，
生活会更好，超乎我们的希望。
我们用纯油烤煎自己的大馅饼，
　　　因为这样更可口；人家对我们说过。

　　———

Hear the voice of the Bard！
*Willeam Blake*①

　　　　1

我们不在村边饮酒。
我们不指望成为公主的未婚夫。
我们不把树皮鞋浸入浓汤。
　　我们觉得笑可耻而哭很无聊。

我们不与狗熊合伙把拱形轭弯成弧形。
我们不会骑着灰狼往前走，
而它也不能起立，在被注射器刺伤之后。
　　或咕咚一声倒在地上，像一位苗条的王子。

熟悉了铜号，我们不再吹它。
我们不喜欢和自己一样的人，不爱
那些秉性完全不同的人们。

---

① 听听歌手的歌声！威廉·布莱克（英语）。

我们不喜欢时间，但往往更不喜欢——地点。

因为北方离南方很远，
我们的想法环环相扣，
在阳光渐暗的时候，我们开电灯，
　　喝格鲁吉亚的茶打发傍晚的时间。

　　　　2

我们看不到我们的耕地发芽。
对我们来说，审判员可恶，辩护人可怕。
对我们更可贵的是民间的投钉游戏，而非百年比赛。
　　给我们三份午餐和糖水水果吧。

我们眼里的星光，是枕头上的眼泪。
我们惧怕雨蛙额头上的树冠，
手指和其他废物上的赘疣。
　　请赠予我们优质青霉素软膏。

我们，比起叶子的狡猾，更青睐愚昧。
我们不知道，为什么树上要有叶子。
也不知道，鲍里亚会在期限前的什么时候除掉它们，
　　我们什么感觉也没有，除了压抑。

因为温暖在渐渐地转冷，
开始缝我们的上衣，而皮袄被扎破了。
不是我们的智力，而是我们的视力变弱，
　　看不出雄鹰和苍鹭的区别。

　　　　3

我们怕死，怕死后的折磨。
我们熟悉生前所害怕的事情：

空比地狱更可能出现也比地狱更糟。
　　我们不知道，该对谁说"不要"。

我们的生命，像诗行一样到达了句号。
我们不能像梦一样来到穿着睡衣
的女儿或穿着背心的儿子的床头。
　　我们的身影比我们面前的苍茫夜色更长。

那不是在阴沉的市民大会上空敲响的钟声！
我们消失在黑暗中，那里没有灯光给我们照亮。
我们降下旗帜，焚烧文件。
　　就让我们最后一次俯伏在军用水壶上。

一切怎么会这样发生？于是
推卸给性格成了谎言或归因于上帝的旨意。
难道应该是别样做派？
　　我们为所有的人付出而无需屈从。

1972

124. 奉献节

致安娜·阿赫玛托娃

她第一次把孩子带进教堂
的时候，处于经常在
那里的人们之中的是，
　　　圣徒西面和女先知亚拿。

老者从马利亚手里接过
婴儿；于是三个人在婴儿的周围
站着，好像摇摇晃晃的围墙，
　　　这个清晨，他们被遗忘在神殿的晨曦中。

那座神殿把他们围在中间，仿佛沉寂的树林。
避开人们的目光和上天的视线，
这个清晨，殿顶掩盖着
　　　平卧的马利亚、女先知、老者。

只有黎明的偶然的光线
落在婴儿的头顶上；不过他还
什么也不懂，在轻微地打鼾，
　　　安息在西面坚强的手臂上。

而这位老者得知
他看到死的黑暗
不会早于上帝看到圣子。
　　　果然如此。于是老者说："今天，

依据很久以前的口头承诺，
你，主啊，可以释放我安然就死，

以便我能亲眼看见这个
　　孩子：他是——你的延续和光

源，成了世代崇敬的偶像，
在光源中也有以色列的荣耀。"——西面
默然不语。寂静笼罩着他们所有的人。
　　只有这些话的回声触及屋架，

过了一会儿，回声缭绕在
他们的头顶上，在神殿的拱顶下
轻微地沙沙作响，好像某种小鸟
　　有力气飞起，却无力落下。

他们觉得奇怪。寂静的奇怪
不下于言语。腼腆的
马利亚沉默了。"这是什么话……"
　　于是老者转身对马利亚说：

"此刻躺在你双肩上的是
一些人的堕落，另一些人的崛起，
作诽谤的话柄和引起纷争的借口。
　　手段是一样的，马利亚，这种手段

会使他的肉体遭受折磨，你的
心灵会受伤。这创伤
让你看到，是什么东西深藏于
　　人类的内心，像某种眼睛一样。"

他的话结束了，向出口走去。
弓着背的马利亚和被岁月的重负
压弯了腰的亚拿无语目送着他。

他步行而去，意义和身影越来越小，

对在神殿圆柱荫蔽下的这两个女人而言。
可以说在她俩目光的督促下，他
大踏步地沿着凝然不动的空空的神殿
　　走向影影绰绰闪着白光的门洞。

而步履显现老者的坚定。
只是在女先知的声音从后面响起的
时候，他才略微放慢自己的脚步：
　　不过那不是呼唤他，而是

女先知已经开始颂扬上帝。
而门渐渐临近。风早已
吹拂着衣衫和面庞，神殿墙外
　　生活的喧嚣也倔强地涌入耳鼓。

他走向死亡。而不是走进街道上的喧嚣
他双手把门推开，跨了一步
但跨入了死亡的聋哑领域。
　　他沿着没有硬度的空间走，

他感觉到，时间失去了声音。
婴儿的形象，毛发蓬松的头顶上
有光环，走在死亡之路上的
　　西面的灵魂把它抱在自己的胸前，

好像一盏灯，在那一片漆黑的时候，
在这种时候，至今还没有谁能把
自己的路照亮，这样的事从未发生过。
　　灯在发光，路也在加宽。

1972 年 3 月

125. 奥德修斯致特勒马科斯

我的特勒马科斯，
                特洛伊之战
已经结束。谁是战胜者——不记得了。
想必是希腊人：只有希腊人
会把那么多死者抛在野外……
毕竟回家的路
还是太长，
当我们在那里浪费时间的时候，
波塞冬好像延伸了空间。
我不知道，我身在何处，
面前的是什么。一个污秽的岛屿、
灌木丛、建筑工地、一群猪的哼哼声、
荒芜的花园、某个女王、
杂草和石头……亲爱的特勒马科斯，
所有的岛屿彼此相似，
在你那么久久漂泊的时候；脑子也
已昏乱，由于数浪花，
充斥着地平线的眼睛在哭泣，
淡而无味的肉遮住听觉。
我不记得战争的结局，
你现在几岁，也不记得了。

长大吧，我的特勒马科斯，长吧。
只有诸神知道，我们能否再相见。
你现在已经不是当初的那个婴儿，
我曾在你的面前挡住公牛。
若不是帕拉梅德，我们就会在一起生活。
不过也许他是对的：没有我

你摆脱了俄狄浦斯情结，
于是你的梦，我的特勒马科斯啊，也纯洁无邪。

1972

126. 1972 年

小鸟已经不再飞进通风小窗。
少女野兽似的捍卫薄薄的女式短衫。
在樱桃核上滑倒,
我没有倒下:摩擦力
随着跌倒的速度而增大。
心在跳跃,好像小松鼠在枯枝的
边上。而嗓子在歌唱年龄。
这就是——老化。

老化!你好啊,我的老化!
血液在缓缓地流。
多年前双腿匀称苗条的形态
现在有害于视力。我预先声明
这是自己的感觉的第五领域,
甩掉鞋子,我用棉絮救急。
任谁带着铁锹从一旁走过,
如今都是注意的对象。

对!肉体因情欲而悔恨。
它唱,嚎叫,呲牙也是徒然。
口腔里的骨疡,至少,
毫不逊色于古希腊。
由于发臭的呼吸和关节的喀喀欲裂
我弄脏了镜子。关于白色殓衣
还没有谈起。不过,就是要把你
抬出去的那些人,已经来到门口。

你好，陌生的年轻
一代！像昆虫一样发出
嗡嗡声的时候，终于找到
所寻求的令人振奋的东西，
它就在我坚毅的后脑勺里。
心里想的是头顶上的分歧和混乱。
好像女王——阁楼上的伊娃娜，
我以每一根神经感觉死神头顶上的
一口气并蜷缩着紧贴在垫子上。

可怕！正是如此，这真可怕。
甚至在火车车轮在腰带下面
带着隆隆声滚滚向前的时候，
想像力的奔放也没有中断。
好像优等生漫不经心的目光
分不清眼圈和电梯。
近视者之痛，而死神隐隐约约，
好像亚洲的模糊的轮廓。

我可能失去的一切，丧失得
一干二净。不过，大体上，我
也获得了预期获得的一切。
甚至杜鹃夜啼
也不太打动我——就让生活遭到诽谤
或持久地进行辩护吧，然而
老化是听觉器官长得
更长，故意保持箴默。

老化！体内越来越多的是必死的因素。
即生命所不需要的东西。从红褐色
前额上渐渐失去局部的

光泽。而黑色探照灯在晌午
淹没了我的眼窝。
我肌肉的力量被窃取。
不过我不为自己寻找十字架的横木：
从事天主的劳动要凭良心。

不过，也许问题在于胆怯。
在于恐惧。在于行动的技术上的难度。
这——是将来尸体腐烂产生的影响：
任何分解始于意愿，
它的极小值——静力学的基础。
我这样学习，坐在学校的小花园里。
哎哟，你们走开吧，亲爱的朋友们！
让我纯洁地走进旷野！

我和大家一样。就是说我们的生活
相似。我带着鲜花进入前室。
喝了酒。在皮肤下面摆弄一个傻蛋。
人家给什么，我就拿什么。内心不觊觎
不属于自己的东西。拥有支点，
建立杠杆。而我及时迎着空间
听取声音，把风声吹进中空的哨子。
最后又能说些什么呢？

听着，亲兵、敌人和战友们！
我所创作一切，不是为了我在电影
和无线电广播的时代获得荣誉而创作，
而是为了心爱的言语、文学。
因为那样努力-尽责
（竟然对医生说：让他自己就医）
在祖国的酒宴上被剥夺一樽酒，

今天我站在陌生的地方。

刮风。潮湿，昏暗。又刮风。
子夜把树叶和树枝抛到
屋顶上。可以肯定地说：
我将在这里结束一生，失去
头发，牙齿，动词，后缀，
用有舌软帽，所谓的苏兹达尔头盔
舀海洋的波涛，使海洋缩小，
咯吱咯吱响地嚼着鱼，尽管是生鱼。

老化！有成就的年龄。了解实情
及其内幕的年龄。放逐。
病痛。我既不反对它，也不赞成它
什么意见也没有。假如
失去分寸——就会大叫：胡扯
克制感情。暂时——要忍。
即使我心里有什么在燃烧，
那也不是理智，只是血液而已。

这个曲调——不是绝望的哀嚎。
这——是倒退的后果。
这——不如说——是沉默的第一声呐喊，
我把某人统治的国家想像为语音的
总和，曾引起潮湿而
如今硬化变为死的东西，
好像把不屈不挠的喉咙变为尸体。
这就是向好的现象，我是这么想的。

我要说的是：
尸体变为赤裸的

物！我不假装忧伤，也不往下看，
而是望着空——没有什么能照亮它。
这也是向好的现象。恐惧感
不是物的特性。因而靠近物体的
小水洼不怕显露出来，
即使是个濒死的小东西。

好像来自弥诺斯岩穴的忒修斯，
走到户外，穿着毛皮外衣，
我看到的不是地平线——是度过的
人生岁月的减号标记，比他的宝剑更锋利，
这是刀刃，它切掉最美好的部分。好像人们拿走
清醒者身边的酒，拿走盐，留下淡而无味的菜肴。
真想哭，不过哭也无益。

击鼓吧，表明自己对剪刀的
信赖，母亲的命运就隐藏于
其中，只有损失的规模才能
使死者与神相等。
（这个判断值得打钩
即使在那对赤裸的人心中。）
击鼓吧，在你拿着鼓槌的时候，
与自己的影子齐步前行！

1972 年 12 月 18 日

127. 在湖畔

那个时期在牙医的国家，
牙医的女儿从伦敦订购
商品，牙医的夹钳
在无主的旗帜上拔
智齿，我藏在嘴里的
瓦砾场比帕特农神庙干净，
腐朽文明的间谍、密探、
第五纵队——日常生活中
雄辩的教授——我住在
主要淡水湖边的
高校，我被叫到那里，为的是
折磨当地那些浑浑噩噩的少年。

我在那个时期所写的一切
都不可避免地表现于省略号。
我不脱衣服就倒在
自己的床上。夜里要是
在天花板上寻觅星辰，
它，按照燃烧的规律，
落在枕边的面颊上，
比我许愿的速度更快。

1972

安阿伯，密歇根

128

质朴小镇的秋日黄昏，
小镇因为出现在地图上而自豪
（地形测绘员想必在狂热地工作
或和法官的女儿关系密切）。

倦于自己的怪癖的
空间仿佛在扔下面积
太大的重负而局限于这里
主要街道的界线；而时间
以骨子里的某种冷漠望着
殖民地小铺子的铺面，
其中有我们的世界所能生产的
一切：从望远镜到大头针。

这里有电影院、小酒吧间，拐角上
有放下窗帘的咖啡馆，
装饰着展翅雄鹰的红褐色银行
和教堂，它的存在以及
它所分布的网络，
若不是在邮局附近，就会被忘记。
如果这里不生儿育女，
那么牧师就要给汽车举行洗礼命名。

这里蠹斯在寂静中横行无忌。
晚上六点，仿佛发生了核
战争，已经一个人也见不到。
月亮出来了，进入黑暗的
正方形窗户，你的传道书算什么。

只有偶尔往某处疾驶而去的
豪华的别克汽车用前灯冲着
无名士兵的塑像。

在这里，您梦见的不是穿贴身内裤的女人，
而是信封上您自己的地址。
在这里，早晨，看到牛奶变酸，
送牛奶的人就知道您死了。
在这里，可以生活，把日历忘了，
吞下自己的溴剂，不出户外
而是照镜子，好像灯光
照着渐渐干涸的水洼。

1972

129. 悼友人之死

寄语，致某某，——因为不想费劲在石头底下
找你，——出自我的手笔，一个匿名作者，
就好像在那些行动中一样：因为从石头上刮蹭，
也由于我是从上面使劲，偏离了石头，
太远，你不可能听到声音——
白头祖国的伊索式俚语，
在那里你用触摸和听觉发现了自己在凶狠的
金凤头和刺耳的芦笛的潮湿宇宙中的极地；
寄语你，寡居的女售票员之子，也许是出自
圣灵，也许是出自扫除灰尘的家仆，
寄语盗书者，寄语最优秀的关于
A．C．普希金拜倒在冈察洛娃的裙摆和脚下的颂诗的作者，
寄语措辞恭敬的撒谎者，吞咽着几滴眼泪，
寄语安格尔、电车铃声、阿福花的崇拜者，
寄语满是宪兵冲革布的廊柱间长着白牙的蛇，
寄语有无数访问者的独身的灵和肉——
但愿对你有好感，好像在奥伦堡式的大披肩里，
在我们狂热的大地上作为当地烟囱和烟的通道，
了解生活，好像热情的花朵里的一只蜜蜂，
在盛大的检阅中濒死的第三罗马。
也许，世界上最好没有通向空的小门。
桥上的人，你会说，不需要更好，
顺着黑暗的河水漂向无色的大衣，
这大衣的扣钩挽救了你免于离散。
阴沉的哈龙徒劳地在你的口腔里寻找德拉克马，
有谁徒劳地在上空曼声地吹响自己的小号。
我向你致以无名的告别的问候，
不知身在何处。但愿对你无关紧要。

1973

130. 蝴蝶

I

据说，你死了？
可是你只活了几天。
创世主啊！你玩笑间
引起多少忧伤。我
刚刚能说一声
"活过"——完全吻合：诞辰
和你在我的
掌窝里
散架的日期，使我
惊慌失措的是要减去
两个数之一，
而且要在一天之内做到。

II

因为对我们来说时日——
是空。仅仅是空
而已。你不能用针把时日别上
眼也不能把它们
变成食物：它们
在白的底色上
不具有形体
隐而不显。时日，
他们和你一样，更准确地说，
也可以过磅
称一下十分之一
时日的分量？

III

据说，你根本
不存在？可是
我手里的东西与你却
那么相似？而色彩——
并非虚无的果实。
根据谁的提示
就这样涂上了颜色？
莫非我，
嘟囔着一堆
话语，与颜色格格不入，
因而有可能设想了
这个调色板。

IV

在你的小翅膀上
瞳孔、睫毛——
美女或小鸟——
谁的片段，
你说吧，这是人物
飞行的画像吗？
说吧，你的情况哪些
部分、哪一丁点儿
是静物画：
物品，还有果实？
甚至扩及捕鱼
的战利品。

V

也许，你——风景画，

于是，拿起放大镜，
我发现了一群
自然女神、舞蹈、浴场。
那里明亮像白昼？
还是心情忧郁
像黑夜？而其中
什么样的星辰
升上了天穹？
那些人的塑像在其中？
你说，它是什么
外景的写生？

VI

我在想，你——
亦彼亦此：
星辰、容貌、物体的
特征皆在你的范围之内。
谁是那个珠宝匠，
也不皱一皱眉头
就在微缩画里
把那个世界强加于我们，
使我们发狂，
陷入绝境，
在那里你好像就是关于现象的思考，
我们就是——现象本身？

VII

你说，为什么
在湖畔这样的
花纹总共只给了
你一天，

言语的一部分   213

湖的镀银层有益于
保存空间？
而你——失去了机会，
不能在这么短的期间
落进捕蝶网，
在手心里颤抖，
追捕的瞬间
未能萦绕瞳孔。

VIII

你不回答我
不是因为
腼腆也不是
出于恶意，也不是
因为你死了。
活着，还是死了——
不过上帝的每个造物
作为血缘关系的表现
都被赐予嗓音以便
交往，歌唱：
延长一瞬，
一分，一天。

IX

而你——你被剥夺了
这个保障。
不过，严格地说来，
这样更好：干吗
要欠上天的债，
名列登记表。
你可不要忧伤，即使

你的世纪，你的声望
无愧于沉默寡言：
声音——也是重负。
比时间更无益，
你更寂然无声。

X

没有感受到，没有
活到恐惧的时候，
你轻于尘埃地
盘旋在花坛上方，在
类似于监狱
及其窒息的地方之外
错过了未来，
因而，在你
飞往牧场想要
饲料的时候，
却突然得到
空气本身的形状。

XI

笔的活动，
是在画上线的
笔记本上滑行，
不顾及
自己字行的命运，
在那里，睿智和邪说
混杂，然而信赖
手的推动，
手指间跃动着
无声的言语，

不是从花朵上扫落灰尘，
而是卸下肩头的重负。

XII

那样的美
和如此短促的期限，
结合在一起，使嘴唇
扭歪了推测：
不必更明确地说，
实际上
世界的创造没有目的，
如果有，
那么目的——不是我们。
朋友——昆虫学家，
没有为光而存在的针
也没有为了蒙昧的。

XIII

对你说"别了"看样子好像
在对一个昼夜说？
有些人，他们的理智在
修剪忘却的剩余
部分；不过你看：
原因在于他们背后
不是天天都有双人床铺，
不是睡眠不足，
不是往事——而是你们娘儿们
的黑压压的乌云！

XIV

你比空好。

不如说：你近些
也看得清楚些。你的内心
百分之百地
与它心心相印
在你的飞行中
它得到了血肉之躯；
也因此而在
日常的忙碌中
你理应得到一个目光
就好像它和我之间的
轻微的障碍。

1972

131. 躯干塑像

要是你突然踏上石块多的草地，
看来大理石制品优于现实中的，
或者你注意到法乌努斯沉浸于和自然女神的
玩耍，而他俩在青铜雕塑中都比在梦里更幸福，
你可以从累得生疼的双手中放下长拐杖：
    　　你已置身帝国，朋友。

空气、火焰、水、法乌努斯、那伊阿得斯、狮子，
取自自然界或出自脑袋，——
上帝想出的一切和倦于继续的
大脑，变成了石头或金属。
这——物的终结，这——在路尽头的
    　　镜子，为了能进去。

站到空着的壁龛那里，翻着白眼
看吧，世纪怎样过去，消失在
街角，青苔又怎样在腹股沟里发芽
而尘土落在肩上——这个时代的幽暗。
有谁砍下了手臂，脑袋也从肩头
    　　滚下，发出碰撞的声音。

于是留下了躯干塑像，总数不明的肌肉。
千百年后生活在壁龛里的耗子因为
爪子断了，不能支配花岗岩，
有一天晚上出去，吭了一声碎步
穿过道路，为的是不必在深夜来到
    　　洞里。也不必早晨到。

                                    1972

132. 潟湖

I

三个带着针织品的老太婆坐在深座圈椅里
在大厅议论十字架上的苦难；
　　　膳宿公寓"Аккадемия"和全球
一起在电视机悠扬的
伴奏下向往圣诞节；教士把账簿塞在
　　　腋下，掉转车轮。

II

旅客沿着船上的梯子走进自己的
房间，口袋里带着格拉帕，
　　　绝对无足轻重，那个穿斗篷的人。
失去了祖国、记忆、儿子；
树林里的欧洲山杨在他隆起的地方哭泣；
　　　总之，有谁会为他而哭的话。

III

威尼斯的教堂，好像一套茶具，
听得见叮当声从装过偶然的
　　　生命的匣子中传来。枝形吊灯的
青铜章鱼在长满浮萍的棚架下面
舐着因泪水、亲热、下流的梦而
　　　膨胀的潮湿的床。

IV

亚得里亚海在夜间凭借东风灌满
运河，好像灌满浴盆，带着风声，

摇晃着小船，像摇篮一样；是鱼
而不是床头的阉牛在夜间起来，
且窗口那海上星辰的光辉微微
　　拂动窗帘，在你沉睡的时候。

V

我们就这样生活，用玻璃瓶
装的死水浇灭醉醺醺的
　　葡萄酒的情焰，乱切欧鳊，而非
烤鹅，为了让我们吃饱的
是你的脊索动物的祖先啊，救世主，
　　在潮湿国度的冬季之夜。

VI

圣诞节没有雪、气球和海边的
云杉，这海被地图限制于固体；
　　使软体动物的介壳沉底，
遮盖着脸，不过以背迷人，
时间从波涛间出来，改变了
　　塔楼上的指针——那唯一的塔楼。

VII

下沉的城市，在那里坚定的理性
突然成了泪水模糊的眼睛，
　　在那里北方斯芬克斯的南方兄弟，
识字的有翼雄狮，
啪一声把书本合上，不愿叫一声"赞成！"，
　　宁愿呛死在镜子里翻腾的激浪中。

VIII

贡戈拉河水拍击着腐烂的木桩。

音响否定自己，话语和

　　听觉；而那个强国也同样，
在那里，伸长的手臂像针叶林一样
在渺小，然而贪婪的魔鬼面前，

　　嘴里的唾液也冻结了。

IX

我们就把缩起的左边的爪子，和使胳膊肘
弯曲的右边的爪子交叉起来吧；

　　得到了一种手势，好像
镰刀和锤子，也像索罗哈的魔鬼，
我们要勇敢地向时代介绍

　　这个噩梦般的形象。

X

穿斗篷的身子迁移到适居的地方，
在那里索菲娅、娜杰日达、薇拉

　　和柳博芙没有未来，然而永远
有现在，不管犹太人或非犹太人
亲吻的味道有多么苦涩，

　　而城市不会留下

XI

足迹，好像一叶扁舟在平静的
水面上，任何路程都在背后，

　　若论里程，可以忽略不计，
在广场上不会留下深深
的足印，好像说"别了"，在狭窄的

　　街道之间，宽阔的大街仿佛一声"我爱"。

XII

尖顶、圆柱、雕刻、拱门和

宫殿桥梁的塑造装饰；往上
　　　看：你看到的是狮子的微笑
在被风像衣衫一样裹着的塔楼上，
塔楼好像耕地之外的草，坚不可摧，
　　　以岁月的腰带代替壕沟。

XIII

圣-马可的夜。过路人
的倦容堪比在黑暗中从
　　　无名指上摘下的戒指，咬
指甲，看上去，一片安宁，
在"无处可去"的时候，可以停留于
　　　某种想法，对瞳孔而言——不可以。

XIV

在那里，在任何地方，在它的界线之外
——黑色的，无色的，也可能白色的——
　　　有某种东西，某个对象。
也许，身体。在摩擦时代
光速等于视速；
　　　甚至在没有光的时候。

1973

133. 悼朱可夫

我看见冻僵的后辈们的那些纵队、
炮架上的一口棺材、马的臀部。
风没有向我刮来
那俄罗斯军号的呜咽声。
我看见打扮整齐挂着勋章的尸体：
热诚的朱可夫正驶向墓地。

一名军人，许多高墙在他面前
陷落，尽管宝剑不如敌人的锋利，
汉尼拔军事机动的光辉
令人联想到伏尔加大草原的中心。
在寂静中去世，在受惩罚的期间，
好像韦利扎里或庞培。

他让多少士兵的鲜血洒
向异国他乡！难道他会悲伤？
他会想起他们吗，一个在民间洁白
的床上将死的人？完全失败。
与他们在地狱相见时
他能说什么呢？"我战斗过"。

在作战中朱可夫已不能
把手用于正义的事业。
安眠吧！俄罗斯的历史上有足够的
篇页写那些人，他们在步兵队列中
勇敢地走进别人家的首都，
却心怀恐惧地走进自家的首都。

元帅！贪婪的忘川将吞没
这些话语和你的靴子。
毕竟，你就收下吧——可怜的雷普塔
大声地对祖国的拯救者说。
敲起鼓来，还有军人的长笛，
吹响长笛吧，仿效红腹灰雀。

1974

134. 切尔西的泰晤士河

I

11 月。星辰空腹升起，
饿死在药房玻璃里的苏打罐上。
风在所有的东西里都遇到障碍：
在烟囱里，树林里，走动的人体里。
鸥鸟在篱笆上不眠不休，啄着麻雀身上的什么东西；
平底运输船沿着泰晤士河缓缓行驶，
好像沿着一条灰色的路，不必要地蜿蜒前行。
托马斯·莫尔望着右岸，热情
依旧，聚精会神。
他那没有表情的目光，坚似铁的
阿尔伯特王子桥；坦率地说，
这是离开切尔西的最佳方式。

II

望不到头的长街，绕远路
奔向河边，终点在铁路的道岔。
身子急步踏上仿佛揉皱的裤子般的地面，
而树木站着，好像依次排队跟在
波浪的细纹后面；这一切，
泰晤士河在鱼方面都能做到。
局部的雨声盖过了阿格利巴的军号声。
一个人能遥望百年之前就能
看出褐色的圆柱门廊，
它无愧于"酒吧"的招牌，
那一列驳船，排水长笛配合默契，
公共汽车在泰特美术馆附近。

III

伦敦城太美了，尤其是在雨天。白铁皮也好，
军帽也好，皇冠也好，对谁都一视同仁。
只有那些制伞的人们，在
这种气候有机会抢占座位。
灰蒙蒙的日子，在您的脊背甚至
无力赶上影子的时候，而钱也快完了，
小城里，不论砖形路标多么昏暗
牛奶总是在门口的小台阶上闪着白色，
也许，看报的时候会看到
关于一个路人落在车轮下面的文章；
只是找到一个段落谈到亲属多么悲伤，
才轻松地想起：这与我无关。

IV

促使我讲了这些话的不是
爱情，也不是缪斯，而是失去
音速的好问而平庸的嗓音；
我面朝墙壁作了回答。
"这些年你生活如何？""好像字母'r'在'oro'里。"
"描述一下自己的感受吧。""羞于谈物价昂贵。"
"你在世界上最爱的是什么？"
"河流和街道——生活中长的东西。"
"你在回忆过去？"——"记得是在冬季。
我乘小雪橇玩耍，受了风寒。"
"你怕死？"——"不，那也是一片漆黑；
不过，习惯了以后，你在黑暗中看不清一把椅子。"

V

空气过的那种生活，是我们所无法

理解的——以自己的蔚蓝色为生命，
过的是有风的日子，在头顶上开始
于是在哪里也不会结束。望一望窗外，
你看见了排水管和旗杆，屋顶，屋顶的铅灰色；
这是——非常潮湿的世界的起点，
在那里，把我们抚养大的马路
是那个世界的过早的
终点……晨曦初现，邮车驶过。
再也不能信仰什么了，除了
有泰晤士河右岸，就一定有
泰晤士河左岸。这是——福音。

VI

伦敦城太美了，处处有运转的钟。
唯独心落在大本钟的后面。
泰晤士河流向大海，仿佛膨胀的静脉，
而在切尔西，缆索在抽打巴士。
伦敦城太美了，它即使不是往高处，也是横着
向河的下游延伸，一望无际。
要是你睡在这个城市，以前
和现在生活中的电话号码合在一起，提供
天文学好运的密码。于是手指转动
冬季的月轮，得到的却是冷淡的尖叫声
"忙音"；而这个声音的必然性
多倍于上帝的声音。

1974

135—154. 致玛丽·斯图尔特的十四行诗二十首

I

玛丽，苏格兰人毕竟是牲畜。
在方格氏族的哪一代
预料到你将离开银幕
作为女王花园的雕像而复活？
其中也包括卢森堡花园？我
不知怎么饭后偶然来到这里
用老山羊的眼睛望了望
新大门和池塘。
遇见了您，由于这次相逢，
又因为"往事全都
再现于过时的心里"，把标准霰弹
炸药放进陈旧的炮口以后
我把剩余的俄罗斯言语
耗费于您的正面和没有血色的双肩。

II

大战末期不惜生命，
本来在干炸什么的时候，
玛丽，我看见萨拉·
列昂德尔像孩子似的噔噔踏上断头台。
刽子手的剑，你意想不到啊，
把天穹和地板弄得一样平
（看一看从水面升起的星辰吧）。
我们都从电影放映厅出来走到亮处，
不过在黄昏时分有什么在召唤我们
回到"斯巴达克"，在它毛烘烘的内部

228　布罗茨基诗歌全集

比傍晚在欧洲更惬意。
那里有明星的照片，主要的是一个黑发男子，
那里有两场电影，两场都有按次序
排成的长队。却已一票难求。

III

自己尘世的路走到中间，
我，出现在去卢森堡花园的路上，
看着思想家、文化人
坚硬的白发；而太太、
绅士们在来回溜达，
一名宪兵在绿草中显出青色，蓄着小胡子，
喷泉发出响声，孩子们在尖叫，
想说一声"你上来呀"却四顾无人。
而你，玛丽，不倦地
站在石雕女友们，法兰西国王们的
雕刻的花环里，那时，
寂静无声，头上都有一只麻雀。
花园看上去好像名人墓地的混血儿
和驰名的《草地上的早餐》。

IV

美人儿，我后来
对她的爱胜过包斯威尔——你，
她和你有相似的特征
（我不禁低声说"噢，天哪"，
一边回忆）那些外部特征。我们也
没有成为幸福的一对。
她穿着麦金托什雨衣走了。
为避免不祥的特征，
我劈断了另一个特征——地平线，

剑锋所及，玛丽，比刀子更锋利。
把脑袋留在这个东西上方
不是为了氧气，而是为了氮、
喉咙……那个……向命运致谢。

V

你情人的数目，玛丽，
突破了数字 3，
4，10，20，25。
对王冠没有更大的损害了，
比起偶尔和谁上床。
（这就是王冠必遭厄运的原因；
共和政体倒是可以保全，
像古希腊的一种圆柱那样。）
从这个角度来看，你们
不能使苏格兰男爵移动寸步。
你治下的苏格兰人无法理解，
单人床和王权有什么区别。
在自己的世纪标新立异，
对现代人而言，你就是荡妇。

VI

我爱过您。爱情还（可能
只是痛苦）使我钻心地痛。
一切都被打得粉碎见鬼去了。
我试图开枪自尽，可是武器问题
很难解决。而接下来：威士忌：
开始酗酒？坏事的不是哆嗦，而是
陷入沉思。见鬼！全都不合常情！
我对您的爱那么强烈，绝望，
愿上帝保佑您像别人那样——然而他绝不！

他，擅长于许多事情，
按巴门尼德的观点——绝对不会创造两次
这血液中的热气，大骨架的咯吱声，
为使嘴里牙的填料由于口渴而融化
碰了一下——我在涂抹"胸像"——双唇！

VII

巴黎没有变。孚日广场
依旧是，对你说吧，正方形。
河水还没有回流。
拉斯拜尔林荫道依旧风和日丽。
新鲜事——免费的音乐会
和塔楼，以便感觉到——你是无耻小人。
有很多人，和他们见面是愉快的，
不过你要抢先高喊"你生活怎么样呀？"
在巴黎，夜间，在餐厅……阔气
类似的语句——鼻烟的节日。
于是列入小夜曲，
抬进一个穿竖领男衬衫长相寒碜的人。
咖啡。林荫道。依在肩头的女友。
月儿，你的瘫痪的总书记情况如何。

VIII

垂暮之年，身在大洋彼岸的国家
（其开拓，我想，是在您的年代），
介于自己无精打采的圣像壁
和炉子、压扁的长沙发之间，
我想，我们若是相遇
未必需要话语：
你简单地称呼我伊万
而我回应一声"Alas"。

苏格兰便成了您的床垫。
我会骄傲地向斯拉夫人介绍你。
进入港市格拉斯哥，商队接着商队，
就会有树皮鞋、蜜糖饼干、绸缎。
我们就会一起迎来死亡的时刻。
而斧子却是木制的。

IX

平原。军号。有两个人进来。交战
的铿锵声。"你是什么人？"——"你呢？"
"我是什么人？"——"是呀，你。"——"我们是新教徒。"
"而我们是天主教徒。"——"啊，原来是这样！"上帝！
后来尸横遍野。
乌鸦无休止争吵的嘈杂声。
后来——冬季，华丽的小雪橇，
试穿长袍："这是在哪里——大马士革？"
"在那里，雄孔雀比雌孔雀更美。"
"不过，即使在那里他也不能获胜"
（下着跳棋——死于爱抚）。
不大的荷里路德风格的城堡之夜。

又是平原。深夜。有两个人进来。
于是一切都汇合于他们的狼嗥声。

X

秋日黄昏。仿佛带着卡梅娜。
唉，她没有抬起头来。
这不是头一回。在这样的傍晚
一切都带来欢乐，甚至红旗合唱团。
今天，渐渐变成昨天，
不麻烦自己更换

纸、笔、饺子的汤汁、
瘸腿箍桶匠的产品
来自汉堡。时间对于
有擦伤和污迹的旧家什的
信赖，想必，略大于
对新鲜蔬菜的信赖。
死神，嘎吱一声推开门，站在地板上
穿着市郊的，被衣蛾咬坏的短上衣。

XI

剪子的嘎吱声，感觉到一阵寒颤。
命运，贪图绵羊贵重的毛皮，
我们的什么姻缘，什么皇冠，
一概被剥夺。尤其是脑袋。
别了，年轻人，他们高傲的父辈，
离婚，誓死效忠。
聪明人觉得，好像摩天大厦的塔楼，
那里的居民不相往来。
在暹罗孪生弟兄那样酗酒，
一起在那里喝，醉醺醺的是——一双。
谁也没有对你叫喊"当心！"
你不知道，"我一个人，而你们……"，
用拉丁语盖过上帝声音的极限，
唉，玛丽，怎能说"这么多"。

XII

什么创造历史？——尸体。
艺术？——被砍了头的尸体。
譬如席勒：尸体从席勒那里
飞进了历史。玛丽，你没有预料到，
一个德国人，一味蛮干，

要提出一个实质上的老问题：
其实这与他何干，
你愿不愿跟某人上床？

可是，也许，像任何一个德国鬼子那样，
我们的弗里德里希本人也畏惧斧子。
其次，我要对你说，世界上
没有什么（你要明白这一点），除了
艺术之外，能领悟你的气质。
你要把历史归还给伊丽莎白。

XIII

山羊晃动着卷发（那却是
——羊毛），吸入青草的幽香。
四周是格伦科尔纳，杜格拉萨及其一伙。
那天他们的言谈是这样的：
"砍下了她的头。唉。"
"想象吧，巴黎是多么愤怒。"
"法国人？因为谁的头？
瞧，若是砍得稍微低一点……"
"他毕竟不是自己人。她是穿着家常便服出来的。"
"嗯，随你怎么说，这不是理由……"
"无耻！她怎么露出了 жэ！"
"唉，也许是没有别的连衣裙。"
"是呀，俄语好些，就拿伊万诺娃这个俄语词来说吧：
每一个格的发音都是阴性。"

XIV

爱情强于离别，不过离别
比爱更长久。坚强的人体型越健美，
就越明显地缺乏绯红的双颊

及其它。加上气味和声音。
但愿不要把你的双腿猛然抬到顶点：
为此才用上砖头（这不是折磨？），
可是情欲好像六臂湿婆，
无力——裙子他不能原谅。

不是因为流了这么多
水和血（但愿是贵族血统！），
而是因为分开的忧伤
我所建立的不是砖头，而是玻璃，
玛丽，以此体现古德拜
和凝视的目光。

XV

否则你呀，告诉你吧，会遭到杀害，
玛丽，你的未婚夫们在战斗中
没有召唤木工来抬起桁架；
不是"你"和"您"掺杂于"ю"；
不是谁的惹人喜爱的墨水；
不是——由于家族的印章——
伊丽莎白爱英格兰就
胜过你爱自己的苏格兰
（我要在括弧里指出，事实如此）；
不是那首歌，你在囚室里
忧郁地唱给西班牙的夜莺听。
人们对你暗地里捣鬼
为了望不到尽头的什么
在那些年代：为了容貌之美。

XVI

黑暗，说过了，遮掩着房屋的四角。

正方形，也许是由球形物体变成的，
而从被扑灭的大火后面望着夜幕
深红色的森林有看不见的鹤喉
无声地啄着树皮上的纹孔；
猎犬受惊于飘落的
枯叶，吠声飞向垛杆，
垛杆朝向秋播作物的小山丘。

剩下的，不多的眼泪，
能够保全而不流到
腐殖质的覆盖下。投入
眼帘的一切只留下
自来水笔追随一年四季
放声歌唱"凄凉的时刻"。

XVII

从英国人的嘴里发出了
惊叫声，这使我自己的
酷爱口红的人倾向于走上
一条死路，在这个瞬间，
腓力的脸没有从画像上
扭开，也就迫使他装备舰队，
那是———我不能结束激昂的
讲话，———总之，你的假发，
从掉下的脑袋上掉下
（恶的无限性），它，
你的唯一要旨，是鞠躬，
不要引起观众的
斗殴，然而他就是这样，
让敌人站稳了脚跟。

XVIII

对说过"别了"的嘴而言
对你而非对其他某个人来说，
还不是完全一样，以后要嚼烂
一种没有盐的食物。你，毕竟
习惯于某些常规。
倘若并非如此——你别生气：
语言，就像耗子，在垃圾里乱翻，
说不定能发现什么。

你原谅我吧，可爱的木头人。
是呀，临别前毕竟会选择
好运（尽管往往是——窟窿）：
我们之间——永恒，也是——海洋。
而且，千真万确。俄国的书刊检查。
或许没有斧子也能对付过去。

XIX

玛丽，现在苏格兰有羊毛
（看得出，好像全都清洗一新）。
生活把自己的奔走停留于6
而不显示在一轮红日上。
湖里——也依旧没有它的
数目——出现了水怪（怪蛇）。
很快就会有自己的石油，
苏格兰的，灌在装过威士忌的瓶子里。

苏格兰，如你所见，还凑合。
而英格兰，我想，也差不多。
而身在法国式花园中的你不像

晚上会发疯的女人。
也有这样的女士，比起你她们更喜欢自己，
但是这两种全都不像你。

XX

平常的鹅毛笔——撒谎，它在造反！
我唱的是在某个花园与她
相逢，她曾在 48 年
从屏幕上教我学会温柔。
请你们评判：
a/他是不是勤奋的学生，
b/对俄罗斯人而言是新的环境，
c/对名词格的词尾的癖好。

尼泊尔有首都加德满都。

偶然，一旦成为必然，
会给任何劳动带来好处。

过着现在这样的生活，
我感谢曾经有过的雪白的
纸张，被卷成笛子。

1974

155—161 墨西哥余兴节目

致奥克塔维奥·帕斯

1. 库埃纳瓦卡

在花园里，M. 是法兰西举足轻重的人物，
他有一个美人儿，具有浓重的印第安人血统，
坐着一位远道而来的歌手，
花园茂密，好像用铅字排得紧密的"Ж"。
一只乌鸫在飞翔，仿佛连成一线的双眉。
傍晚的空气比水晶更清澈。

水晶，顺便提一下，被打碎了。
M. 在这里称帝三年。
他引进了水晶玻璃制品、香槟酒、舞会。
这样的情况美化了生活。
然后是共和派的步兵
把 M. 枪杀了。悲伤的鹤唳声

从浓密的蓝色空间传来。
农夫们在敲打梨子。
三只白鸭在池塘里游泳。
听觉在树叶的低语中分辨出
行话，这是灵魂使用的，当他们
在拥挤的地狱里交往的时候。

我们将抛开棕榈。挑出梧桐
提交给 M.，他抛开羽毛笔后，

扔下丝绸长睡衣
以为造就了一个弟兄
（也是皇帝）弗兰茨·约瑟夫。
一边忧郁地用口哨吹着"我的土拨鼠"。

"从墨西哥向您致意。妻子
在巴黎发疯了。宫墙后面
响起枪声，公鸡都在熊熊燃烧。
首都，亲爱的兄弟，被暴动者
包围。而我的土拨鼠和我在一起。
而哈奇开斯机枪比木犁更受欢迎。

再说了，第三纪石灰岩
是已知的绝望的土壤。
加上赤道的炎热。
在这里子弹是大自然的穿堂风。
肺和肾脏也这样地感觉着。
我出汗，果皮也在流泪。

此外，我想回家。
思念祖先留下的穷乡僻壤。
请把诗选和长诗寄来。
在这里，想必有人要杀了我。就是说，我的
土拨鼠和我在一起。还有
我的混血女后裔要向您鞠躬致意。M."

_____

七月的末尾躲进雨里，
好像对话者躲进自己的思维。
不过这不会惊扰你们，因为在这个国家

站在前面的人少于站在后面的。
吉他发出不和谐的声音。街道泥泞不堪。
行人陷入黄昏的雾霭。

包括池塘在内，一切都飞快地长满了杂草。
游蛇和蜥蜴胡乱移动。小鸟
在树冠里折腾，有的是在产卵，有的不是。
所有的王朝之所以覆灭——继承者的人数
碰上王位不足的情况。
于是选举和树林渐渐逼近。

M. 会认不出这个地区。胸像
从壁龛消失，柱廊褪色，
墙壁的牙床下沉到沟壑。
你尽情地看，却不能延长思想。
花园和公园变成热带的丛林。
于是不由得脱口而出：植物的癌肿病。

2. 1867

夜花园里在一串渐渐成熟芒果下面
　　马克西米连在跳的那支舞开始成为探戈。
影子往返类似于回飞镖，
　　体温，像在腋下，三十六度。

西装背心的白色里子闪着光。
　　混血女后裔由于爱情而熔化，像一小块巧克力，
在男人的怀抱里发出甜蜜的呼哧声。
　　有的地方要——光滑，有的地方要有——毛发。

夜的寂静中在处女林的树荫下
　　胡亚雷斯作为进步的动力采取行动，

却完全忘了，两个比索是什么样子，
　　就把崭新的步枪卖给债奴们。

牢房里银铐作响；用线条画上方格
　　胡亚雷斯给统计表打上标记。
而羽毛非常美丽的鹦鹉
　　蹲在树枝上这样歌唱：

"蔑视别人嗅玫瑰
　　即使不好于故作公民姿态，却也比较诚实。
而这就引起了血和泪。
　　尤其是在我们的热带，唉，那里死的

传播，好像苍蝇传播——瘟疫，
　　或者像在咖啡馆那样顺利地说出一句话，
那里在灌木丛里的颅骨总是有三个窟窿，
　　每个窟窿里都有——一束蓬松的青草。"

3. 梅里达

一座褐色的城市。扇形的
棕榈和瓦
建成的古建筑群。
从咖啡馆开始，傍晚
走进了他。坐在
空闲的小桌子后面。

在染成金色的
阳光明媚的天空
钟声，仿佛
有谁把钥匙弄得叮当作响：
这声音，使无家可归者

满怀喜悦。星星点点

闪烁在大教堂
附近的钟楼。
看来，是太白金星。
送别它的目光，
即使不是充满责备，
也是充满怀疑，傍晚

正在喝完自己的咖啡，
使他两颊增辉。
付了咖啡钱。
把帽子拉下盖着
眉毛，从桌边站起来，
折起报纸

往外走。空空的
街道陪送着
坐在黑色双套马车里的
修长身材。他的
重叠交叉的身影在棚子
下面环绕着——毫无用处的

大杂烩：恶劣的举止、
污迹斑斑、破旧的领带。
他疲乏地说了说：
"军官先生们。
马上出发吧。
是时候了。

而此刻——我要四下出击。

您，上校，意味着什么呀，
这葱的气味?"
他解开乌雅
马。继续向西方
疾驰而去。

4.在"大陆"饭店

蒙德里安的胜利。玻璃后面——
一立方米容积的宴席。气氛是或者
喝下 90 度以下的酒，
或者慷慨地注满平行六面体。
美女的一条大腿跨进正方形
窗洞——最后的武器：
敞开长袍，即使不是令人联想起
圆形，也是半圆形，
或扇形的表盘。
                            谈起
阿兹特克人，光荣属于肤色微红的印第安人
因为诚实地从日历中减去
一个月中的几天，在那几天"我们不可以"
在柏拉图的洞穴里，在那里不得不
把隔壁的一个正方形小间让给一名弟兄。

5.墨西哥的罗曼采罗

仙人掌，棕榈，龙舌兰。
太阳从东方升起，
调皮地微笑，
而你仔细一看——是冷酷。

化为灰烬的岩礁，
死的痕迹里面的土壤。

它呲牙裂齿的颅骨！
而在它的光线里——白骨累累！

裸露的脖子，畸形，
电报架上的
白兀鹫——宛如象形文字
落在高速公路上的灰褐色

文字里。你向右
走——那里立着龙舌兰。
它——是向左。一直走——
有一堆锈迹斑斑的破烂。

———————————————

傍晚的墨西哥城。
懒惰和盲从的力量
掺和其间，好像在容器里。
而岁月流逝好像龙舌兰酒。

街道、行人、汽车前灯。
每一个行人——都蓄小胡子。
在革新的林荫大道上
有大量的青铜塑像。

在每座塑像近旁的
人行道边上，伸出一条
手臂——每个墨西哥妇女都
带着吃奶的婴儿。这样

哭干眼泪的人像——

实际上也就是给
墨西哥立碑！不过，
但愿能坐在它的下面。

花园里重重叠叠的树叶也
不让你们忍受酷热。
（我知道，我存在，
只要是你和我在一起的时候。）

广场。带有麻脸女神的
喷水池。屋顶的斜坡。
（我和你在一起的时候，
我往一切东西的侧面看。）

世外桃源和背后发出
声音的地狱。
（你和我在一起的时候，
谁老是在旁边？）

夜晚的暗红月亮，
好像信封上的火漆。
（你和我在一起的时候，
我就不畏惧死亡。）

傍晚的墨西哥城。
对声乐艺术的大爱。
流浪的乐队在凉亭里

大声演奏"瓜达拉哈拉"。

愉快的墨西哥市。
仿佛镜框里的一幅画，
但不知出自谁的画笔，
它在群山环绕之中。

傍晚的墨西哥市。

热情的字母科拉-科拉
之舞。守护天使
在上空翱翔。

这冒着在行进中
被射中的风险，
成为方尖碑
而领悟到的自由。

内部的什么，似乎
脱落了，摔碎了，
说了声"噢，天哪"，
我听到的是自己的声音。

你这样胡乱涂抹一页
追求浅薄的奇迹。
在这样的时候你不能从
任何角度观察自己。

天上的父啊，这是体裁的负面

影响（更正确地说——酷热的影响）。
一枚硬币找回铜锭
无偿奉献。

这和祈祷多么不同！
是这样，忘了钓鱼人
鱼儿徒劳地想用被撕破的嘴唇
发出话语声。

———————————

愉快的墨西哥城。
岁月流逝，好像龙舌兰酒。
您坐在小酒馆里。
女服务员忘记了

您和您的煎蛋饼，
只顾和一个黑发男子闲聊。
不过，世界上的人都一样。
至少在这个世界。

因为，除死之外，
与空间有关
的一切——都可以替代，
尤其是物体。

而给您准备好的
命运，好像带血的肉。
在一个贫穷的国度没有人
会带着爱目送您。

———————————

坡势缓慢的
土路，
好像满是灰尘的离奇形状，
把您领到拉雷多。

带着充血的眼睛
您缓慢地坐到地上，
盘起双膝，
如同演技场上的公牛。

一般的生活毫无意义。或许
持续太久。这因为
言语缺乏涵义
而作为日子——躺在

墙壁上的日历里。
像植物、石头、
星球一样舒适。许多
东西。但不是两条腿的动物。

6. 致叶甫盖尼

我曾在墨西哥攀登金字塔。
毫发无损的几何图形般的庞然大物
撒落在特古安泰佩克的狭长地带的四处。
愿意相信，建造它们的是宇宙空间的来客，
因为这通常是奴隶干的活。
于是狭长地带便撒满石蘑菇。

黏土制的小神像，非常轻松地
开始变形为赝品，引起荒谬的议论。
浅浮雕和多样的场景，蜿蜒而行的

蛇身的猜不透的
字母表没有单词"или"。
它们会讲些什么呢，要是讲起来的话？

没啥。至多讲讲打败
邻近的部落，被打破的
脑袋。讲讲铸造太阳神的
菜盆儿以人的鲜血加强神的肌肉；
夜晚，八名年轻壮汉的牺牲
保障着朝霞的升起，比闹钟更可靠。

毕竟梅毒好些，好于
科尔特斯的独角炮，比起上述的牺牲。
如果你们的眼睛注定要被乌鸦啄掉，
更好，既然凶手——是凶手，而不是天文学家。
总之没有西班牙人，他们未必只是惦记着
要知道，总的说来惦记的是什么。

生活乏味啊，我的叶甫盖尼。不论漂泊何处，
到处是残忍愚钝的欢呼："你好呀，
我们可来啦！"懒得以诗行回应。
正如诗人所说，"在任何自发势力中……"
坐在亲近的沼泽地里，望得很远！
我要加上一句：在所有的维度上。

7. 百科全书的一则札记

美好然而贫穷的国家。
在西方和东方——两大洋的
浴场。当中是——群山、
森林、石灰岩的平原
和农夫的简陋农舍。在南方是——丛林

和伟大金字塔的遗迹。
在北方是——种植场、牛仔、
偶尔越过美利坚合众国。
这就有可能转向商业。

输出的物品——大麻，
有色金属，质量一般的咖啡，
"皇冠"牌雪茄
和民间工匠的零星什物。
（我要加上：云朵。）输入的物品——
诸如此类，以及向来就有的枪支。
给自己弄到这个东西，不知怎么易于
谋划国家体制。

国家的历史可悲，不过，
不能说独一无二。主要的
罪恶公认是西班牙人的入侵
和野蛮地毁灭古老的
阿兹特克人的文明。这是
金帐汗国的地域性的情结。
不过，差异在于西班牙人
真的靠黄金富裕起来了。

如今这里是共和国。三色
旗飘扬在总统官邸的
上空。宪法非常好。
正文带有剧烈地频繁更迭独裁者的
痕迹，放在国家
图书馆的绿色防弹
玻璃下面——而且那玻璃和总统的
劳斯莱斯牌汽车的玻璃是一样的。

什么东西允许透过它望一望
未来。在未来，人口，
无疑会增加。债奴
像以前一样将在烈日下
挥舞铁铲一个戴眼镜的人
在小咖啡馆里翻动书页
将怀有马克思的忧伤。
而漂石上的蜥蜴，向天
仰起小脑袋，将观察到

航天器在宇宙空间的航行。

1975

162

致米哈伊尔·巴雷什尼科夫

古典芭蕾是美的监狱，
美的温柔的住户和平淡的日子被严苛的
发出单调的吱呀声的乐池
隔开。而且吊桥已经吊了起来。

我们把屁股硬塞进帝国柔软的长毛绒里，
振翅扇动大腿的草书，
你没有睡过的美人儿纵身
一跳，轻快地飞进花园。

我们在褐色的女紧身衬裤里看到恶的力量，
而在难以启齿的芭蕾舞裙里看到善的安琪儿。
而有力气惊醒蛰伏的是
柴可夫斯基和公司的鼓掌欢呼。

古典芭蕾！美好岁月的艺术！
在你们的格罗格酒咝咝作响而双双亲吻的时候
勇士们也在疾驰，唱着战歌，
若是有敌人，那么他就是——内伊元帅。

在城市的瞳孔里有穿顶的居民。
他们生于什么样的瞳孔，也就死于那些窝巢。
若是有什么向空中飞起，
那不是吊桥，那是帕夫洛娃。

晚上多么愉快，远方是整个罗斯，
巴雷什尼科夫在观望。他的天才没有被磨灭！

一条腿用力，身躯抽搐，
围绕自己的轴旋转

产生着一种飞行，这飞行的心灵
就像姑娘的心一样等得太久，简直要生气了！
至于在哪里要走出去着陆，
大地到处坚硬；我建议在美国着陆。

1976

163—182. 言语的一部分

1

从哪里也没有带着爱来，第十几个三月了，
亲爱的、尊敬的、心爱的收信人，不过是谁，甚至
并不重要，因为面容，坦白地
说，已经忘记，不是您的，但
也不是任谁的忠实朋友从五大洲之一，
靠牛仔而存在的那个，向您致敬；
我曾爱你胜过爱安琪儿和上帝本人，
因而现在离你更远了，远于他俩；
深夜，在沉寂的谷地，在谷底，
在小城镇，门拉手上满是雪水，
夜里在床单上蜿蜒——
至少下面好像没有说过——
我给打呼的"你"把枕头拍松
在没有边际的海洋那边，
在黑暗中，你全身的线条
好像在疯狂的镜子里反复闪现。

2

北方弄碎金属，却爱惜玻璃。
喉咙指教说出"放行"。
寒意教育我并把笔塞进
手指间，让它们在掌窝里取暖。

冻僵了，我看见大海那边的
日落，四周没有别人。
也不知道是鞋后跟在冰上打滑，还是大地自己

在鞋后跟下盘旋。

我的喉咙里放着笑声或
话声或烫嘴的茶，
越来越清晰地响起下雪的声音
而变黑的，是你的谢多夫，"别了"。

3

我认出了这风，它飞扑到草地上，
草地躺在风的下面，仿佛躺到鞑靼人的下面。
我认出了这叶子，它落在路边的
泥泞里，好像血染的公爵。
展开阔剑在异国他乡那木屋的
倾斜的尖界面上方，
以便大雁的飞行，秋季在下面的玻璃里
认出了脸上的泪珠。
不过，眼睛一翻，仰望天花板，
关于炮手我忘了对部队说一声，
可是深夜嘴里的舌头微动，念叨着
哈萨克人的名字，好像奥尔杜的汉谙。

4

这——一系列观察的结果。角落里——暖和。
视线留在行李的痕迹上。
水面乃是玻璃。
人比他的骷髅更可怕。

冬天的傍晚哪里都没有酒。
凉台在被柳枝压制。
身躯休憩在胳膊肘上，
好像冷窖外的冰碛层。

经过一千年从窗帘后露出软体动物
它们带有透过流苏露出
做着"晚安"口型的嘴，
没有对谁说什么。

5

因为鞋后跟留下了足印——冬季。
在木屋里，在原野结冰的时候，
家里在过路人中认出了自己。
晚上关于未来能说什么呢，既然
在寂静的夜里回忆起
你亲人的冷暖——放行——在她睡着的时候，
肉体从灵魂投向
墙壁，宛如晚上蜡烛把
椅子的影子投向墙壁，
譬如在被天空拉向森林的桌布下方，
在青贮塔上空见过世面的白嘴鸦的翅膀
不可能用寒气逼人的雪把空气染白。

6

木雕拉奥孔，临时从肩上卸下一座
山，把肩膀放到大块乌云的下面。从岬角
刮来阵阵狂风。噪音
竭力忍住话语，尖叫了一声，在理性的范围之内。
下着倾盆大雨；拧在一起的绳索
抽打着丘陵的脊背，好像浴池里的肩胛骨。
地中海涌动于一排立柱后面剩下的一小块地方，
好像被打掉的牙齿后面的带咸味的舌头。
野性化的心脏依旧为两者跳动。
每个猎人都知道，野鸡躲在哪里，——在平放的砖头下的小水洼里。
在今天的后面一动不动地站着明天，

就像谓语跟在主语后边。

7

我生于并长于波罗的海沼泽地，靠近
灰色的含锌浪涛，浪头总是成双涌来，
因此而有——所有的韵脚，有了这无表现力的声音，
缠绕其间，好像一根潮湿的头发丝；
要是它能缠绕的话。用胳膊支撑着肘部，
耳郭里在其中听到的不是轰鸣，
而是旗幅、护窗板、手掌的啪啪声，水壶在
煤球炉上烧开的声音，至多是——海鸥的叫声。
在这些平淡无奇的地区，时而假装
有良心，其实无处藏身，想必以后也一样。
这只是对声音而言，空间永远是障碍：
眼睛不会抱怨回声的缺点。

8

至于星星，它们总是存在。
就是说，假如有一个，那么它后面就有另一个。
只有这样才能从那里向这里看；
傍晚，八时后，星星在眨眼。
没有它们，看上去天空更好。不过
对掌握宇宙更好，如果带有
它们的话。但就是不要离开
自己的地方；在空空的凉台上，在圈椅里。
正如所说，把半边脸藏在
阴影里，炮弹的导向器，
看来哪里都没有生命，于是
也不把目光停留在生命上。

9

在一个小城市里，死亡从那里蔓延在中小学的地图上，
马路闪光，好像鲤鱼的鱼鳞，
在百年的栗子树上蜡烛流油了，
铁狮子怀念满腔热情的讲演。
透过被搓洗而褪色的窗纱
现出小钉子的伤痕和洋镐的锋芒；
远处电车叮当作响，按时而来，
但谁也不再从运动场旁边经过。
战争的真正结束——这是维也纳
椅子精致靠背上的金发女郎的一件外衣
和一颗银白色的子弹，它咝咝作响地飞向
南方，在七月夺去生命。

慕尼黑

10

在大洋附近，在烛光下；四周
原野长满三叶草，酸模菜和苜蓿。
身体，好像湿婆，一双手
想够到无价的珍品。猫头鹰
落在草地上要追耗子，
屋架无缘无故地嘎吱嘎吱响。
在木建筑的城市里，你的睡意更浓，
因为梦见的只是曾经有过的往事。
有新鲜鱼的气味袭来，椅子的侧面
紧靠着墙，薄薄的窗纱在窗框里
萎靡地颤动；而月亮以光线整理涨潮，
好像整理往下滑的被子。

11

献给 *M.Б.*

你忘记了被遗弃在沼泽地的乡村，
那是在一个树木丛生的省城，那里从来不在
菜园里支起稻草人——因为没有谷粒，
而宝贵的毕竟还是泽间小径和沟。
情妇娜斯佳，大概冻死了，佩斯捷列夫也未必活着，
怎样活呢，时而醉醺醺地坐在地下室里，
或打算用我们的床靠背制造什么东西，
据说是篱笆门，要不就是大门。
而冬天里在那里劈柴或坐在芜菁上，
于是在寒冷的天空，星星由于浓烟而眨眼。
窗外的未婚妻也没穿着花裙子，只有灰尘的节日
和一片空地，我们曾在那里相爱。

12

我的静创作，不是我的，
不过，纳税——引起了纳税人的恐慌，
我们去哪里埋怨负担，又
向谁诉说，我们是怎样度过一生？
等到午夜后很迟的时候，我们点燃
火柴在窗帘外寻觅月球的卫星，
你用手把狂妄的尘土从
呲出的黄牙上抖落到书写纸里。
这种粗制滥造的写作，比蜜糖还稠密，
不管你怎样渲染，可是即使
折射到膝盖和胳膊肘里，
静创作，却依然是泼出门的水？

13

蒙霜画框里的深蓝色早晨
使人想起灯火辉煌的街道，
结冰的小路、十字路口、雪堆，
欧洲东部末端那衣室里的拥挤。
那里从椅子上的破口袋里传来一声"汉尼拔"，
体育课上双杠的腋窝气味强烈地袭来；
至于黑色的木板，离开它皮肤受了寒气，
也就成了黑色的。背后也是。
断续的电话声把白霜
改变成晶体。有关平行线的，
原来都是真的，于是盖上白骨；
不愿站起身来。从来不愿。

14

从环境的角度来看，陆地的边缘
到处都有。这，在云影斜向一边的时候，
同时感到——无论怎么遮盖
脚印——与鞋后跟的触觉。
而且看十字架的眼睛
转向一侧，那里有你的镰刀，田野；
在更换地方的情况下，小地方相加的总和
比零还要难以辨认。
而笑意掠过，好像白嘴鸦的影子
掠过有缺口的篱笆，经受住
繁茂的野蔷薇丛，模仿
金银花丛的喧嚣却张不开嘴。

15

土地上的初寒和秃顶的森林，

屋顶铁皮上方的灰色天空。
来到十月单日的庭院，
你犹豫地把数字扩大到"哎哟，你是亚博卢党"。
你不是飞鸟，不能从这里飞走；
因为就像为寻觅心爱的人
你走遍全世界，以后似乎
没有一页能支撑生物界。
我们就在这里过冬，和黑色的酒瓶在一起，
从外面渗入严寒，因而——目光
凝视着清洁原野的土丘外，笔以基里尔
字母表所堆砌的语言。

16

总是留下离家到街道上
去的可能性，街道的深棕色的长度
使你赏心悦目，用那四通八达的路、光秃秃
干枯的树、闪光的水洼、步行。
在一块空地上，海陆风拂动着茎叶，
而远处的一条街道缩小成字母"y"，
好像脸向下巴缩小而狂吠的狗
飞快地钻出门下的空隙，好像揉成一团的纸。
一条街道。几户人家
好于其余的：橱窗里有更多的商品；
好就好在要是你疯了，
那么，无论如何，不是在那些橱窗里。

17

于是暖和了。在记忆里，好像在田埂上，
黑麦草的出现早于真正的麦子。
可以说，南方的田地已经在
播种高粱——但愿知道北极在哪里。

白嘴鸦爪子下的土壤确实很烫；
有一股木板和新鲜树脂的气味袭来。而你又
由于刺眼的阳光而紧紧地眯缝起眼睛，
突然看见文书的粉白色面颊，
走廊里的奔忙，涂珐琅的盆，
一个戴着揉皱的帽子的人，郁闷地皱着眉头，
而另一位带着闪光灯，为了拍照，要拍的不是
我们，而是变软的尸体和血泊。

18

若是要唱什么，那就唱风向变了，
西风变为东风，这时结冰的小树枝
向左移动，不情愿地咯吱咯吱响，
而你的咳嗽声在平原上空飞向达科他的森林。
中午可以举起枪
　　　　　　向田野里像兔子的
东西射击，让子弹
扩大完全从节奏中偏离的
书写这些诗行的笔和留下的笔迹
之间的间隔。有时脑袋和手
结合，未能形成诗行，
但在使用自己的嗓音时，发音不准，时断时续，
移近耳朵，就好像人头马的一部分。

19

……而在有俄语词"未来"的时代
几只耗子跑出来并成群地
啃掉诱人的美味食品的
记忆，因为你的乳酪有窟窿。
在那么多的冬季之后已经无所谓，什么
或谁站在窗角的帘幔后面，

在脑海里响起的不是非人间的"到"，
而是帘幔的窸窣声。生命，
作为赠品，每次相遇都不看它那
露出牙齿的难看的大嘴。
整个人给你们留下的是言语的
一部分。总是言语的一部分。言语的一部分。

20

我不是疯了，而是一个夏天累了。
你在衬衫外面爬进抽屉柜，一天也就完了。
但愿，也许吧，冬天快些来并带来这一切——
城市，人们，但首要的是绿荫。
我开始和衣而卧或从任何地方开始
读别人的书，趁一年剩余的时间，
像狗逃避瞎子一样，
在规定的地方走过柏油马路。自由——
这是在你忘掉暴君父名的时候，
而嘴里的口水比设拉子的果仁酥糖更甜，
于是尽管你的脑子扭曲得像山羊角，
蓝眼睛里也没有滴落什么东西。

1975—1976

183. 科德角摇篮曲

致 *A. Б.*

I

帝国的东端沉入夜色。知了
在草坪里不住地叫。三角楣饰上的
经典引文难以分辨。带十字架的尖顶冷漠地
变黑，好像酒瓶被忘在桌上。
从在废墟上发亮的巡逻车内
响起雷·查尔斯的琴键声。

从海洋深处爬出来的海蟹在荒凉的浴场上
钻到潮湿的沙地里，带着肥皂沫所形成的纤维环，
以便凉下来，于是入睡。砖砌塔楼上的钟
像剪刀一样吱吱作响。汗水在脸上流。
街道尽头的灯火像
在胸前解开的衬衫纽扣。

闷热。交通信号灯在眨眼示意，眼睛变成工具
以调节在房间里从威士忌酒到床头柜的移动。心脏
暂停，不过毕竟在跳：有血液，
在动脉里徘徊一会儿，回到十字街头。
躯体很像卷成纸筒的 3 俄里缩为 1 英寸的地图，
并在北方抬起眉毛。

想想觉得奇怪，竟活了下来，不过确实发生了。灰尘
蒙在正方形的东西上。驶过的无轨电车
以一角为代价延长空间，报复欧几里得。
黑暗原谅面孔、声音等的缺席，

不那么认定是跑开，
好像是从视野消失。

闷热。膨胀的树叶的剧烈的沙沙声，由于
同样的原因，还更剧烈地出汗。
那个好像是黑暗中的一个点的东西，只可能是——星辰。
失去鸟巢的小鸟，在
空无一人的篮球场上的球网里下蛋。
薄荷和木犀草的气味袭来。

II

作为对后宫无数嫔妃拥有无限权威的沙赫
只能与另一个后宫变更，
我更换了帝国。这一步
取决于嗅到了烧焦的气味
从四面涌来——即使在肚子上画十字；
从乌鸦的角度来看，大约五个。

吹响空心木笛，你的杂耍艺人，
我穿过身穿绿色士兵服列队的亚内恰尔，
嗅到他们凶狠的战斧的寒意像累卵一样，
仿佛步入水中的。于是，嘴里
带着这水的咸味，
我越过界线。

于是开始游水经过黑压压的羊肉。下面
河流蜿蜒，道路尘土飞扬，禾捆一片金黄。
彼此相对而立，踩着露水，
仿佛尚未掩上的书的长长的字行，
军队，在从事娱乐活动，
城市曾由于书报检查而变成黑暗的

地方。而以后黑暗更浓。
一切熄灭。透平呼呼作响，前凶疼痛。
于是空间倒退，像虾一样，
让时间向前。于是时间
前往西方，好像回自己的家，
在暗处弄脏了外衣。

我睡着了，睁开眼睛的时候，
北方在那有蜂刺的地方。
我看到新天
新地。大地躺着，
好像生而为平面的
东西：蒙上灰尘。

III

孤独培育作品的本质，因为作品的本质也是
孤独。后背的皮肤感激安乐椅靠背上的
皮肤，因为觉得凉快。远处在安乐椅
扶手上的一只手麻木了。橡树的亮光
笼罩着弯曲的肘关节。脑子
在折腾，好像小冰块碰击着玻璃杯的边缘。

闷热。在关闭的台球室的梯级上，某人
从黑暗中露出自己那成年黑人的面孔，
一边划着火柴。附近法庭
牙齿洁白的柱廊，朝向林荫道，
它期待着车灯意外的闪现
隐没于浓密的枝叶间。应该

人人都在黑暗中闪现，仿佛在伯沙撒的欢乐时节，
字迹"可口可乐"。在长满杂草的花园里疗养地大厅

发出喷泉的轻轻的潺潺声。有时萎靡不振的海陆风，
不能从枝条里提取简单的华彩经过句，
就絮絮叨叨埋怨围墙的建造品，
无疑，用的是

旧床的靠背。闷热。倚仗枪的
无名的联盟士兵变得
更无名了。拖网渔船用有铁锈
的船鼻蹭着混凝土码头。发出嗡嗡声，
通风设备迅速地抓住美国那酷热的空气，
金属鱼鳃起了作用。

恰如头脑里的数字，在沙地上留下脚印，
海洋的水在黑暗中重重叠叠地上升，千百万年
长浪摇着木片。如果
从火车站站台突然向旁边迈一步，在外面，
你将永远堕落，双臂贴身垂直；但
继之而来的不是鼓掌声。

IV

帝国的更换涉及嘈杂的人声，
涉及言谈结果唾液的分泌，
涉及洛巴切夫斯基的陌生角的总和，
涉及平行线相交机会的渐渐
增加（通常是在
极地）。于是它，

更换，涉及容易劈开的木柴，
涉及压皱、潮湿的生活内里
向衣服干燥的外层转变
（严寒——穿花呢衣服，暑热——穿南京的土布衣裳）。

涉及放到坚果下硬化的
脑子。总之所有

器官中只有一双眼睛
保存着自己的凝胶状物质。因为
更换帝国涉及对大海
的看法（因为在我们内部有鱼在
打盹）；涉及一个事实，即在
逼近看镜子时，发现

您的发缝已经向左偏移……涉及有病的齿龈
和新的饮食引起的胃灼热。
涉及心里强烈的无光泽的
白色——铺平的书写纸反映出
实质。于是笔在这里
渴望吐露

相似之处。因为您手里拿的
还是原先的那支笔。小树林里
还是那些植物。云层里
还是轰鸣的轰炸机，
不知道要去轰炸什么。
却很想饮酒作乐。

V

新英格兰的城市，就像出自拍岸的波涛，
沿着整条海岸，微微闪耀着五彩缤纷的
瓦片和屋面板，入睡的兽群立在
屋子里的暗处，陷入大陆
之网，大陆，发现它的是鲱鱼
和鳕鱼。鳕鱼也好，鲱鱼

也好，不过，在这里不幸而没有获得崇高的塑像，
没有顾及会易于注明日期。
至于地区性的旗帜，点缀它的
也不是地名，而且在暗处
萨利文会说，像高耸入云的
塔楼的图纸。

闷热。人在凉台上拿毛巾围上
脖子。夜间螟蛾像不值得羡慕的牛犊
陷入铁网，于是跳开，就像一颗子弹
被大自然从看不见的灌木丛派往
自己本身，为的是在七月中旬
摧毁百分之一。

因为钟表不间断地继续走着，疼痛
逐年消失。若是时间起灵丹妙药的
作用，那就是由于不能容忍匆匆忙，
成为失眠的形式：透过步行和泅水，
进入鹰徽半球睡梦保持着铁窗半球的
恶劣现实。

闷热。庞大植物群的凝然不动，远方的犬吠。
头，摇了摇，把滑落的电话号码，面庞
保留在记忆的边缘。
在真正的悲剧中，那里的帷幔——是惊险场面的一部分，
死的不是高傲的英雄，而是沿着接缝由于磨损
而嘶嘶作响的侧幕。

VI

因为迟说了一声"别了"
也听到了什么作为回答，除了

回声，那回声好像是"你开——始吧"
时间和空间，虚假的
高傲和登上正方体的
一切，全都是脱口而出。

我写下这几行，力求亲手
几乎看也不看地用心写下来，
抢先一秒钟到"有什么用"，
从那些准备好的海湾随时可以
开始航行或通宵地游起来，
同时也增加别的。

我写自帝国，它的边疆
向水下倾斜。取样于
两大洋和大陆，我也觉得，
这几乎就是个地球仪。就是说，
接着无处可去了。接着是——许多
星星，而且闪闪发光。

最好用望远镜看看那里，
在那里，蜗牛粘在叶子的反面。
说"无限性"，我总是考虑到
在星光下把一升无剩余地
分成三部分的艺术，
而非剩余的俄里。

夜间。暴发户的心里发出"咕咕"的声音。
古罗马军团睡着，依靠大队，
广场——靠着竞技场。明月高悬，
好像丢失的球在寂静无人的网球场上空。
光秃秃的镶木地板——仿佛棋后的梦想。

没有家具真没法生活。

VII

只有结满蛛网的角有权
叫作直角。只有演员听到"喝彩"，
从地板上站起来。只有找到支点，
身体才能把宇宙举上犄角。
只有那个身体在走动，它的一只脚
与地面垂直相交。

闷热。一些蟑螂拥挤在昏暗含锌的贝壳状
半圆形剧场，该剧场是消瘦的小嘴唇前面的一个
无色的庞然大物。翻转皇冠，
铜水龙头，好像恺撒的额头，
要用水力冲掉他们身上毫不宽容的
斑斑劣迹。

玻璃杯壁上的小气泡像乳酪的泪。
无疑，透明的东西具有下坠的
引力，正如稠密的惯性物质。
甚至九至八十一，如流水潺潺，
使自己折射于光的方式
在人的肌肉里。

只有一大堆盘子放在炉子上看起来
像倾倒的宝塔掉进横截面。也只有那些
东西尊崇空间，它们的特点是可重复的：玫瑰。
要是你看见一个，立刻就能看到两个：
昆虫在爬行，在鲜红的茎叶里发出嗡嗡嗒嗒声，——
蜜蜂、胡蜂、蜻蜓。

闷热。甚至墙壁上的影子，也那么软弱，
在重复手从额上擦去汗水的动作。
年老的身体气味比他的轮廓更尖。思想
的清晰度在下降。脑子在汤骨里
渐渐消失。也没有谁把视线
引向刺目之处。

VIII

你要保存这些话
以防严寒时期，以防恐慌时期！
人活下来，好像沙地上的鱼：她
爬进灌木丛，用弯曲的腿站起来，
去大陆深处，好像离开
笔的——字行。

有身生双翼的狮子，有狮身人面女妖斯芬克斯。加上
白衣天使和海洋女神。
为了在谁的肩头压上
黑暗，酷热和——要说吗——痛苦的重负，
他们把四散的米尔
和被抛弃的词零隔开。

那个空间甚至无处可坐，
好像仙境里的星辰变为陈旧。
不过在有鞋的时候，就有
可以站立的地方，地面，
陆地。于是倾听她的女高音
鳕鱼的清唱：

"时间大于空间。空间——是物。
而时间是关于物的意识。

生命——是时间的形式。鲤鱼和鳊鱼——
时间的血块。而非同寻常的商品——就是
血块。包括波浪和陆地上的苍穹
在内。包括死亡在内。

有时在那混沌中，在时代的垃圾场里
发出声音，传来话声。
也不知是'爱'，还是简单的'哎'。
不过我暂时还来得及分析，一切又
盲目地更换为鱼鳞纹的条纹，
好像来自你的头发丝。"

IX

人沉思自己的生活，好像夜色在思虑照明的灯。
思想在某个瞬间超出
大脑两半球之一的范畴
就像被子一样滑向一边，
露出人所不知的什么，好像是胳膊肘；夜色，
毫无疑问，占据很多时间，

但也并非那么没有尽头，以致能准确地运用大脑的两半球。
脑子的非洲，它的欧洲，
脑子的亚洲，以及有人烟的海里的
其余水滴，涓滴作响的干燥的轴心，
把自己的揉皱了的面颊转向
电动的大白鹭。

听，你看哪：阿拉丁说声"芝麻"——他面前就出现了一大堆
黄金，
恺撒在沉睡的广场上徘徊，高声召唤布鲁图，
夜莺讲起对凉亭里的大汗的爱情；在灯光的

圈子里少女用一只脚摇着摇篮；裸体的
巴布亚人用一只脚为沙地上的
布基-武基舞打拍子。

闷热。那样似醒未醒地用冻僵的膝盖顶阴影，
你在被窝里会突然明白，这——是一场婚姻：
为了三十有余的地块而向另一边翻身
侧卧，对此早已有一个
共识，即大洋
之底和习惯性的

裸体。不过在这种情况下两人不要同时起床。
因为在那里亮堂的时候，在你的
半球却很暗。这样说吧，一个亮点
对两个一般的躯体而言是不够的。
就是说地球仪已经黏合，如上帝所愿。
这也还不够。

X

垂下眼皮我看见织物的
边缘和胳膊肘在弯曲的瞬间。
我所在的地方是天堂，
因为天堂——这是无能为力的地方。因为
它是这样的行星之一，
在那里没有远景。

用自己的手指摸一摸笔的尖端，
桌子角：你意识到，这
引起了疼痛。哪里的东西锋利，
那里就有物体的天堂；
生前要到达天堂唯有

一途，你不要把东西磨尖。

我所在的地方，是山峰
好像是山区。后来是——空气，时间。
保存这言语；因为天堂——是死胡同。
是深入海中的尖形陆地。圆锥体。
铁制海船的前端。
但不要大叫"陆地！"

只能说，几点钟。
这样说了以后，要留下关注
指针的移动。而眼睛要
无声地隐没在盘子里面。
因为时钟为了不破坏天堂的
安宁而停止报时。

你用二乘不存在的东西：
在总和中得到的是地方的观念。
不过，因为这些只是——空话，
这里数字的意思不大于手势，
在空气中逐渐消失，不留痕迹。
好像小冰块那样。

XI

伟大作品留下民族语言，树木
自由自在的风貌，一年的数字指标；
同样——戴纸女帽的海洋也在视野之内。
作为一个好镜子，身子站在暗处：
在他的脸上，在他的心里
一无所有，除了涟漪。

有爱情，肮脏的梦，死亡的恐惧，过眼云烟，
觉察到身子骨的脆弱，腹股沟的易受伤害，
身子是在视野之内的海洋用靠边的肉体
过滤空间的杂种：眼泪使颧骨斑白，
人是自我终结
于是走入时间深处。

帝国的东端沉入夜色——齐脖子。
一对贝壳要蜗牛听它的话：
就是说，听自己的声音。这
展开了声带，却熄灭了目光。
因为在纯粹的时间里没有障碍物
生成的回声。

闷热。只要沉重地叹一口气，仰面
而卧，就能使冷漠的言语朝向
上方——方向是历来无声的省份。
只是关于自己和一个大国的想法
夜里在四壁之间把你们抛来抛去，
仿效诞生地的方式。

因此你安静地睡吧。睡吧。在这个意义上——睡吧。
睡吧，像仅有的睡下的人们那样，把自己的小孩儿撒尿。
国家搞乱地图，习惯于别人的幅员辽阔。
你不要问，要是门嘎吱作响的话，
"谁在那里？"——而且永远也不要相信
答复者说，谁在那里。

XII

门吱吱响。鳕鱼站在门槛上。
讨水喝，自然啦，看在上帝分上。

你不让过路者没有一块食物就离开。
于是你为他指路。路
蜿蜒延伸。鱼走开了。
不过另一条鱼，丝毫不差地

像离去的鱼那样，用小鼻子试一下门。
（两条鱼之间，似乎有两个玻璃杯。）
它们整夜都斜着走。
不过住在海洋附近的人
知道怎样睡觉，压低耳朵里
鳕鱼的有节奏的脚步声。

睡吧。陆地不是圆形的，它
简直就是长的：土丘，缓坡冲沟。
而比陆地长的是——海洋：浪头
时而涌来，像皱纹涌上额头那样
涌上沙滩。而陆地和浪头
只是长于一系列日子。

和夜。而后来是——浓雾：
天堂，那里有天使，地狱，那里有恶鬼。
然而百倍地长于那一系列
关于生的想法和关于死的想法。
这后者上百倍地长于
关于空的思考；不过目光

未必能潜入那里，于是自动
闭上眼睛，以便看得见东西。
只有这样——在睡眠中——才能使眼睛
习惯于某种东西。而睡眠所见的是那些东西

或不祥之物——要看是谁在睡觉。
鳕鱼在加固门扇。

1975

184. 佛罗伦萨的十二月

> 这个，头也不回就走了……
>
> 安娜·阿赫玛托娃

I

门扇吸入空气又呼出蒸汽；不过
你不会回到这里，这里居民成双成对地
在水变浅的阿尔诺河上方散步，
这河像新的四足兽。门扇
啪啪作响，几个野兽来到马路上。
的确有什么来自树林的东西存在于这个城市的
氛围之中。这是————一个美丽的城市，
在这里，到了一定的年龄你简直会从别人的身上
移开视线并竖起衣领。

II

它眨巴着一只眼，开始吞食，同时沉入湿润的
暮色，好像记忆中的记事板，灯笼；而
你的离市政厅两分钟内的路程
无望地暗示，在沉默了一个世纪后，
放逐的起因：邻近火山
无法生存，要是不伸出拳头的话；可是
死时也不能松开拳头，
因为死————这永远是拥有天国
建筑艺术的第二个佛罗伦萨。

III

晌午猫往长凳下看，检查影子

黑不黑。在古老的桥上——现在修好了——
青色丘陵的背景下建立了切利尼的胸像，
人们大胆地销售各式各样的妇女饰物；
波浪潺潺卷走一个又一个小树枝。
而金色发绺是美人的罕有
之物，涌现在小盒子之间，
在年轻女摊贩贪婪的目光下
好像安琪儿在黑发强国留下的足印。

IV

人转化为笔在纸上的沙沙声，转变为指环、
领带、楔形字母，又因为滑溜而化为
逗点和句号。只要想一想，多少
次在一个平常的词里发现"м"，
笔磕绊着描出了眉毛！
就是说，墨水比血更忠实。
脸在暗处，而谈吐公开——好在
唾液那么快就干了——
笑起来，像揉成一团的纸。

V

沿岸街令人想起停滞不前的列车。
房屋立在大地上，只看得见齐腰处。
一个穿斗篷的人，潜入湿润的口腔
下的缝隙，沿着残破腐朽
扁平的牙齿小步上升
引起上腭发炎及其生硬
不变的"16"；以失声吓人的
铃铛结果引起刺耳的话声"我们请求，我们请求"：
在前厅环绕你们的两个古老数字"8"。

VI

在落满灰尘的小咖啡馆里眼睛在制帽的昏暗中
习惯于彩绘的自然女神、阿穆尔、塑造品；
觉得缺少韵律，笼子里
衰弱的红额金翅雀跳起了自己的舞蹈动作。
太阳的光线，照着宫殿，照着大教堂的
穹顶，大教堂是洛伦佐的长眠之处，
太阳光透过窗帘照射进来晒暖了
肮脏的大理石上的静脉，晒暖了一桶马鞭草的花朵；
而红额金翅雀在拉韦纳市中心的电线上啼啭。

VII

呼出蒸汽，吸入空气，门扇
在佛罗伦萨啪啪作响。一个，两个
你度过一生，取决于信念，
傍晚你首先意识到：不对，
说什么爱驱动星辰（月亮——那就更不用说了），
因为爱把一切都分为两份——甚至
在睡梦里的钱也是这样。甚至，在空闲时间、
关于死的想法。如果南方的星辰
被爱驱动，那就会——各自东西。

VIII

砖砌的窝充满了刹车的响亮刺耳的
声音；你横越马路冒着
吐血致命的风险。在十二月的
低空有伯鲁涅列斯基下的巨蛋，
引起瞳孔里的泪水，在圆顶的闪光中
取得经验。十字街头的警察
挥舞双手，好像字母"ж"，既不低，也

不高；扩音器在责骂物价昂贵。

噢，在"жизни"的正字法中"ы"的必然性！

IX

有些城市没有返回的路。

阳光照进它们的窗户，好像照进光滑的镜子。就是

说，即使为了黄金也不会让你钻进去。

那里的一条河总是在六座桥下流过。

在那里的某些地方，唇也贴在

唇上，而笔贴在纸上。而且

那里的拱门、列柱、铁人激起了波澜；

那里群众在说话，把有轨电车包围在一个角落里，

在说一个人的语言，这人已经被除名。

1976

献给奥古斯塔的新四行诗

185. "我搂着双肩抬头一看……"

（参见：№ 22）

186. 儿歌

"我洒着从未来
捎来的泪，
把它嵌入戒指；
你（女）将独自徘徊，
把它套在
无名指上吧，不言而喻。"

"哎哟，别人的丈夫有
嵌宝石的金戒指，
珍珠的耳环。
而我有的——泪，
液态的绿松石，
破晓时慢慢干了。"

"你戴上戒指吧，在
远处看得见它的时候；
以后再挑选别的。
若是保存令人厌烦，
夜里就把它
扔进井底。"

187. 夜航

夜晚在麦道的肚子里漂泊于乌云之间
看着星星，
而在我的口袋里迷路的钥匙
老是响得不合时宜，
而葡萄在我头顶上方的网上跳跃，
源于郁闷的舞蹈；
我远离自己的生身之地列宁格勒，
而近些的全是——粗矿石。

翅膀闪烁着不含银的钢的色彩，
渐渐临近月亮，
而在毛皮高帽里撕碎了愚人，于是
这就涌到我的脚下。
我昏迷的脑子在玻璃杯里像小冰块一样折腾：
在地球六分之一陆地的
上空一位双头圣者震耳欲聋地
拧紧自己的光环。

我逃避命运，从低空下面，
逃避平躺着的日子，
离开住处，我曾在那里死去也在那里复活，
离开陌生人的床单；
逃避启示以多瓣花环压缩的
理性，逃避双手，
我伏在双手上，并把脸
从手中掉向南方。

这地球的造化，当真是圆的，

瞳孔不选择被赶进那里的
由内向外的角落，角落的自由选择，
不过也有相反的情况；
有什么在猫皮袋里的空地旁
狡猾地咬一个洞，
以便借亚洲的风晾干
欧洲人闪着银光的泪。

在世界上——确切地说在极大的体积上，
在六分之一的陆地上——
我还能做什么呢，除了砰的一声关上门
和摇晃钥匙！
因为真的更诚实，比起把我们无主的
圆形世界一分为二，
把日日夜夜的所有凄凉
换成它们的无针对性。

你就吹我的翅膀吧，不是由于良心和恐惧，
而是由于良心和羞愧。
我在沙地中呛着，还是在群山中跌死
或上帝保佑——
全都一样，好像挤进诗行的小号铅字
为了死亡的记忆：
黑压压的超级城市在向公民致敬，
还是被社会抛弃的——人世。

不过，你一整天在火光旁找不到我
的时候，你听到，
在贝科沃，起跑线上螺旋桨怎样轰鸣：
这——记得我
一切雷达、探照灯的反光镜，我

铭记在心的圣徒；
于是——教堂之外的合唱——从扬声器里
突然响起洪亮的声音：你看！
那里有人在飞行！别悲伤！微笑吧！
他在瞪圆眼睛往下飞
而且手里紧握着葡萄串，
仿佛酒神狄俄尼索斯。

1962

188

你的钟不仅在走，而且寂静。
同时，它的路没有相似的圆。
在简易挂钟里：不仅有兔子，还有耗子；
它们应该是彼此为对方存在。
它们战栗，发出摩擦的声音，弄错了日期，
然而它们的忙乱，咬架和难以摆脱
在乡下几乎感觉不到，
总之，乡下的房子里有各种成群的小动物。
在那里每一个小时都在脑子里被磨掉，
而往年的无肉体的动物
消失了——尤其是在临近冬季的时候，
那时农舍里聚集着山羊、绵羊、母鸡。

189

你是——风、亲人。我是——你的
树林。我摆动树叶，
树叶被毛毛虫用写字的方法
完全蛀坏了。
北风越猛烈，
这些树叶就越白。
于是冬之神
请求借给他白色的叶子。

190

灌木丛对风说着什么，
可怜叶子？
它们的言语看来很简单，
可是我们难以理解。
重新盖过水桶的叮当声，
椅子的吱吱作响——
"今天你更有力气。昨天
你刮得小些。"
而风对它们说——"冬天即将到来！"
"噢，别害人。"
而我也许会——"发疯！"
"爱吧！爱吧！"
而在黑暗中我的阁楼
在打战……

它们的对话你搞不清楚，
在独自一人的时候。

191

反革命城市，
想象中的污泥。
强忍声音的"何时"，
唾出的"昨天"，
乌鸦在呱呱地叫，
监狱里的医生艾伯利特，
小铃铛挤进
清洗过的新石器时代。

——瞧，朋友，我们在去世之前
所面临的现实就是这样，
你的小靴子注定必将在其中
发出吧唧吧唧的声音，
也像我的半高勒皮鞋一样，
尽管样子不新。
这种足迹不会
招惹鹰犬。

瞧，因为一只脚
由于鞋掌的某种年龄
也就没有赶紧潜逃，
不过大地辽阔。
因而越过肩膀
看得见灾难的轮廓。
那里还闪烁着白色的
灯光，已烧成灰烬。

可是，衰落的结局——

与不死鸟相似的臭气。
幸福——是两个人的奢侈；
忧伤——是民主主义者。
什么为了眼泪——初次的
那是——露水中的滨藜。
受到绿草的感召，
我们像所有的人一样变了。

正是电线杆在
沿着大路往回走——
在这里，朋友，直接
看到命运的惩罚，
但愿不只是上帝，
日以继夜地祈祷，
能与景色融为一片
并融化于其中。

1962—1963

192. 天使之谜

（参见№ 23）

193

风离开森林
飞上了天空，
冲开云朵
和顶棚的白色。

唉，像死一样冰凉，
小树林独自立着，
没有随后的追求，
没有特殊的标志。

1964 年 1 月

194. 蜜月片段

（参见№ 24）

195—196. 选自《英国老歌》

1

夜里母亲和父亲争执起来。
而他们的话语以低沉的尾音
要求，别睁开眼睛，
把冻僵的脸朝向墙壁。

母亲痛哭，父亲不吭声。
而夜莺在黑暗中大声鸣叫。
头顶的上方钟摆在滴答作响，
脑袋里也在——怦怦地跳……

他们的谈话令人不寒而栗
不是因为你听到了谎言
而是因为——他们的儿子——
你自己与他们相似：

你不吭声，像他（喘不过气来），
像她，在流泪。
"你叫醒儿子吧。"——"不，他在睡觉。"
他睁着眼睛躺在那里呢！

听是罪孽，中断也是罪孽。
不比床的吱吱声更响亮，
在夜间时而发出声响，
这是我们需要的而他们要隐藏。

2. 冬天的婚礼

（参见 № 7）

197. 幸福的冬季之歌

（参见№ 26）

198. "你，红胸鸲，从三株灌木丛中……"

（参见 № 25）

199. 歌声 （ "沉寂来自七个村镇……" ）

（参见 № 83）

200

像监狱大门的门闩
获准以敲钟表示由于负重，
由于过去时的卡尔梅克人
微笑时那上唇的小胡子，
在黑暗的夜色里那样
露出期望中的缺齿，
一俄里，一俄里
由于爱得发疯而后退。

而大张开的嘴
向两边分开到耳根以致昏厥，
像小花园为了厚赠
时间和空间中的醉鬼，
在着火的屋子里
竟然能够在补丁上瑟瑟发抖
并顶着暗处。
一俄里咬着一个面孔，——
与你分手的悲伤
挤走的现实不是
同样凄凉的命运，
而是简单的阿基米德公理。

通过高傲的语言，
隐藏尽心尽力的合法性，
隐藏内心悦耳的声音
无声地潜入记忆
潜入我最后的家园
——也许是一滴泪，也许是一条小柳枝

——而你并不理解，
何况我也听不清，想必：
也许真的是寂静被打破，
好像斯提克斯河上的桨架，
也许是哭着编的一首歌
可以在死后背熟。

1964

201.“我窗外，木窗窗外，有几棵树……”

（参见 № 45）

202

倾盆大雨的喧嚣响彻各个角落
在尘埃里渐渐消失的含羞草的敬礼。
而傍晚把昼夜分为两半，
好像剪刀把数字 8 分成两个 0，
而在腰部缩小刻度盘，
显得它和吉他的相似。
把目光停留在吉他上
一小束头发像鹰首。

她的手掌把披巾弄平。
她的头发或触及肩头——
于是流露出加深的忧伤；
其他的一切都与我无关。
我俩在这里是孤单的。唉，除了
我们的眼睛在昏暗中互相盯着看，
已经什么联系也没有了
在用格栅拦在斜对面的监狱里。

1963

203. 发扬克雷洛夫精神

（参见 No 27）

204. 学龄儿童读物

（参见 No 28）

205. 冬季邮政

I

我似乎在为你（女）一个人歌唱。
在这里与其说是吝啬，不如说是贫困。
不过现在你对我的命运也
有点充耳不闻，比起子孙后代。
此刻你不在这里：曾悄悄地说，
甚至引不起椅子的兴趣
也就难以等到来自
沉睡中落满雪的森林的赞扬。

II

瞧，所以我的嗓音低沉，
失去了珍贵的保障，
因而我是完全不能（不是我的过错）
使独白专家满意。
然而嗓音毕竟比书页的簌簌声响一些，
哪怕也更急剧地衰老。
不过，以前在山雀旁边过冬，
这时占满了北风之神旁的空间。

III

这不是飞机在起飞吗？请多包涵
因为在这完全荒无人烟的地方，
沿着平坦的地面修路，
我骄傲地使用测高计。
然而确实，由于分不清前面的

终点，而且发现高脚杯里的
只是自己的小镜子，眼看就能
根据垂直线找到地平线。

IV

就这样，像一只采蜜的蜜蜂，
在松树之间不倦地发出蜂鸣，
噢，要是嘲讽能
顺利地与时间竞争，
不论我给日历添上什么，
但愿它不至于感到孤独，
甚至细心地给一月
贴上凋谢的落叶。

V

然而我内心的大师级测谎术，
尤其在冬天显现出来，
由于自己的过错而被
葬送在毛茸茸的白雪下面，丝毫不差。
而贫乏的嘲讽流入
狂热，和冒险混在一起。
于是有点耳背的弹唱诗人出演
同邮政的妖蛇作斗争。

VI

对不起。我把公鸡放了进来。
不过那是平流层里的公鸡的喔喔叫声，
离公共的灾难远一点，
至少不会强迫我
和石头般的人住在一起，

好像阿喀琉斯，脚踵中了
辱骂之箭及其不锋利的末端，
于是用生鸡蛋医治自己的病，
为了博得溏心蛋的掌声。

VII

这样，简易挂钟使两颗
猫眼绿宝石不介入生活，
默然无声。不过要是关于我的记忆
部分地比神怪现象更有说服力，
你就原谅那个人吧，他是懒得
处于预测之中利用刻板的公式，
即使这样使我的岁月延长也好，
借助于跳动的、滴答响的抑扬格。

VIII

雪，碰上屋顶，与自然界
相反，变成屋顶的形状；
可是韵脚，在诗行的末端，
要依附上面的先行者。
而我的声音，在千里之遥
碰上你的反复无常，
在耳聋中非比寻常的收获
形式上完全与空间一致。

IX

这时，在北方的农村里，我最关心
你，那里扩大了我双肩的
影子，我熄灭激情，
不过先熄灭含石蜡的蜡烛，

为了不是梦变得沉重的影子，
我熄灭，在激情中交给它们支配
在黑暗中闪着白光，好像新的帕特农神庙，
在失眠和酣睡的期间。

1964

206. 普斯科夫登记表

可不要混淆激情
和嗜好（宽恕我们吧，
主啊）。想想三月，
奈曼的家庭。
想想普斯科夫，鹅群
和昏暗的
灯光，展览馆，
沙加尔的"沐浴"。

北螈属在潜逃
（用的不是女鞋，是腿脚!）；
一百个教堂圆顶落满白雪；
在韦利卡亚河上
滑冰，说
真的，愚蠢，
雪堆，红腹灰雀，
体温。

还有——拥抱的俘虏，
来自热带的勇士，
还有用白色的毛
为你编结的头盔。
以及一匹黑马
其目光，悲伤地
隐蔽着——避开我——
好像肩上披着——披巾。

灌木丛和废墟、

树木、树冠、
丘陵、隐修院、
十字架、乌鸦。
以及那些壁画（蒙着灰尘），
在那里，严格地说，
来自上帝，来自土地的
同样地不多。

瞬间——也就中断，
还只是一小撮：
你要回忆伊兹博尔斯克
那蓝莹莹的白雪，
在那里我的理智在崇高的境界翱翔
好像某种云朵，
于是我的照相机把
我们的外貌赠给时间留恋。

噢，发青的屁股
（眼眶）！家里的
拦阻线，拦阻在每座塔楼上
发出刺耳叫声的鸟群，
而更远处是（扯掉！）
起跑的空间。
而爱的摇篮
——比白雪更白！

今后你也要回想起
（尽管离别后
已辨认不清：
是谁在那里——在那摇篮里）
那些峭壁和田野，

平原上的出租汽车，
煎牛排，肉饼——
迄今久矣。

你就是要善于沿着旷野，
沿着指针、里程表，
沿着借来的卢布
（几乎是沿着满天星斗！），
沿着没有灵魂的形式
带着哥伦布的
全部技能（噢，赶快！）
回归感觉。

须知标志的实质就在那一卷
（即使在分手的
三棱镜里）：任何物体都是——
生活的见证者。
空间和岁月
（在某些短暂的瞬间），
回答在"什么时候"，
"去哪里"，"从哪里来"。

让你走进展览馆
（镜子的展厅），
哪怕这真的是
手指的印迹，
使你稍微清醒——
有助于
立刻把自己交还
瞬间，午夜，

怀疑当局和
责备，——
什么时候会关心
长寿的激情
在某种高度上，
好像音乐会上的音响
忘记了音长，
——忘了死的期限！

而柔情的栖身之所
而忧郁的信使，
扰乱了舒适的环境，
爱情的同龄人——
带着嘴唇上方的绒毛
一首诗——
就让他自娱自乐吧
即使只是视觉。

1965

207. 石竹

日子中的一天，这些日子里的几天，
特别明显的是，雨水更剧烈地
敲打玻璃，简直就是在
按门铃，要闯进房间
（在那里桌子承认自己是客
而玻璃茶杯自称——头儿）；
雨水时而低些，时而高于一个楼层
沿着楼梯段哗哗作响
于是又在玻璃上流淌；
而阿尔卑斯山脉在桌子上堆成一堆，
唉，好像雄鹰是翱翔于峡谷的苍蝇，——
时而在酷寒中，时而又在暖意中
你总是在徘徊，像影子一样，而用
鼻子哼着低沉的歌曲，像平时那样，
茶也凉了；傍晚冷水把你从房间里
赶进厨房，在那里吱吱作响的椅子
和煤气喷嘴的响声
会充满你的耳鼓，
盖过别人的所有声音，
而炉火本身，在闪着浅蓝色光芒
的同时也在吸收，使你双目如盲，
不留灰烬——奇迹！——
日历和表盘捻成一股。
不过，拿下茶壶，你望着天花板，
欣赏成体系的裂纹，
不排除黑色细茎，
它带有发声和发光的菊花。

208."岁月在我的上空飞逝……"

（参见 № 44）

209

你呀，在我的话声停下的时候
那么，就既没有应答，也没有回声，
而在记忆里——结束微笑的是
气流唱起了缺憾，
于是我的生活被括出巨流，细眉
永远后退，空间
擦亮瞳孔，所以他，真的，
已经宽恕（不是忠贞，而是倔强），
——偶尔在睡梦中一瞥表盘
回忆起某种东西，滴答响的和谐
不知是因何而起，使你偏向
习惯性思维，偏向狡猾伎俩，忧心忡忡，
不知往哪里急于动身并
那样催促，有时在夜里
突然想叫他停下
就在这时——满怀热血，
急着，按你的意思，爱，
要作比较——他的爱情和你的爱情。
唉，那时突然露出眼皮在跳，
不可能用什么来证实这个动作——
像你的布雷盖怀表一样——而他要是突然也同意
伺机而动呢？可这回他在半夜弄出了物体相撞的声音……
然而在黑暗中，小窗户朝着你哐啷响了一声
从而证实，这果真是在——夜里。

1964 年 10 月 29 日

210

你的一绺鬈发没有盘成团
（要为它挑选一个合适的手指也不可能）
渴望画脸的轮廓，
就像早先画发绺那样，
希望意外地碰上马虎大意的人，
努力满足他的意愿，
眼睛的水晶体来不及把注意力
转向缩小的比例。

带着忧愁之十足的铁面无情
（带着在刀口上的真实的沮丧），
下巴和鬓角相似
握住大拇指和食指，
我迅速地潜入深处
（尤其是——口部），好像军舰鸟，
突然沉底于很小的地方，
以免瞎蒙地泅水。

齐脖子或仍然齐胸，
一小块水晶玻璃没入暗处。
可是要没过鼻梁，还没有谁
能成功地扎猛子。
任何跃进都感到有
希望，然而——离灾难远些吧！——
灰绿色的浮子总是
从水里向天空疾驰而去。

须知每一个在流放中感到忧伤的人

势必想拿什么来排遣痛苦
于是首先碰到的鸭蛋脸
就被赋予可爱的脸型。
而且有一点已经使热情加倍,
即在遭遗弃一绺鬈发中汇合
那里,就是上帝劝阻他们的地方,
带有一个边缘,剪刀曾在那里穿过。

嘲讽在大自然的土壤上,
希望在嘲讽的手段里,
颤动的离别,好像叶子,
好像蝴蝶(不是吗?)在肩上:
活的或死的它
——哪怕我们亲手干——
黏合你的形象和幽灵
之间的薄弱环节?

1964

211. 献给鲁缅采娃的胜利

纺纱用的纺车在天花板下面
寄宿处的一缕轻烟。
我在微醉中
回忆您温柔的容貌，
您怎样在树枝间徘徊，
比田园诗中的牧女更苗条，
和我的恋人两个人
在几门大炮的背景上。

陷入海军榴弹炮的炮口，
落进您的视线
是我的焦躁和诗句
所乐见。
于是全部活动就是：军马皮鞭
一脚踏上马镫！
这两者，前者克服距离，
后者——战胜时间。

我们将在涅瓦河畔相逢，
要不——在苏霍纳河畔。
您将含笑
注视着爱戴的小姐。
设想您是姐妹
（最低限度），
亲吻您，我不辨别
哪里的是您，哪里的是玛丽。

不过您的阿拉伯马正好

在熟悉的原野。
而我——陷入
该地区的沼泽地。
即使是因为我讲的话
（愿上帝保佑！），
我由衷地感谢您
——以您所拯救的那颗心。

架一座透明的桥
（反弹成列柱！），
夜间五角星的五个尖端
沿着天陲
慢腾腾越过罗斯
——但愿忧伤转移到
您动人的双唇
以适合那些星辰。

四分之一——傍晚的寒意，
三分之一——倔强，
一半是——面孔
而整体——是空间，
我发誓向您表示敬意，不搞花样
（在控制住心情的
限度内）没有部分与部分的差异——
以及可怕事件的统计！

请原谅，即使情况并非如此
（没有舞台，没有呻吟）。
白兰地激励我
冒承认的风险。
您把一切抱怨——归于他。

献给奥古斯塔的新四行诗

面包短缺，
于是我品味黑暗。
天主保佑您。

212

秋天从鸟窝
飞向南方的星辰
火车上的鸣禽

带着被遗忘的鸟蛋
鸟窝挂在台阶的上方
带着一张变得难看的脸。

而作为好报复的习性，
它的一切愤怒皆已熄灭
围墙上的公鸡

在叫，只要嗓子还没哑。
而房子吱吱作响地
立着，像有毒的蘑菇一样。

1964

213. 献给奥古斯塔的新四行诗

（参见 № 70）

214. 预言

（参见 № 29）

215

噢，我觉得环形烟多么美呀！
缺乏关怀，缺乏权力。
这样可悲的奖励。
我爱上了自己的木屋。

晚霞爱抚着凳子、炉子、
夹着烟头的手指。
而蓝色的烟把烟圈穿在
灿烂的光线上。

有些人为何爱我们？为了财富，为了
一双眼睛和充沛的精力。
而我却爱无生命之物，
因为它们那美妙的轮廓。

有生命的世界不是我的偶像。
静止——它不逊色于任何东西。
尤其是在它现出可动性
的时候。
　　　　　不是吗，丘比特，
当吸烟人喷出的烟进入婚姻殿堂的时候，
临时住房就变得像教堂一样。

可是穿着平常连衣裙的新娘不明白，
未来的丈夫正奔向何处。

　　　　　　　　　　　　1965

216. 致罗马的老建筑师

（参见. № 68）

217. 玻璃瓶里的信

（参见 № 69）

218

铃声响了——
预告男人
不要错过周年纪念。
蒲公英把天真的
小脑瓜
仰向天顶——其中的
想法比日子多。
他按时跑到
外面的路边
洋甘菊——不准确的、
一次性的紧急
预言。

形形色色的田间
作物用齐胸的部分防窒息。
粥、荠菜
马上准备好
拯救瞳孔
脱离任何痛觉。
朋友，生命可不是农村木屋。
然而关于这一点——沉默，
为了不危害别人
（处处有耳朵；右边有，左边也有）。
只有一小捆五虎草
可以信任。

临近七月
铃声在蜂房下

颤动。
在寂静中
豌豆荚在叮当作响。
原野在扩大
由于令人遗憾的不自由。
我老了一岁
于是穿着丑角的服装
由于多维度的残忍
我躲藏在带有青草味的
盾牌之下。

1965 年 7 月 21 日

219. 蒂朵和埃涅阿斯

（参见 No 36）

220. 十四行诗 （"多么遗憾，你的存在对我之所是……"）

（参见 No 35）

221. 前往斯基罗斯岛的路上

（参见 No 32）

222. 近于哀诗

（参见 No 63）

223. 哀诗 （"亲爱的女友，小酒馆还是那样……"）

（参见 No 33）

224. "拒绝悲伤的清单——吝啬鬼……"

（参见 № 30）

225. 诗节

（参见 № 34）

226. ANNO DOMINI

（参见 № 31）

227. 六年后

（参见 № 37）

228

从前的红额金翅雀这时在笼子里
唧唧喳喳。门在吱吱作响。
把男人的言语清晰地编入
连衣裙的窸窣声。现在
在落满灰尘的不祥的钉子上——
伊里奇的灯
光芒四射照在交际场所的跳棋上，那里
好不容易打成了平局。

了解自己意义的正方形，
看到物品的一片混乱，
并不因损失而落泪；
恰恰相反：
他在欣赏直角，欣赏
报纸上的黄色破烂、
垃圾，脱得光光的
直至双双脱光。

炉子，其中的火已经熄灭；
瓷砖上有裂缝。
要是确切，空间臭气
不适合你的容貌。
母狗在这里不留痕迹。
只有门洞
知道：两个人，来到这里
出去往回走的是三个人。

229. 四月的诗

（参见 № 65、92）

230. 爱情

（参见. № 109）

231. 奉献节

（参见 № 124）

232. 奥德修斯致特勒马科斯

（参见 № 125）

233

沙丘上长了一棵松树。
这里秋季潮湿而春天阴晦。
这里大海要风清理自己剩下的
无色彩的平庸，是的，从邻家别墅里
时而传来孩子的哭声，
突然列梅舍夫从坏针下面尖叫起来。

艾蒿在长满芦苇的浅滩上是腐烂的东西。
单身母亲来到围墙
脱内衣。听得见桨架吱吱作响：
那是大自然的弃儿，愁眉苦脸的芬兰人，
泗水从水深处取出自己的大渔网，
不过这个大渔网空无所有而且缠在一起。

这里海鸥往下飞，那里鱼鹰飞快闪过。
时而有银灰色的飞机，
比飞鸟更适合在云朵间，
飞向北方，那里有游手好闲的瑞典人，
好像某种海绵在吸收灰色
而不认为乏味的氛围是累赘。

这里给地平线添上线条
自己可以通行的人烟稀少的要塞。
这里孤帆在远方划出
清澈的蓝天，不向你们
露出暴风雨的凶残，
然而——海湾的乌斯季亚河。

而眼睛，习惯于物体在距离上
的缩小，这里获得
另一种界线——总之，不谈
物体，不惋惜损失：
因为推测远方
在视野之外的带来损失大于损失的视野。

我死后你让人把我从这里
抬走。我不会给任何人
带来损失，只顾躺在岸边的沙地上。
温柔的拥抱，结实的鳌
一样地奔跑，不是要找更柔软，
更干净和更纯洁无邪的卧榻。

234

是时候了，该忘记这驼色口香糖
和茹科夫斯基大街上的厕所了……
安娜·阿赫玛托娃

你记得堆在铁椅子上的东西，
那你怎么附和轻率的"在花园里呢，
还是在菜园里"叮当作响于傍晚的墙外；
窗户上挂着洗干净的床单？
院子不能通行，不管是从雪堆里还是从裂缝里，
阻断了君主、牧人、畜类的通路，
留下我们靠着畜类的体温
还有部队的军大衣取暖。暴风雪小声唱着什么
在后半夜走遍彼此的梦境，
既没有弹簧嘎吱作响，也没有地板的咯吱咯吱声，
既没有不可重复的真实嗓音，也没有来自雅尔塔的
飞鸟。真实的火焰
吞食了玩具飞机的内脏
和一个无聊大国的核心机构，
在那里中国的文字和波兰语混在一起。
不缩回双手，不躲避灼烧，
测量着别人住处的温度
在穷人的几何学里，他的三角形的倍数
冠之以落满灰尘的 100 瓦泪液。
你知道，冬天以赤嘴潜鸭惊扰松林，
那时农民在有疑问的情况下展开隆重的庆祝活动，
谓语，从属的主语，
延伸到过去时，牺牲现在时，隐藏
结尾的耳语，叫喊，哭泣。

235

你转向我的侧面吧，脸型的侧面
通常比椭圆形更清晰，稳定
带有车轮的滚动性能：
倾向于换地方，等等，诸如此类。经常发生
它在一天的末尾提醒我，
一个由于追捕而失去生命力的人，关于普尔曼式车厢，
关于疯狂的机车，后者夜里停留在我手边的画上，
而猫头鹰在树林里大声鸣叫。现在我羞愧地
明白了——那未必是猫头鹰，不过在黑暗中
很容易弄混猫头鹰和鸨：
弄混宽颧骨的鸟和侧面的鸟，嘴突出的鸟。
哪怕从角度较小的侧面看，反正一样不会委屈
脸的右部，要是你从左边看的话。
而且那鸣叫声可以整夜地分担忧伤，
用裸露的手把门槛外边的面包切碎。

236. 诗节

I

仿佛玻璃杯，
在海洋的桌布上
留下印痕，
不可能压住海洋的涛声，
星球到另一个半球
去了，在那里
停止打扰的
只有水中的鱼。

II

傍晚，亲爱的，
这里暖和。寂静
以沉默吓唬人
真的做到了。
月亮把自己天生洁净的奶
倒到灌木丛里：
身体的不可侵犯性，
走得太远。

III

亲爱的，争论，深入地
理解往事
有什么用啊。针
在人的草垛里
再也找不到了。
只能适时跳起，让形影不离的人

消失；或——和大家同时
移动棋后。

IV

一切，我们称之为个人所有的东西，
积蓄的东西，认为
犯罪和时间是多余的，
好像来自裸体人的激浪
在缝合——时而抚爱，
时而用刀割，——
为了以基克拉泽斯的
没有面部特征的作品结束。

V

哎哟，在对她的关系中，
优势越小，
就越是谦虚地期望
绝对的忠诚。
总之，也许从视野
消失的物体
从旁观者的视角来看
就是颇有远见的复仇。

VI

只有贪财能在
指向远方的手指间
找到空隙。而光速
是在空间。
这样也就损害了视觉：
在你仔细往下看的时候。
多于时效

或读书。

VII

黑暗的密度也是这样
起作用。因为在黑暗含义
的序列里平淡无奇的话语
已借贷无门。
人——只是握紧
拳头的始作俑者，
正如飞行员消失于
云端时所说。

VIII

越没有希望，似乎就
越容易。你已经不等候
帷幔，幕间曲，
像热血青年一样。
舞台上，侧幕里的灯光
变暗。你离开走进
枝叶的鼓掌声，
走进美洲之夜。

IX

生命是专供外卖的商品：
躯干、阴茎、额头。
而地理条件混杂入
时间即是命运。
你在逼迫下勉强地
承认这种权力，
臣服于爱护纺织业的
命运女神帕耳卡。

X

脑海中枯黄的
勿忘草扭歪了我的嘴。
作为第三十三个字母，
我（字母 я）毕生向前走。
你知道，所有的人，谁的距离较远，
忧愁就会在他身边哭诉，——
话语、逗号和语言
规范的贡献。

XI

亲爱的，不幸的人
是没有的，没有死者、生者。
一切——只是辅音字母在其
弯曲的支脚上的一场盛宴。
显然，猪倌令人震惊地
超出了自己的角色，猪倌，
他的纯洁的小珠子
比我们所有的人都活得更长久。

XII

的确，散落在纸上的
黑色越浓密，
属于过去，属于
未来的空的个体
越模糊。个体邻近，
其他的好处不多，
只是加快笔在纸上的
运行速度。

XIII

你听不到回答，
若是你问“去哪里”，
因为四方
表现为冰的世界。
民族有极地，
北方，那里白雪
从缝隙里显出
艾尔塞维尔体铅字；那里嗓音
没有竖起旗杆。

XIV

这些诗行的贫乏——由于渴望
隐瞒、保存些什么；
做到了。可是不可能两次
躺到同一张床铺上。
即使女仆没有更换
那里的床上用品。
这里不是沙墩，即使堕落
也不会侨居那里。

XV

从赫西俄德所颂扬的
恶劣的旋转木马上
下来，那里不是在下客的地方，
却正赶上夜色降临。
不论你的眼睛多少次刺痛于
黑暗——美好的意图
仅仅重复于
一句话：一句别样的话。

XVI

羊羔被这样串在铁扦上，
使烧烤的热气分散。
我曾尽可能使没有
保留的作品流芳百世。
你曾尽可能宽恕
我所干下的一切荒唐事。
总之，讽刺的歌曲
响应着羽翼的窸窣声。

XVII

亲爱的，我俩清账。
主要是：我们彼此
好像在相同的鼠疫中
接种疫苗落下的天花：
只不过是讲刻薄话的对象，
和成功的良机一起缩小为
污点，前臂
给予慰藉。

XVIII

哎呀，为了预言的无所顾忌
未来日子的恫吓——
好像为了我们父名的灾难，
记忆，你给予的不多。
作为一只鹳，它天生地
会卷烟，甜得腻人的谎言。
然而我们活着，趁着有
宽容和文字的时代。

XIX

这些东西及时地
汇合于眼睛
在一旁从小碟上盯着看
下面的形形色色。
于是我认为，真的
很好，我们分居两地，
以致宇航员无需
睁大眼睛。

XX

亲人，你从神龛里取出
圣母像。
放进家庭照片——
从月球看到的行星的样子。
给我们拍集体照大脸的
朋友还没有这样的荣幸，
错过了暗中监视的人；
总之，大家都没有空。

XXI

比起音乐厅里的穿山甲，
我俩现在的样子
更不合时宜。
这就能更可靠地
使明天的住户吃惊于
在这里分离了
观念陈腐者的强烈情感
和基里尔字母的混合物。

XXII

一切结束于寂寞，
而非痛苦。然而
新科学对这一点的
阐述很差。
了解真相的斯多葛派——
斯多葛派只占三分之一。
灰尘落在小桌子上
也擦不掉。

XXIII

这些诗行实质上是
老头子的闲聊。
在我们这个年纪法官们
延长服刑期限。
伊万诺夫。彼得罗夫。
自己脆弱的骨头。
不过自由的话语
不知同谁结账。

XXIV

我们这样熄灯，
以便撞倒凳子。
关于未来的谈话——
也是老年人的梦呓。
亲爱的，最好把
一切进行到底，
以大人物的物力，
帮助愚昧落后的人们。

XXV

这就是我们展望
的终结。遗憾，没有更长些。
往后——剩余日子的时代中的
令人惊讶的女演员，
戴着城市眼罩向终点的
一跃，如此等等；
多余的话，没有
一句涉及你。

XXVI

在海洋附近的
夏夜。炎热，
好像陌生人的手
按在前囟上。树皮，
从橙子树上取下，
枯萎。而自己的仪式，
好像埃莱夫西诺斯的祭司，
苍蝇在他的头顶上搞名堂。

XXVII

胳膊肘支撑着身体，
我在听椴树的簌簌声。
这比轰隆声
和有名的啜泣声更糟
这比给孩子做
波波更糟。
因为此后
再也没有什么了。

1978

237—256. 致玛丽·斯图尔特的十四行诗二十首

（参见 № 135—154）

257. "从哪里也没有带着爱来，第十几个三月了……"

（参见 № 163）

258. "你忘记了被遗弃在沼泽地的乡村……"

（参见 № 173）

259

你，缠着蛛网般琴弦的吉他状的
东西，在客厅里继续变成褐色，
而卡济米尔却在清洁的大地上变白，
天色暗了——尤其是傍晚——在走廊里，
你为我唱一首歌吧，关于窗帘怎样窸窣作响，
怎样介入，以便使身体半醉，
影子，像浅紫色的苍蝇一样从地图上爬下来，
而窗外花园里的晚霞好像分舰队的烟，
分舰队只剩下了一个水兵的上衣
被忘记在儿童室里。也像梳子
握在土耳其驯兽师的拳头里一样，像一尾小鱼一样——用鱼线钓上来，
把狮子狗狗高高抬起在科瓦列夫斯卡亚的上方
直至幸福的机遇在生日那
天大叫四十次，——于是潮湿的火药
熄灭了礼炮的星光，发出响亮的咝咝声，于是在玻璃杯里
长颈玻璃瓶像克里姆林宫一样立在丝绸上。

1978 年 7 月 22 日

260. 哀歌

迄今，回忆起你的声音，我会激动
起来。不过这是很自然的。因为系词
不匹配裸露的肌肉、毛发，行李
在冷冰冰的眼睛下面，你别怕
在上年岁的时候整理行装。肌肉除外，声音
不由于稀薄空气的摩擦
而受损，然而，近视者，从两
恶之中往往取其大者：重蹈
很久以前所说的覆辙。清醒的头脑
坚毅地从这一点开始运转，每晚如此，持之以恒，
就像录音机，要制作文字
而手指互相妨碍从长满草的
曲折处取针——好像对
缺乏文字形式的魔力表示敬意
在曲调丰富的情况下。你知道，世界上的
作品，对象，彼此之间的联系是
那么密切，于是真想
以母亲之名而出名，以及其他，诸如此类，大自然
还会前进一步，把它们
融为一体：狐步舞曲的雾-星云
和双绉连衣裙；苍蝇和糖；我们，
在极端的情况下。就是说
提高米丘林成就的等级。现在已经有
鱼鳞色的狗鱼罐头，
手里有餐叉的颜色。唉，可是大自然
与其说在隔开，不如说在混合。因而
与其说在缩小，不如说在隔开；回忆一下
更新世密林里野兽的规模吧：我们——只是

巨大整体的部分，有一条线从它那里
向我们蜿蜒而来，好像电话塞绳，从恐龙
身上留下平常的脊柱。不过再也
没有地方给他打电话了，除非在后天，
那里只有一个残疾人应答——因为
失去上肢末端，女友和灵魂的人
是进化的产物。而拨我的这个号码
就像从水里爬上陆地。

〈1982〉

261. 亮光

冬天的夜晚。木柴
被火焰笼罩——
好像女人的脑袋
被有风晴朗的白天笼罩。

仿佛镀金的一绺头发，
在以有目如盲相威胁！
这是从她的脸上去不掉的。
从最好的方面来说，也无法去掉。

不梳分头，
不用梳子梳开：
可以打开视域，
耗尽心血。

我凝视着火焰。
火舌上
响起"别伤害"
并突然冒出"我！"

由此而来的是——感到热。
我透过骨头里的干裂声听到
气喘吁吁的"还有！"
和狂怒的"你放我走！"

你熊熊燃烧吧，在我的面前燃烧，
破烂货，像窃贼那样，
像精神错乱的裁缝那样，

还有一个冬季的

火苗！我知道
你的蓬乱的长发。你的
鬈发。归根结底是
绯红的双颊！

你还是那个她，还像从前
那样。对你无益
脱光衣服的男人，
会扔下所有的引火劈柴。

唯有你
在毁坏东西的时候，总是
把它和命运等量齐观
被焚毁的是——自己！

热衷于内心，
盘旋于心外，
打扮花哨，
我俩又单独在一起！

这是你的热情，你的激情！
可你别开门！我
没有忘记你的笔迹，
那晒焦的边缘。

不论你怎样隐藏真相，
然而实质会背叛你，
因为谁也不会像你那样
不会控制感情，

精疲力竭，振作起来，
迅速地挡住去路。
但愿拿撒勒激情满怀，
真的复活了！

热血沸腾，满脸绯红，问心无愧，
着迷于自己。
好像跳舞的迈那得斯
带着咬伤的唇。

哭号，惊恐，尽情地
震荡瘦骨嶙峋的肩头。
在你上面的那个人，
还吞咽你的烟！

那么渴望，喋喋不休，温顺随和，
露出位置所在的地方。
时而面颊一闪而过，
时而闪出双唇。

大厦是这样坍塌的，
这样从废墟中
闪避色彩的变幻，天空已
繁星密布，点点星光闪耀。

你还是那个她，还像从前那样。
由于命运，由于住房
在你之后是——扯淡，
火光微弱的木炭、

严寒、晨曦、小雪，

冻硬的树条在舞动。
而仿佛成片的烧伤——
大脑也拦不住。

1981

262. 克洛米亚基

I

在夺自楚赫纳人的岸边沙丘里迷了路，
胶合板的小城市，在其四壁之间，刚打个喷嚏——
就从瑞典飞来电报："祝你健康。"
无论用什么样的斧子你也不能劈出足够的劈柴
向房间供暖。相反，有的
住宅竭力从自己后背取暖
恰是在冬季，并培植花朵
每晚在凉台上的蓝色玻璃器皿里；而你
好像准备逃跑和寻觅方向，
入睡于那里的毛料女装。

II

大海细微的，平坦的波浪趋向于字母"6"，
从远处看很像涉及自己的思量，
浪头一个接一个涌向荒漠中的浴场
和皮肤上的皱纹冻结在一起。山楂树
光秃枝条的干巴的颤动有时
迫使视网膜给自己蒙上一层有麻点的外皮。
或海鸥从白雪的雾幕中出现，
好像没有任何人的手弄脏了角落，
白色的，像白纸般的，一个白天；
许久，谁也没有点灯。

III

在一些小城市里不是认出人们的面貌，
而是从排成长队的人们的背部看出是谁；

于是居民在周末排成鱼贯而行的队列，
好像沙漠上的骆驼驮运队，尾随着沙地的测绘
或捕捉鲱的网，后者为预算扫清了道路。
在小城市里你平常吃的
和其余的人一样。而要使自己
有别于他们，只能描下一卢布硬币上的
内城堡的尖顶，它朝着星辰的方向缩小，
或许——到处都能看到你的这些东西。

IV

尽管如此，它们是坚硬的，
这些被扔掉的火柴盒子
以及在其中叮当作响的两三件玻璃器皿的
潮湿的头部。唉，给乌鸦喂食的时候
全家都在窗口那里看着它，
那里的木每逢傍晚就和一株黑色的树
合在一起，努力长得比
天高，——而这也就发生在快到六点钟的时候，
那时一本书啪地一声合上，于是
你只剩下了双唇，正如那个公猫。

V

这表面上的慷慨，谈起这
天赋，内心发凉，外面却散发着
热量，使住户和住房亲近起来，
而冬天却把绳子上的床单当作自己的内衣。
这束缚了交谈；笑声
发出响亮的尖叫，留下了痕迹，好像白雪，
覆盖着雾淞，仿佛针叶，代词的
边缘线和把"我"变成
结晶体，闪着固态绿松石的光泽，

不过它融化了，在你哭泣之后。

VI

这一切都是真的吗？而如果是，有什么用
现在惊动这些原先的东西的安宁，
回忆详情细节，使松树互相适应，
模仿——往往很成功——睡梦中的那个世界？
人们会复活，那些信仰：天使、根（树林）的人；
而克洛米亚基知道什么，除了钢轨
和铁路行装的时刻表、鸣笛
从全然不知中出现了五分钟之后
也在全然不知中消失，贪婪地吞咽白铁皮，
在思量爱情和及时坐下？

VII

没关系。冬季空地上的生石灰，自己的报酬
是从荒无人烟的市郊火车站上捡来的，
留在他们身上在针叶枝的重力下面
现在穿的是黑色呢大衣，它的厚呢子
比哔叽更结实，
那里预防未来和过去好于冒烟的玻璃——小吃部。
没有什么比黑色更固定不变；
这样就产生了字母，或——主题"卡尔缅"，
这样就暴露敌人更换了衣服。

VIII

已经再也不能拿钥匙打开那扇门
因为带有奥妙的钥匙齿，也不能用肩膀点
厨房里的电灯来取悦黄瓜。
这只椋鸟比灰椋鸟活得更长久，
积云似的鸟群。

从时间的视角来看，没有"那时"：
有的只是"那里"。而在"那里"，集中目光，
记忆徘徊于昏暗中的房间，好像小偷，
在书柜里摸索，失手掉下一部长篇小说，
赶紧把手收进自己的衣兜里。

IX

在生命的中期，在茂密的树林里，
人总是要回头看——好像逃亡者
或罪犯：时而树枝发出干裂声，时而——溪流涌起。
然而在过去时决不是美洲豹也
不是俄国狼狗，以便扑上后背并
把受害者打翻在地，在其温柔的
怀抱里闷死您：因为——不是那些肋部，
而是纳尔喀索斯厌恶的河结冰了（鱼，想起
自己罐头上的银白色

X

就趁早游走了）。你会昧着良心
说，你只是试图预防自己
急剧地变化，像那个拟鲤一样；
空间的一个点是"a"
而正常的快车故意不理会"6"和"c"，
刹车，字母表的末端
放出逗号孔中的蒸汽，
水从游泳池里流出快多了
比起流入它要经过一个
或几个排水管：屈服于池底。

XI

可以点头并承认，洛巴切夫

简单的雪橇课的景观搞砸了，
说什么芬兰在酣睡，心中隐藏着
对滑雪杖的厌弃——现在，也许，
用的是铅：看来，对手而言，好些。
可是据此已不可能知道，好像竹子在燃烧，
无法想象棕榈、舌蝇、狐步舞、
鹦鹉的独白——更确切地说，是那种
类型的平行线，在那里赤裸着——因为在世界
的边缘——溜达，像个野人，马克莱。

XII

在一些小城市里，把家什保存在地下室，
比如别人的照片，而不存放扑克牌——
甚至游戏用的纸牌——好像是在用蓄谋设定
界限使命运依托于无人保护的身体。
两者都存在；于是居民点
通常依靠它们摆脱外表的混乱
竟然如此成功，以致炊烟返回
回到烟囱里，不会引向大楼的正面；
这就保留了融为一体的
白色和之后的污斑。

XIII

不必记住你叫什么名字，我叫什么名字；
你有一件女式衬衫就够了，而我——一根皮腰带，
为了在棚架里能看得见（就是说，把棚架送给盲人），
不记名和我们正合适、相宜，
像结局那样一切有生命的，彻底消灭
一切可清除的无声的细胞"枪毙"。
所有的东西都有限度。尤其是——它们的长度，
不能从地面移开。因而我们对

"此处"的权利的延伸不远于，在晴朗的日子
呈楔形落入雪堆的堆放木柴的

XIV

柴棚的影子。往另一种风景看，
我们将认为这个楔形是尖的——我们
相同的胳膊肘，突出在外面，
你也好，我也好
反正咬不着，也就更别说亲吻了。
在这个意义上，我们合为一体了；尽管床
甚至不曾咯吱一声。因为床现在
就是整个世界，那里也有侧门。
不过它——似乎听到某处有响声——
门，它的用处只是走出去。

263

那不是缪斯一声不吭。
那，应该是，坚固的睡梦战胜了小伙子。
于是她随后挥舞浅蓝色手帕
驶往蒸汽机的胸部。

于是既没有像螃蟹那样立起来，也没有合适的言语，
仿佛回顾一行欧洲山杨的劈柴垛。
于是眼看脸蛋在枕头套上
泪水长流，像蛋在平底锅上。

你在六条呢被子下面热些吧，
在那个小花园里，那里——愿上帝饶恕我——
好像有鱼——盖圣餐的布，那时我用湿润的唇
咬住了你的什么？

我会把兔子的双耳缝到脸上，
在树林里为了你而大量吸进铅，
然而在黑色的池塘里我也会从恶劣的科里亚克人中
浮出于你的面前，就是"瓦良格"也做不到。

可是，显然，不是天意，也不是那些年代。
而白发却在某处可耻地泄露。
更多的长血管，哪点是为了它们的血液，
而且死灌木的倾向也更歪斜。

我和你将永远分手，心上人。
你在纸上画个简单的圆圈吧。
这就是我：里面空空如也。
你看看它吧，然后把它震落。

264

我只是你曾用手掌
触及的那个人，
在他的上方夜色使额头倾向于耳聋的，
残忍，贪婪的人们。

我只是那个，被你
在那里，在下边，认出来：
模糊的外表，起初是这样，
很久以后也分得清——细枝末节。

这是你趁热打铁，
给我创造了
左边，右边的
耳壳，还悄无声息。

这是你，轻轻地拉
窗帘，往潮湿的口腔里
赋予我嗓音，
可以呼唤你。

我简直是瞎子。
你，出现，藏起来，
赐予我视力。人们
就是这样留下痕迹。

天体是这样创造的。
这样，创造后，往往
留下它们旋转，

赞扬恩赐。

这样，我们时而投入热浪，
时而投入酷寒，时而投入光明，时而
投入黑暗，迷失于宇宙，
球体在旋转。

1981

注释

戈尔布诺夫和戈尔恰科夫

74. *Горбунов и Горчаков.* (《戈尔布诺夫和戈尔恰科夫》。)
ОВП.

"叙事诗注明的日期是 1965—1968。构思显然更早些，在
1964 年。参见两首诗《绳索厂工人别墅的新年》（1964）和
《忧伤和温情》（1964 年 6 月 16 日）（№ 40）……最初与叙事诗
有关的笔记是这样的（……很可能写于 1964 年 5 月）：

> 睡在窗口的是戈尔布诺夫，
> 而戈尔恰科夫在他身边躺下（*РНБ*）。

手稿本№ 2. *С.* 24（大约是 1965 年夏）中有带有相应戏剧
的叙事诗的写作计划（*МС. Т. 3. С.* 265）。

参见：*Лосев 2006*，глава **VI**。

Заглавие.（标题）标题提出的是对话者—对抗者的姓氏，或
依据某首诗读后感的同一种意识的两种拟人化。这双重涵义表现
于两个姓氏几乎一样（Гор … ов 和 Гор … ов），但毕竟是不同
的。布罗茨基有一个姓戈尔布诺夫的熟人，不过挑选名字时，也
许可以看出，把应有的支持给予了布罗茨基的朋友，列宁格勒的

作家和卡缪作品的译者 Р. И. Грачев（Витте；1935—2004），此人在布罗茨基写作叙事诗初期正在精神病医院里（参见"……彼此交谈仿佛在和自己说话……"。Глеб Семенов и Тамар Хмельницкая［Переписка 1962—1965гг.］// Звезда. 1997. No 12. С. 141－142，146）。1967 年 10 月，即在写作《戈尔布诺夫和戈尔恰科夫》期间，布罗茨基为 Грачев（格拉乔夫）伪造了"保护证书"。Грачев 这个姓几乎完全是（而发音则完全是）Горчаков 的字母换位，而第二个姓则反映了那位部分原型的某些外部特征。

　　Да，*собственно*，*лисички* …（是呀，其实就是一些小狐狸……）反复出现的戈尔布诺夫的梦和"障碍点"——北半球到处都有而在列宁格勒州最常见的蘑菇。为取笑弗洛伊德对梦里的这个形象狭隘地作性的解释（"……蘑菇——无疑是阴茎的象征"：Зигмунд Фрейд. Введение в психоанализ. Лекции. М.：Наука，1989. С. 102；布罗茨基本人，据文茨洛瓦的回忆，曾说小狐狸的头顶像女性生殖器），戈尔布诺夫在叙事诗的不同地方对蘑菇的象征提供了几种解释，从生活洪流中的"孤岛"到"言语"（理解为语言行为）和"爱情"，而它们各自又都是复杂的隐喻。在各民族的神话中"蘑菇的古老的象征意义不仅有狭义的性的象征，也有宇宙演化性质的更为广泛的象征"（Jerzy Faryno. Введение в литературоведение. Warszawa：Panstwowe Wydawnictwo Naukowe，1991. С. 72）。不同于戈尔恰科夫多种多样却总是很具体的梦，戈尔布诺夫的固定不变的梦是包罗万象的象征，容不得一义性的最终解读。还要注意的是，在这首几乎没有色彩的叙事诗里，这是唯一不断重复的、具有鲜明色彩的词语形象。在这方面"小狐狸"在《戈尔布诺夫和戈尔恰科夫》中

所起的作用，就是圣经故事里的"狐狸"在《以撒和亚伯拉罕》（№ 13）结尾的雨景中所起的作用。

Кресты.（十字架。）彼得堡维堡区对监狱的俗称（由于建筑物的十字形平面图）。布罗茨基在 1964 年被流放前曾在十字架待过一个时期（另参见 *LTO.* P. 70；*СИБ-2.* T. 5. C. 55）。卡尔·普罗菲尔认为，叙事诗较早提及十字架，是为后来在作品中出现的基督受难做铺垫（*Проффер 1986.* C. 136）。

не выпускают из стаканов!（不会放出玻璃杯！）"玻璃杯"——犯人只能站着的牢房。是苏联监狱的一种惩罚方式。

Фрейд говорит, что каждый пленик снов.（弗洛伊德说，每个人都是梦的俘虏。）参见《玻璃瓶里的信》的注释，№ 69[①]。

Вторая половина Февраля/отмечена уходом Водолея...（二月的下半月/以宝瓶座的离开为标志……）参见《你，红胸鸲，从三株灌木丛中……》的注释，№ 25。

Возможно, Хомутовы — Гамильтоны.（或许是霍穆托夫-哈密尔顿家族。）据传说，俄罗斯贵族阶层之一霍穆托夫出身于苏格兰的托马斯·哈密尔顿家族（参见：Энциклопедический словарь. Т. XXXVII a. СПб.: Ф. А. Брокгауз и И. А. Ефрон, 1903. C. 542）。

приснится активисту мокрый лес, /и пассивист способен простудитьс.（积极分子梦见潮湿的树林，/消极分子就会感冒。）戈尔恰科夫感染戈尔布诺夫的 idée fixe（法语：定式）被比作同性恋者的相互关系（积极分子和消极分子）。"积极分子"这个词也是苏联的官方行话，表示党组织和政府机关的积极助手。

---

① 原书误写为№ 71。

Да что там Апокалипсис! лишь пять/пять месяцев в какой-нибудь пустыне.（《启示录》又怎样！仅仅五个，/在荒野的五个月。）为惩罚"额上没有神的印记的人们"而派去蝗虫；"但不许蝗虫害死他们，只叫他们受痛苦五个月。"（《启示录》第9章第4—5节）

от Огненного Ангела Твердыни.（避开火热的砥柱天使。）看来作者是这样称呼第四位天使，《启示录》是这样讲到他的："第四位天使把碗倒在日头上，叫日头能用火烤人。"（《启示录》第16章第8—9节）

Больница. Ночь. Враждебная среда ...（医院。夜。敌对的环境……）比较下一节的"他被敌对的环境所包围"（参见以下的注释）。

из-за угла в еврейский телескоп/глядит медбрат.（男护士用犹太人的望远镜/从墙角后瞭望。）暗示一个排犹的趣闻："犹太人的枪带有弯曲的枪管，以便从墙角后面射击"。

И кровь шумит, как клюквенный сироп.（血液也在沸腾，好像酸果蔓糖浆。）源自勃洛克的类似表现："我流着酸果蔓果汁！"（《售货棚》，1905）1964年二、三月间为布罗茨基诊察病情的精神病院在普里亚施卡河沿岸街，邻近勃洛克度过晚年的家。

вижу ... человек ... худой ... /вокруг— пустыня ...〈...〉/он окружон враждебной среды ... и вдруг колодец...（我看见……一个人……瘦瘦的……/四周——一片荒野……〈……〉/他被敌对的环境所包围……突然——一口井……）参见《创世记》第37章第22—24节。戈尔恰科夫在回忆圣经故事中的约瑟被丢在坑里活埋的瞬间"奄奄一息"；这与"敌对环境"的再次出现而置身于精神病院有关（参见上面的注释）。

И Он Сказал носился между туч.（他说它运行于乌云之间。）
动词"飞驰"用于主教公会的《圣经》译本："神的灵运行在水面上"（《创世记》第 1 章第 2 节）。把"他说"代入"神的灵"建立了《创世记》和《约翰福音》的正文开端的呼应（"太初有言，言与神同在，言就是神"；《约翰福音》第 1 章第 1 节）。于是第 V 节的结尾就兼容了神的最初行动——使宇宙化为一片混沌——和戈尔布诺夫/戈尔恰科夫的内心冲突：混沌状态的肆虐（"我看见了暮色苍茫中的洪水……"等），象征着太初层次的集体无意识和宇宙理性的对立。

Война в Крыму. Все 〈…〉 в дыму.（克里米亚之战。一切〈……〉都在烟雾中。）俗语，表示情况不明，一片混乱。

Цитирую по дедушке Крылову.（我在援引克雷洛夫老爷子的。）上面所引用的俗语被戏谑地归于伟大的俄罗斯寓言作家克雷洛夫的名下（参见《发扬克雷洛夫精神》的注释，№ 27），因为他是许多流行警句的作者。

Уланову я вижу и Орлову.（我看到了乌兰诺娃和奥尔洛娃。）芭蕾舞女演员 Г. С. 乌兰诺娃（1909—1998）和电影的喜剧女演员 Л. П. 奥尔洛娃（1902—1975）。

Сервис я видел, сделанный а ля/Мейссенские.（我见过迈森产的一套/餐具。）迈森（Meissen）——萨克森的城市，那里有欧洲最古老的瓷器厂。比较"在满是数字的餐碟的界线之外"，以及在后面的《与天人交谈》（№ 88）中还把钟表比作碟子。

На станции Опочка.（在奥波奇卡火车站。）—— 奥波奇卡是普斯科夫州的一个县城（区行政中心），普希金的流放地米哈伊洛夫斯克村就在奥波奇卡县，布罗茨基对这个地方的印象，参见他的诗《普斯科夫登记表》（№ 206）。

«Ты сколько зарабатывал?» «Семьсот, / по старому». （"你过去挣多少钱?""七百，/照旧。"）1961 年币制改革后，卢布在苏联按 1∶10 的比例改变面值，不过有一个时期人们还是习惯性地算账，说"照旧"。一个月 700 卢布的工资（1961 年后是70 卢布）是很低的，是小职员的月薪。

Я жив, пока я двигаюсь. Декарт... （我动故我在。笛卡儿……）勒内·笛卡儿的驰名格言"我思故我在"的改写（参见《容器里的两个小时》的注释，No 71）；试比较《不冻港本都岸上的……》对这个格言的另一种发挥（No 79）。

А что твой миллиард. （而你的十亿是什么。）这是很大的数目，"十亿"作为宇宙无限空间的换喻，令人想起陀思妥耶夫斯基的《卡拉马佐夫兄弟》（第 11 卷第 9 章）所讲到的"一百万的四次方公里"和"十亿年"。在流放阿尔汉格尔斯克州期间，布罗茨基拥有十卷本的陀思妥耶夫斯基文集，这部文集他曾从头看到尾。

Которые под Овном рожденны. （生于白羊座的人。）星相术中黄道十二宫的第一宫，白羊座（3 月 20 日 — 4 月 19 日）首先意味着创作冲动。叙事诗中这仅有的一处，可以解释为戈尔恰科夫和戈尔布诺夫的个性不同（不是同时出生）。不过也不能排除别的解释（例如生理学的解释——认为人的大脑主要形成于出生前的三个月）。

Я в мае родился, под Близнецами （ реплика Горбунова). （生于五月，在双子座下［戈尔布诺夫的对白］。）布罗茨基的生日是 5 月 24 日。按照星相学，出生于双子星座（5 月 21 日—6 月20 日）的人，其特征是"深刻的二元论，论题与反题、天堂与地狱、爱与恨、和平与战争、生与死、赞扬与侮辱、清醒与糊涂［……］的和谐的模棱两可，以极严肃的语气讨论轻佻的问题，

而拿极悲惨的事件开玩笑"（J. E. Cirlot. A dictionary of Symbols. New York：Philosophical Library，1971. P. 177）。按照这样的观念，"孪生儿"都是神秘主义者和见解怪僻之辈。

смылся, наподобие Пилата!（溜掉，像彼拉多一样！）"溜掉"——逃走，隐藏起来；在这里是戏谑地暗示那个"洗手的人"，并以这种方式实际上暗示出卖基督致死的本丢·彼拉多，以继续《戈尔布诺夫和戈尔恰科夫》复活节前夕的情节。

чувствую, что я/тогда лишь есмь, когда есть собеседник!（我觉得，/只是有对话者的时候我才存在！）正是《戈尔布诺夫和戈尔恰科夫》中的"巴赫金"箴言。这更接近于马丁·布伯在其早期论著《我和你》（1917）中的存在主义哲学："我存在和我发言是同一的"，然而"不存在独立的我，只有'我—你'基础上的我"（Мартин Бубер. Веление духа. Иерусалим：Изд. Р. Портной，1978. С. 124）。不知道1960年代布罗茨基是否读过布伯的著作，不过在那个时期知识界曾广泛讨论对话论思想。

за пределами тарелки , /заполненной цифирью.（还是在满是数字的，/餐碟的界线之外。）同一个隐喻的变体参见《与天人交谈》（№ 88）。

Река, как уверяет нас философ, /стоит на месте, убегая вдаль.（河，像哲学家要我们相信的那样，/停在原地，却奔向远方。）想必是暗示芝诺所说的飞矢不动，总之，是否定运动的可能性（参见《波斯之箭》的注释，№ 418）。

«Почто меня покинул!»（为什么离弃我！）这是基督的话的迂回说法："我的神！你为什么离弃我？"（《约翰福音》第27章第46节；《马可福音》第15章第34节）——包含着叙事诗主人公的苦难和基督在各各他被钉在十字架上的磨难的详细比拟。

《 Отныне, как обычно после жизни, / начнется вечность》.("从今而后像平常一样，死后/即永恒的开始。")哈姆雷特临死前的话的迂回说法："The rest is silence."（剩下——静默〔或者：沉默〕。）

《 Вещь, имя получившая, тотчас / становится немедля частью речи》.（"事物获得名称之后，立即/成为言语的一部分。"）在这里，布罗茨基首次创立自己的语言哲学和诗歌创作的公式。参见《……而在有俄语词"未来"……》（№ 181）和《安娜·阿赫玛托娃诞辰一百周年纪念》（№ 369）。

И смерть его, — единственная вещь/двузначная.（而他的死，——唯一有双重意义的/现象。）参见《静物画》（№ 108）结尾部分的注释。

Нет слова, столь лишенного примет.（没有这样泯灭特征的空话。）比较《我总是强调，人生——如戏……》（№ 107）里的"爱情作为一种活动被剥夺了动词"。

Восходят над равниной звезда/и ищет собеседника поярче（一颗星在平原的上空升起，/寻觅更明亮的对话者。）——暗示"星星也会彼此交谈"（莱蒙托夫《我独自上路……》，1841）。

Среда/заела（媒体/坑人）——19 世纪下半叶曾在俄罗斯文学作品中广泛流传的用语。

Поднять и бросить, вира или майна（搬起又扔下，搬起或放下）——引自搬运工、杂工的行话（"我们无所谓，咱们的事情就是——搬起又扔下"）。вира（搬起），майна（放下）。出自戈尔恰科夫之口，指明这个知识分子流窜的社会地位。比较布罗茨基在地质勘查队当杂工的劳动。

Но бытие …（而存在……）——暗示卡尔·马克思的著名

命题，历史唯物主义的基本原理："存在决定意识"。

этот смысловой палиндромон.（这个意思的回文。）逐词自右向左读，"存在决定意识"变成"意识决定存在"（"唯心主义"历史观）。关于他怎么早在童年就想到"这个意思的回文"，布罗茨基在英语随笔 *Less Than One*（《小于一》）中讲到；这个标题的更正确的译法是《小于本人》，关于这一点参见《言语的一部分》（19）的注释，№ 181；*LTO.* P. 3；*СИБ* – 2. T. 5. C. 7）。

«Панмонголизм! как много в этом звуке».（"泛蒙古主义！这个词勾起多少遐想。"）讽刺性地混淆出自俄语诗的人所共知的引文："莫斯科……这个声音勾起多少遐想／为俄罗斯人的心灵而回荡！"（普希金《叶甫盖尼·奥涅金》，第 7 章，XXXVI）和"泛蒙古主义，这个词尽管粗野，我听来却非常悦耳"（B. 索洛维约夫《泛蒙古主义》，1894，这两行诗被 A. 勃洛克用作他的诗《西徐亚人》的题词后便异常风行）。于是在关于马克思学说的一段的结尾，作者讽刺作为世界马克思主义之都的莫斯科无异于侵略性的"不文明的亚洲"（参见《季节——冬季。边界安宁。梦里……》的注释，№ 99）。

придаст разнообразие равнине.（将使平原多样化。）在 *ОВП* 中是 *своеобразие*（独特性）；在 *МС* 中经作者认可的版本——*разнообразие*——带有重音的首音节重复：*разнообра̱зие ра̱внине.*

И у меня на темени разгром.（我的头顶也乱七八糟。）参见《1972 年》的注释（№ 126）。

Я памятник лжи/согласен стать.（我愿意成为／谎言的纪念碑。）比较《纪念碑》结尾的诗行"我们将建立谎言的纪念碑"（1959；*СИП.* C. 45）。

В семье есть ямы, есть и буераки.（家里有坑洼，也有沟沟

坎坎。）几乎在《话说洒掉的牛奶》（№ 80）中逐词重复。

суждено/нам видеть только крашеные стены/с лиловыми их полосами.（我们注定只看见漆过的墙壁/及其浅紫色的线条。）试比较"而我们教室的这些抹灰的墙壁，及其齐眉高的蓝色水平线条不倦地在全国来回穿梭，仿佛无限公分母的一条线无处不在——在前厅，在医院，在工厂，在监狱，在公用住宅的条条走廊。我没有遇见这条线的地方唯有农村木屋"（*LTO*. P. 11；*СИБ- 2*. T. 5. C. 12）。

эскалатором Нерея.（涅柔斯的自动梯。）涅柔斯——古希腊海神。布罗茨基曾说，"涅柔斯的自动梯"作为拍岸波涛的隐喻，在他看来是其隐喻中最出色的一个。

туда, где с небом соткана вода.（去水天相接的地方。）比较《献给约翰·多恩的大哀歌》中被缝合的空间的形象（№ 2）。这里是与早先出现的创造物理世界的情景相对比，后者开始于天与水的分离（参见上面第 V 章末尾的注释）。因此戈尔恰科夫是在预言，戈尔布诺夫必将离开上帝创造的世界。

Я слышал шум, но я не вижу драки.（我听到吵闹声，可我没看到打架。）医生在使用习语"算什么吵闹，又没有打架？"在 M. 佐先科的短篇小说《神经质的人们》（1925）发表后，这句话特别流行。

«Да, чей, орлы?» «Кубанские казаки».（"是吗，什么地方的，雄鹰？""库班的哥萨克。"）电影《库班哥萨克》（1950年），导演是 И. 佩利耶夫，——粉饰太平的"社会主义现实主义"范例。赞美"草原的雄鹰，剽悍的哥萨克"的插曲曾风行一时。考虑到布罗茨基关于押韵的语义负荷的见解，"*казаки*"在这里与什么押韵是值得注意的。

вот вам новость: спутник на орбите. （这可真新鲜：卫星在轨道上。）在 1950—1960 年代，每次发射人造地球卫星都是重大的事件。离布罗茨基入住精神病院的时间最近的一次是 1963 年 11 月 1 日发射第一颗机动人造地球卫星"飞行"号。

Спи，Горбунов.（安息吧，戈尔布诺夫。）正文没有提供把戈尔布诺夫在结局中的沉默解释为斗殴致死的根据，而某些评论家却这样做了（*Проффер 1986*. C.134，139；*MacFadyen 1998*. P. 57）；参见剧作《大理石》结尾中图利乌斯的渐渐入睡。另一方面，尿的确可能是死的特征（试比较《1972 年》中的死的类似特征（№ 126）。最后，戈尔恰科夫在最后一个诗节中的话"很/可能，交谈只是我的呓语……"——也假定一种可能性，即以前的全部对话只是发生在戈尔恰科夫的意识之中，他背弃并终于在心里杀害了自己的高尚的替身"戈尔布诺夫"。作者故意留下叙事诗的这个结尾，向各种议论开放——这些见解的"现实性"都是等值的。

译　作

译自约翰·多恩的诗四首在结构上是一部诗集的结尾，开卷之作是《献给约翰·多恩的大哀歌》。1960 年代末布罗茨基已经译了多恩的若干作品，并在 B. M. 日尔蒙斯基的推荐下与科学出版社签订合同，准备出版英国玄学派诗人的集子，作为"文学纪念碑"系列之一（*Волков 1998*. C.160－161）。这部选集应该会让俄罗斯读者充分了解英国的这位巴洛克风格的大诗人的创作。可是多恩在俄罗斯很不走运。"在我们这里几乎无人知道多恩。关于他的俄语著作实际上是没有的。普希金曾提及多恩

（在《论弥尔顿和夏多布里昂的译作〈失乐园〉》一文中所引用的雨果的'克伦威尔'的一句话），不过普希金对多恩也未必有具体的认识。在以避讳著称的《文学百科全书》里没有他的名字。《苏联大百科全书》中有一则简短的记述，内容相当充实，不过不太准确。"——Д.米尔斯基在 1937 年的一篇文章中这样写道，而这篇文章由于作者死于苏联的集中营而整整半个世纪未能发表（Д.Мирский. Статьи о литературе. М.：Художественная литература，1987. С. 45）。对多恩的兴趣在 50 年代末至 60 年代初开始表现于俄罗斯的文学界和语文学界。布罗茨基的朋友В.В.伊万诺夫的硕士学位论文就是研究他的。除了收入 *ОВП* 的之外，布罗茨基还翻译了多恩的三首诗：《离别的泪水》《悼念马克海姆勋爵夫人》和《遗嘱》，以及另一位玄学派诗人安德鲁·马韦尔（Marvell，1621—1678）的四首诗；参见№ 509 – 515。不过这部诗集由于布罗茨基出国而没有付印，《献给约翰·多恩的大哀歌》和布罗茨基的译作，与语文学家的著作一起把多恩领进了当代的文学论述。1966 年初阿赫玛托娃写道："瞧，约瑟夫的力量就在于，他带来的是谁也不知道的 Т. 艾略特、约翰·多恩、珀赛尔——这些杰出的英国巨人！试问，叶夫图申科带来了谁？带来了自己、自己，还是自己"（*Ахматова 1996*. С. 695）。另参见《献给约翰·多恩的大哀歌》的注释。

译自多恩的所有作品，布罗茨基都非常认真地完成了，不仅最大限度地接近于原作的风格，而且最大限度地接近于原作的形式特点（诗的音步、分节）。关于布罗茨基的这种翻译工作，详见 *Иванов 1988*。关于翻译多恩的作品对布罗茨基的创作的意义，论述者有克列普斯（*Крепс 1984*，passim）、波卢欣娜（*Polukhina 1989*. Р. 72 – 81）、贝西亚（*Bethea 1994*，Chapter

3)、麦克法迪恩（*MacFadyen 1998*，Chapter3）。

初版和再版中的编辑部序言，也许是排字工人出错，竟然是这样的："下面的四首诗译自英国的约翰·多恩（1573—1631）。"

75. *Блоха* （*The Flea*——《跳蚤》）。*ОВП*. 发表于后期的校勘本（*БСВ*）。

关于跳蚤的游戏笔墨曾广泛地风行于十六世纪：通常对这个主题的解释是诗人嫉妒一种生物，它有可能接触情妇的肉体，无限幸福地死于她的手。交媾是男女血液的混合的观念源于亚里士多德（John Donne. The Complete English Poems. Harmondsworth et al.：Penguin Books，1982. P. 376）。

76. *Шторм* （《风暴》，*The Storm. To Mr Christopher Brooke*——《风暴。致克里斯托费尔·布鲁克先生》）。*ОВП*（有严重的印刷错误：第18诗行完全被漏掉）。发表于后期的校勘本（*БСВ*）。

1597年7月5日英国舰队开始远征亚速尔群岛。多恩在一艘战舰上。几天后刮起诗中所描写的极强烈的风暴。克里斯托费尔·布鲁克——从青年时代起就是多恩的亲密朋友，1602年他甚至因为帮多恩抢新娘而坐了一段时间的牢。后任议会议员。

"布罗茨基的译作实际上是准确的。优秀的或最合心意的诗行他几乎是逐字逐句地翻译，如开场白中提及的具有无畏精神的形象性：波德莱尔、拉法格和19世纪的其他'该死的'法国诗人以及20世纪头十年的俄罗斯优秀诗人的形象性——还有布罗茨基未来的最后几部诗集的形象性。例如《风暴》中包含隐喻的描写就是这样，其中'знобило мачты（桅杆在打寒颤）'（'The

Mast/Shak'd with this ague'）——布罗茨基在简约方面成功地超过了以简练见称的英语诗！——还有 'Трюм разваливался/от Водянки ледяной（船舱由于冰冷的积水/而要散架了）'（'and the Hold and Wast/With a salt dropsie clogg'd'）"（*Иванов 1988. С.* 180）。

Ты, столь подобный мне.（你，这么像我。）比较《立陶宛夜曲：文茨洛瓦对托马斯》（№ 283）中的："我们相似：/我们，托马斯，其实是同一个……"，——这里结合在一起的是往事的追忆和该译作《风暴》的最初的话语，以及直译的那些话："Thou which art I ..."（"Ты, коий есть я ..."）。

Хилльярд（希利雅得；Hilliard, 1547—1619），宫廷写生画家，以微型精细肖像画著称。

И радовала нас их мощь и полнота, /как Сарру зрелище большого живота!（他们的力量和肥胖使我们高兴，/好像大肚子的景象使萨拉高兴！）萨拉高兴的是在多年不孕之后能怀上孩子（《创世记》第 18 章第 12 节；第 21 章第 6—7 节）。

Иона, жаль тебя! Да будет проклят тот, /Кто разбудил тебя во время шторма.（约拿，可怜你！但愿在狂风大作时，/叫醒你的人受到诅咒。）神使海上起大风的时候，约拿睡在船上；水手叫醒了约拿（《约拿书》第 1 章第 4—6 节）。

Бермуды.（百慕大。）据说百慕大群岛地区的风暴特别可怕。

**77. *Прощанье запрещающее грусть*（*A Valediction: forbidding Mourning*——《禁止悲伤的告别》）。*ОВП.* 发表于后期的校勘本（*БСВ*）。

详细的注释见：*Bethea 1994.* P. 109‑119。

Чтоб встречи не принизил лик/Свидетеля разлуки сей.（为了面容不藐视相逢/此次离别的目击者。）比较在《无伴奏的歌唱》（№ 94）结尾的几个诗行中离别即侮辱的主题。

Как циркуля игла ...（好像圆规的一只脚……）如此等等，直到结尾。圆规在巴洛克风格的诗歌和艺术中象征着变化中的恒定。比较《戈尔布诺夫和戈尔恰科夫》（№ 74）第 7 章的同样的隐喻，《六年后》（№ 37）的三角学的隐喻和《无伴奏的歌唱》（№ 94）的同样的，然而展开的隐喻。

78. *Посещение*（《访问》*The Apparition*；英语直译是《幽灵》）。见于一本书：《文艺复兴》。巴洛克。古典主义：15—17 世纪西欧的艺术风格问题，M.，1966. C. 226（作为正文的插图见 A. 阿尼克斯特的论文《西欧文学和戏剧中的文艺复兴、风格主义和巴洛克》）。译文比原作多一行。

美好时代的终结

Анн‐Арбор：Ardis，[1977]。筹备出版者 В. Л. 马拉姆津和 A. 洛谢夫。初版：印数不详（1977 年 1 月）。再版：1080（1978）。第三版：1078（1988）。第四版：1054（1989）。

79. «*Второе Рождество на берегу ...*»（《不冻港本都岸上的……》）*КПЭ.* 手稿——*РНБ*。1971 年 1 月写于雅尔塔（作家创作之家）（参见：*МС.* Т. 3. С. 288，прим. 138）。收入 *PC*。

Посвящение.（献辞）Elizabeth Robson，布罗茨基的英国相识，广播公司 BBC 的员工。

Звезда Царей——圣诞节之星，根据它的出现星相家得知耶稣诞生（《约翰福音》第 2 章第 2 节）；在基督教的传说中，有时也把星相家（占星家）称为"东方三星"。

на мраморе для бедных.（在穷人的大理石上。）这个隐喻的释义见于一首诗《关于你的想法消失了，好像失宠的女仆……》（№ 348）："……雪，这穷人的大理石……"

Грядущее настало и оно/переносимо.（未来终于来到，这未来也/可以忍受。）其《启示录》的主题（参见注释 80）在这里与后《启示录》的主题并存：世界末日之后浮现的不是天堂，也不是有鬼魂和火焰等的地狱，而是苦闷、庸俗的日常现象。对历史终结的这种阐释布罗茨基可以在波兰诗人切斯拉夫·米沃什（Milosz）那里找到共识，不久就与他成为朋友。米沃什自己也同样地在斯威登堡的神秘主义梦幻的影响下发展这种阐释。参见布罗茨基所译的米沃什的诗《彼岸》（*СИБ*‑2. T. 4. C. 235），另见米沃什的诗《世界末日之歌》（1943）。"波兰路线"是可以继承的。亚当·密茨凯维奇（Mickiewicz）的诗《谈话》收尾的一行是"世界末日之前和之后"。另见注释 94。

Последняя строфа.（最后一个诗节。）布罗茨基笔下未来大洪水的不变的启示录主题；参见《预言》（№ 29），《科德角摇篮曲》（№ 183）。另比较奥登的诗《天狼星下》："你的希望是有意义的吧，/如果今天有一个寂静的瞬间/面临爆炸和沉没，/而上涨的潮水正悬在/沉睡的城市上方的时候？"（*Under Sirius*, 1949；参见注释 98）。

80. *Речь о пролитом молоке.* （《话说洒掉的牛奶》下称：Рол。）КПЭ. 写作时间是 1967 年，本应收入 *ОВП*，不过，作者

显然认为这样做是危险的。*MC* 注明的日期是"1967 年 1 月 14 日",即"旧历新年"的第一天;日期依据"草稿本(白皮'登记簿')19 和 20 页"(*MC. T. 2. C.* 42 是重编的页码,注释 249)。手稿的一些片段未收入最后的文本——*PHБ*。收于 *PC*。

这首诗的开头无疑是在呼应 H. M. 亚济科夫的《哀诗》(1823):"噢,钱,钱! 为什么/你们不总是在我的口袋里? /现在是圣诞节/基督徒们尽情作乐; /而我独自……"等等。亚济科夫的这首诗被收入布罗茨基和阿兰·马韦尔所编的十九世纪俄罗斯诗选(*An Age Ago*)。《话说洒掉的牛奶》就其诗节和内容而言,类似于奥登早期的诗《共产主义者——属于另类》(*A communist to Others*);关于这一点以及对整首诗的分析注解,参见:*Loseff 1990.* P. 41 – 46。

Заглавие.(标题)标题利用了英语俗语:"to cry over spilt milk"("为洒掉牛奶而哭泣"),意为后悔无益。

Издатель тянет с моим романом.(出版者迟迟不出版我的长篇小说。)《话说洒掉的牛奶》写毕恰逢苏联作家出版社列宁格勒分社就出版布罗茨基的诗集《冬季邮政》的磋商最紧张的时候(参见:*Зимняя почта 1988.* C. Ⅳ-Ⅵ)。以长篇小说代替诗集造成作者和抒情主人公的隔阂。

Календарь Москвы заржён Кораном.(莫斯科的日历染了《可兰经》。)关于布罗茨基政治哲学中的"野蛮落后的亚洲"参见:*Лосев 2006*,глава Ⅶ;关于他诗作中的"伊斯兰教"题材见本书的序言;不过,这里还简单地暗示日历页面的样子,描绘了月相,令人想起伊斯兰教的象征。另参见《季节——冬季。边境安宁。梦里……》(№ 99)的注释,以及《戈尔布诺夫和戈尔恰科夫》(№ 74)Ⅺ章讽刺性地提及"泛蒙古主义"的注释。

Можно в месткоме занять.（可以向工会借钱。） местком——
工会基层委员会。为了取得自由文学家的合法地位，布罗茨基从
流放中回来后，成为作家协会列宁格勒分会文化工作者工会的会
员；贫穷的文学家可以在那里获得微不足道的贷款。

Ни тебе Пугача ни Стеньки（你没有普加奇，也没有斯坚
卡）——人民浴血起义的领袖 Е. И. 普加乔夫（"普加奇"，
1742—1775）和 С. Т. 拉津（"斯坚卡"，1630—1671）。

Джугашвили хранится в консервной банке.（朱加什维利隐藏
在罐头库里。）斯大林（朱加什维利）的遗体，根据苏共第二十
二次代表大会的决定（1961）被移出陵墓里的玻璃棺材，葬于
克里姆林宫墙附近。

Молчит орудие на полубаке（前甲板上炮声沉寂）——引喻
"阿芙乐尔号"巡洋舰纪念 1917 年十月革命开始的炮声。

Рабство всегда порождает рабство ⟨...⟩ *почитайте, что
пишет Луций.*（奴性总是产生奴性⟨……⟩请读一读吧，卢齐写
了什么。）对我们的问题作者回答说，他指的是卢卡努斯的《法
尔萨利亚》。《法尔萨利亚》——古罗马的内战史诗，内战以恺
撒建立独裁统治结束。看来记忆有误，因为古罗马诗人卢卡努斯
（公元 39—65 年）的名字——不是卢齐，而是马尔库斯·安纳
尤斯，在希腊讽刺作家卢奇安的作品中就有"卢齐，或驴"。

«Год засчитывать за два»（"一年算作两年"）——工龄快
速加算的公式，而对囚犯——在特别困难的条件下做工则计入
刑期。

В семье есть ямы и буераки.（家里有坑洼和沟沟坎坎。）——
几乎逐字引自他的《戈尔布诺夫和戈尔恰科夫》（№ 74）。

«коемуждо ...»（"各人……"）（宗教用语）——暗示如下

的话："看哪！我必快来。赏罚在我，要照各人所行的报应他"（《启示录》第 22 章第 12 节）；布罗茨基记忆中的这段古语大概来自茨维塔耶娃的《山之歌》（第 6 章），这首诗给青年时代的他留下了强烈的印象。

как Топтыгин на воеводстве（好像督军管辖区域的托普蒂金）——套用流行的说法——M. E. 萨尔蒂科夫-谢德林的童话的标题《在督军管辖区域的熊》（1884）。

Человечество увеличивается в три раза.（人类增加了两倍。）布罗茨基认为，地球人口过剩是一切社会政治灾难的来源。

Это можно найти у Гоббса.（这可以在霍布斯那里找到。）参见《玻璃瓶里的信》的注释（№ 69）。

«Религия—опиум народа»（"宗教是人民的鸦片"）——卡尔·马克思的话（《黑格尔法哲学批判》），经常引用于反宗教宣传。

целит 〈...〉 словно Сталин в XVII *съезд из «тулки».*（瞄准〈……〉好像斯大林用"图拉枪"瞄准第十七次党代会。）苏共第十七次代表大会（1934 年）向斯大林呈献了一支图拉州的猎枪（图拉枪）；在新闻纪录片的画面上，斯大林戏谑地瞄准大厅，这个镜头随着时间的推移成了某种象征，因为这次党代会的代表后来大多成为苏联肃反的对象。

искать жемчуга в компосте 〈...〉 *Патриот, господа, не крыловский кочет!*（在粪堆里寻觅珍珠〈……〉先生们，爱国主义者不是克雷洛夫的科切特！）参见 И. А. 克雷洛夫的寓言《公鸡和珍珠粒》（1809）。马拉姆津提到另一个文本（用打字机打的复制本和作者朗读的磁带录音）："克里姆林宫的科切特"（*MC. T. 2. C. 42.* 第二次标注的页码，注释 256），60 年代末的

读者可能把这理解为不加掩饰地暗示可恶的苏联文学活动家 В. А. 科切托夫。

яснополянская хлеборезка.（雅斯纳雅波良纳的嘴。）"Хлеборезка"（斯拉夫语）——嘴；这样一来"雅斯纳雅波良纳的嘴"成了包含换喻的绰号，诗人把这个绰号给予了"饶舌的"不以暴力抗恶的宣扬者托尔斯泰。

Раздаётся в лесу топор дровосека（树林里响着樵夫的斧子声）——不准确地引自 Н. А. 涅克拉索夫组诗《农家的孩子们》（1861）："树林里曾响着樵夫的斧子声……"。

Как Аристотель на дне колодца.（好像井底的亚里士多德。）大概说的是亚里士多德的专著《论哲学》的如下段落："要是有这样的一些人，他们老是住在地面之下美好华丽的房间里，室内装饰着雕像和图画，而且完全拥有所谓幸福的人们的丰富供应，不过从不走上地面，只是听说才知道有神和神力"（引自：А. Ф. 洛谢夫，А. А. 塔霍-戈季。柏拉图。亚里士多德。М.: Молодая гвардия，1993. С. 359）。不过，这里的"亚里士多德"也许是对一般哲学家的讽刺性表示，暗示伊万·赫姆尼采尔的风行的寓言《玄学家》所讲到的一个人，他掉进坑里，仍在思考哲理，而不摆脱困境。

нумизматка.（女古钱学家。）严格地说，古钱学家收集硬币，而纸币（"100 卢布钞票"）收藏家称为"纸币学家"。

напротив в окно креститься.（对着窗口画十字。）布罗茨基的家在雷列耶夫街和铸造街的拐角处，从房间的窗口看得见救世主易容大教堂。

взять бы в дочки. / в небе ласточка вьется.（若是收为女儿啊。/一只小燕子在天上盘旋。）使人联想起曼德尔施塔姆的诗

《钟表——蠹斯在唱什么……》（1917）第 7 节的类似表达："这是小燕子和女儿……"。（出自同一来源的另一个可能的类似表现，见《十月之歌》，№ 95。）

81. *Открытка из города К.* （《来自 K 城的明信片》。）КПЭ. 手稿——*Beineske*，标题是："来自柯尼斯堡的明信片"。

托马斯·文茨洛瓦把这首诗定义为不押韵的十四行诗，并以它与广泛流行于文艺复兴时期的巴洛克风格的"罗马碑文"作比较，后者通常是十四行诗诗体。"这些碑文拿被摧毁的'永恒之城'与大洪水进行对比：悖论，与神学的衡量也有关的悖论在于，保存下来的恰恰是表面上流动而不坚固的东西，而短暂易逝的却是巨型的超级建筑。在《来自 K 城的明信片》中柯尼斯堡起着罗马的作用：在这里……可以发现对罗马主题的早期接触，这对成熟期的布罗茨基是如此重要"（*Венцлова 2002. C.* 57）。另参见《致罗马的老建筑师》（№ 68）和《在汉萨同盟的旅馆"停泊"……》（№ 492）的注释。

Заглавие.（标题）以大写首字母表示城市是语义双关的：K. 是大写首字母，好像是自古以来对这个城市的称呼——柯尼斯堡，又好像是苏联为了向斯大林的一位下属表示敬意而改称的——加里宁格勒。大写首字母还暗指该城的两位极其著名的居民——康德和霍夫曼，因为霍夫曼的读者记得，在《谢拉皮翁兄弟》第一章的开头柯尼斯堡就一再以大写首字母来表示："……他们在 K. 大学学习康德哲学……"等等。另参见《致罗马的老建筑师》（№ 68）。

Посвящение.（献辞）1966 年夏布罗茨基在初次去立陶宛的时期结识了立陶宛诗人和俄语语言学家托马斯·文茨洛瓦

（Venclova；生于 1937 年）。他们成了亲密的朋友。《立陶宛余兴节目》和《立陶宛夜曲……》（№ 283）也是献给他的。

Новейший Архимед / прибавить мог бы к старому закону.（现代的阿基米德/可以给旧的定律作出补充。）参见《致一位女诗人》（№ 67）。

руины \ Дворца Курфюрста.（选帝侯宫殿的遗址。）1968 年3 月布罗茨基第二次去柯尼斯堡-加里宁格勒（关于对普鲁士旧都的初访，参见《致罗马的老建筑师》的注释，№ 68）。那时城里还保留着国王城堡的遗址（参见：*Егоров 1996*）。

82. *Памяти Т. Б.* （《纪念塔季扬娜·博罗夫科娃》，下称：ПТБ）。Вестник Русского христианского движения. 1975. № 1 (115). С. 155 – 163. 手稿——*РНБ*。

布罗茨基的相识塔季扬娜·博罗夫科娃 1968 年 7 月 17 日在芬兰湾泛舟溺死。这首诗写于不幸事件发生后不久（参见：*МС. Т. 3. С. 265*）。在布罗茨基所有的"悼亡"诗中，这一首特别接近于他所喜爱的杰尔查文的颂诗《纪念梅谢尔斯基公爵之死》，因为其中包含着关于死的现象的充分展开的冥思。《纪念塔季扬娜·博罗夫科娃》中的伊斯兰教情节与博罗夫科娃从事东方学的研究有关。

смерть — это то, что бывает с другими.（死——这是涉及别人的现象。）这句箴言把关于死的古老哲学课题简练地表达为外在于个人经验的事件。例如可参见 М. М. 巴赫金对这个问题的论述。在他的理论中，顺便说一下，有一句格言，听起来就像我们所注释的这一行的迂回说法："充满墓地的只是别人"（М. М. Бахтин. Эстетика словесного творчества. М.: Искусство,

1979. C. 99）。试比较 Л. H. 托尔斯泰的中篇小说《伊万·伊里奇之死》的主人公临死前的想法："他在基泽韦特的逻辑学中学到的三段论的一个例子：卡伊——是人，人都必有一死，所以卡伊必有一死，他毕生都觉得，这对卡伊而言是正确的，但绝对不适合于他。"在与布罗茨基有私交的作家圈子里，在这个话题上有 C. 多甫拉托夫的短篇小说《某人的死和别的关怀》（另一个标题是《第十一次妥协》；1976）。对死的经验问题的玄学解决的不同变体一再地出现于布罗茨基的诗作：从"'你怕死吗？'——'不，这也是一种黑暗；/不过，习惯了之后，在这种黑暗中你就分辨不出一把椅子'"（《切尔西区的泰晤士河》，№ 134），乃至对立的说法"在我的视网膜上——有一枚 5 戈比的金币。/在漫漫长夜里钱够用了"（《罗马哀歌》，№ 319）。能有死后经验的希望在《发扬柏拉图精神》（№ 266）的末尾有所流露。另参见：*Лосев 2006, глава X*。

вовсе нет их [*Фаворитов*] *у Персефоны.*（佩尔塞弗涅绝对/没有他们［情夫们］。）在希腊神话中佩尔塞弗涅是冥后；严格地说，神话故事讲的是佩尔塞弗涅的"情夫们"，例如她允许俄耳甫斯把妻子欧律狄克领回尘世。不过在这里和第 33 诗节，佩尔塞弗涅只是死的化身。

«либо». // Эта частица ⟨...⟩ *преображает недвижность чистых// двух параллельных в поток волнистых.*（"或者"。//这个连词 ⟨……⟩ 把两条静止的纯平行线/改变为波浪形的水流）布罗茨基往往玩弄数学符号，把等号（＝）改变为大致的等号（≈）。（提示者 B. P. 卡拉姆津）。

с точки/зрения ⟨...⟩ */Ислама/в этом нет ни греха, ни срама.*（也许从/⟨……⟩ 从伊斯兰教/的观点来看，这既非罪孽，

亦非耻辱。）错误的论断。"其实没有什么比自杀更违反穆罕默德教文明的共同精神，因为在这种情况下，最高的品德是绝对服从神的意志，毫无怨言地顺从，因而能耐心地忍受一切"（Эмиль Дюркхейм. Самоубийство. М.: Мысль, 1994. С. 321）。

будто тебя «умерла» и звали.（好像你的名字就叫"死了"。）把动词"死了"变为名词，成为专有名词，类似于《戈尔布诺夫和戈尔恰科夫》（№ 74）中"说话"的名词化，不过，布罗茨基在这里有意或无意地借用了阿赫玛托娃《纪念安塔》（1960）的诗句："于是'死了'那么怜惜地贴在好听的绰号上……"Р. Д. 季缅奇克认为，阿赫玛托娃的这句话也是应和马拉美的："La Pénultième est morte"。参见：Роман Тименчик. Анна Ахматова в 1960 – е годы. М.; Toronto: Водолей Publishers – University of Toronto, 2005. С. 465 – 466。还是那个"死了"17年后出现于布罗茨基的诗《对你的思念渐渐离去，好像一个失宠的奴仆……》（№ 348）。

в Две Тысячи Первом лете.（在 2001 年夏。）参见《泥浆结冰的岸边……》的注释（№ 344）。

83. Песня. （《歌声》。）*КПЭ. 手稿——РНБ。*

起首的两个诗行——俗语，引自 В. 达利文集《俄罗斯民间谚语》。

84. Письмо генералу Z. （《致 Z. 将军的信》，下称 ПГZ）。*КПЭ. 手稿——РНБ。*

属于作者的 *СИБ - 1* 第 2 卷的一本在注明的日期"1968"下面有作者的附笔："秋季；在入侵捷克斯洛伐克之后"。诗的形式所获得的提示大概来自安托万·德·圣埃克絮佩里的《致X. 将军的信》，他是布罗茨基青年时代喜爱的作家之一（参见：*Волков 1998. С.* 67）。满怀和平主义和反极权主义激情的随笔《致X. 将军的信》，1943 年在死前两个月写于北非军事基地，死后发表。曾在 60 年代的俄罗斯以 М. К. 巴拉诺维奇的译文在自费出版物中流传；布罗茨基认识的作家里德·格拉乔夫也是圣埃克絮佩里作品的译者（关于"官方"和自费出版物的圣埃克絮佩里作品俄语译作史参见：ДМ. Кузьмим. Сент-Экзюпери в России// Книжное обозрение. 1993，5 ноября. № 44 С. 8－9）。布罗茨基将《致X. 将军的信》讽刺性地重新理解，但保留了热带的环境，这令人联想到影片里的法国外籍军团或在热带国家的其他远征军的功勋。可见比起布罗茨基对苏联政府其他帝国主义行径的反应（未发表的关于 1956 年匈牙利革命的诗，《十七年》，Beinecke；《1980 年冬季战役之歌》，№ 302）ПГZ 是以比较隐晦的象征性风格写的。特别值得注意的是贯穿始终的玩牌，开头是双关语——富于地理色彩/游戏用的纸牌——在首行，带有冒险主义，赌牌作弊，挥霍浪费的情节。在这首诗里出现玩牌情节的一个可能的动机是布罗茨基所熟悉的米哈伊尔·布尔加科夫遗孀的故事，1935 年 5 月 1 日她在莫斯科美国大使馆参赞的晚会上遇见圣埃克絮佩里："一个法国人——偶然在场，还是个飞行员——叙述自己的危险飞行。表现了玩纸牌的非凡花招"（引文依据：М. Чудакова. М : Книга, 1988. С. 567）。ПГZ 的一系列细节都呼应着美国诗人里德·惠特莫尔（Whittemore）的诗《与外籍军团相处的一天》（*A Day with the Foreign Legion*），这是布罗茨基译过的（РНБ）。参见：*Loseff 1990*。

ПГZ 的情节可以在布罗茨基写给 Л. И. 勃烈日涅夫的信里

找到（参见：*Гордин 2000.* C. 219 – 220），不过收信人在诗里，更准确地说，是个超现实主义者（试比较《与天人交谈》的收信人，№ 88）。

作者把 ПГZ 归入在奥登诗学的影响下所写的诗（参见：*Волков 1998.* C. 140）。

Эпиграф（题词）是布罗茨基撰写的。文学来源很可能是——法国作家梅里美的《查理九世在位年代记》（1829），尤其是第 24 章"拉罗谢尔市之围"。这一章有一段尾白，意思接近于布罗茨基的题词："他们的首长就是那个礼帽上插着红色羽毛的冒失鬼，昨天我们没有命中他，然而今天必定命中"（引文依据：Проспер Мериме. Хроника царствования Карла IX. Новеллы. М.: Художественная литература, 1968. C. 196; перевод Н. Любимова）。"窟窿"作为中弹而死的隐喻在那篇作品里也有："……洞穿贵族的荣誉。他洞穿你的荣誉，而你在他的皮肉上弄了个窟窿……"（参见上书。143 页；试比较《莉莉·马连》，№ 533："……要是狙击手不为我造一个窟窿……"）В. Р. 马拉姆津使我们注意到历史的对照：拉罗谢尔市——16 世纪天主教法国的最后一个基督教堡垒，捷克斯洛伐克——苏联和仆从国军队所围攻的"基督教"孤岛。

алтарь Минервы.（弥涅尔瓦的祭坛。）古罗马人认为创造性劳动隐喻对女神弥涅尔瓦的献祭，她是艺术和手艺的庇护者。

сюда нас, думаю, завела/ не стратегия даже, но жажда братства.（我想，把我们领到这里，甚至也/不是战略的需要，而是出于兄弟般的情谊。）在苏联的宣传中，入侵捷克斯洛伐克被形容为"兄弟般的援助"。

Снайпер, томясь от духовной жажды.（狙击手，由于精神上

的渴求而受煎熬。）——不准确的引文，来自普希金的诗《先知》（1826）："我们以精神上的渴望去折磨……"。

Генерал! 〈…〉 *вас, увы, / не существует.*（将军！……因为，唉，/自然界向来没有您。）圣埃克絮佩里在其从莫斯科进行的书信往来中，曾为"Paris-Soir"这样写到斯大林："几乎可以设想，他并不存在，他的存在是那么不露形迹"（引文依据：Antoine de Saint-Exupery. A Sense of Life.. New York：Funk & Wagnalls，［1965］，P. 28）。

чем-то черным на чем-то белым.（黑的什么在白的什么上面。）请比较《与天人交谈》（№ 88）正文中相似的充分展开的描述。关于布罗茨基黑/白的象征意义参见《你，缠着蛛网般琴弦的吉他状的……》的注释（№ 259）。

сорвав погоны.（扯掉肩章。）请比较"快了，正如常言所说，我要摘下肩章"，见《人们指责我的一切，除了天气……》（№ 463）。

Камеры Лейц（徕茨牌照相机）德国徕茨（Leitz）公司出产的摄影器材。

глаз Горгоны.（戈尔贡的目光。）指希腊神话中的女妖墨杜萨，她是戈尔贡三姐妹中的大姐，头发是缠绕在一起的毒蛇，目光使一切生物变成石头。另参见《五周年》的注释（№ 289）。

Генерал! Вас нету, и речь моя/обращена 〈…〉 *в ту пустоту.*（将军！没有您，于是我的言语/转向〈……〉那个空间。）比较圣埃克絮佩里在《致 X. 将军的信》里的"我越来越不明白，为什么给你写信，想必是要对某人说……"（参见上书。第220页）。

конь, генерал, никуда не скачет.（马，将军，却不驰往任何地方。）请比较奥列格·奥哈普金的诗《后记》（1968）的最后一行："由于马不奔向任何地方"（Олег Охапкин. Стихи. Л.；

Париж, Беседа, 1989. С. 20）。布罗茨基对奥哈普金说过，仿效了他的一个诗行（提示者 А. Ю. 阿尔耶夫斯基）。

85. *Посвящается Ялте*（《献给雅尔塔》，下称 ПЯ）。
Континент. 1976. № 6. С. 49 – 65。日期依据：*MC. T. 3 C. 94, 270*。

在布罗茨基 60 年代末—70 年代初的创作中可以分出一组克里米亚组诗：《雅尔塔的冬日黄昏》（№ 64），《美好时代的终结》的三首——开卷一首，ПЯ 和其后的一首（№ 79, 85, 86）。在《致罗马友人的书信》中（№ 114 – 122），克里米亚印象转变为帝国边疆，"海边的偏远省份"的概况。

ПЯ 在布罗茨基所喜爱的作家的创作中有明显的文学来源。首先是芥川龙之介的短篇小说《罗生门》（1915），黑泽明据此拍摄了著名的同名电影（1950）以及米哈伊尔·库兹明的叙事诗（或诗体短篇小说）《拉撒路》（1928）。从这些作品借用了文学手法，即描述罪行时，借助于目击者的记述而予以不同的说明。ПЯ 充满跨行，修辞接近于口语的诗句（五音步抑扬格），完全就像《拉撒路》第 9 章的"第四个见证人（暗探）"（参见：*Лосев 1978*）。认为对罪行负有道德责任的不仅是实际上行凶的人，还有那些想要杀人的人，毫无疑问，这个想法来源于陀思妥耶夫斯基的《卡拉马佐夫兄弟》，不过，在 ПЯ 里这个想法有了改变，是以存在主义哲学荒诞派的精神所重新认识的（请比较加缪的长篇小说《局外人》中的无缘由杀人——参见下面的注释），最早加以发展的是 Л. 舍斯托夫（参见后面的注释）。在 ПЯ 中布罗茨基笔下初次出现作为主人公的"无个性人物"，"某某和某某（第五章）；请比较《潟湖》（№ 132）的"绝对无足轻重，一个披斗篷的人"和一系列诗作中的"无足轻重的人物"的形象。

Заглавие.（标题）俄语文学实践所不习惯的标题形式 ПЯ，在英语作品中却屡见不鲜（"Homage to …"或"To …"，例如乔治·奥威尔的作品《献给加泰罗尼亚》，Дж. Д. 塞林格的短篇小说《献给埃斯梅》，如此等等）。除了 ПЯ，布罗茨基还三次用了这个标题，包括《献给契诃夫》（№ 416）。ПЯ 中有出自契诃夫的在题材上非常重要的类似表现，"作家—雅尔塔人"（参见下面）。

один этюд Чигорина.（奇戈林的一个开局。）М. И. 奇戈林（1850—1908）是俄罗斯国际象棋手；不过奇戈林没有编著过棋谱。

пойти ферзем Е‐8. /то был какой‐то странный, смутный ход.（主张走王后 Е‐8。/那是奇怪而令人惊慌不安的一步棋。）关于这一点，国际象棋评审人写道："黑棋王后最初的位置在 D‐8，而不是在 Е‐8。假定王后已经参加（下棋），那么在这里也不符合俄罗斯的棋步标号法，因为俄罗斯棋手说：'走黑棋王后到 Е‐8'（Пойти ферзем на Е‐8）"（Эдуард Штейн. Шахматные раздумья о зарубежной поэзии// Русская мысль［Париж］. 1976, 8 июля. № 3212）。

Так, знаете, в больницах красят белым …（譬如，您知道，医院里的⋯⋯都漆上白色。）关于布罗茨基持久不变的白色论题，参见《你，缠着蛛网般琴弦的吉他状的⋯⋯》的注释（№ 259）。

в Ливадии.（在利瓦季亚）那里曾是沙皇在雅尔塔郊区的庄园。

Сошёл с ума от ферзевых гамбитов.（他由于后翼弃兵局而神经错乱。）原文的复数在这里是假定的——只有一局是王后开局

（送子开局）。

По мне уже само движенье губ/существенней, чем правда и неправда: в движеньи губ гораздо больше жизни, /чем в том, что эти губы произносят.（在我看来，嘴唇的动作甚至/比真相和谎言更重要：/嘴唇动作的生命力远大于/嘴唇所说出的话。）请比较"我听到的不是你对我所说的话，而是嗓音……"（*ПСН*）。

под Кошице, в сорок четвертом.（科希策城下，在1944年。）在1944年年初之前第二次世界大战的东线前线延伸到斯洛伐克的科希策城附近。

Не про Зорге? /Ага, про Зорге!〈...〉Клаузен и немцы.（不是关于佐尔格？/啊哈，正是关于佐尔格！〈……〉克劳森和德国人）里哈尔德·佐尔格（1895—1944），德国共产党人，在第二次世界大战期间，是驻留日本的苏联间谍。60年代苏联曾放映电影《您是什么人，佐尔格博士?》其中还出现了无线电兵佐尔格·克劳森。

и сверху это вроде изумруда.（从上往下看仿佛纯绿宝石。）在契诃夫的短篇小说《渴睡》中一个少女杀人，是受了神灯的绿色反光的"怂恿"（*Лосев 1986*）。发亮的斑点也"迫使"梅尔索（A. 加缪，《局外人》）向一个阿拉伯人开枪（另参见《雅尔塔的冬日黄昏》的注释，№ 64）。

Апофеоз бессмысленности!（毫无意义的颂扬！）试比较Л. 舍斯托夫哲学札记的书名《没有根据的颂扬》（初版，1905）。在这本书和稍后的随笔《从无中创作》（1908），舍斯托夫笔下的契诃夫是一位描绘人类生存悲剧不容理性解释的荒诞性的作家。

повыше, возле/Мемориала ...（再高一点，靠近/纪念馆……）也

许是指契诃夫的故居陈列馆，位于雅尔塔的高处。

86. *С Видом на море* （《海景》，下称：СВН）。*КПЭ.* 手稿——*РНБ.* 手稿中 СВН 的开端（？）的起草稿不是四音步抑扬格，而是三音节诗格的变体："Северный ветер наводит в пальмах ..."等等。最初 СВН 是 9 个诗节，"作者于 1971 年 12 月把这首诗交给我们，而几天后又要求删掉这个诗节，并出示了没有这个诗节的诗。现援引如下：

9

Щуми же, мощный водоем,

Вливайся в слух, к тебе припавщий！

чтоб даже в черепе моем,

как в некой раковине, ставщей

дабычей——принца ли, щута ль,

певца, поющего в неволе,

твая угадывалась даль

глухая, а не отзвук боли；

чтоб из глазниц и мертвых скул

твой гордый раздавался гул"。

（МС. Т. 3. С. 271.）

删除第九诗节的原因可能是——过分贴近普希金的收入文选读本的诗《致大海》，这首诗的末尾也许诺要牢记大海的轰响。成了"王子战利品"的颅骨是暗示《哈姆雷特》（第五幕的第一场）。

CBH——布罗茨基局限于海洋和陆地交界的许多作品之一；详细的分析参见：Kuznetsov 1999。

Посвящение.（献辞。）И. Н. 梅德韦杰娃-托马舍夫斯卡娅（1903—1973），轰动一时的学术著作《静静的顿河的马镫》的作者，著名语文学家托马舍夫斯基的遗孀。布罗茨基与托马舍夫斯基的家庭友好相处，并数次造访他们在克里米亚的古尔祖夫的家。КПЭ 里没有献辞，因为作者不愿破坏她在苏维埃当局心目中的名声。

В агавах взрывчатых.（爆炸的龙舌兰。）植物-爆炸——布罗茨基持久不变的隐喻，比较：例如《新生活》（№ 350）中的"龙舌兰的爆炸"，《阿弗洛狄忒藏身处之战》（№ 275）中的"爆炸看上去像一闪而逝的棕榈"等等。龙舌兰强烈的自行"爆炸"的空间——这个形象反复出现于布罗茨基的朋友画家奥列格·采洛科夫早期的彩色写生。

свой первый кофе пьет уже.（已经在喝自己的第一杯咖啡。）试比较对奥涅金的早晨的描述（《叶甫盖尼·奥涅金》，第四章，XXXVI-XXXVII）："然后喝完自己的咖啡……"——同样，在相邻处也描述着早晨的散步和沐浴。

бугенвилей（叶子花）——俄语词用的是该植物的俗称；正确的名称是——бугенвиллея（第二格复数——бугенвиллей）。

Орел двугривенника прав, / четыре времени поправ!（20 戈比硬币的鹰徽是合法的，/在践踏过四季之后！）在硬币的正面（口语化为"орле"）是苏联国徽，国徽中心是地球的图形，设计者在这里把它理解为幅员广阔的象征；试比较《Postscriptum》（№ 35）中的硬币"在宇宙中"的形象。

уж если чувствовать сиротство, / то лучше в тех

мест ах.（要是感到孤独的话，／呆在那些地方更好。）试比较《致罗马友人的书信》（№ 117）中的"要是碰巧出生于帝国，最好住在海边的偏远省份"。

87. *Конец прекрасной эпохи.* （《美好时代的终结》，下称КПЭ。）Континент. 1974. № 1. С. 14—17. 手稿——РНБ（原稿的一些片段可能与《无伴奏的歌唱》，№ 94 也有关系）。注明日期的是作者（*МС.* Т. 3. С. 272）。

作者把 КПЭ 列入在奥登诗体的影响下所写的作品（参见：Волков *1998.* С. 140）。КПЭ 的注释参见：*Polukhina 1989.* P. 212—213；*Loseff 1990*。

я — один из глухих, облысевших, угрюмых послов/второсортной державы.（我——次等强国的耳聋、秃顶、忧郁的／大使之一。）试比较这句自述和《在湖畔》（№ 127）的"腐朽文明的间谍、密探、第五纵队"。

обьем валовой/чугуна и свинца.（生铁和铅的／总量。）苏联的宣传经常吹嘘工业生产不断增加的总产量，即与人民的福祉没有直接关系的经济指标。这和下面所评述的某些渗入 КПЭ 词汇的其他话语皆出自第一诗行提及的报纸。

Время создано смертью. Нуждаясь в делах и вещах и т. д.（死创造时间。因为需要尸体和物体，及后文。）试比较"（时间）对事物的需要强于／相反"（《建筑艺术》，№ 366）。比较《致玛丽·斯图尔特的十四行诗 20 首》（№ 144）第十首中同一情节的变体。也许，"死创造时间"这句格言是在——回答 А. 韦坚斯基的诗《库普里亚诺夫和娜塔莎》中的库普里亚诺夫的话："难道时间强于死……"（Александр Введенский. Полное собрание произведений в двух томах. М.: Гилея, 1993. Т. 1. С. 157;指出者 ВП 波卢欣娜）。关于布罗茨基对韦坚斯基的良好关系参见：Мейлах 1991。

Жить в эпоху свершений.（生活在有所作为的时代。）"有所作为的时代"——宣传的套话，表示苏联历史的当前时期（60年代）。

И не то чтобы здесь Лобачевского твердо блюдут 〈...〉 тут/тут конец перспективы.（并不是要在这里坚定地维护洛巴切夫斯基〈……〉这里——/这里就是愿景的终点。）Н. И. 洛巴切夫斯基（1972—1856），俄罗斯数学家，主要著作都与平行性问题有关。他提出的公设"在平面上通过位于已知直线之外的一个点，可以划一条以上的直线，不与已知直线相交"成为非欧几里得几何学的基础。交叉的平行线和作为其换喻的"洛巴切夫斯基"——是布罗茨基形象词汇的持久不变的象征。

非欧几里得几何学可能刺激了许多思想家。交叉的平行线作为一个象征，抗议唯理论关于理性可以完全认识世界的观念，布罗茨基继承于陀思妥耶夫斯基（《地下室手记》《卡拉马佐夫兄弟》），追随许多现代派作家：А. 别雷（参见《彼得堡》中嘲讽地把欧几里得形的城市空间描述为《正方形、平行六面体、立方体》一章中的麻烦，在那里参议员阿布列乌霍夫幻想："平行大街之网被大街之网所穿插会扩展到宇宙的深渊"），В. 卡韦林（"只得改变平行线。必须迫使平行线碰到一起。违背时间和空间"——"爱惹事的人，或瓦西里耶夫斯基岛上的家庭晚会"，一部分是"我站在这里，也不能不这样"，第十和第十一章），Б. 帕司特纳克（"交叉的……平行生活"——《日瓦戈医生》，第15部，第十二章）和 В. 纳博科夫（"要是平行直线不相遇，不是不能，而是因为它们各有盘算"——Nikolai Gogol. New

York, New Directions,［1961］. P. 145），想必还有冯·摩根斯坦，他有一首诗讽刺想交叉的平行线。布罗茨基也很了解玄学派诗人 Э. 马韦尔的诗《爱的定义》（1861）引人注目地把爱的两种追求比拟为平行线无限延伸而永不交叉。他曾读过 W. 斯蒂文斯的《致罗马老哲学家》（参见《致罗马的老建筑师》的注释，№ 68，《罗马哀歌》的注释，№ 308 - 319，其中的第二个诗节：

The threshold, Rome, , and that more merciful Rome.

Beyond, the two alike in the make of the mind..

It is if in a human dignity

Two parallels become one , a perspective, of which

Men are part both in the inch and in thi mile..

Порог, Рим, и тот более милосердный Рим／снаружи, оба похожи［благодаря］строю сознания. ／это как если бы по достоинству человека／Две параллельные становились одной, перспективной, к которой／Люди причастны и на дюйм и на милю.）

彩色写生艺术和建筑学中的透视现象乃是抽象的平行线交叉的视觉变体（参见《波波的葬礼》的注释，№ 112）。在 КПЭ 里，诗人在塑造虚构的，失去存在意义的画面时，讽刺地贬低隐喻，平行直线（大腿）的交叉处原来是女性的生殖器（重复 тут／тут——讽刺性地暗示要配合 coitus 的节律）（coitus，英语：性交，交媾）。"愿景的终点"的隐喻也见于《诗节》（№ 236）的同样节律 дивы／перспективы）。关于女性生殖器，另比较

"在命运的杂草丛生的死胡同"（《Ritratto di donna》，№ 406）。

толь пятерка шестых остающихся в мире частей.（或是世界上剩下的六分之五的部分。）苏联是世界上领土最大的国家，面积接近于全球陆地的六分之一，宣传品经常提及这一点。

дернуть зтсюдова по морю новым Христом. /Да и как не смещать 〈...〉 паравоз с кора блем.（新的基督从这里猛地拨动海面〈……〉怎能不混淆/机车和海船。）基督踏浪而行（如履平地）的片段（《约翰福音》第 14 章第 25—31 节）。在 1970 或 1971 年布罗茨基曾向这几行文字的作者讲述逃往国外的不同方案——从相对现实的方案（躲在外国人的船舱里）到几乎不可能实现的方案（乘气球飞越国界，钻进开往芬兰的火车头煤水车的煤炭里），甚至还有离奇的方案，比如借助于几只猫越界，后来《Post aetatem nostram》（№ 96）的结尾部分记述了这次穿越国界。

отличать выпадавших из люлек от выпавших люлек.（区别从摇篮里掉下来的和掉下来的摇篮。）双关语（借助同音异义词、一词多义而形成的双关语）：*люлька — колыбель* 和 *люлька— курительная трубка*（请比较果戈理《塔拉斯·布尔巴》第 12 章中的"*Стой! выпала люлька с табаком ...*"——情节中的瞬间骤变——塔拉斯停下，想拾取掉在地上的摇篮时落入追捕者之手而被处死，这一章较早时曾描述塔拉斯及其部队的暴行："……残忍的哥萨克毫无顾忌，用矛挑起在街道上的他们的婴儿，随即扔进附近的火焰"）。

Белоглазая чудь.（白眼的楚德人。）楚德人——生活在欧洲东北，参与形成俄罗斯民族共同体的芬兰—乌戈尔部族之一（参见勃洛克的诗《我的罗斯，我的生命，我们是否能在一起忍受煎熬……》中曾提及楚德人是俄罗斯人的祖先；参见"自由的

无形幽灵，/沼泽似的虚假，就像那些白眼的人们……"，见于 M. 库兹明的颂诗《含有敌意的海洋》，1917）的启示录语境。形容词"白眼的"——道听途说的无稽之谈。

по древу умом растекаться.（智慧在树上漫开。）更准确地说，是变成俗语的"思维在树上漫开"——通常译自古俄罗斯壮士歌《伊戈尔远征记》的楔子的用语；另一种译法是："像耗子一样在树上跑来跑去"——这是布罗茨基所熟悉的，而 мысль/мышь（思维/耗子）的形象也牢固地列入了他的部目（部目是亚里士多德《修辞学》的术语）。

88. *Разговор с небожителем*（《与天人交谈》，下称：PCH）。Russian Literature Triquarterly 1972 № 2（冬季）。P. 436 – 442. 手稿——*РНБ*。注明日期依据 MC（Т. 3. С. 279 – 280）。*Russian Literature Triquarterly* 中错误地将日期注明为 1969 年。

在体裁方面 PCH 接近于布罗茨基给予崇高评价的典范，如杰尔查文的《悼梅谢尔斯基公爵》以及巴拉滕斯基的《荒芜》和《秋》，即接近于过渡形式，从颂诗（热情奔放的风格，社会地位高的对象）到哀诗，哀诗往往是关于玄学主题的冥思。PCH 的对象属于玄学世界，然而不同于对死去的相识，对他的态度不外乎杰尔查文的修辞手段，或是去世的父亲，其形象表现于他在巴拉滕斯基的《荒芜》中的世俗遗产，布罗茨基的对象最初玄之又玄，而在这个方面 PCH 直接上升到《圣经》中约伯和上帝的争吵。像约伯一样，PCH 的抒情主人公痛苦地向上苍倾诉人类不可避免的生存条件：受苦，时间的俘虏，死亡。评论证明，从不显示自己在场的天人与克尔恺郭尔和舍斯托夫的神秘的超然于理性和道德的上帝沾亲（对 PCH 的详细解析参见：

Polukhina 1989. P. 264－281）。在 PCH 中对象的不可思议的天性表现于故意摇摆不定的称谓——时而是"天使"，时而是至尊的神（这来自诗句"你的恩赐/我要归还——没有埋藏，没有喝酒花掉；另一方面应该指出，作者曾指示 КПЭ 的编辑，PCH 中所有的第二人称代词的开头都要印作小写字母 т，然而上帝、天主乃至天堂和基督教——第一个字母要大写），时而是"一堆玩偶中的一个/这些玩偶正掠过深夜的苍穹"，时而，说真的，什么也没有——只剩下房间的天花板。与此相关的还有 PCH 的形象和词汇统计学的反差：对天人的热情奔放的态度经常夹杂着日常生活的细节（"裹在连衣裙里的闹钟"），教会斯拉夫词语（"наг и сир"）和粗野的俗语（"все виснет на сопле"），而且古词语和现代的词汇单位有时出现在同一个固定词组里（"с одесной и с левой"；修辞学的完整表达应该是"одесную и ошую"或"с правой и с левой"）。类似的，不无不可知论的寄语在布罗茨基的《致 Z. 将军的信》（No 84）里也有，尽管这首诗的对象与其说是安琪儿，不如说是魔鬼，《致 Z. 将军的信》和 PCH 之间修辞和内容的相似由于直接的逐字逐句的彼此呼应而得到充实（参见下文）。

像《别了，韦罗妮卡小姐》（1967；No 73）和《戈尔布诺夫和戈尔恰科夫》（1968；No 74）那样，PCH 有日历坐标——复活节前的受难周。与此相关的这首诗的主要宗教抒情主题，问题 de imitatione Christi（仿效基督的问题）：如果人的生活模拟救世主的生活，他发现他的生活在各各他之后仍在继续，那么人该怎么办呢？（我们要注意，这样提出问题的非正统性，也许还有异端性，作者已经在 PCH 的第二诗行予以承认。）在 PCH 的定稿里这个问题在重复出现的从既达高度跌落的形象中代码化："所有的山岳——不过由于山势陡峭——/都不是以封顶结束，而是以斜坡结束，/在那苍茫的雾幕里"，"在这塔楼里，/在巴比伦国王曾孙女的心里，在言语之塔里"，"在攀登阁楼的时候你/掉下井底"。除直接比喻倒塌的巴比伦塔外，《圣经》的言外之意也存在于关于山的箴言——下山，紧跟着就是对亚伯拉罕的考验以及他和天使的相遇（参见《以撒和亚伯拉罕》的注释，№ 13），而约瑟被丢在坑里（《创世记》第 37 章第 22—24 节）。在草稿里这个主题是以散文表达的，又逐字逐句地改写为诗句："然而这毕竟/已是一个问题，而我曾答应你不向你提出任何问题/因为可以提/问题（尤其是有责备意味的）/和等候回答（你不要［把五月］放在心上）/而这也是一种生活方式//我就这样不提问题［那又怎样呢］/我想说的只是，阅历/人类之子的阅历不包括/关于［人生］死后生活的任何指示，而这时有发生"（PCH），也见于诗歌的一个片段：

> 你要去掉，朋友
>
> 朋友——天人（什么称呼！）我的怨言吗？
>
> 但**人类之子**的阅历
>
> 和这个声音
>
> 响声不绝于耳的今天
>
> 关于那一点我得不到回答，
>
> 从十字架上下来怎样生活？而这
>
> 也许在这里……
>
> （РНБ）

布罗茨基于 1979 年将 B. 纳博科夫的诗《你从哪里飞来，流露出怎样的忧伤？……》译为英语（Demon），有鉴于此而对

PCH 所作的观察保存于：Куллэ 1999。

тебе твой дар/я возвращаю—— не зарыл, не пропил.（你的恩赐/我退还给你——没有埋在地下，没有喝酒花掉。）关于才干的福音寓言（《马太福音》第 25 章第 14—30 节；《路加福音》第 19 章第 12—26 节）被重新理解为伊万·卡拉马佐夫的"反叛"精神，"恭恭敬敬地"把自己进入和谐世界的入场券"退还"上帝；正如陀思妥耶夫斯基的注释者所确定的那样，伊万·卡拉马佐夫的话是在暗示 F. 席勒的诗《放弃》（*Resignation*，1784），其中在 Г. 丹尼列夫斯基俄语译文的相应部分在主题上甚至在书写形式上也很像 PCH：

我的春天已逝；

无语的上帝，噢，哭泣吧！低垂着头，——

无语的上帝熄灭了我的蜡烛，

幻想也离我而去。

我在你的面前，噢，平等的永恒性！——

胖子有隐秘的入口……

怡然自得地接受自己的收据吧：

它是完整的——我不曾见过的完美；

你就把它收回吧。

（引自：Ф. М. Достоевский. Полное собрание сочинений Т. 15. Л.: Наука. С. 555。）

если бы душа имела профиль, /ты б увидал, /что и она/ всего лишь слепнк с горестного дара, /что более ничем не обладала.（假如心灵有侧面的轮廓，/你就会看到，/侧影也只/

不过是令人痛苦的恩赐之模制品，／此外便一无所有。）В. 波卢
欣娜注意到（Polukhina 1989. P. 270）此处以及 PCH 中关于心灵
的全部构思接近于普洛丁的理论，尤其是他的下述主张："……每
当心灵以其思维指向某种没有形式的东西时，无法理解（以思
维）那种没有留下任何形式痕迹的东西，这时似乎只好后退，
或溜走（朝下溜），唯恐（自己下面没有任何依托）碰到纯粹的
空无；感受到了在这种东西的范围内令人厌恶的状况，于是很高
兴地往下走，离开它们越来越远，直至自己的注意力碰上并专注
于某种坚硬的、有形体的东西，但愿随后能在上面休息，就像眼
睛倦于观察显微镜下的微小物体，会高兴地把目光移向大的物
体、体积巨大的东西"（Плотин，《О благе, или Первоедином》，
Ⅵ 9，пер. Г. В. Малеванского，цит. по：Плотин. сочинения.
СПБ.：Алетейя，1995. С. 279；仿宋体字是原编者加的）。而几乎
逐词逐句的吻合见于布罗茨基和舍斯托夫的译文（上面以仿宋体
字排印的部分），普洛丁："Тогда душа колеблется, и опасается,
что ничем более не обладает"（Polukhina 1989, fn. p. 303；Л 舍斯
托夫去世后出版的最后一部作品《Sola Fide——Только верою》
[Париж YMCA-Press，1966]，其中的 144 页有这段引文，布罗茨
基在列宁格勒的私人图书室藏有这部作品）。

He стану жечь／тебя глаголом（我 不 会 刺痛你，／用 话
语）——暗示普希金《预言》中的"你用话语刺痛人们的心吧"。

исповедью, просьбой,／проклятыми гопросами.（自白，请
求、／该死的问题。）在第四诗节的开头，布罗茨基实际上是在
历数玄学论述的一切类型：传教（"用话语刺痛"），自白，祈
祷（"请求"）和议论哲学问题（"该死的问题"——标志着 19
世纪俄罗斯文化传统关于上帝、人和社会的哲理辩论）。

той оспой,／которой речь／почти с пелен／заражена.（一种痘疤，／言语几乎／在襁褓中／就感染到的那种。）请比较婴儿学习母语好像打疫苗一样的隐喻，见《预言》（№ 29）："要是我们生了孩子，／就叫安德烈或安娜，／但愿有皱纹的小脸蛋养成习惯，／不致忘记俄文字母表"。

блазнит слух.（诱惑我的听觉。）"блазнить"（古俄语和方言）——"соблазнять"（诱惑）。

В Ковчег птенец,／не возвратившись（鸽子不再／返回方舟）——《创世记》第8章第6—12节。

Смотри ж, как наг／и сир, жлоблюсь о Господе.（你看着吧，／看我怎样向上帝申诉。）看来应该理解为"你看着吧，看……我怎样向上帝申诉"。与现有的古俄罗斯-教会斯拉夫语词汇单位"наг"和"сир"以及相应的古老的前置词结构"о Господе"同样，作者创立了自己的冒牌古词语"жлоблюсь"（古俄语词典、古斯拉夫语词典以及布罗茨基所熟悉的波兰语和乌克兰语词典里这个动词是没有的）。

не возоплю:"почто меня оставил?!"（我不会大叫："为什么离弃我?!"）参见《戈尔布诺夫和戈尔恰科夫》第9章的注释（№ 74）。

не превращу себя в благую весть!（我不会把自己变成好消息!）"благая весть"——译自希腊福音书。另一方面请比较："人类变成笔在纸上的沙沙声，变成指环、绞索、楔形文字，又因为不稳妥／而变为逗号和句号"（《佛罗伦萨的十二月》，№ 184）。

Жажда слиться с Богом, как с пейзажем.（渴望与上帝融合，如同与风景融合。）比较："但愿不是只有上帝……才能与风景融合"（《反革命城市……》，№ 191）。

Я из бездонных мозеровских блюд/так нахлебался варева минут/и римских литер. （我从深不见底的莫泽尔盘子里/喝够了分钟做的汤和/罗马字母。）"莫泽尔"牌的老式挂钟 60 年代还能在列宁格勒的很多家庭看到；刻度盘上通常有罗马数字。参见刻度盘和碟子的类似比拟：《戈尔布诺夫和戈尔恰科夫》（№ 74）第 6 章。

в этой башне, /в правнучке вавилонской. （在这座塔里，/在巴比伦国王曾孙女的心里。）摧毁巴比伦塔之后，上帝"使他们的言语彼此不通"（《创世记》第 11 章第 3—8 节）。

златоротца. （黄金连的一名士兵。）"златоротец"，"黄金连的一名士兵"——古代委婉语，暗示清除脏水的人（"黄金"——粪便的委婉语）。在这里隐喻极低贱的"卑污"小人——以反衬天人。

благодарю за то, что/ты отнял все. （我心怀感激，/因为你夺走了。）В. А. Куллэ 指出，这是莱蒙托夫的潜台词，«Лермонтовский мотив благодарности»（Куллэ 1999. С. 88）。

ты/не смей кричать о преданной надежде. （你/无权冲着忠诚的期望大喊大叫。）这里的你不是指天人，而是指自己。

шей сердцу страх шей ⟨…⟩ /Шей бездну мук. （令人心有余悸⟨……⟩要指控苦难的深渊。）"шить"用于行话的意思——"指控"，"令人"。

как на земли. （像在地球上一样。）古代的第六格词尾，由于祷文"Отче наш"而广为人知："… яко на небесех и на земли"。

толпа деревьев в деревянной раме. （一大片围着木框的树。）关于"деревянный"这个形容词的重新理解参见《我窗外，木窗窗外，有几棵树……》的注释（№ 45）。

как легкие на школьной диаграмме.（好像学校教学图表上淡淡的线图。）参见注释 89。

и горько, что не вспомнить основного！/Как жаль, что нету в Христианстве бога.（伤心的是回忆不起主要的事情！/多么遗憾，基督教没有上帝。）罕见的情况，不是语音韵脚，而是书写形式的韵脚：*основного/бога*。

Вороньи гнезда, как каверны в бронхах. /Отрепья.（鸦巢，好像支气管里的空洞/衣衫褴褛的。）参见注释 89。

зачем так много черного на белом？（怎么会有那么多黑的在白的上面？）比较《致 Z. 将军的信》（№ 84）在其正文中也有同样的意外描写。陀思妥耶夫斯基也用过这个意外情节："……黑的在白的上面还不算多，须知黑的在白的上面乃是最终结果"（致 A. 迈科夫的信，1867 年 8；Ф. М. Достоевский. Полное собрание сочинений. Т. 28（II）. Л.：Наука，1985. C. 205；курсив автора）。

Гортань исходит грифелем и мелом.（喉咙里流出大量石笔和粉笔。）上一行的"黑的"和"白的"具体化为"石笔"和"粉笔"，大概是联想到所谓的"石笔颂诗"，杰尔查文临终所写的诗《时间之河在奔流》（1816），这首诗是用粉笔写在石笔（页岩）板上。

и в окне больницы/старик торчит. ⟨…⟩ и не деться/от той же мысли—задом наперед—/в больнице стари ув начале года: он видит снег и знает, что умрет/до таянья его, до ледохода.（而在医院的窗口/站着一个老人。⟨……⟩然而也不躲避，/由于同样的想法——屁股朝前——/医院里的一个老人在年初：/他看着雪，也知道，他将/死于白雪融化之前，流冰期之前。）比较契诃夫短篇小说《生活的寂寞》关于将死的老人：

"'到春天还有几个月呢？'——老人想，把额头紧贴在冰冷的桌子上"（А. П. Чехов. Полное собрание сочинений и писем. Т. 5. М.: Наука, 1984. С. 177）。同样的传统形象，将死的老人在医院的窗口，也见于 А. 库什涅尔诗集《深夜的巡逻》（1966）中的诗《老人》。

89—93. *С февраля по апрель* (《从二月到四月》，下称 СФП）。组诗最初完整地出现于 КПЭ。第四首诗，"В эту зиму с ума ..." 以《四月的诗》为标题载于——«Новый журнал»（纽约）（1968. № 97. С34），然后收入 ОВП，在这里它处于"喷水池"第三章的末尾（参见 № 65）；为了保持组诗的完整性，作者把它收入了 КПЭ，这是以往诗集中唯一的一首。《四月的诗》作为一首单独的诗又被收入 НСКА（参见 № 229）。КПЭ 由于作者和编辑的疏忽而把"可是冬天会结束"误植为"冬天不会结束"。手稿——РНБ。

"这五首诗写于不同的时间，据作者说，是在 1969 至 1970 年之间，他为«Аврор»（《作家》）杂志而把它们集结为组诗，该出版社……准备出版它的专栏"（МС. Т. 3. С. 277；参见：Клепикова 2001）。布罗茨基在 СИБ‐2 的边上写了附言："6. 还有一首诗'海滨公园'"——三个诗节。这首诗未能找到。

СФП——抒情组诗，尽管每一首都是独立的，却都由贯穿始终的主题与重复出现的情节和形象结合在一起。组诗的主题——"摆脱冬天而痊愈"。第一首诗把冬天作为病态来描写（"那些光秃秃的树/好像学校图表上淡淡的细线。/鸦巢/在其中仿佛一个个黑洞。"）。城市摆脱冬天而渐渐康复，于是相应地，抒情主人公——作者："……绿色的掩体/我自斟自饮——可见我健康"。（请比较茨维塔耶娃的诗《莫斯科近郊的青色丘陵……》："我整天睡，整天笑，——也许，/我正在摆脱冬天而康复"）。СФП 的五首诗中彼得堡地形与作者的隐秘回忆有关系：（1）散步始于瓦西里耶夫斯基岛海军博物馆（马车停车场）的道岔，他父亲曾在那里工作（"在市内最漂亮的大楼里"；СИБ－2. Т. 5. С. 328），又穿过皇宫大桥（"傍晚下课后我早早地穿城而过，来到河边，穿过皇宫大桥，跑到博物馆去找父亲，和他一起步行回家"；同上）；向枢密院广场走去；（2）被晾晒的衣服遮蔽的公园和邻近运河的小巷，想必是格利鲍耶多夫运河，因为传来敲钟的声音——那时列宁格勒为数不多的起作用教堂中只有圣尼古拉大教堂邻近运河，在格利鲍耶陀夫运河和克留科夫运河的交叉处；在这个区域居住着玛丽娜·巴斯马诺娃；（3）比较蔷薇和鲜血上的教堂可以推测，讲的是附属于"鲜血上的教堂"的花园，即附属于基督复活大教堂，带有所属花园的精巧的铁栅栏，就在格利鲍耶陀夫运河的岸上，对面是 9 号住宅，作者不仅时常造访托马舍夫斯基一家，有时还在那里过夜，离战神广场不远，在阿达米尼的故居住着他的朋友们；（4）喷泉在涅瓦河附近（因为看得见拖船正在"穿过河口"，即与其说沿着喷泉，不如说沿着涅瓦河）——离作者在铸造广场的家不远；（5）纪念碑——喷泉在潘捷列伊蒙大街（佩斯捷利大街）11 号，即与这位诗人的家相隔两个街区，与市法庭大院入口毗邻，他曾在 1964 年诉讼期间在运送囚犯的汽车上被带到这里。隐秘的，"从内心接受"的城市表现为形象系列：寓喻的生物——在想象的交易所顶上的岩洞之内，鸦群在暗褐色船首之内（1）；老太婆——在被晾晒的衣服遮蔽的公园之内，从鱼的视觉看桥是从运河里（2）；发生在土壤中的事情，野蔷薇的根延伸到那里（3）；

蓄水池里的水，行人想朝蓄水池里张望不是很容易做到（5）。
加入这个系列的"雪面冰壳下沉"在自己的头颅里（4）组诗贯
穿始终的形象——树，灌木丛（1，2，3，4），冰，水（1，2，
4，5），拖船（1 和 4），水手（1 和 5）。

1. «Морозный вечер...»（《严寒的傍晚……》）

Жительницы грота/на кровле Биржи.（岩洞的女居民们/在
交易所的顶上。）不完全确切：在寓喻组合"波塞冬与两河"的
三个人物中只有一名女性；雕塑作品后面的弧形窗像是岩穴的
入口。

Бесчеловечен, /вернее, безлюден перекресток.（惨无人道，/
更确切地说，是荒无人烟的十字路口。）参见同样的语言游戏，
惨无人道意即荒无人烟，见于《立陶宛夜景：致托马斯·文茨洛
瓦》（№ 283），《五周年（1977 年 6 月 4 日）》（№ 289），《布赖顿
-摇滚乐》（№ 290），《——你在做什么，小鸟，在那黑色的树
枝上……》（№ 413），《在索邦神学院的讲演》（№ 449），以及
《致谢默斯·希尼》（№ 450）。

Рота/матросов с фонарем идет из бани.（一连/水兵打着灯笼
走出澡堂。）列宁格勒街道上常见的画面：一队士兵，水兵或海军
学校的学员队列整齐地从澡堂返回（兵营里没有淋浴设备）；傍
晚，出于街道安全的考虑，殿后者打着点燃的灯笼走。青少年时
期布罗茨基曾打算进海军学校（参见：Лосев 2006，глава II）。

*В глубинах ростра ⟨...⟩ Отрепья/швыряет в небо газовое
пламя.*（船鼻深处 ⟨……⟩ 破衣烂衫/把煤气的火焰抛向天空。）
"古希腊陶立克柱型的两根雄伟的有舰首装饰的纪念柱分置于涅
瓦河边的斜坡上，旁边是交易所大楼前面的半圆形广场。纪念柱
上点缀着船鼻的金属雕塑造型，船鼻——海船的鼻子部分。……

在圆柱上边安装了金属三脚架和盏形照明器。现在已向那里输送煤气。在全民庆祝活动的节日里，圆柱上空飘扬着火舌"（A. Н. Петров，Е. А. Борисова и др. Памятники архитектуры Ленинграда. Л.: Стройиздат，1975. С. 106）。最后的情况似乎使我们有可能准确地注明活动的日期，因为 2 月只有一个正式的节日（"人民的庆祝活动"）——苏军建军节，2 月 23 日（在 1969 年是星期天）。另一方面，每逢节日市内的澡堂关门。这么一来，这首诗和组诗中其他的诗一样，不是瞬间的"实物素描"，而是吸收不同时期冬日印象的作品。

как легкие на школьной диаграмме. / Вороньи гнезда / чернеют в них кавернами. Отрепья.（好像学校图表上淡淡的细线。/ 鸦巢 / 在其中仿佛一个个黑洞。破衣烂衫。）作为自我援引，这全部形象的总体都一字不差地重复于《与天人交谈》（№ 88）。同样也见于英语的 *A Guide to a Renamed City*（《重命名城市指南》）（СИБ－2. Т. 5. С. 68）。

Река — как блузка, / на фонари расстегнутая.（河——好像一件女式衬衫，/ 解开了灯笼。）街道上的灯笼被比拟为纽扣，也见于 *Less Than One*（LTO. P. 22）。还出现于《陷入聪明人的斗争……》（РНБ）未完成的片段："大街，好像海军的军大衣。/ 两排点燃的纽扣"。

Над статуями кровель.（在屋顶的雕像上方。）指的是冬宫屋顶上的大量雕像（这首诗的"路线"：瓦西里耶夫斯基岛的箭头，沿着皇宫大桥越过涅瓦河，再从冬宫到枢密院广场）。请比较《发扬柏拉图精神》（№ 266）的"长在"屋顶上的雕像，好像是心爱的城市首屈一指的标志。

император-всадник（君主—骑士）——枢密院广场上的彼

得一世纪念碑（"青铜骑士像"）。

одним окном горящего Сената.（一扇窗着火的枢密院。）请比较：唯一的窗户好像耀眼的燃烧是昏暗的枢密院广场的冬景，那同样景色的细节也见于曼德尔施塔姆的诗《彼得堡诗节》："在太阳晒热的/地方，船舱厚厚的玻璃窗着火了"。布罗茨基认为，曼德尔施塔姆的这些诗句和普希金的《青铜骑士》是献给彼得堡的最杰出的文字（*A Guide to a Renamed city*；СИБ－2，Т，5．С．60）。

как ждут плоты на Ладоге буксира.（好像木排在拉多加等候拖船。）河上的拖船——布罗茨基早期诗歌中反复出现的形象：例如《献给城市的诗节》（№ 465）；最后一次出现于《切尔西的泰晤士河》（№ 134）。1962 年写了《小拖船之歌》（№ 534），最初是纪录片解说词（РНБ），以删节的形式成为布罗茨基首次印刷出版的文字（журнал Костер，№ 11，1962；单独出版物：Иосиф Бродский. Баллада о маленьком буксире. Л.：Детская литератуа，1991）。在 СФП 中拖船的形象起着结构作用：在第一首诗里它凝然不动，而在第四首中"流向河口"。作为一个形象，它是彼得堡景色观察者注意的焦点，对彼得堡的彩色写生而言，拖船是独具特色的（Н. 拉普申，В. 韦特罗贡斯基等）。也许不无阿里贝尔·马尔凯的影响（Marquet，1875—1947），埃尔米塔日博物馆藏有他的画作。

2. «В пустом, закрытом на просушку парке ...»（《在一个空无行人，被晾晒的衣服遮蔽的公园里……》）

Остатки льда, плывущие в канале, /для мелкой рыбы—те же облака.（在运河浮动的残余的冰，/对小的鱼类来说就是——那些云朵。）关于浮冰下面的鱼类有早期的（1958 年的？）一首诗"冬天的鱼类"（РНБ；最初发表于：Русская мысль. 1964，5

Мая. № 2147. С. 3；收入 СИП，此后作者没有重印）。在回忆如此这般上学的时候，布罗茨基在《小于一个（Меньше единицы)》[《小于本人（Меньше самого себя)》] 中写道："这时我一直在想，在这么厚的冰层下面，鱼类能怎么样呢"（СИБ‐2. Т. 5. С. 27；译文经过校对）。关于水下世界的主题，参见《献给新的儒勒·凡尔纳》的注释（№ 279）。水面好像水下世界的天——这个比拟见于里尔克（Rilke）的诗《俄耳甫斯。欧律狄克。赫尔墨斯》（1904），四分之一世纪之后，布罗茨基以随笔《九十年之后》予以详细的分析（СИБ‐2. Т. 6. С. 317‐361）。里尔克的相应之处（逐行译自布罗茨基所使用的英译本）：

> Мосты над пустотой
>
> и тот огромный, серый, ничего не отажающий резервуар,
>
> который повис над пока еще длаким дном,
>
> как дождливое серое небо над пейзажем.

（参见 ПСН 注释中的引言）。在 СФП 中这个比拟与其说是借用，不如说与里尔克的比拟同构，因为那时还没有发表《俄耳甫斯。欧律狄克。赫尔墨斯》的俄语译作。

мост, как неподвижный Гринвич（桥，好像不动的格林威治）——即好像格林威治子午线，经度是零度。

3. Шиповник в апреле（《四月的蔷薇》）

Он корни запустил в свои/ же листья.（它把根伸进自己的/叶子里。）比较："把根伸向自己叶子的腐殖质……"（"树"）。

храм на крови.（鲜血上面的教堂。）参见上面 СФП 引言的简短札记。

4. «В эту зиму с ума ...»（《这个冬季我还是……》）

не кончается время тревог，/ но кончаются зимы.（恐慌不安的时期无止境，/但冬季即将过去。）莎士比亚悲剧《理查三世》首行的论战性迁喻法：“我们争吵（不满）的时候结束了”。引文很有名，因为 1962 年出版了美国作家约翰·斯坦贝克（Steinbeck）的长篇小说《我们不满的冬天》（*The Winter of Our Discontent*）。

в перебранке Камен/на пиру Мнемозины.（卡梅娜在谟涅摩叙涅的/酒宴上吵闹不休。）卡梅娜——罗马神话的泉水女神，罗马人把她们混同于希腊神话的缪斯，宙斯和记忆女神谟涅摩叙涅的九个女儿。

5. Фонтан памяти героев обороны полуострова Ханко.（《纪念汉科半岛保卫者的喷水池》）

Заглавие（标题）。纪念性的独具一格的建筑物，献给保卫汉科的英雄们（1941 年 6 月至 12 月），由潘捷列耶夫斯基大街（佩斯捷利大街）11 号房子侧面的浅浮雕和题词以及拥有喷水池的大理石蓄水池的不大的广场组成。汉科（甘古特）半岛位于芬兰西南，苏联海军从 1941 年 7 月到 12 月保卫着半岛，承受了大量伤亡，严重阻挠了德军向北方的推进。离纪念性建筑不远是给大街命名的圣潘捷列伊蒙大教堂，它修建于 1721 年，以纪念俄国舰队在甘古特（1714）和克琅加姆岛（1720）打败瑞典人。这样，整条潘捷列伊蒙大街，布罗茨基住在这条街上，就和俄国舰队的历史有了关系（其后面是主显圣容大教堂，它的建造是欢迎君主——海军统帅彼得一世的得宠的团队之一）。出现于СФП 第一首诗的海的主题又出现于结尾的一首。

94. Пенье без музыки（《无伴奏的歌唱》，下称ПБМ）。

Russian Literature Triquarerly. 1971. 1. C. 414－419，与定稿有些差异。手稿——*PHБ*。献给 F. W. 是在 *СИБ*（1 和 2）中加上的；比较 "飞机飞往西方……" 和《洗衣桥》（№ 62）。

ПБМ 中几何的形象性带有约翰·多恩的诗学痕迹（比较布罗茨基的译文《禁止悲伤的告别》），见 ОВП（№ 77）；参见：Kpenc 1984. C. 86—116，Bethea 1994. P. 116）。ПБМ 中的核心形象 "相见于天堂"，在那里，离散的情人仰望的视线像假想的直角三角形的边一样相交，这有阿赫玛托娃的先例，在组诗《蔷薇花开。焚毁的草稿本》（1946—1964）这部作品里，也像 ПБМ 一样，是转向英国的收信人，且看："我和你不会在人间相逢，/只能是你在深夜时分/透过星空向我致意"（3）；接着仍然是否定的形式："不会相交的视线/不知道它们该落在哪里"（4），"关于在天国相会，/夜晚的灯火也不向我们附耳低语"（12）。关于阿赫玛托娃的组诗对布罗茨基的意义参见《蒂朵和埃涅阿斯》的注释（№ 36）。ПБМ 的独特尾声是组诗《在英国》（№ 292）中的一首《Soho》。

Заглавие（标题）以对立为基础的这样一些通俗作品的名称，如魏尔伦的诗《无词的歌曲》和门德尔松的音乐剧《无词的歌曲》。

Посвящение.（题词。）参见注释 62。

Грядущее〈...〉/*оно уже настало*（未来〈……〉/它已降临）——自我援引，参见 КПЭ（№ 79）的开篇。

толковище（俗语）——讨论。

на языке родных/осин（家乡欧洲山杨的/语言）——名言，来自 И. С. 屠格涅夫针对翻译家 Н. Х. 凯切尔的讽刺短诗："瞧，又有一位世界名流！/凯切尔，冒泡啤酒的好友；/把莎士

比亚作品/牵强附会地译成我们家乡欧洲山杨的语言"。

тени на снегу от них/толпятся как триумф Эвклида.（雪地上来自山杨的影子/挤得像欧几里得凯旋一样。）意即欧洲山杨的影子是平行的。欧几里得的名字在布罗茨基那里总是与平行性公设联系在一起（参见《美好时代的终结》的注释，№ 89）。

за тридевять земель — а это/гласит о двадцати восьми/возможностях.（在 27 块耕地之外——而这/宣告了二十八种/可能性。）简单的算术：27（*тридевять*）个平分土地的情（3〔*три*〕x 9〔*девять*〕）+1，这个 1 作为收件人，结果＝28。比较《致明朝的书信》（№ 299）中的"从文字感染的盲从/爬向数字指标"。对此处的异常复杂的诠释参见：Крепс 1984. С. 92.

Прячась/друг в друге, мы скрывались от/простраства, положив границей/ему свои лопатки.（彼此遮掩，隐身于/空间，划定自己的肩胛骨/作为空间的界线。）莎士比亚关于有翼之物："有两个脊背的怪物"的迂回表达（参见《爱情》的注释，№ 109）。

жизнь требует найти ⟨...⟩ угол.（生活需要〈……〉一个角落。）"角落"——双关语：三角形的角和作为栖身之所的角落。

Вот то, что нам с тобой ДАНО.（瞧，这就是**给予**我和你的。）"**给予**"——双关语：定理的给定条件和天意的给予。

Где-нибудь, над Скагерраком.（在斯卡格拉克上边的什么地方。）——斯卡格拉克海峡，隔开丹麦和挪威，连接波罗的海和北海，即大约在彼得堡和伦敦之间的通道当中。

Звезду, которой, в общем, нет.（星辰，总之，它并不存在。）星辰、空无和光的形象，没有来源，是布罗茨基所固有的：例如《1971 年 12 月 24 日》（№ 110）或《人们指责我的一切，只有天气除外……》（№ 463）。

95. *Октябрьская песня* (《十月之歌》)。*КПЭ.* 关于带有微不足道的异文的其他变体的资料见：MC. T. 3. C. 296。在 *СИБ‑2* 中作者加上了献辞 V. S.。

Посвящение.（献辞。）参见《别了，韦罗妮卡小姐》的注释（№ 73）。

Чучело перепелки/стоит на каминной полке.（雌鹌鹑的标本/立在石砌的搁架上。）这个诗行的迂回法后来见于《东芬奇利区》（组诗《在英国》，№ 293）。

Часы, правильно скрекоча.（钟，在正常地唧唧作响。）"唧唧"这个词通常表示昆虫的叫声，如蟋蟀、螽斯，这就使人联想到曼德尔施塔姆的类似表达："钟——螽斯在歌唱……"（比较：*POП* 中同一首诗末尾的类似表现——参见注释 80）。关于这一点参见：*Ранчин 2001.* C. 25. 钟的唧唧作响，滴答声在与 V. S. 有关的三首诗里被提及（参见《别了，韦罗妮卡小姐》，№ 73，《波斯之箭》，№ 418）。

От золота волос/светло в углу.（角落里由于/金发而亮堂。）比较"金色光环"和"哪里也没有光来"，见《1971 年 12 月 24》（№ 110）献给同一位对象的献辞。*PHБ*（《蝴蝶》，№ 130）记下了一个诗行："角落里有来自金发的亮光"。比较《逃往埃及》（№ 365）。

96. *Post aetatem nostram* （下称：PAN）。Russian Literature Triquarterly. 1972. № 2 (Winter). P. 443 – 451. 手稿——*PHБ*（片段）。见注明日期是"1970 年 10 月 24 日"的 *Russian Literature Triquarterly*。

故意造成希腊罗马情节的时代错乱的修辞手法在 20 世纪的

文学中并不罕见。例如曾在俄罗斯风行一时的里昂·孚希特万格的长篇小说《伪皇尼禄》（译于 1937 年），让·吉罗杜的歌剧《特洛伊战争不会再有》（译于 1960 年），而斯特鲁加茨基兄弟的讽刺性中篇小说《火星人的再次降临》（1967 年）运用了与 PAN 同样的手法，把古希腊的元素和科学幻想的元素结合在一起。不过在修辞方面，PAN 所描绘的停滞时代帝国的日常生活更接近于康斯坦丁·卡瓦菲斯的抒情诗（参见布罗茨基和 Г. 什马科夫译自卡瓦菲斯的作品［БСВ. С. 176 - 190］，以及布罗茨基的随笔《钟摆之歌》［СИБ - 2. Т. 5. С. 43 - 53］。无疑，奥登的诗《天狼星下》（*Under sirius*，1949）对布罗茨基创作中这个选题路线的形成给予了深刻的影响，基于衰落时期的罗马帝国与现代社会的平行现象（参见《发扬柏拉图精神》的注释，№ 266）。一系列情节因素从《Anno Domini》（1968；№ 31）转入 PAN——患病总督的府邸中的盛宴，关于停滞的思考（参见相关的注释），而另一些因素重复出现于剧作《大理石像》（1984）。在 PAN 和剧本《大理石像》中，布罗茨基关于诗的未来学之形成，不仅是异位，也是尼采的主题"永恒的回归"的独特变异：未来——是古希腊罗马时代的回归。

关于 PAN 参见：Polukhina 1989. P. 198 - 189, Вайль, генис 1986。

Посвящение.（献辞）PAN 是献给作家和英语诗译者 А. Я. 谢尔盖耶夫（1937—1998）的。看来，PAN（第五章）提及银币德拉克马新铸的狄俄斯库里（孪生兄弟；参见作者的注释）雕像，是要表明，献辞的对象是作者的亲密朋友，也是一位杰出的古钱学专家。

«Империя—— страна для дураков»。（"帝国——愚人的国

度。"）尝试过判定引号里的句子实际上是不是引文，却无果而终。请比较叶芝（W. B. Yeats）最著名的诗之一的开端，见《驶向拜占庭》（*Sailing to Byzantium*，1927；）布罗茨基把自己关于伊斯坦布尔的随笔论战式地以英语表现为 *Flight from Byzantium*——《逃离拜占庭》："That is no country for old men"（"那不是老年人的国家"）。

пельтасты Ксенофонта.（色诺芬的轻皮盾步兵。）轻皮盾步兵——古希腊军队装备轻武器的步兵。历史学家和哲学家色诺芬（公元前约 430 年—前约 350 年）在其著作《远征记》（《远征波斯》；俄译本 1951 年问世）中讲述了希腊军队经过小亚细亚撤退的故事，他本人就是希腊军队的将领。布罗茨基说："我经常有一种感觉，似乎我参加了马拉松城之战，与恺撒在利比亚登陆，与色诺芬一起逃避波斯人"（*Интервью*2000. C. 240）。

в снегах армянских.（在亚美尼亚的积雪里。）参见：Анабасис，Ⅳ，5，11‒16。

Чудовище，должно быть，крепко спит（怪物大概在酣睡）——暗示弥诺陶罗斯在克里特岛迷宫的神话（参见《前往斯基罗斯岛的路上》的注释，№ 32）。

с призывом Императора убрать/〈...〉с медных денег.（号召从铜币上/〈……〉清除皇帝。）第 V 章最初的两个诗节是对 60 年代风行一时的安德烈·沃兹涅先斯基的诗的讽刺性反应，这位诗人在其诗中号召："清除钱币上的列宁！"（参见：*Polukhina* 1989. P. 300；Лосев 2006，глава Ⅵ）。我们推测，第 V 章第三行的名字"沃兹涅先斯基"是字母换位，作者同意，不过他说，看来这是下意识起作用的结果。

два скованных между собой раба，/собравшиеся，видно，

искупаться（两个被铐在一起的奴隶，/想必在准备赎罪）——令人联想到亚历山大·伊万诺夫的画《基督现身人间》的一个局部。

наместник, чье лицо подобно/ гноящемуся вымени.（脸像脓肿的乳房的/总督）暗中援引古米廖夫的诗《迷路的电车》（1921）；古米廖夫："脸像乳房，/这个刽子手也使我陷入绝境"。

Башня.（塔。）始自巴比伦，塔是空想的追求陷于徒劳的象征。在安德烈·普拉托诺夫《基坑》的前言中布罗茨基写道："天堂的观念是人类思维的逻辑终点……天堂是——死胡同；这是空间的最后幻象，客观事物的末日，山之巅，顶点，从这里再也不能跨出一步，除非走进时间——于是才有了永生的概念。地狱也一样"（Андрей Платонов. котлован. Ann Arbor：Ardis［1973］. C. 163）。在普拉托诺夫的长篇小说里，工程师普鲁舍夫斯基梦想建筑"一座塔在世界的中央，让全球的劳动者入住，永久地安居乐业"（同上。C. 185）。在普拉托诺夫的这部讽刺作品中，建筑者们建成了"反塔"，基坑，不是人间天堂，而是——人间地狱。在 PAN 里塔是监狱，类似于"圆形监狱"，后者是 18 世纪末英国功利主义哲学家杰里米·边沁所设计的。另参见《献给皮拉内西》的注释（№ 448）。

Подсчитано когда-то, что обычно/ 〈...〉 сидело иль бывало казнено/ примерно шесть процентов населенья.（很久以前有过统计，通常/〈……〉无所事事或被处决的/约占人口的百分之六。）类似这样的统计，从"统计学之父"Л. А. Ж. 凯特勒（Quetelet，1796—1874）的著作出现开始，就成为 19 世纪中叶热烈讨论的对象。陀思妥耶夫斯基曾给予积极的响应（《罪与罚》，1，Ⅳ；以及其他作品）。布罗茨基要了解情况，既可以根据对陀思妥耶夫斯基的诠释，也可以根据布罗克豪斯和叶夫龙

《百科辞典》的详尽词条"凯特勒"（Т. ХⅤ. СПб., 1895）。

Большая золотая буква М, / 〈...〉 лишь прописная по сравненью с той, / огромной.（装饰门扇的/金色大写字母 M，实质上，/只是相比较而言的大写，/诸如比之于巨大。）在校订过程中 КПЭ 曾向作者指出，"*прописная*"的意思恰恰就是"*большая*"或"*заглавная*"，而小写字母叫做"*строчные*"。不过他决定一字不改地保留，因为在隐喻中大写"字母 M"——皇帝大便时身体下部的轮廓——门扇上的大写还更大。

Империя похожа на трирему.（帝国像三桡战船。）三桡战船——希腊或罗马的划桨船，划船手分布于三层。

О, Таласса!（噢，塔拉萨！）比较"很快他们就听到，士兵们在大声喊叫'大海，大海！'并呼唤其余所有的人都到他们那里去"（Анабасис，Ⅳ，7，24）。比较"一万衣衫褴褛的希腊人在哭着叫喊：'qalatta'！"（М. Кузмин，«Враждебное море»，1917）。比较，布罗茨基承认："……泪水涌上喉咙，目睹阿纳巴斯斯的这个场景，那时被击溃后撤的希腊军士兵们在小亚细亚敌对省份漂泊多年后，从山口蓦地看见了自己的希腊的海，于是互相搂着，哭着，指着蓝色蜃景的方向激动地叫道：塔拉萨！塔拉萨！"（Интервью 2000. С. 240）。

Примечания автора. Верзувий. — От славянского «верзать».（作者附注。Верзувий——来自斯拉夫语"верзать"。）"верзать"在"лабушская феня"上，曾广泛流传于 50 至 60 年代的黑话，意思是"大便"。布罗茨基把"верзать"说成斯拉夫语动词乃是戏言。

97. Чаепитие（《饮茶》，下称 Ч）。*КПЭ. 手稿——РНБ.*
Ч 和随后的《初次登台》（№ 98）继承着一系列心理画像体

裁的诗歌，其开端见于 OВП《校园诗选》（№ 51 - 57）。这些作品的特征是平静叙事的语调，起促进作用的是标准的诗节（Я5：aБaБ 并遵守顿挫），注意物质世界的细节，叙述的客观性——作者的注解压缩到最低限度，而且情感中立，不偏不倚。Ч 最初设想为记事的一部分，类似于《初次登台》的一部分，另一部分显然是诗句"——你知道西多罗夫的年龄吗？"作者之所以拒绝把后者收入 KПA，其原因之一也许恰恰是要有别于《初次登台》，形象的对称（参见注释 100）在这种情况下已被破坏。也许，Ч 中死去的"彼得罗夫"——就是第二首诗中的"彼得罗夫"，而 Ч 中的女主人公"伊万诺娃"是那个爱上"西多罗夫"的女人的姐妹。

常见的俄罗斯姓氏，像俗话所说的"伊万诺夫、彼得罗夫、西多罗夫……"，象征着人物匿名的平均数，转变为普通名词，使存在的戏剧具有普遍性，在《伊万诺夫的情歌》（№ 412）中也是这样。也许，布罗茨基最初倾向于在诗中使用他有幸结识的人们的真实姓名："A. 布罗夫—拖拉机手—和我，/农业工人布罗茨基……"（СИБ - 2. C. 56）。"B. Г. 彼得罗夫，英姿勃勃，秃顶，/曾任锅炉检查高级工程师。/我也在那个事务所工作过……"（РНБ），"鲁萨诺夫大叫：瞧……这些人/在这个诺林斯卡亚村……"（РНБ）。多年后布罗茨基写了关于"伊万诺夫们，彼得罗夫们，西多罗夫们"的独特附言，这是一首诗《谢苗诺夫》（1993，№ 404）："既不曾有过伊万诺夫，也不曾有过西多罗夫或彼得罗夫……"关于选用具有更鲜明的文化氛围的姓氏参见《献给契诃夫》的注释（№ 416）。

взгляд на гравюру в деревянной рамке и т. д.（视线移向木框里的版画，等等。）比较相似的手法，即把墙上挂画的情节和诗的基本情节——关于结果不成功的爱情的交谈——混合在一

起，见《Soho》（组诗《在英国》，№ 292）。

В её зрачке поблескивает точка/звезды.（她的瞳孔里闪动着一点/星光。）请比较这和 Ч 的尾声与《无伴奏的歌唱》中的"星辰相逢"（注释94）。

98. *Дебют*（《初次登台》，下称Д）。*КПЭ. 手稿——РНБ.*

Д——由两个相等部分构成的双联画。情节上——连续描述两个参与者的初次性经验，先从女方的角度，然后是男方，即运用那同样的叙述手法（黑泽明的《罗生门》），也见于《献给雅尔塔》（№ 85）。把 Д 固定住的是严格对称的语义（形象）结构。这种对称类型在艺术学中称为边饰，有别于《威尼斯诗节》（№ 304 – 305）镜子般的双联对称。

Д 的对称结构（左方指明诗节的序号）

第一部分	第二部分
1. закупоренная бутылка красного вина（скрытая метафора: девственность） 紧紧塞住的红酒酒瓶（暗含的隐喻：童贞）	1. сдача с вина（иносказательное упоминание дефлорации: выпачканная рука） 酒的找头（隐讳地提及处膜破裂：被污染的手）
2. уход гостя:《снял ... одежду с непрочно в стенку вбитого гвоздя》 客人离去："从墙上钉得不牢的钩子上拿下……衣服"	2. уход:《вспомнил гвоздь и струйку штукатурки》 离去："回忆起钉子和化妆品的溪流"
3. героиня одна（рот） 女主人公（嘴）	3. герой один（рот） 男主人公（嘴）
4. генитальная метафора:《еще одно отверстие, знакомящее с миром》 生殖的隐喻："还是世人皆知的那个缝隙"	4. генитальная метафора:《ключ, подходящий к множеству дверей》 生殖的隐喻："适合于很多门的钥匙"

另参见：*Лосев 1995. С.* 298 - 289。

Он вспомнил гвоздь и струйку штукатурки.（他回忆起钉子和化妆品的溪流。）比较 № 397 中关于早年性经验的回忆："我淡忘了你，不过记得化妆品……"

Он раздевался в комнате своей.（他在自己的房间里脱衣服。）有内容近似的未完成的片段，其中加强了"反唯美主义"的描述——"赤脚，膨胀的阴茎，在夜里……"（*РНБ*）。

Ключ, подходящий к множеству дверей.（适合于很多门的钥匙。）阴茎-钥匙——传统的隐喻。比较庞大固埃对贵妇人所说的话："我们不要浪费时间吧——我的小钥匙，您的小锁"（引自：Франсуа Рабле. Гаргантюа и Пантагрюэль/Пер. Н. Любимова. М.：Художественная литература，1973. С. 235）；来自《被蒙上的插图》的《卢卡的沉思》："开启天堂的钥匙交到了他的手里/〈...〉/而我难道不能钻进/任何一位女士的缝隙?"（М. Кузмин. стихотворения. СПБ.：Академический проект. 1996. С. 373）；俄罗斯谜语："母牛站着，/洞孔准备好了。/公牛走上去，/捅了母牛。/母牛哞! /谢了，公牛!"——谜底：钥匙和锁"（提供者 В. Р. 马拉姆津）。诙谐诗《致伟大的天才——米舍尔·别洛姆林斯基……》（收藏于别洛姆林斯基的私人档案）的原文中有布罗茨基的插图：插入锁孔的钥匙，其轮廓酷似阴茎。

99. «Время года— зима. На границах спокойствие. Сны ...»（《季节——冬季。边境安宁。梦里……》，下称ВГЗ）。КПЭ. 手稿——*РНБ*。作者注明的日期只确定 ВГЗ 可能已写完的大致时期。ВГЗ 的草稿在 1970 年—1971 年的草稿本中有，在较早的 1966 年—1967 年初的草稿本中也有（*МС. Т. 3. С.* 287 -

288）。不同于 *MC* 和 *КПЭ*，*СИБ* 的两个版本都没有考虑到诗节的划分。

对 *БГЗ* 的冗长而且部分以臆断的解释为基础的注释（"解密"）来自大卫·贝西亚（*Bethea 1994*. P. 202－213）。

глаза праотца наблюдают за дрожью блесны, / торжествующей втуне победу над щучьим веленьем.（曾祖父注视着在鱼钩上颤动的鱼形金属片，/它徒劳地想要摆脱狗鱼的命令。）综合性地隐喻被上帝抓到的人，就像被抛到岸上的鱼（俄罗斯童话中会说话的狗鱼）。关于这个反复出现于布罗茨基笔下的主题参见《静物画》的注释（№ 108）。

полумесяц плывет 〈...〉/над крестами Москвы, как лихая победа Ислама.（新月飘移〈……〉在莫斯科的十字架上空，好像伊斯兰教的剽剐的胜利。）对布罗茨基而言，莫斯科与其说是"第三罗马"，不如说是"第二伊斯坦布尔"。作者对这些诗行以及 *ВГЗ* 的其他一些诗行（见下）别具一格的自注乃是《去伊斯坦布尔旅行》的如下段落："……在君士坦丁堡有基督徒，君士坦丁堡的教堂顶端是十字架。突厥人与拜占庭的故事渐渐转变为土耳其与拜占庭的故事，这个过程持续了三个世纪。持久性有了结果，于是在 15 世纪（在 LTO 里是这样，而 *СИБ* 误为"十六世纪"。——Л. Л.）十字架把圆屋顶让位于新月"（*СИБ－1. T. 4. C. 150*）。比较《话说洒掉的牛奶》（№ 80）中的"莫斯科的日历染了《可兰经》"。不妨指出，从某个时期起（而在莫斯科始终如此）教堂上面的十字架通常是把新月踩在脚下，有时把这（错误地）解释为战胜伊斯兰教的象征。在 *ВГЗ* 的潜台词中无疑包含着对谢尔盖·叶赛宁最风行一时的诗《是的！现在决定了，没有回头路……》（1922—1923）的论战性回忆。那

首诗这样讲到莫斯科：

> 我爱这座榆树之城，
> 即使它老迈而又臃肿。
> 金黄色的昏昏欲睡的亚洲
> 长眠于圆屋顶之上。
>
> 而当月光在夜色中闪耀的时候，
> 当闪耀⋯⋯

除了莫斯科教堂圆屋顶上空的亚细亚月亮之外，还可以指出 ВГЗ 第二诗行对叶赛宁的形容词 *вязевый*（榆树的）的出人意料的语音回声："как *вязким вареньем*"（制作涩味的果酱，关于从形容词"亚细亚的"联想到"*вязкий*"参见《训诫》的注释，№ 354）。在早期的变体中代替"莫斯科的十字架上空"的是"克利门特的十字架上空"（*МС. Т. 3. С. 288*）。在莫斯科克利缅托夫斯基胡同可以从阿尔多夫家住宅的厨房和一个房间的窗口看见教堂的圆顶和纪念克利缅季·里姆斯基的副祭台，阿赫玛托娃曾逗留在这个房间里。"莫斯科这座教堂的某种特点类似于神庙—兄弟，而后者就在彼得堡。这——'普列奥布拉任斯基大教堂'，布罗茨基恰好住在其附近，而且，我们记得，在他的诗中对这座大教堂也不无关注。那里还有圣克利缅季的副祭台"（引自大司祭 M. 阿尔多夫致注释者的信，1999 年 3 月 12 日；信里说明，两座教堂都与女皇伊丽莎白·彼得罗夫娜有联系，她在 1741 年 10 月 25 日圣克利缅季节登基）。信里接着讲到 1967 年 1 月 1 日与布罗茨基的相逢，其中包括"⋯⋯我站在自家门口，而布罗茨基在圣克利缅季的钟楼旁。于是约瑟夫突然迸发出冗长粗野的独白。我现在想象到，话的意思大概不外乎'季节——冬季'这首诗中的意思"。另参见《话说洒掉的牛奶》的注释（№ 80）和《戈尔布诺夫和戈尔恰科夫》第11章的注释（№ 74）。关于布罗茨基的主题"停滞"和"落后野蛮"之间的联系参见：*Лосев 2006*，第7章，以及 *Loseff 1989*。

сам ты хорош со своим минаретом стоячим.（你也有自己的高耸的宣礼楼。）比较《去伊斯坦布尔旅行》中的话："历史意义！其实，笔能怎么办呢，面对这混杂在一起的人种、语言、宗教信仰——面对巴比伦塔具有植物性和动物性特征的倒塌，其结果是有一天个体会发现自己在恐惧和冷漠地看着自己的手或自己的生殖器官……萦绕心头的感触是这些东西都不属于他，它们——只不过是'构造模型'的组成部分、零件、变幻多端的碎片，透过它们不是原因朝向结果，而是盲目的偶然性朝向世界"（*СИБ*‑*1. Т. 4. С.* 150）。

Застегни же зубчатую пасть.（你扣上难看的狗嘴。）贝西亚认为，这不仅发展了 ВГЗ 的抒情人物和会说话的狗鱼的比较，而且还隐喻长裤上的扣钩—拉锁（*Bethea 1994. P.* 213）。

100—106. *Литовский дивертисмент*（《立陶宛余兴节目》，下称：ЛД）。Континент. 1977. № 11. С. 160‑163. 手稿—*РНБ*. М. 马拉姆津的注释援引的正文变体，*РНБ* 的版本中没有（*МС. Т.* 3 С. 282‑284.）。

ЛД——布罗茨基创作中为数不多的组诗之一；其余的是——《七月的间奏曲》（1961；*СИБ*‑*2. Т.* 1. С. 35‑78），《幸福的冬季之歌》（1963—1964；参见注释26），《室内乐》

（1964；№ 478‒483），《选自〈校园诗歌〉》（1969；№ 51‒57），《从二月到四月》（1970；№ 89‒93），《致罗马友人的书信》（1972；№ 114‒122），《致玛丽·斯图尔特的十四行诗20首》（1974；№ 135‒154），《墨西哥余兴节目》（1975；№ 155‒161），《言语的一部分》（1976；163‒182），《在英国》（1977；№ 290‒296），《罗马哀歌》（1981；№ 308‒319），《肯托洛伊》（1988；№ 359‒362）；这不算多，一方面考虑到布罗茨基的创作量，另一方面还要考虑到 20 世纪俄罗斯诗歌普遍地倾向于抒情的组合。从这个目录中可以挑出 ЛД，《墨西哥余兴节目》和《在英国》作为抒情的拾零（关于旅游的短篇故事）。它们各自都由七首风格不同的诗组成。也可以认为，三篇拾零诗的结构中存在着主题的某种平行现象，尤其是两篇《余兴节目》（参见下面的注释）。

O генезисе ЛД（关于 ЛД 的缘起）——布罗茨基去立陶宛的短期旅行及其在立陶宛的交往——参见：*Венцлова 1984，Катилюс1997，Сергеев 1997. С. 443‒444*；ЛД 的综合分析见：*Венцлова 1984，Венцлова 1986*。"可以说布罗茨基创作了'立陶宛组诗'"。其中不仅有〈ЛД 和'立陶宛夜景'（№ 283）.——Л. Л.〉，而且还有《长颈玻璃瓶里的白兰地——1 月的颜色……》〈《在帕兰加》〉，以及某些其他作品"（*Venclova 1999. P，122*）。评论家列入"改变立陶宛现实"的诗有《Anno Domini》（№ 31），《来自 K 城的明信片》（№ 81），《哀诗》（"亲爱的女友，小酒店还是那样……"，№ 33"）。在列宁格勒布罗茨基档案馆还有一首未完成的诗稿（多于 150 行）"秋天倒还暖和。我住在立陶宛……"（*РНБ*；描写在帕兰加的住处，看来是在 1968 年八九月份，因为提到了捷克斯洛伐克事件；参见《Palangen》，№

105 的注释，见下）和四行诗（描绘色情的讽刺短诗）《地主阿达斯的即席讲演》，其中用了立陶宛语词"жверинас"（动物园，拘留所（*РНБ*）。

Заглавие.（标题。）"……余兴节目这个词……语义双关——它或者表示娱乐，或者表示退却，让开一步，作者也就在运用这双重涵义。……这还是一种严格的音乐形式（也源于巴洛克），在海顿和莫扎特那里，然后又在模拟者斯特拉文斯基和巴托克那里达到完美的境界。布罗茨基的组诗无疑和余兴节目同源，恰恰是基于对词的这种理解。堕落者的、作恶者的、熵变的世界的不和谐性都在余兴节目中相互平衡，并且克服了高超和声声部和相互之间的配合的难题。〈……〉悦耳的余兴节目由不同类型的几个乐章构成：乐章有 5 个或更多，到 13 个（布罗茨基的有 7 个）。此外，余兴节目循环往复。它的典型结构具有快板乐曲—小步舞曲—行板乐曲—小步舞曲—快板乐曲的形态。在《立陶宛余兴节目》中很容易看出作曲学的内在联系（还有对立，也是内在联系的一种形态），而在第一和第七乐章之间，第二和第六乐章之间，第三和第五乐章之间就是这样"（*Венцлова 1986.* C. 168，170－171）。

Посвящение.（献辞。）献给托马斯·文茨洛瓦（Venclova；生于 1937 年），立陶宛诗人，语文学家，布罗茨基的好友。

1. Вступление（《引言》）

Вот скромная приморская страна …（这是谦逊的滨海国家……）比较百科全书的记载（"美好贫穷的国度……"），《墨西哥余兴节目》结尾的诗句（№ 161）。

Бурый особняк/диктатора.（独裁者胆大/妄为的独院府邸。）"……安塔纳斯·斯涅奇库斯（1903—1974）的府第，他

是立陶宛共产党总书记"（*Венцлова 1986. C. 172*）。

статуя певца, ⁄отечество сравнившего с подругой.（诗人的雕像，⁄这位诗人把祖国比作女友。）"立陶宛经典作家迈罗尼斯（1862—1932），他的坟墓和纪念碑都在考纳斯。他的风行一时的诗《初恋》成为笑谈的题材：写的好像是爱情诗，直到最后一行才搞清楚，原来讲的是祖国"（同上）。

деталью местного барокко.（巴洛克风格的地区特色。）"……巴洛克诗学的描述也可以认为是〈……〉对布罗茨基诗学的描述——看来尤其是对《立陶宛余兴节目》而言"（我们要记住，游记文学的体裁——在很大程度上也是巴洛克体裁）。维尔纽斯实际上是这种诗学的绝佳试验场。这是巴洛克建筑风格的城市；值得玩味的是，17 世纪这个城市就有巴洛克风格的文学流派，与英国的玄学派遥相唱和，而布罗茨基对后者是那么偏爱（同上。C. 170）。

2. Леиклос（《铸造》）初次来到维尔纽斯，布罗茨基下榻于拉穆纳斯和埃莉薇拉·卡季留索夫的家，铸造街（Liejyklos）1号住宅（*Катилюс 1997. C. 152*）。"'列伊克洛斯'这个词的意思是'铸造'；即这条街似乎在冒充铸造大街，布罗茨基曾住在列宁格勒的那条铸造大街附近，我们觉得这并非偶然。邻近这条街有——两个波兰天主教教堂；它们不属于享有盛名之列，然而毕竟是真正的维尔纽斯巴洛克风格——土气的、晚期的、令人神往的。近些的是圣叶卡捷琳娜的双塔白色大教堂；略远处是多米尼克派的圆顶〈……〉。两座教堂后面随即就是维尔纽斯特别居住区的起点。这个区留存下来的只有两个或三个小巷。这些小巷已细心地重建，而且更细心地清除了一切，以免使人想起曾在那里生活和死去的人们"（*Венцлова 1984. C. 192*）。2000 年，布罗茨基曾下榻的房子，挂上了纪念牌作为标记。由于奇怪的巧合，布罗茨基很可能知道，"гетто"这个词来自意大利动词gettare，意思是"铸造［金属制品］"；这出现在中世纪的威尼斯，那里曾允许犹太人落户在古老的铸造（ghetto）企业的地区。如果不算年轻时的诗《列宁格勒附近的犹太人墓地》，为仿效斯卢茨基而写于1958年，那么《铸造》就是——布罗茨基仅有的一首诗，用以从个人方面，而非从哲学和圣经方面探讨犹太人问题（参见：*Loseff 2002*）。《铸造》的诗风分析见：*Жолковский 2004.*

Родиться бы сто лет назад.（但愿生于一百年之前。）设想异样的命运不无家谱的依据。在自传体随笔《在一个半房间》布罗茨基写道，革命前他的外公曾在波罗的海沿岸和波兰出售"辛格尔"缝纫机（参见：*СИБ－2. Т. 5. С.* 340）。保存了未完成的诗歌片段（*РНБ*），是献给这位外公的。根据正文判断，他住在维尔纽斯（"在维尔纽斯"），而在1950年或1951年死于列宁格勒，这是无可争议的（作者——"男孩上四年级的时候"外公去世），即诗人的外公大约生于《立陶宛余兴节目》的创作之前一百年。应该注意到起首的怀旧语义：动词不定式+бы表现的是愿望，不可能实现的幻想。尽管决不能把La belle époque（美好时代）到第一次世界大战前的时间理想化，不过还是认为它比现状好（关于这一点参见《新的凡尔纳》的注释，№ 279）。

кресты двуглавой Катарины.（双头卡塔丽娜的十字架。）"这已是〈……〉十九世纪末完全真实的维尔诺。圣叶卡捷琳娜的双塔大教堂被称为'双头卡塔丽娜'〈……〉不仅如此，也是在仿效双头鹰"（*Венцлова 1986. С.* 173－174）。

по жёлтым переулкам гетто.（特别居住区的黄色小巷。）在维尔纽斯特别居住区，房屋的墙壁是黄色的。黄色被视为犹太人

的标志色，比较曼德尔施塔姆对形容词"黄色"的相似用法。

перебраться в Новый Свет.（侨居新世界。）考虑到 19 和 20 世纪之交立陶宛的犹太人大批移居美国，在家族史的一种选项下，外公就会迁居海外，而他的外孙生而为美国人也就是可能的了。

3. Кафе «Неринга»（《"涅林加"咖啡馆》）——1960—1970 年代在立陶宛知识界驰名的咖啡馆。比较形象结构相似的《墨西哥余兴节目》的第三首诗，《梅里达》（№ 157）关于咖啡馆的传统主题参见《雅尔塔的冬日黄昏》（№ 64）。

Время уходит 〈...〉// *и пространство, прищурившись, подшефе.*（时间〈……〉// 空间也眯缝着眼睛，微有醉意。）比较《质朴小镇的秋日黄昏……》这首诗中时间和空间的拟人化（№ 128）

ногами, снятыми с плеч.（双肩上拿下两只脚。）性欲的"最下贱，极具偶然性的自然主义情节"T. 文茨洛瓦联想到"该死的城市"的主题（同上。C. 175）。另一方面可比较《我总是强调，人生——如戏……》的第 28 行（№ 107）。

4. Герб.（《徽章》。）"对徽章的描述，徽章下面的题辞〈……〉——很典型的巴洛克风格的体裁〈……〉和诗行，过去有与布罗茨基的诗相似的作品，16—17 世纪就在波兰和立陶宛大量地创作着"（同上）。

предмет погони.（追捕的对象。）"讲的是波戈尼亚（Vytis），中世纪的立陶宛以及 1918—1940 年独立的立陶宛国国徽。波戈尼亚——高举红底白色宝剑的骑士，近似于但不能混同于圣格奥尔吉"（同上）。

не дура/была у Витовта губа.（维托夫特可真行。）维托夫特（Vytautas）大公（1350—1430），在他的治下立陶宛国达到鼎盛

时期。

5. Amicum-philosophum de melancholia, mania et plica polonica.（下称 APD。）这首诗以莎士比亚十四行诗的形式写就（参见《十四行诗二首》的注释，№ 11－12；比较《在"大陆"饭店》，№ 158）。

Часть женщины.（女人的一部分。）比较"对无空间性的爱，〈……〉享受女人的一部分，而不是女人"（Ю. Н. Тынянов. Записные книжки//Звезда. 1979. № 3 С. 70）。"特尼亚诺夫描写的是小市民粗鲁的性爱，他爱的不是女人，而是'女人的一部分'"。〈……〉〈АРД — 这首〉关于憎恨和厌恶的诗与这同一个作者关于爱情的私密诗完全相反。女人在那里小于自己，在这里大于自己"（*Лосев 1995.* С. 298）。

И ты впотемках одинок и наг/на простыне, как зодиака знак.（于是你在黑暗中孤单赤裸，/在床单上就像黄道十二宫之一。）比较带有黄道十二宫的这首诗的对象，足以表明献辞中的名字是——托马斯，《圣经》中的名字福马的立陶宛语变体，意味着"孪生儿"。比较转向同一个对象的《立陶宛夜曲》中孪生问题的变体（№ 283）："实际上，托马斯，我们是同一……"

6. Palangen.

这首诗八行中的六行发挥了抒情主人公和被洗劫的皇帝之间的比较，以极其简洁的形式反映了未完成的长诗《秋天显得很暖和。我住在立陶宛……》的情节。

7. Dominikonaj.

波兰天主教教堂的名称，在以前几版的印刷中有作者所犯的错误拼写——"Dominikanaj"。

в ушную раковину Бога.（上帝的耳壳。）"……维尔纽斯的波

兰天主教教堂圆顶内部奇怪的，好像不规则的形状，——'上帝的耳壳'"（*Венцлова 1984. С.* 192）。比较以组诗《罗马哀歌》结尾部分的诗句向上帝祈求："低下头来，我/要附耳对你说点儿什么：我为一切而感恩……"

прости меня.（宽恕我吧。）这是最后一个诗行，（随即是该诗节的正式"结束"）对基督的诉求是西班牙诗人 J. M. 曼里克（Jorge Manrique，1440—1479）《悼念亡父堂罗德里戈》的脍炙人口的诗句："尽管我不配得到宽恕，/不过，出于恻隐之心就/原谅我吧"（俄译者因娜·特尼亚诺娃：Европейские поэты Возрождения. М.：Художественная литератзра，1974. С. 540）。关于曼里克的这首诗对布罗茨基的意义，参见《墨西哥余兴节目》（《梅里达》）的注释，见ЧР（№ 157）。

［*примечание*］*Название средневековй книги，хранящейся в вильнюсской библиптеке.*（［按语］一本中世纪书籍的书名，这本书收藏于立陶宛图书馆。）"记得，顺便到大学去参观古籍展览会，我向他们〈布罗茨基和波兰诗人 B. 沃罗希尔斯基。——Л. Л.〉出示专题论文，书名很怪，叫'Responsum St. Bisii ad amicum philosophum de melancholia，mania et plica polonica sciscitantem'（顺便说一下，这不是中世纪的书，如布罗茨基所说，而是写于18世纪末的启蒙读物）"（*Венцлова 1984. С.* 192）。

107. *«Я всегда твердил，что судьба— игра ...»*（《我总是强调，人生——如戏……》，下称ЯВТ）。*КПЭ. МС* 中没有。也许写于爱沙尼亚，《篝火》期刊曾派作者到爱沙尼亚出差。另参见《匿名访问……》未完成片段的注释（№ 507）。

ЯВТ——诗人的信条，关于死、性本能和个人自律的"最佳思想"清单。不过应该说明，写成的诗 ЯВТ 的形式上的特征是轻重音音节，可以看出其中更协调的模式——大多数诗行始于三音步抑抑扬格而以抑扬抑格的音步收尾，所有的韵脚都是——阴性韵（除了以阳性结尾的第一首二行诗），成双的。在选题方面，每个诗节的第一首四行诗不同于结尾的二行诗，同时所有开头的四行诗构成警句（"最佳思想"）系列，而结尾的二行诗则以头语重复的开端"我坐在……"构成"民歌"风格。"民歌"情节乃是——深思的作者渐渐沉入丰富的素材。

Посвящение.（献辞。）起初是"致 Л. В. 利夫希茨"。最近几版的献辞改了，为适应接受人的更换而献给注释的作者洛谢夫。

готический стиль победит как школа, / как способность торчать, избежав укола.（哥特式风格的胜利，作为流派，/作为获得快感的能力，避免了刺痛。）诗人在第一个诗节声明"自己的最佳思想"之一，这发展了阿克梅派哲学的核心论点，曼德尔施塔姆在 1912 年曾予以形象的表述："建造——意味着与空作斗争，催眠空间。哥特式钟楼的好箭是——邪恶的，因为它的全部含义就是刺痛天空，因为它空而指责它。〈……〉爱事物的存在胜过爱事物本身吧，也爱自己的存在胜过爱自己本身——这就是阿克梅派的崇高准则"（О. Мандельштам, «Утро акмеизма», цит. по: Осип Мандельштам. Сочинения в двух томах. Т. 2. М.: Художественная литература, 1990. С. 143—144）。关于曼德尔施塔姆的声明论战性地发展了第三诗节同样的"最佳思想"（见下文）。这些诗行的现实潜台词——塔林市旧城区的哥特式建筑（苏联领土上真正的哥特式建筑很少）。

торчать（сл.）（快感，俗语）——体验到麻醉的快感（"кайф"），在这种情况下讲的是借助于真正的诗学可以达到

特殊的崇高的精神境界。

любовь，как акт，лишена глагола.（爱情作为一种活动，被剥夺了动词。）1960—1970 年俄语的口语中没有公认的修辞中性的动词或动词结构（类似于英语的 to make love 或法语的 faire l'amour）表白爱的活动（参见：*Лосев 1995. C. 295*）。

не знал Эвклид，что，сходя на конус，/вещь обретает не ноль，но Хронос .（欧几里得不知道，下到圆锥体上，/他所得到的东西不是零，而是时间。）这个说法是论战性的：年轻的曼德尔施塔姆表现了反形而上学的激情（见上文），布罗茨基则与之对立，提出新的"形而上学"，爱因斯坦的（非欧几里得的）时空观念，时空作为连续体在其四维中未来已经存在于现在；因而在布罗茨基看来，事物在空间的物质消失意味着它在时间中存在的开端（比较马雅可夫斯基的类似愿望，他把爱因斯坦的理论解释为战胜死亡：*P. Якобсон. О поколении，растратившем своих поэтов. The Hague – Paris：Mouton，1975. C. 20*）。"我不排除，布罗茨基在这里剽窃了爱因斯坦-明科夫斯基关于四维世界的某些资料片段，这里起主要作用的正是隔开过去和未来的闪光的圆锥体"（A. E. 巴尔扎赫致注释者的信）。含有相似看法的片段见于《科德角摇篮曲》（№ 183）：

用自己的手指摸一摸笔的尖端，

桌子角：你意识到，这

引起了痛感。哪里东西锋利，

哪里就有物体的天堂；

生前要达到天堂，唯有

一途，你不要把东西磨尖。

在这里以及在所注释的诗行中，应该注意到在布罗茨基的词汇里"вещь"这个词的广泛的具有代词性质的语义。同一个矛的形象，矛尖上发生了从空间到"纯时间"的变化，见于《科德角摇篮曲》（№ 183），随笔《关于苛政》（*СИБ* ‐ 2. Т. 5. С. 85 ‐ 91）和 А. 普拉托诺夫长篇小说《基坑》的序（参见《以撒和亚伯拉罕》的诗行"我还记得：有一座山……"的注释，№ 13）。

на конус.（到圆锥体上。）语句"下到／领着下到圆锥体上"是从金属加工工人的行话中传入日常口语的（布罗茨基离开学校后，有一个时期在"兵工厂"当一名铣工）。被重新理解为人所皆知的男性生殖器崇拜的谩骂之委婉语，"到圆锥体上"成了布罗茨基年轻时的诗人朋友格列布·戈尔博夫斯基以及那个圈子里某些其他年轻人的个人语言的典型特点。

Моя песня была лишена мотива, ／ но зато её хором не спеть.（我的歌曲没有曲调，／不过因而不能合唱。）布罗茨基信条的这个部分对 В. 伊万诺夫在《个人主义的危机》一文中的著名论述具有论战性："谁不愿唱合唱歌曲，就让他双手捂着脸远离圆形乐池。他有可能死去，却不可能与世隔绝"（Вячеслав Иванов. По звездам, СПб.: Оры, 1909. С. 99 ‐ 100）。正是关于这个警句，曼德尔施塔姆向伊万诺夫写道："您的书里有一个地方，从那里发现了两个伟大的远景，正如从平行线公设发现了两个几何学——欧几里得的和洛巴切夫斯基的。这是——惊人的寻求真理的形象——在那里不愿参加合唱的人，双手捂着脸离开圆形乐池"（1909 年 8 月 13 日的信，见书：О. Мандельштам. Камень. Л.: Наука, 1990. С. 207；参见这封信的注释，见书：А. Эткинд. Эрос невозможного. СПб.: МЕДУЗА, 1993. С. 61）。有鉴于曼德尔施塔姆在上面讨论 ЯВТ 的潜台词，可以推断，布罗茨基在写作 ЯВТ

的时候就知道曼德尔施塔姆的这个论点。

Гражданин второсортной эпохи.（二等时代的公民。）比较曼德尔施塔姆："我是莫斯科缝纫机时代的人"（《深夜的莫斯科。豪华的佛教之夏……》，1931）。

опыт борьбы с удушьем.（与窒息斗争的经验。）比喻创作好像"与窒息斗争"最初出现于献给阿赫玛托娃的十四行诗《把辞典扔到岸上……》（1964，№ 475）。毫无疑问，这是曼德尔施塔姆的核心主题在布罗茨基的诗中的一种反映。"世界上的一切，"——阿赫玛托娃回忆道，——他（曼德尔施塔姆）怕的是自己哑口无言，称之为窒息。一旦袭来，他就会失魂落魄地乱窜……"（Лидия Гинзбург. О старом и новом. Л.: Советский писатель, 1982. С. 272）。布罗茨基特别频繁地援引曼德尔施塔姆的《四行诗》（1935），诗的末尾："窒息后，我的嗓音发出大地的哀号——/最后的武器——一公顷黑土地失去水分！"另参见《致 A. A. 阿赫玛托娃》这首诗的注释（№ 20）。

108. *Натюрморт* （《静物画》，下称 H）。The Living Mirror: Five Young Poets from Leningrad/Ed. Susan Massie. New York: Victor Gollancz, 1972 (bi-lingual). 手稿——*PHБ*。

生活中写作 H 的动机可能是严重的疾病，兼有大量失血的症状，这是布罗茨基在 1971 年春夏所遭受的病情（有一个时期医生怀疑是恶性肿瘤）。"1971 年 6 月他短期卧病于芬兰火车站附近的列宁格勒州医院，这个时期完成了诗的写作"（MC. T. 3. C. 284）。在 H 中以毫不掩饰的方式介绍了布罗茨基创作中最主要的对立立场之一：人—东西。作者曾把这些诗行的打字稿赠予 В. Б. 什克洛夫斯基，他看了说："还从来没有人这样议论东西"。这个意见的兴味在于，什克洛夫斯基从事写作的青年时代恰逢阿克梅派的创作"克服象征主义"的时期。接近于Б. 帕斯特纳克，诗歌语言研究会成员的理论评析活动，更广泛地说，在古斯谢尔列的现象学影响下的俄罗斯文化中，从现象学引申出的美学以描写东西—对象为目标（关于上述内容参见：Вяч. Вс. Иванов. Пастернак и ОПОЯЗ// Тыняновский сборник. Третьи тыняновские чтения/Ред. М. О. Чудакова. Рига：Зинатне，1988. С. 78—80）。东西这个概念——里尔克（R. M. Rilke）抒情诗中的主要概念之一，布罗茨基曾专心致志地研究他的作品（参见《躯干塑像》的注释，№ 131）。在 H 中东西和灰尘是联系在一起的，两者都与布罗茨基创作中不变的主题有关。H 由十个部分和结尾部分意想不到的各各他场面组成，即在这方面重复阿赫玛托娃«Requiem'a»的结构（对 H 的分析参见 *Лосев 2006*，глава Ⅶ；*Loseff 1989*）。结局使我们不得不拿 H 和布罗茨基的其他"柔情诗"作比较：《别了，韦罗妮卡小姐》（№ 73），尤其是《献给椅子》（№ 267）。从 H 的某种不同角度形成了在主题和韵律上与之相似的诗《坐在阴影下》（1983，№ 329）。

更详细的论述参见：*Лотман М. 1998. С. 198 – 200.* 对 H 的韵律–句法结构的分析和诠释参见：Е. Эткинд. Материя стиха. Paris：Institut d'Études Slaves，1985. С. 114 – 117；宗教–哲学方面的注释，见：*Polukhina. 1989.* P. 152 – 156；阿克梅派的诗学观点，尤其在与曼德尔施塔姆对比方面，见：*Burnett 1990*。

Заглавие.（标题）"起初是这个名称，后来作者改称'诗节'。不过很快就要求恢复原样"（*МС. Т. 3. С. 284*）。这个名称有讽刺意味，因为愿意把人（"我"）看作客体（"东西"）；艺术学术语（法语，nature morte）真的建议读作"死的（没有

生命的）自然界"。

Эпиграф.（题词。）这个诗行也是抒情组诗的名称，它就是取自该组诗，这是帕韦泽的晚期作品之一。切萨雷·帕韦泽（Cesare Pavese；1908—1950）是意大利诗人和散文作家，像布罗茨基一样，深受英语文学的影响（他译过梅尔维尔、乔伊斯、福克纳等人的作品）。他的自杀被视为悲观绝望的结果，战后欧洲的许多知识分子都有这样的心情。在 H 中可以找到与这个题辞所在的诗的相似主题，其中包括严寒，画面严峻的体裁。帕韦泽的诗的语境中的"你"，死神将以他的眼睛看——希望所在。

Как писать на ветру.（好像在风上写字。）引自卡图卢斯："……女友对恋人热情地说着什么，需要在风上或急浪上写"（Катулл，LXX；译者 C. 舍尔温斯基）。也表明了这个诗行和粗俗的俗语之间的可笑对比，"пИсать против ветра"（逆风撒尿，即以毫无意义的方式做某种有害于自身的事情），而且为了证明自己的解释的评论者给引文加上了足以扭曲 H 的重音符号："Как пИсать на ветру"（*Максимова 1986. C. 91*）。

Внешность их не по мне.（他们的外貌不合我的心意。）关于恶劣时代会在同胞们的脸上留下印记的想法一再地流露于俄罗斯作家的笔下："过度疲劳，气愤，恐惧和彼此的不信任隐藏于那些灰色的，极度虚弱和局部已经变形貌似野兽那样的脸。训练有素的野兽的脸，而非人脸"（A. 别雷的日记，引自：A. Лавров. производственный роман— последний замысел Андрея Белого// HЛO. 2002. № 56）；"……茫然的脸，流露的是空虚或一种不雅的感情。要是这些特罗菲莫夫的脸上没有刻着某种持久不断的惊恐，那就可以把他们视为超人，已经达到安之若素的程度。〈……〉另一些特罗菲莫夫甚至没有惊恐的迹象。这些叔伯

兄弟的脸不是人脸，而是碟子，我仔细地察看过，一点儿人的痕迹也找不到"（Г. Чулков. Вредитель//Знамя. 1992. № 1. С. 138）；怀念往昔脸不一样的时候，——"我们民族的结构变了，脸变了，于是镜头再也找不到那些互相信任的大胡子，那些友爱的眼神，那些从容无私的表情"（А. Солженицын，«Август 1914» в：Собрание сочинений. Т. 11. Вермонт；Париж，1983. С. 388－389）；"那些惹人喜爱的脸到哪里去了？肉体上它们已在自然界消失。一次也不曾遇见风流人物，即使在大街上，甚至在自己家里……父母亲把自己的脸放到哪里去了？藏在立柜后边？掖在褥子下面？"（А. Битов. Пушкинский дом. Ann Arbor：Ardis，1978. С. 48）；讽刺——"人群几乎漠不关心地看了看我，圆圆的眼睛好像无所事事……我喜欢这样，我喜欢我国人民的眼睛那样空虚，那么鼓着〈……〉他们的眼睛总是凸出的，不过——眼里毫无紧张的表情。全然没有理智——然而有怎样的威力！（怎样的精神力量！）这些眼睛不做买卖。什么也不卖，什么也不买，不管我的国家发生什么事。在怀疑的日子里，在艰难思忖的日子里。在任何考验和灾难的岁月里——那些眼睛眨也不眨一下，觉得一切都是上帝的仙露……"（В. Ерофеев. Москва- Петушки. Paris：YMCA-Press. 1977. С. 22－23）。布罗茨基的朋友彩色写生画家 О. 采尔科夫写道："我们失去了自己的脸。或者说，也许我们从来就不曾有过。〈……〉在强有力的脖子上是没有毛发的光滑的脑袋和狭窄的前额、强有力的下巴。锐利的瞳孔藏在不眨眼的眼皮之间的缝隙里。他们是谁？他们从什么样的意识深处浮现，并强迫我凝视他们？过去、现在和未来的地球居民的哪些特点结合于他们的外貌？"（见书：Oleg Tselkov. Le Grandi Monografie. Milano：Fabbri Editori，

1988. P. 294）。显然，第一位抱怨同胞面无表情的人是恰达耶夫：
"在异乡，尤其是在南方，那里的人们生气勃勃而又富有表情，我
多少次拿自己老乡的脸和当地居民的脸作比较，为我们的脸这样
呆板而吃惊"（П. Я. Чаадаев. Полное собрание сочинений и
избранные письма. Т. 1. М.: Наука, 1991. С. 328）。

　　лесть/неизвестно кому.（不知/对谁的谄媚。）对此处的一种
注释可以是未完成的诗《朋友，倾向于谄媚的隐秘形式……》
（1970）的词句相似的开头："朋友，倾向于谄媚的隐秘形式/不
知对谁——作为神志清醒的人/他认为，与其心情沉重地谈论死，
不如议论病情……"（№ 505）。

　　Вещи приятнее. В них/нет ни зла, ни добра.（东西更惬意，
它们之间/既没有恶，也没有善。）比较哈姆雷特的话："……就
其本身而言东西不是好的和坏的，而只在于我们的评价"（《哈
姆雷特》，Акт 2. Сцена 2；пер. Б. Пастернака）；另比较法国象征
主义流派的先驱之一弗朗西斯·贾姆："东西很温顺。就其本身而
言，她们从不作恶。她们是脂粉姐妹。"（цит. по: Елена Гессен.
«Охранная грамота» и «Записки Мальте ЛауридсаБригте»//
Норвичские симпозиумы по русской литературе и культуре.
Т. 1. Борис Пастернак, 1890—1960/Под ред. Л. Лосева.
Northfield, Vermont: Te Russian School of Norwich University,
1991. С. 163 .）

　　*Старый буфет 〈…〉/напоминает мне/Нотр- Дам де
Пари.*（旧餐柜〈……〉/使我回忆起/巴黎圣母院。）比较布罗茨
基对父母房间里"主教讲坛似的"抽屉柜的描写（《在一个半房
间》，гл. 9, *СИБ-2. Т. 5. С. 323-324*）。家具什物作为非宗教
性的不朽象征——布罗茨基诗歌中不变的形象（他的文学前

因——加耶夫转向橱柜的独白，见于契诃夫的《樱桃园》；参见：*Лосев 1986. C. 193*）；这个形象最初出现于他的诗《我搂着双肩，看了看……》（1962；№ 22）并予以变化（参见《致椅子》的注释，№ 267）直至想象死后自己化身为家具什物，还写了一首英语诗 *To My Daughter*（《致我的女儿》，1994）："再给我一次生命吧，我将是……立在墙角的家具……并透过自己的缝隙和气孔，光泽面和蒙着灰尘的一切，照看你，过上 20 年……"（*CP. P.* 452；逐字逐句的译文）。

  Человек в тени, / словно рыба в сети.（影子里的人，/好像鱼在网里。）预言在诗的结尾引喻耶稣对打鱼的所说的话："来跟从我，我要叫你们得人如得鱼一样。"（《马太福音》第 4 章第 19 节；《马可福音》第 1 章第 17 节）。比较 1965 年诗中讥讽的语境："人生一世，思虑却很多。/在它们和上帝的网之间像七鳃鳗一样蜿蜒蠕动，人终于学会了"（*MC. T. 2. C.* 324）。显然，《坐在阴影里》的第一个诗节也有同样的象征意义："树和它的影子。/而我对影子更感兴趣"；还有第 18 诗节："树和它的影子，影子落在我身上"（№ 329）。另参见：《在道路泥泞的时期》的注释（№ 41）和《季节——冬季。边境安宁。梦里……》的注释（№ 99）。

  Коричневый цвет / вещи.（褐色/物体。）参见《你，缠着蛛网般琴弦的吉他状的……》的注释（№ 259）。

  Это абсурд, вранье: / череп, скелет, коса.（这是撒谎，捏造：/颅骨，骷髅，镰刀。）比较《丘陵》中的"死神——不是露水中/带着镰刀的可怕的骷髅……"。关于这句箴言可能的起源参见《丘陵》的相应注释（№ 9）。

  Часть 10.（第 10 章。）典范福音书中没有基督和圣母的这段对话。在《约翰福音》（第 19 章第 26 节）中耶稣指着他所爱的

门徒对母亲说："Жено！看你的儿子"（"母亲"的古老呼格形式 Жено，布罗茨基用在最后一个诗节）。就含义而言，Н 结尾一章的内容接近于东正教复活节宗教仪式中的第九伊尔莫斯颂歌（标题诗）："母亲你不要哭，圣母，在棺材里一切皆空"。这一行阿赫玛托娃用作 «Requiem'a» 第 9 章的题词。

Мертвый или живой，/*разницы，жено，нет.* /*Сын или Бог，Я твой.*（是生是死，/母亲啊，没有区别。/儿子或神，我是你的。）谜一般的回答，看来应该这样来理解（*Loseff 1989*）：按照俄语语法最后一句"我是你的"漏掉了系词"*есмь*"（"*я есмь твой*"），不过在这第一人称单数的形式中暗指有动词 быть。这样说来可以蕴涵以下的三段论：（1）主语，它的谓语是动词 *быть*，存在，（2）我 *есмь* 你的，（3）就是说我存在（死—生的对立消失）。这不是简单的诡辩派怪癖，因为按照"我是你的"的含义，我的存在决定于对另一个人的爱（比较《我只是你曾用手掌……》这首诗的非宗教语境中的同样情况；№ 264）。比较《蝴蝶》（№ 130）中这个题材的变体（"是生，还是死……"）。

109. *Любовь* （《爱情》）。КПЭ. 手稿——РНБ，其中之一注明日期"11. 2. 71"而最后两个诗节有如下的不同变体（作者的标点符号）：

你是对的，女友。不过你还是要原谅
我离你而去。况且你不可能
追随我——几乎就像
当年我生前
[对不起，丢下了你] 在旷野

久久地离弃

潮湿的住房。你原谅我吧

因为我像水一样穿过筛子离去

因为山雀变成了鹤

因为我仍然在梦境中离去

在你不扣上大衣的时候

而以后定稿的是后一个诗节。

мы те /двуспинные чудовища.（我们哪，嘿，是双背怪物。）
暗示埃古的戏言："……您的女儿和摩尔人在模仿双背怪物"
（Шекспир，《Отелло》，акт 1，сцена 1）。另参见注释 96。

言语的一部分

本书与 *КПЭ* 协同发行印数相似（参见插入 *КПЭ* 的简短
记录）。

110. *24 декабря 1971 года* （《1971 年 12 月 24 日》，下称
24Д）。ЧР. 手稿——*РНБ*。收入 *PC*。

Посвящение.（题词。）参见《别了，韦罗妮卡小姐》的注释
（No 73）。

В продовольственных слякость и давка.（食品店里泥泞而拥
挤。）离布罗茨基的家近在咫尺的柴可夫斯基街和铸造大街交叉
口坐落着大美食店，而在铸造大街和佩斯捷利街交叉口则有糖果
点心店和其他食品店，苏联时期每逢节日前的几天就能在这里看

到诗中所描绘的画面。

производит осаду прилавка/грудой свертков навьюченный люд: каждый сам себе царь и верблюд.（售货台引来围观，/人群把一大堆包裹给牲口驮上：/每个人既是自己的主宰也是骆驼。）和很多艺术家一样，布罗茨基不是在描写历史上犹太教徒的圣诞节，而是在自己家乡周围的生活环境和有现代观感的人物之中的圣诞节。比较这里"引起围观"的人群喜气洋洋礼仪化的形象和《佛罗伦萨的十二月》（№ 184）结尾的人群"抚今思昔"的怀旧形象。参见《圣诞节的星辰》的注释（№ 349）。

Пустота. Но примысли о ней/видишь вдруг как бы свет ниоткуда.（空。不过想起它/你好像突然看见无源之光。）这两行简练地概括了三位一体的绝对观念，这个观念是基督教和其他宗教传统所提炼出来的，布罗茨基基本上是根据 Вл. 索洛维约夫的著作来了解（另一个来源——佛教文献；参见：*Радышевский* 1997；особенно C. 318 – 320）。就这样，索洛维约夫在《纯认识哲学》中提到"肯定的无"（喀巴拉神秘教义的术语；布罗茨基的——"空"和"无源"）作为超级的绝对性，它表现的现实是逻各斯（"在想起它的时候"），而逻各斯的化身是——基督（参见：В. С. Соловьёв. Сочинения в двух томах. М.: Мысль. Т. 2. С. 258 – 259）。《路加福音》中"基督——光"直接来到奉献节的片段，在接近于写作《奉献节》（№ 124）的时候听到这个片段的转述，不过，显然也很有意思的是，福音书的这个隐喻成了以圣诞节为题材的彩色写生明暗配置的手法；例如，直接表现在荷兰画家辛特·扬斯（Geertgen tot Sint Jans；15世纪下半叶）的画上，从位于画面中心的基督圣婴发出金光，鲜明地照亮圣母和众天使的脸（另参见《奉献节》的注释，№

124）。（在北欧巨匠的创作中，也使 24Д 近似于把《圣经》题材经过切合实际的加工润色送给作者当代的人们。）"无源之光"题材还有一个变体，见也是献给 V. S. 的《十月之歌》（№ 95）。

воля благая/в человеках.（人们的/美好愿望。）引文——圣诞节供奉神灵的颂歌尾声："……大地安宁，庇护众生"。

Ирод пьет. Бабы прячут ребят.（希律在喝酒。/几个婆娘把孩子们藏起来。）在第四诗节提及犹地亚国王希律之后，作者使用俗语用语"希律在喝酒"，这是普通妇女（婆娘）对酒鬼丈夫的典型用语，诗的这个语义双关的手法保障了福音书和当代的交融。

111. *Одному тирану*（《致暴君》，下称：OT）。*ЧР. МС. T. 3. C.* 186.

暴君作为 20 世纪核心政治人物一再出现于布罗茨基的诗歌、散文和戏剧作品（参见，例如《速写》，№ 113）。在 OT 中这是一个概括性的人物：如果说"厚呢大衣"以及在咖啡馆消磨时间令人想起侨居国外的列宁，那么"马裤"和"手掌来自腕关节的动作"就——涉及希特勒。类似于汉娜·阿伦特（《耶路撒冷的埃希曼》，1963）和托马斯·曼（《小兄弟希特勒》，1939），布罗茨基突出恶的平庸。写作 OT 的冲动可能来自奥登的六行诗《一个暴君的墓志铭》，后来布罗茨基把这首诗发给自己的美国大学生作为政治诗的典范（*Epitaph on a Tyrant*，1939；在奥登诗集中直接放在《纪念叶芝》之前——参见《艾略特之死》的注释；№ 66）。逐字逐句翻译："一种至善至美——这才是他所追求的，/他想出的诗也易于理解；/他熟悉人性的弱点，就像自己的五指［原版中的语言 'like the back of his hand'（'就像自己的手背’）——比较 OT 中的‘手掌来自腕关节的动作’。——
Л. Л.］／他认真地关心陆军和舰队；／他笑的时候，可敬的参政
员们就笑得前仰后合，／而他哭的时候，小孩子们正在街道上死
去”。文学的另一个平行现象——奥威尔的长篇小说《1984》结
尾的一章（咖啡馆里的情景）。布罗茨基关于咖啡馆的传统主题
参见《雅尔塔的冬日黄昏》的注释（№ 64）。

в пирожных привкус бромистого натра.（烤馅饼里有溴化钠
的气味。）溴化钠——驰名于 20 世纪上半叶的镇静剂；布罗茨基
断言，这种化工制剂被掺杂在苏联精神病院所有病人的食物里，
而这会导致脱发。

**112. *Похороны Бобо*（《波波的葬礼》，下称：ПБ）。ЧР. 手
稿——РНБ。**

评论者把 ПБ 称为“神秘诗”，不过他在分析中说明，这首分
为四章的诗是基于二元对立的逻辑发展，可以毫不含糊地诠释为：
圆—方，暖—冷，空—满，死—言（参见：*Парамонов 1993.
С.* 158—160）。其实神秘的只是名字“波波”。讽刺地使用孩子气
的词“波波”（“疼痛”）曾用于布罗茨基的个人习语，也见于他
的诗：“这更糟，比起／给孩子们造成的‘波波’……”（《诗节》，
№ 236）。在发音方面，“波波”近似“бабочка（蝴蝶）”，在
ПБ 的开端提及死蝴蝶，而写作时间相近的诗《蝴蝶》（№ 130）
的开端几乎是一样的：“波波死了，不过……”（ПБ）——“据
说你死了，不过……”（《蝴蝶》）。同时波波也可能是女性的名
字或绰号：“你，波波，基基或扎扎／〈……〉是不可代替的”。
同样引人注目的是与“бобок”这个词的相似之处，后者在陀思
妥耶夫斯基的同名短篇小说中表示死后意识的崩溃。也有秘传的

解释："波波——希腊神话中邪教的诸神之一"（*Парамонов 1993. C.* 158）；也有克鲁乔内赫的故弄玄虚的解释："然而为什么是'波波'？因为布罗茨基对纯粹的语音极其敏感，即不仅对诗的语音，对平时的语音也极其敏感。/'波波'！/紧闭嘴唇，鼓起腮帮，响亮地呼出空气，某种绝对的，十足毫无意义的东西"（*Баткин 1997. C.* 40）。美国研究布罗茨基创作的代维德·里格斯比认为，这个名字"显然是菲力浦长篇小说《蒙帕纳斯的蒲蒲》的回声"（1901 [俄译本 1934]），涉及的是法国娼妓"（*Rigsbee 1999. P.* 67）。"波波"的无限情态使它成为词—象征，可以引申出漫无止境的解释。

Мы не проколем бабочку иблой/Адмиралтейства.（我们不会拿海军部大厦的/针刺伤蝴蝶。）海军部大厦和下面提及的建筑师罗西大街——是彼得堡新古典主义建筑的杰作。圆形和矩形，新古典主义建筑的结构基础也构成 ПБ 的形象基础。布罗茨基嘲讽地使用普希金《青铜骑士》中的通俗说法："海军部大厦的针"——不是适合于保存鳞翅目昆虫的工具。比较《蝴蝶》中的"没有为光而存在的针"（№ 130）。无疑，布罗茨基知道，蝴蝶在叶芝的神话中象征着时代的分界线，这条线"好像蝴蝶被别在大头针上，临近我们的文化中值得纪念的日期，公元元年，把真实的历史分为长度相等的阶段"（W. B. Yeats. A Vision. London：MacMillan：1937. P. 24 – 25；对叶芝晚期的神话创作的抨击，布罗茨基是在艾略特和奥登那里读到的）。

черная вода/ночной реки не принимает снега.（只有深夜/河里的黑水不接受白雪。）Б. 帕拉莫诺夫认为，这个段落是"致'青铜骑士'的邮件"——"奔腾的河流变成生气勃勃的水库，溶化着僵化的死气沉沉的文化教育"（*Парамонов 1993. C.* 159）。

在结构上这个形象在结尾的几个诗行里终于逆转：白纸"接受"用墨水写的字。

Квадраты окон, арок полукружья.（正方形的窗户，半圆形的拱门。）新古典主义建筑的上面楼层的窗户，尤其是直接位于供观赏的拱门下面的窗户往往是或几乎是正方形的。也许，反复出现的正方形窗户的形象是来自 И. 安年斯基的《正方形小窗户》［1909］，和ПБ一样，也转向阴间的住户。另比较曼德尔施塔姆："你们，有正方形小窗户的/矮小的房子，/——你好，你好，彼得堡/并不严酷的冬季！"（《你们，有正方形小窗户的……》，1925）。比较 "窗户以正方形拥抱花园的一部分和一小块天空……"（帕斯捷尔纳克，《在医院里》，1957）。另参见《波洛涅兹舞：变奏曲》（№ 303）。

не уменьшаться, но наоборот/в неповторимой перспективе Росси.（也不会减弱，而是相反，/在罗西独一无二的远景规划之中。）建筑师罗西街——短街，由新古典主义建筑的长长的两排对称的楼房所构成（有"半圆形的拱门"和"正方形的窗户"），从喷水池通往亚历山大剧院，与剧院形成统一的建筑群（建筑师是卡尔洛·罗西，1834）。在街东边的一栋楼里是彼得堡舞蹈学校（因此，"基基或扎扎"或许符合19世纪给女性起绰号的风气）。关于布罗茨基的平行线和违背远景规划的语义，参见《美好时代的终结》的注释（№ 87）。

воздух входит в комнату квадратом.（空气从正方形窗户进入房间。）在未完成的诗《唉，没有纪念雕像，没有方尖碑……》中（推测于1965，*ПНБ*）："我有这种奇怪的特点：/爱好建筑艺术和雕塑"。在那里方尖碑的形象"不外乎一根火柴"（比较"海军部大厦的针"）。诗转向情妇，抒情主人公已与她各奔东西。

参见前面"正方形窗户"的注释。

Ты всем была ⟨...⟩ ты стала/ничем.（你曾是一切〈……〉你什么/也不是。）共产主义国际歌一句俄语歌词的讽刺性倒置："不要说我们一无所有 我们要做天下的主人"，这也是耶稣的话的雷同表现："有许多在前的，将要在后，在后的，将要在前。"（《马太福音》，第 19 章第 30 节）和"那在后的将要在前；在前的将要在后了……"（《马太福音》，第 20 章第 16 节）。

на круглые глаза/вид горизонта действует, как нож.（地平线的景象/像刀子一样作用于吃惊的眼睛。）被刀子刺穿的眼睛：电影史上一个驰名的镜头，出自路易斯·布纽埃尔（Bunuel）的超现实主义影片《安达卢西亚的走狗》（*Un Chien andalou*；*1928*）。

после смерти— пустота. И вероятнее, и хуже Ада.（死后想必是——空。它比地狱更可能出现，也比地狱更糟糕。）布罗茨基关于宗教主题的空，参见《1971 年 12 月 24》的注释（№ 110）。这种想法几乎逐字重复于《天真之歌，它也是——经验之歌》（№ 123），这使我们可以把 1971—1972 年冬的主要作品——《1971 年 12 月 24》《波波的葬礼》《天真之歌，它也是——经验之歌》（№ 123）和《奉献节》（№ 124）——视为同一个宗教哲学问题的变异。

новый Дант склоняется к листу/и на постое место ставит слово.（新的但丁向一张纸/弯下腰来，并以文字填入空处。）"空"和"但丁"相邻令人联想到阿赫玛托娃《没有主人公的长诗》第二章的题辞："……茉莉花丛，但丁在那里徘徊，而空气是空的"（引文曲解了 Н. 克柳耶夫献给阿赫玛托娃的诗，而且在克柳耶夫诗里，"但丁徘徊"在地狱的洞穴附近，而在布罗茨基诗里，但丁追随地狱的劝诫）。应该指出，在 ПБ 中如此重要

的空的主题，也显现于《没有主人公的长诗》，在这里列宁格勒是——心灵空虚的彼得堡。阿赫玛托娃的长诗《尾声》的三个题辞中的两个是："这个地方注定是空……/Евдокия Лопухина""一片寂静的广阔的荒野，/那里在黎明前处决人们。/Анненский"。早先诗中的空等同于死亡。因此以文字代替空便是战胜死亡。个人的这种玄之又玄的念头在布罗茨基的很多作品里获得发挥和变化。比较，例如"人变成笔在纸上移动的沙沙声……"等等以及《佛罗伦萨的十二月》（No 184）。参见一首诗结尾几个诗行"……而在有俄语词'未来'的时代……"的注释（No 181）。另比较阿赫玛托娃的诗《缪斯》（"我在深夜等候她的来临……"，1924）：曾口授但丁的缪斯，正在口授作者。

113. *Набросок.* （《速写》）。ЧР. МС. Т. 3. С. 188. 写毕于1972 年 1 月，稍晚于《参观俄罗斯博物馆的俄罗斯木板画展品，以纪念彼得一世 300 周年》（*Куллэ 2003. С. 17*）。

Палач свою секиру точит. （刽子手在磨自己的斧子。）布罗茨基笔下的斧子总是刽子手的工具；比较《科德角摇篮曲》（No 183），以及《安娜·阿赫玛托娃诞辰一百周年纪念》和《寄往绿洲的信》（No 369，417）。

как мозг отдельный, туча. （好像单个的人脑，乌云。）把乌云比拟为人脑，在布罗茨基那里至少有三次，其起源参见《戈尔布诺夫和戈尔恰科夫》的注释（No 74）。

114—122. *Письма римскому другу* （《致罗马友人的书信》，下称ПРД）。ЧР. 手稿——РНБ（其中包括最后四个诗行的草稿）。

Подзаговолок. （副标题。）草稿最初的"仿马尔提阿利斯"

改为"来自马尔提阿利斯"（*PHБ*），而在选入 *MC* 的印刷本里就根本没有副标题（*MC. T. 3. C.* 196）；准备把 *ЧP* 付印的时候又恢复了副标题。作者的摇摆不定是由于对马尔提阿利斯的直接改写在 ПРД 中是没有的。马尔提阿利斯（Marcus Valerius Martialis；约40—约102）——十五卷铭辞、短诗的作者，他的作品往往但并不总是基于对话语和形象的俏皮打趣。在这方面最接近于马尔提阿利斯的铭辞的是 ПРД 中的第三、第四、第五、第七和第八首诗。ПРД 藉以写就的六音步扬抑格在某种程度上等于在马尔提阿利斯笔下占优势的六音步韵律。最后，马尔提阿利斯的生平事迹与 ПРД 中的一个逃避现实的情节有联系（见下面的注释）。激昂的抒情风格，关于自然界和人生易逝的伤感的沉思，以及透彻地暗示诗人在极权主义国家的处境使 ПРД 有别于马尔提阿利斯的诗。"布罗茨基寄信给伯斯图姆，着眼于贺拉斯的大主题，不过是以马尔提阿利斯的风格加以处理。贺拉斯的风格是——古罗马诗歌黄金时代、奥古斯都时期、帝国确立时期的崇高风格。布罗茨基为自己的使命选择了马尔提阿利斯的比较世俗的'俏皮、尖刻'的风格，他的创作正好是在弗拉维王朝时期，更接近于布罗茨基关于帝国的联想"（*Сегаль* 1998. C. 219）。不仅马尔提阿利斯，在 ПРД 中还有其他古希腊罗马作家在布罗茨基经常阅读的范围之内（参见下面的注释）。

1. «Нынче ветрено и волны с перехлестом ...» （《今天起风了，波涛汹涌⋯⋯》）

Постум.（伯斯图姆。）就像在布罗茨基其他的一些诗里一样（比较《发扬柏拉图精神》中的福尔图纳图斯，№ 266），收话者名字的意思是：拉丁语 Postumus——"以后生的人"，这样的名字给予父亲死后出生的孩子；英语中由此而来的就是 posthumous——"死

后的"。名字的这个意思，贺拉斯无疑也在其颂诗《致伯斯图姆》中加以运用（Оды，кн. 2；"噢，伯斯图姆，伯斯图姆！岁月闪现，／瞬息即逝……"，俄译者 З. 莫罗兹金娜雅）。ПРД 与贺拉斯的著名颂诗相近似的不仅是人生易逝的主题，而且还有重要的结构特点——两篇作品的结尾都是除作者（抒情主人公）以外在继续的生活画面；相似之处还着重地表现于布罗茨基追随贺拉斯，在尾声中提及柏树——罗马人墓地的树。先前的速写（ПРБ）没有这个"死后的"情节：

[海] 海浪在五针松的篱笆外闪亮

谁的船在海角与风搏斗

我跪在摇椅上——大普林尼

乌鸦在柏树的针叶间鸣叫。

Сколь же радостней прекрасное вне дела.（有什么快乐能胜过身体外部的美好感觉。）按照柏拉图的学说，肉体美是美的低级形态。应该追求高级的美，"放弃对个别的、具体的、纯感性的肉体和物体的爱"（引自 А. А. 塔霍-戈季对《会饮篇》的注释：Платон. Сочинения，Т. 2. М.：Мысль，1970. С. 528）。在19 世纪，柏拉图的美的等级被功利主义者推翻。"肉体外的美"的观念遭到尼采的猛烈攻击。

3. «Здесь лежит купец из Азии. Толковым…»（《这里躺着一个来自亚洲的商人。他……》）这首诗的第一个诗节是古希腊文本，希腊诗人西摩尼德斯（公元前 556—前 468）的铭辞"商人—克里特人墓志铭"的改写：

生而为克里特人，来自希俄斯岛的平民，躺在这儿的土

地里，

我不是为此而来到这里，而是为了经营商业。

（俄译者 Л. 布卢梅瑙；见于：Античная лирика，М.： Художественная литература，1968. С. 181。）

《在敖德萨的 А. С. 普希金纪念碑旁边》（№ 409）的首行就在暗示那段铭辞。比较分析第三封"信"以及同样以西摩尼德斯的铭辞为基础的卡瓦菲斯的诗《在港口》和 Т. С. 艾略特的诗《贫瘠的大地》第四章都见于：*Ковалева 2000*。

4. «Пусть и правда，Постум，курица не птица ...»（《即使千真万确，伯斯图姆，母鸡不是鸟……》）

Если выпало в Империи родиься，/лучше жить в глухой провинции у моря.（要是碰巧出生于帝国，/最好住在海边的偏远省份。）在罗马生活和从事写作 30 余年后，马提雅尔从 98 年起在家乡，在遥远的罗马省份西班牙度过自己的余生。"自我放逐"，在海边省份居住的逃避现实的情节，——1972 年之前经常出现于布罗茨基的笔下。试比较《预言》（№ 29）、《海景》和《立陶宛余兴节目》（№ 86，100‑106）。就其本身而言，这个情节只是布罗茨基诗作更具有一般性的存在主义情节的一个变异，"栖身于陆地和海洋的边缘"（关于这一点参见：*Kuznetsov 1999*）。

Говоришь，что все наместники — ворюги? /Но ворюги мне милее，чем кровопийца.（你说，所有的总督都是——痞子？/不过对我而言，痞子好于吸血鬼。）这源自 ПРД 的箴言曾风行于后苏联的最初年代。罗马省份的总督往往有受贿的特点。试比较《Anno Domini》（№ 31）和《Post aetatem nostram》（№ 96）中的总督形象。

5. **«Этот ливень переждать с тобой, гетера ...»** (《要我与你一起等候一场暴雨，女人哪……》）"女人"（女性伴侣）在希腊用来称呼过着自由自在的生活，往往有良好教养的女子。在这里和 ПРД 之前的一首诗里布罗茨基把这个词用于贬义——"卖淫女"。由于在一起躲雨而引起暧昧关系的抒情情节广泛地流行于世界诗坛。俄语抒情诗的例子有——阿波隆·迈科夫的诗《冒雨》（1856）和 Б. 帕斯特纳克的《陶醉》（1954）。

сестерций.（塞斯特蒂。）古罗马面额最小的银辅币。

Вот найдешь себе какого-нибудь мужа.（你要是为自己找到一个丈夫。）试比较"你要为自己找一个酒鬼诗人……"（Марциал, Кн. XII, 61, пер. Ф. Петровского）。

6. **«Вот и прожили мы больше половины ...»** (《瞧，我们活了大半辈子……》）

Как сказал мне старый раб перед таверной: / "*Мы оглядываясь, видим лишь руины*". */Взгляд, конечно, очень варварский, но верный.*（正如老仆在小酒馆门前对我所说的话：/ "我们回头看，看见的只是废墟。"/显然这是野蛮人的视线，然而精确。）野蛮人入侵文明的罗马，摧毁房屋和庙宇，因而回头看走过的路，看见的是废墟。野蛮人入侵人类生活的时期就以这种方式留下了包含隐喻的废墟——爱、幸福、希望。这个简单的隐喻挑起了争论。3. 巴尔-谢拉在其文章里要证明，ПРД 是——"拙劣的诗"，认为这里雷同于一个出人意料的来源——英国幽默作家杰罗姆的作品。К. 杰罗姆（Jerome, 1859—1927）《懒汉的空想》（1886，俄译本 1957）："一般地说，人生，若是回头看，——只有废墟而已……"巴尔-谢拉为加强自己的猜想指出，就在 К. 杰罗姆作品的那些起首的篇页上，取自那里的这个

警句是引自关于乌鸦的少儿歌曲，而乌鸦正是 ПРД 最后一行中的那只鸟（参见：Зеев Бар－селла. Поэзия и правда// 22. 1988. № 59. C. 162，164）。为反驳巴尔-谢拉，米哈伊尔·谢加尔写道："巴尔-谢拉提出一个问题，为什么布罗茨基觉得这是野蛮人的视线，而为解决问题求助于自己不切实际的方法，然而这是完全不必要的。'野蛮人的视线'——因为野蛮人留在自己身后的'只有废墟'。尤其是在离开罗马的时候。要是费解，那么布罗茨基又亲自在第二首《罗马哀歌》中'详加解释'：'……时期/野蛮人的视线可以环顾广场'。顺便提一提，类似的手法——使用通常用于转义的词的本义，——这也见于布罗茨基的书名《言语的一部分》。这样一来，信的作者和'信'的作者就是在傻呵呵地开玩笑，利用'взгляд'一词的两个含义，——这个玩笑巴尔-谢拉看不懂……"（*Сегаль 1988.* C. 219）。

Как там в Ливии.（好像在利比亚那里。）在古罗马东北非洲称为利比亚。

8. «Скоро，постум，друг твой，любящий сложенье …»（《快了，伯斯图姆，你的那个欣赏身材的朋友……》）

друг твой，любящий сложенье，/долг свой давний вычитанию заплатит.（你的那个欣赏身材的朋友会/付清自己很久以前扣除的旧债。）关于布罗茨基涉及其他数学隐喻的扣除的隐喻参见：*Burnett 200。*简言之：在布罗茨基诗歌的抽象议论中扣除＝没有＝存在于别的地方。紧随其后的最后一首 ПРД 就是这样，诗人的声音（第一人称的独白）缺失，诗人从生活中被"扣除"，然而文字存在，而那里所提及的乌鸦的鸣声和打开的书本暗示着可能的改变。

дом гетер.（妓院。）参见上面的注释。

9. **«Зелень лавра доходящая до дрожи ...»** (《月桂的绿叶在瑟瑟发抖……》）

Старший пулиний（大普林尼，公元 23/24—79 年）——古罗马国务活动家，史学家和作家，百科全书式著作《博物志》的作者。

Дрозд щебечет в шевелюре кипариса.（乌鸦在柏树的针叶间鸣叫。）试比较"要是乌鸦在我的皮岑人木樨栏里闪着灰色"（Эпиграммы. Кн. IX，54）。马提雅尔对乌鸦的兴趣在于——美味。另参见上面"伯斯图姆"的注释。在《朋友，倾向于阿谀奉承的隐蔽形式……》（1970）中几乎逐字逐句相同："乌鸦的沙沙声/在柏树的绿色针叶间"（№ 505）。

123. *Песня невинности, она же — опыта*（《天真之歌，它也是——经验之歌》，下称：ПНО）。ЧР. 手稿——РНБ。

《天真之歌》（1789）和《经验之歌》（1793）——英国神秘主义大诗人威廉·布莱克（1757—1827）的两部诗集。翻译布莱克的作品是 С. Я. 马尔沙克的毕生事业——他最初的一些译作发表于 1915 年，而一部单独的诗集出版于 1965 年，在译者去世的几个月之后，并附有 В. М. 日尔蒙斯基的序言。布罗茨基与后者很熟悉，而与马尔沙克的相遇，恰逢马尔沙克准备把自己所译的布莱克作品付印的时期。正如布罗茨基凭借新鲜印象对注释者所言，与老作家的交谈涉及的主要就是作为神秘主义者的布莱克。布罗茨基怀着敬重的心情回应了马尔沙克本人对这个问题的思考。Л. К. 丘科夫斯卡娅所记录的马尔沙克对布罗茨基诗歌的评价："诗歌是黑暗的，黑暗，太黑暗，但诗歌内在本质——光明"（Чуковская 1997. Т. 3. С. 231）是否也涉及作为神秘主义经验的顿悟呢？在 60 年代末至 70 年代初布罗茨基朋友中的某些人醉心于丹尼尔·安德烈耶夫自费出版的作品《世界的玫瑰》，这是以布莱克神秘主义幻想的风格写就的。在 1971 年至 1972 年间使布罗茨基的兴趣达到顶点的是很久以前他曾在《容器里的两个小时》（№ 71）中定义为神秘主义，信仰和天主之间的区别和统一。ПНО 对于布莱克的幻觉诗无疑是讽刺模拟关系，尤其是第一章的童年画面，布莱克《天真之歌》的田园风格，被赋予嘲讽的语气。

题词 1——作者译自《天真之歌》"序言"的第三行和第四行。

题词 2——作者译自《经验之歌》"序言"的第一行。

в tempi следует нам passati.（在仿效我们行事的过去时。）意大利词语的意思是"（在）过去时"，即同时既用于语法意义，也用于怀旧意义，然而俄语整句听起来，却语义双关地表示俗不可耐地要求赶快去撒泡尿。

Нам звезда в глазу, что слеза в подушке.（我们眼里的星光，是枕头上的眼泪。）试比较《在湖畔》（№ 127）的结尾诗行和《悲剧的画像》（№ 430）中的这个形象。星光—眼泪的形象也见于捷克诗人弗朗季舍克·加拉斯（Halas）的诗《出身底层》，布罗茨基大约在写作 ПНО 的同时翻译了这首诗："夜不因为落泪而破晓……"（Литературная газета. 1996，6 марта. С. 5；публикация С. Гиндина）。

Пустота вероятней и хуже ада（空比地狱更可能出现也比地狱更糟。）几乎逐字逐句地援引自己的作品《波波的葬礼》（№ 112）。

124. *Сретенье.*（《奉献节》。）纪念安娜·阿赫玛托娃：诗，

信，回忆。Paris：YMCA-Press，1974. C. 218–220；副标题："致安娜·阿赫玛托娃，16. 11. 1972"，看来指的不是写诗的确切日期，而是东正教教堂庆祝对上帝的奉献节的日子（旧历2月2日，即新历2月15日，布罗茨基有误）。在 *MC* 中注明的日期是："1972年3月"。按照托马斯·文茨洛瓦的日记，"《奉献节》写于1972年25和29日之间"（参见：*Венцлова 2004.* C. 143）。初版后作了一些细微的更改（主要是一些词语的移动）在第2和第3诗节，以及涉及圣婴基督的名词和代词——*Дитя，Он，Его*——大写字母都改为小写字母，只是在倒数第2个诗节中保留了 *Младенца*；这样一来，用或不用大写字母从印刷标签问题变成了情节展开的手法：西面承认婴儿是 *Сыном Божьим*（圣子）。列入 *HCKA*（参见 *HCKA* 的注释的起首札记）。在 *MC*，*ЧР* 和 *HCKA* 中没有给安娜·阿赫玛托娃的献辞。作者开始把献辞放在诗集中，始于莫斯科时期的《言语的一部分》（1990）。《奉献节》有作者的注释（*Brodsky and Kline 1973*）。布罗茨基初次庆祝阿赫玛托娃命名日是在1964年2月15日奉献节的日子里写了一首短诗《二月离春天还早……》，写于监狱的牢房（№ 479）。

　　在列举自己的"有"阿赫玛托娃的诗的时候，布罗茨基称之为第一首的是《奉献节》（参见《致 A. A. 阿赫玛托娃》的注释，№ 20），因为阿赫玛托娃曾说，她的命名是为了纪念女先知安娜，关于奉献节的福音故事里提到了她。和 T. C. 艾略特的较短的诗《为西面而歌》一样，布罗茨基的诗非常准确地仿效《路加福音》（第2章第22—38节）中的故事。现在援引福音书的相应文字（根据主教公会的译本），在括号里加上《奉献节》中的对应之处。

22 按摩西律法满了洁净的日子，他们带着孩子上耶路撒冷去，要把他献与主（她第一次把孩子带进教堂），23 正如主的律法上所记：凡头生的男子，必称圣归主；24 又要照主的律法上所说，或用一对斑鸠，或用两只雏鸽献祭。25 在耶路撒冷有一个人，名叫西面；这人又公义又虔诚，素常盼望以色列的安慰者来到，又有圣灵在他身上。26 他得了圣灵的启示，知道自己未死以前，必看见主所立的基督（而这位老者得知他看到死的黑暗不会早于上帝看到圣子）。27 他受了圣灵的感动，进入圣殿。正遇见耶稣的父母抱着孩子进来，要照律法的规矩办理，28 西面就用手接过他来（于是老者从马利亚手里接过婴儿），称颂神说（于是老者说）：29 主啊！如今可以照你的话，释放仆人安然去世（今天，依据很久以前的口头承诺，你，主啊，可以释放我安然就死）；30 因为我的眼睛已经看见你的救恩（以便我的眼睛能看见这个孩子），31 就是你在万民面前所预备的（他是——你的延续）：32 是照亮外邦人的光（世代崇敬的偶像），又是你民以色列的荣耀（在光源中也有以色列的荣耀）。33 孩子的父母因这论耶稣的话就希奇（腼腆的马利亚沉默了）。34 西面给他们祝福，又对孩子的母亲马利亚说（于是老者转身对马利亚说）：这孩子被立，是要叫以色列中许多人跌倒，许多人兴起；又要作诽谤的话柄，（此刻躺在你双肩上的是一些人的堕落，另一些人的崛起，作诽谤的话柄）——35 你自己的心也要被刀刺透，（手段是一样的……你的心灵会受伤）——叫许多人心里的意念显露出来（这创伤让你看到，是什么东西深藏于人类的内心）。——36 又有女先知，名叫亚拿（在那里的……还有女先知亚拿）是亚设支派法内力的女儿，年纪已经老迈，从作童女出嫁的时候，同丈夫住了七年就寡居了，37 现在已经八十四岁；并不离开圣殿，禁食祈求，昼夜侍奉神。38 正当那时，她进前来称谢神（女先知已经开始颂扬上帝）将孩子的事对一切盼望耶路撒冷得救赎的人讲说。

奉献节的象征意义在于——《旧约》和《新约》的交会。"把这首诗收入出版于 1983 年的专集并集结多年来献给'M.Б.'的诗，诗人是要指明《奉献节》选题范围的更深层的个人潜台词。进入这个选题范围的，在我看来，不仅是诗人和世代传承的天赋的先知观念，还有与生俱来的喜悦感和信仰的某种极端个人的形式，这种信仰可以定义为——介于《旧约》和《新约》之间，介于犹太教和基督教之间"（*Верхейл 1992. С.* 17）。

凯斯·韦尔海尔也指出《奉献节》所描绘的画面与伦勃朗的画《神殿中的西面》颇为相似，特别是伦勃朗和布罗茨基的光的象征意义："阳光从左面，从高处落在中央的人群身上。发自耶稣圣婴面容的内在的光仿佛在回应着它。可以设想，两个光源，来自上面的光源和发自人心的光源的这种结合，伦勃朗借以表达了两种主要宗教世界观相遇的观点"（同上，19 页，比较《1971 年 12 月 24》的注释，№ 110）。"其次，在看伦勃朗的画的时候，使我惊讶的是——其中一个人物的画像在约瑟夫的诗里没有一字提及。中间有一处和其余的人站在一起的是《圣经》中的约瑟夫，圣婴的父亲，棕色头发标志着他出生于长着棕色头发的人家，依据是关于大卫王的传说"（同上）。凯斯·韦尔海尔认为，从奉献节的画卷中取消《圣经》中的同名人是诗的节拍的表现。比较："克莱恩：可是为什么在您的神殿一场中没有约瑟夫的身影？布罗茨基：这很简单。我不可能在主要的人物之间让一个顶着我自己的名字的人出现"（*Bpodsky and Kline 1973. P.* 230）。对读者来说，这样可以创造在场的独特效果：我们能用约瑟夫的眼光来看所发生的一切（在故意语义双关的情况下：什么样的眼光？拿撒勒画派木工的或诗的作者的）（参见：*Лосев 1977*）。布罗茨基作品的波兰研究者亚德维加·西马科-赖费洛娃注意到《奉献节》的献辞实际上是双重的——献给阿赫玛托娃和玛丽娜·巴斯马诺娃（见 *НСКА*），她注意到《奉献节》里有两个女人的名字——马利亚（Мария）和亚拿（Анна），凑成玛丽安娜（Мари［ан］на）（*Szymak - Reiferowa 1988*. P. 117 - 118）。

大卫·麦克菲登指出了在《奉献节》和 T. C. 艾略特的诗作《西面之歌》中对《圣经》事件解释的相似之处（см.：MacFadyen 1998. P. 117—118）。

这首诗还有个人的潜台词（参见：*Итервью 2000*. C. 298：“……那里有相当多的混合现象：帕斯特纳克，阿赫玛托娃，我本人，即我的孩子……”）。就在这次采访中布罗茨基说过，他写《奉献节》有意编一本诗集，囊括“献给基督教节日的俄语诗”，而帕斯特纳克写有关于圣诞节、复活节、主显圣容节的诗，不过没有奉献节（同上）。

对《奉献节》的不同程度的分析参见：*Polukhina 1989*. P. 66 - 72，*Bethea 1994*. P. 170 - 173。

пророчица Анна.（女先知亚拿。）在接受乔治·克莱恩采访时，布罗茨基出人意料地谈起女先知亚拿的形象，把她比作风行一时的乐曲披头士的 *Eleanor Rigby* 中的女主人公，一位“非凡的”女性，他甚至还唱了起来：“Eleanor Rigby picks up the rice/in a church where a wedding has been ... Lives in a dream ... Waits at the window ...”（“埃莉诺·里戈比捡起谷粒，/在教堂的婚礼后……她生活于梦境……在窗口等待……”）（参见：*Интервью 2000*. C. 16）。

Тот храм обступал их, как замерший лес.（那座神殿把他们围在中间，仿佛沉寂的树林。）贝西亚指出，这个比拟近似于曼德尔施塔姆的诗 «Notre Dame»："不可思议的树林"（*Bethea 1994.* P. 172）。把神殿比拟为树林，这在其他诗人那里也有，想必是起源于波德莱尔，参见《恶之花》中的"魔力"："伟大的树林，你们像城市大教堂一样可怕……"就在那里，"相适应"，"自然界——神殿"和这座神殿中的"象征性树林（指出这一点的是 A. E. 巴尔扎赫）。对《恶之花》的俄译本和原著布罗茨基都很熟悉——参见《牧歌》的注释（№ 320）和《回忆》的注释（№ 455）。

Как некая отица, / что в силах взлететь, но не в, силай спуститься.（好像某种小鸟，/ 有力气飞起，却无力落下。）按照维克托·申杰罗维奇的很有意思的猜想（致注释者的信），在这个形象里——有未来的一首诗《雄鹰的秋啼》的萌芽（1975；№ 282）。波卢欣娜和贝西亚也都认为，这个形象和《献给约翰·多恩的大哀歌》中的心灵之鸟有密切关系（№ 2）。

На раменах（церк. -сл.）——双肩上。

Он шел, уменьшаясь в значение и в деле.（他步行而去，意义和身影越来越小。）对于采访中关于这个诗行的问题："您是否认为，作为《旧约》中的人物，他的重要性越来越小是因为《旧约》的世界由于《新约》的诞生而黯然无光？"布罗茨基回答道："是的，不过还有第二个含义，字面上的含义：从马利亚和亚拿的视角来看，离开神殿后的西面身体在蜷缩"（*Brodsky and Kline 1973.* P. 228）。

глухонемые владения смерти.（死亡的聋哑领域。）"克莱因：总之您又在强调曾是您的长篇史诗《戈尔布诺夫和戈尔恰科夫》

（1965—1968）的核心内容——生命和言语之间以及死和寂静或沉默之间的关系，正如您那时所写的："生——只是面临沉默的谈话"〈《戈尔布诺夫和戈尔恰科夫》第10章，第4诗节——洛谢夫注）。布罗茨基：我非常愉快，乔治，您注意到了这种关系，因为它是存在的，而且我认为它很重要"（Bpodsky and Kline 1973. P. 230）。另比较《安娜·阿赫玛托娃诞辰一百周年纪念》中的"聋哑的宇宙"（No 369）。

Тропа расширялась.（路也在加宽。）从现实的旁观者渐渐远去的人物西面的视角来看是在变窄，按照远景规划，路也应该缩小宽度，不过，老者自己在从物理世界走向超验世界的同时，也在走向与远景反向的世界（关于布罗茨基笔下相交平行线和远景的传统主题，参见《波波的葬礼》的注释，No 112；《美好时代的终结》的注释，No 87；《罗马哀歌》的注释，No 308－319）。

125. *Одиссей Телемаку.* （《奥德修斯致特勒马科斯》）*ЧР.* 收入 *НСКА*。手稿——*РНБ*；*МС*（Т3. C. 286）中还有两个片段未收入定稿：

> （过了三年之后）
> 亲爱的特勒马科斯，
> 好像什么改变也没有，
> 而我们依旧缓步行走在波浪
> 所形成的摇晃的水平梯子上，
> 把我们从今天引领到明天，
> 不过在那个梯子上面的——是昨天。
> 有时我们觉得，我们站着，

和海水一起向某处移动；
觉得有谁在扯下桌布
餐具也随之遭殃。

…………

亲爱的特勒马科斯，
你学会了射箭、
击剑、驯服烈马吗？
这些年来，我儿，你长高了么？
这是什么年代呀？等待的时间
不同于活动的时间。
就像黏土，落在烧陶器的
圆圈上成了陶罐
而在圈外的叫泥土。

你，特勒马科斯，留在陆地上。
我，一个黏土水罐，随波逐浪。
我相信，波浪把我
带上陆地的时候早于喉咙
回应绝望的哀号"诸神啊！"
海水闯入；我相信，我看见
特勒马科斯早于我看到
阿喀琉斯，阿伽门农，阿亚克斯。

（最后的一个半诗行——是隐喻"早于我死去"，因为列举的奥
德修斯的战友们已在亡人的冥府。）

　　西马科-赖费洛娃指出，《奉献节》和 ЧР 中的《奥德修斯致

特勒马科斯》相邻并非偶然，如此则两首诗可以彼此加强隐秘的自传性的潜台词（*Szymak-Reiferowa 1998. st. 149*）。参见下面对《科德角摇篮曲》（№ 183）的注释。注解和诠释见 *Kpenc 1984. C. 153 - 157*。

Заглавие.（标题。）荷马笔下的奥德修斯和特勒马科斯只是在长诗的末尾才相逢。这里——父对子的寄语（"信"）。

Кто победил—— не помню.〈...〉*Какой-то грязный остров,*〈...〉*хрюканье свиней,*〈...〉*какая- то царица*〈...〉*Не помню я, чем кончилась война, и сколько лет тебе сейчас, не помню.*（谁是战胜者——不记得了。〈……〉一个污秽的岛屿、〈……〉一群猪的哼哼声、〈……〉某个女王〈……〉我不记得战争的结局，你现在几岁，也不记得了。）奥德修斯中的两个片段的杂糅。奥德修斯的旅伴（在荷马笔下并非奥德修斯本人的旅伴）在食莲人的国家品尝到甜蜜的莲子之后，出现了失忆症。女巫喀耳刻是埃亚岛的女王，她把一群猪变成奥德修斯的伙伴（也是她徒劳地试图迫使奥德修斯忘却故土）。

Посейдон〈...〉*растянул пространство.*（波塞冬好像延伸了空间。）荷马笔下的奥德修斯无论如何也回不了出生之地，因为海神波塞冬为自己的儿子独眼巨人波吕斐摩斯被杀而向他复仇。"不过奥德修斯的震动大地之神波塞冬/也无权置他于死地，只能在海上到处驱赶，/总是把他从他的故乡引开"（*Одиссея,* песнь I，пер. *В. А. Жуковского*）。

младенец, /перед которым я сдержал быков. /Когда б не Паламед, мы жили вместе.（婴儿，/我曾在你的面前挡住公牛。/若不是帕拉梅德，我们就会在一起生活。）依据一种广泛流传的神话，奥德修斯不愿走上特洛伊战场，装疯卖傻：开始驾

着公牛耕地，一边向地上播撒着盐。聪明的帕拉梅德揭穿了假象。他把婴儿特勒马科斯放在地上，于是奥德修斯立即勒住牛，从而表明他神志正常。奥德修斯不得不走上战场。为此他后来对帕拉梅德进行了阴险的报复。

без меня/ты от страстей Эдиповых избавлен（没有我，你摆脱了俄狄浦斯情结）"'俄狄浦斯'情节，与其说是索福克勒斯的见解，不如说是弗洛伊德的见解"（*Кренс 1984. С.* 156）。

126. *1972 год.* （《1972 年》。）俄罗斯大学生东正教运动学报. 1973. No 2/4（108/10）. С. 167–168. 手稿——*РНБ*。

根据草稿的扼要叙述判断，最初的九个诗节创作于列宁格勒，1970—1971 年，选题（憔悴的老态，肉体末日的临近）近似于《静物画》（No 108）。这首诗完成于侨居国外的头一年。开启第二部分的第十诗节（"听着，亲兵、敌人和战友们！/我所创作一切，不是为了我在电影/和无线电广播的时代获得荣誉而创作，/而是为了心爱的言语、文学……"）含义和措辞近似于布罗茨基写给勃列日涅夫的信，注明的日期是 1972 年 7 月 4 日："……15 年来我为文学工作所做的一切服务于，也必将只是服务于俄罗斯文化，别无其他。〈……〉我属于俄罗斯文化，我意识到自己是它的一部分、组成成分，地位的任何改变不会影响到最终的结果。语言——比国家更古老、更不可回避的东西。我属于俄罗斯语言，至于国家，在我看来作家爱国主义的标准要看生于人民之间的他用人民的语言写了什么，而不是听讲坛上的誓词。我舍不得离开俄罗斯，我生于斯长于斯，由于心灵所拥有的一切，我应该归功于俄罗斯。我命运中所遭遇的一切恶都被善绰绰有余地盖过，因而我从来不觉得祖国委屈了自己"（*Гордин 2000. С.* 219）。

正文的分析和诗的注释参见：*Polukhina 1989*. P. 31 - 34；*Bethea 1994*. P. 197 - 202；*Баткин 1997*. C. 41 - 43。

Посвящение.（献辞。）在 ЧР 里是姓名的首字母；全称初次见于莫斯科版的诗集《言语的一部分》（1990）。В. П. 戈雷舍夫是莫斯科的英语散文作品翻译家，布罗茨基的好友。参见给戈雷舍夫的三封信，№ 558 - 560。

поскользнувшись о вишневую косточку.（在樱桃核上滑倒。）不同寻常的动词支配关系，通常是——*поскользнуться на чем-либо.* "樱桃核"——这个形象也许是借自 Ю. 奥廖沙的著名短篇小说《樱桃核》（1929），在小说里它是爱的象征；也许，由此而来的还有曼德尔施塔姆一首诗的中间校定稿《为了将来若干世纪名震四方的豪迈……》："我——儿童游戏中的樱桃核……"（О. Мандельштам. Собрание сочинений. Т. 3. М.: Арт-Бизнес-Центр，1994. C. 309）。

В полости рта не уступит кариес/Греции древней.（口腔里的骨疡，至少，/毫不逊色于古希腊。）比较"嘴里的瓦砾场比帕特农神庙干净"，见于№ 129（参见 129 的注释）①。

Здравствуй, младое и незнакомое/племя!（你好，陌生的年轻/一代！）歪曲地引自普希金的诗"……我又一次访问……"（1835）。新的一代好像是对如今一代的死刑判决——这是反复出现于布罗茨基作品的主题：参见《从市郊到市中心》（№ 4）、《Fin de siécle》（№ 372）和《八月》（№ 461）的注释。

В мыслях разброд и разгром на темени.（心里想的是头顶上的分歧和混乱。）自我援引《戈尔布诺夫和戈尔恰科夫》（№

---

① 此处疑为编者误，该句出于№ 127。

74）："我的头顶也乱七八糟"。

смерть расплывчата，/как очертания Азии.（死神隐隐约约，/好像亚洲的模糊的轮廓。）布罗茨基关于"野蛮落后的亚洲"的主题，参见《季节——冬季。边境安宁。梦里……》的注释（№99），详见：*Loseff 1989*。

те самые，/кто тебя вынесет，входят в двери.（就是要把你/抬出去的那些人，已经来到门口。）对死神的讽喻描写，基于使徒彼得的箴言："埋葬你丈夫之人的脚已到门口，他们也要把你抬出去"（《新约·使徒行传》第5章第9节）。

черный прожектор.（黑色探照灯。）这首诗的两个尖锐的逆喻之一（比较下面的"沉默的呐喊"）；"黑色的光"的形象属于诗歌的传统所有：比较曼德尔施塔姆的——"为了恋人和母亲，/黑色的太阳升起"（《好像这些床单和这件衣裳……》，1915—1916），"费德尔的黑色火焰在燃烧"（同上），"在耶路撒冷的大门旁/黑色的太阳升起"（《这一夜是难以弥补的……》，1916），或是肖洛霍夫的——"好像被沉重的梦惊醒，他抬起头看见了自己上方的黑色天空，一轮黑色的太阳令人目眩地闪耀着"（《静静的顿河》，第四卷，第八章，глава XⅦ；1940）。

совестно браться за труд Господень.（从事天主的劳动要凭良心。）这里仿佛听到弗拉基米尔·索洛维约夫临终前的话的回声（据 C. 特鲁别茨科伊作品的证实）："天主的工作艰苦卓绝"。类似的想法见于未发表的 1967 年的诗《我儿！如果说我没有死，那是因为……》：《我太骄傲，不会把天主该干的活儿揽在自己身上》（*МС. Т. 2. С. 176*）。关于布罗茨基在人生的不同阶段对自杀的态度参见他的诗《幸福的冬季之歌》的注释（№26），以及《潟湖》（№132）和《……而在有俄语词"未来"的时

代……》（№ 181）的注释。

Валял дурака под кожею（在皮肤下面摆弄一个傻蛋）——
下流话，意为做爱。

Слушай, дружина, враги и братие!（听着，亲兵、敌人和
战友们！）在作者认可的英译本注释中这一行涉及《伊戈尔远征
记》（*APOS.* P. 150），其中伊戈尔首次向自己的部队发出号召：
"战友们和亲兵们！"

чаши лишившись в пиру Отечества.（在祖国的酒宴上被剥夺
一樽酒。）比较曼德尔施塔姆："我在前辈的酒宴上也被剥夺一樽
酒……"（《为了将来若干世纪名震四方的豪迈……》，1931）。

теряя/волосы, зубы, глаголы, суффиксы.（失去/头发，牙
齿，动词，后缀。）比较：狄奥提马在柏拉图《会饮篇》中的启
示，人被视为原来的那个人，尽管他实际上在不断地变化，"失去
头发，肉体，骨头，血液，总之，一切肉体的东西，而且不仅是
肉体的东西，还有属于内心的一切……"（Платон.
Сочинения. Т. 2, М.: Мысль. С. 138－139；пер. С. К. Апта）。

*черпая кепкой, что шлемом суздательским, /из океана
волну, чтоб сузился*（用有舌软帽，所谓的苏兹达尔头盔/舀海
洋的波涛，使海洋缩小）——对《伊戈尔远征记》的又一个
隐喻："弗谢沃洛德大公！……你简直能用双桨拨开伏尔加河，
而用头盔舀干顿河"。这里讲的是弗谢沃洛德·尤里耶维奇
（1154—1212），弗拉基米尔-苏兹达尔的大公（指出者 A. E. 巴
尔扎赫）。

первый крик молчания.（沉默的第一声呐喊。）和"黑色探照
灯"（见上）一样，这是传统的逆喻形象；比较：例如"也只有
沉默能说得清楚"（B. 茹科夫斯基，《难以言喻》，1819），"于

是觉得……寂静在窃窃私语……"（A. 普希金，《鲁斯兰和柳德米拉》，1820；这摘自普希金的引文，被陀思妥耶夫斯基出色地应用于《卡拉马佐夫兄弟》最主要的一章，1880 年），"万籁俱寂的响声/不绝于耳的曲调……"（O. 曼德尔施塔姆，《小心翼翼的聋子的声音……》，1908）。"寂静——你听到的/是最美好的声音……"（Б. 帕斯特纳克，1917）。关于沉默-死和发声-生之间的结合参见 124（《奉献节》）的注释。

затвердевающей ныне в мертвую/как бы натуру ⟨...⟩ *превращении тела в голую/вещь!*（如今硬化变为死的东西，/好像把 ⟨……⟩ 尸体变为赤裸的/物！）比较人变为物，"静物画"变为"静物画画家"的贯穿始终的形象（№ 108）。

в пустоту— чем ее ни высветли.（空——没有什么能照亮它。）参见《1971 年 12 月 24 》的注释，№ 110。

Точно Тезей из пещеры Миноса.（好像来自弥诺斯岩穴的忒修斯。）参见《前往斯基罗斯岛的路上》的注释（№ 32）。

Острей ⟨...⟩ *лезвие это.*（更锋利 ⟨……⟩ 这是刀刃。）比较：《波波的葬礼》中把地平线比喻为刀刃（№ 112）。

о своем доверии/к ножницам, в коих судьба матери/ скрыта.（表明自己对剪刀的/信赖，母亲的命运就隐藏于/其中。）即信赖于令人想起剪刀的钟表的指针，信赖于时间（澄清这个隐喻的是它的一个变体，见于《科德角摇篮曲》（№ 183）："砖塔上的钟/剪刀状地叮当作响"。

Бей в барабан о ⟨...⟩ *бей в барабан, пока держишь палочки.*（击鼓吧，表明 ⟨……⟩ 击鼓吧，在你拿着鼓槌的时候）看得出，这也许是在俄罗斯广为人知的海涅的诗《主义》的隐约追忆（1842），这首诗的起头是："击鼓吧，别怕祸殃……"（俄译者

Ю. Тенияноф), A. M. 兰钦把它列入这样一种引文，这种引文不属于"布罗茨基作品的语汇范围。〈……〉它们成了普遍性的财富，俄罗斯语汇的一部分，突破了语境"（Ранчин 2001. C. 72）。可以补充一句，这里也有文字变形的因素。《1972年》——那时布罗茨基少有的诗之一，不是以典型的诗格写就，而是用三音节诗格的变体，想必作者是用来强调突击、"鼓声"。

Только размер потери и/делает смертного равным богу.（只有损失的规模才能/使死者与神相等。）这句箴言令人联想到陀思妥耶夫斯基的《鬼》中基里洛夫的议论，他认为如果他自愿地放弃生命，那就与神相等了（第三部，第六章，三）；在上面的《1972年》中自杀是受到谴责的。另参见《……而在有俄语词"未来"的时代……》的注释（№ 181）。

стоит галочки/даже в виду обнаженной парочки.（值得打钩/即使在那对赤裸的人心中。）——也就是说，即使是亚当和夏娃，他们的损失是——天堂，也应当赞扬。

127. *В Озерном краю* （《在湖畔》，下称 ВОК）。Континент. 1974. № 1. 期刊上发表的结尾的诗行不一样：

где занят был из недорослей местных

по вторникам вытягиваньем жил.

作者自注："地点——安阿伯，密歇根州。大湖区"（*Пересеченная местность.* C. 147）。密歇根州安阿伯市成了布罗茨基在美国的第一个栖身之地，他在那里总共度过六年。ВОК——完全写于移居国外的第一首诗。这首诗的一个有意思的特点在于用过去时描写作者的日常生活和写作时的心态。布罗茨基以悲歌的形式追忆往昔作为意外情节的独特手法。除了显而易见的孤独和怀旧的情节，在 BOK 的潜台词中可以看出，他在拿自己的命运和另一位被流放的俄罗斯作家 B. B. 纳博科夫的命运作比较，他比布罗茨基早 20 年在美国北方当教授（阅历反映于长篇小说《蒲宁》《洛丽塔》和《微暗的火》）。关于 BOK 中援引纳博科夫的隐喻见下。

Зглавие.（标题。）安阿伯市成了布罗茨基在美国居住的第一个地方，它位于密歇根半岛的中心，即在大湖区。不过作者把这个地名译为英语——"In the Lake District"（APOS. P. 67），即不是美国地名大湖区，而是英国北方该区的传统名称，按照这个名称命名高年级浪漫主义英诗学校，"the Lake School"（"湖校"），——柯勒律治，华兹华斯，骚塞和德·昆西。

в стране зубных врачей.（在牙医的国家。）对来自俄罗斯和"第三世界"国家的人们产生印象的既有高水平的美国口腔学，也有美国牙医的崇高社会地位和富裕的生活。

на знамени ничей/Зуб Мудрости.（在无主的旗帜上拔/智齿。）智齿的图形常见于美国牙医的橱窗和广告。往往也见于一幅布片，像一面旗帜挂在窗口或挂在牙医诊所的大门上方。布罗茨基着眼的是具体的企业，最后一次来到安阿伯他说："不过诗里所描写的一些细节已不复存在。例如，外语系旁边的牙医工作室——没有了"（*Пересеченная местность.* C. 147）。

развалины почище Парфенона.（瓦砾场比帕特农神庙干净。）比较纳博科夫："……牙医有〈……〉白发和大师的气派，想必对凄惨的瓦砾场还抱有艺术家的态度，照亮那些瓦砾场的是人的上腭那耀眼的紫红色圆顶，至于那些牙釉质的厄瑞克透斯神庙和帕特农神庙，他可以在一个地方看到，在那里亵渎者只是在摸着有窟窿的牙齿……"（B. B. Набоков. *Камера обскура.*

[1932]. Репринт. Анн-Арбор：Ардис，1978. C. 147）。帕特农神庙和厄瑞克透斯神庙——神庙（在后希腊罗马时代神庙已成废墟）在雅典的卫城。布罗茨基回忆道："他的《暗室》我读完了，那时我有二十二三岁了，这是我所了解到的纳博科夫的首篇作品。而两三年后，我已经读了那时能在苏联搞到的出自纳博科夫手笔的一切"（*Волков* 1998. C. 290）。

пятая колонна/гнилой цивилизации.（腐朽文明的/第五纵队。）比较这种自我描述和"我——次等强国的耳聋、秃顶、忧郁的大使之一"，见《美好时代的终结》（№ 87）。1936 年，在弗朗哥叛乱分子的四个支队（纵队）进军马德里的时候，他们潜伏于市内的拥护者被称为"第五纵队"。从那时起，这个语汇就标志着地下组织在国内为效力于入侵的敌人而采取行动。另参见《匿名访问……》未完成片段的注释（№ 507）和理查德·威尔伯的诗《间谍》译文的注释（№ 520）。

возле Главного из Пресных/озер.（在/主要的淡水湖边。）密歇根湖是五大湖中最西边也是最大的湖，五大湖在一起成为世界上最大的淡水蓄水池。以大写字母开头的词"Пресны（淡水）"还影射另一层意思：平淡无味。

отыскивал звезду на потолке, /она ⟨…⟩ сбегала на подушку по щеке.（在天花板上寻觅星辰，/它 ⟨……⟩ 落在枕边的面颊上。）比较《天真之歌，它也是——经验之歌》也同样地把星辰转换为眼泪（№ 123）。

128. *Осенний вечер в скромном городке...*（《质朴小镇的秋日黄昏……》，下称 OBB）ЧР.

作者证明，诗中描写的是安阿伯（参见上一首诗的注释）。

"嗯，这是一个不大的城市。我在安阿伯的时候，那里有四万名大学生，还有其余的一万人。〈……〉这里所描述的寂寞当然是真实的。然而这真是好极了。正是这一点合乎我的心意，生活也的确寂寞。生活中单调乏味的百分比高于异常情况的百分比。而在单调乏味中，也就是在这寂寞中——有多得多的真情，不妨回忆一下契诃夫。〈……〉在这寂寞中有美。当你得到安静的时候，你会成为小城景色的一部分"（*Пересеченная местность*. C. 149－150）。另参见《托马斯·特朗斯麦在弹钢琴》和《致奥古斯特》的注释（№ 452、461）。

Главной улицы.（主要街道。）"主要街道"（Main Street）——美国大多数居民点的不假思索的名称。这个世代相传的名称的匿名性在 S. 刘易斯长篇小说的书名《主要街道》中获得解释（Lewis；1920；俄译本 1924，1960）。

Пастор бы крестил автомобили.（牧师就要给汽车举行洗礼命名。）"四周——是集镇，那里居住着所有福特汽车厂的工人——底特律就在附近"（同上，С. 149）。

Луна вплывает, вписываясь в темный/квадрат окна.（月亮出来了，进入黑暗的/正方形窗户。）正方形窗户中的月亮——引自安年斯基的形象（参见：№ 112 的注释）。月亮作为一个圆，进入正方形窗户，——几何学意象，重见于《墨西哥余兴节目》（《在"大陆"饭店》，№ 158）。

что твой Экклезиаст.（你的传道书算什么。）在最初的版本上是"好像在滑车上加一滴水"，不过作者同意 *ЧР* 编辑的意见，这样的比拟在视觉上是不准确的。定稿中的"传道书"想必是在暗示这样的话："从窗户往外看的都昏暗"（《传道书》第 12 章第 3 节）。也许，这里还隐秘地暗示"化圆为方"象征着无法解决的

问题；重复的主题见于《圣经》的《传道书》——不可能化弯为直。

шикарный бьюик.（豪华的别克汽车。）这个品牌的汽车流行于中产阶级年富力强而家境殷实的代表人物之间。

фигуру Неизвестного Солдата.（无名士兵的塑像。）几乎在美国所有的城镇中心都能看到内战期间士兵的雕像纪念碑。

утром, видя скисшим молоко, /молочник узнает о вашей смерти.（早晨，看到牛奶变酸，/送牛奶的人就知道您死了。）布罗茨基来到美国，在一些不大的城市，其中包括密歇根和新英格兰，干过送牛奶上门的活儿；送牛奶的人清晨把一瓶新鲜的牛奶放在大门前的台阶上或厨房窗口的牛奶箱里，以便订户醒来就能拿到（比较《切尔西的泰晤士河》，№ 134）。

129. *На смерть друга* （《悼友人之死》，下称：НСД）。ВРСХД. 1973. № 2/4（108/110）。

这首诗是对谢尔盖·丘达科夫之死的反应，后来发现他的死纯属误传。他是布罗茨基在莫斯科的旧相识。关于丘达科夫，参见：Олег Михайлов，«Русский Вийон» в кн.：Сергей Чудаков. Колёр Локаль. М.：Культурная революция, 2007。在 ЧР 准备付印的时候，布罗茨基已经知道此人活着，不过，他珍惜这首诗是他那一辈代表人物的概括性画像，一个落魄的浪荡派，而同时又是彼得堡世界主义文化的继承者（比较随笔 Less Than One ［«Меньше самого себя» 即《小于本人》］结尾部分对这类人物的散文体赞扬）。НСД 的原稿结构主要是一系列寄语，离奇地描述此人的特征，六年后又重复于主题相似的诗《纪念根纳季·什马科夫》（№ 377）。НСД 有了令人感兴趣的诗体反映——

И. Б. 赖恩的诗《墓志铭》（Знамя. 1997. № 1）。比较《从哪里也没有带着爱来，第十几个三月了……》（№ 163）和"你会看笔迹认出我。在我们这个爱嫉妒的王国……"（№ 339）。

на эзоповой фене.（伊索式俚语。）俚语——不知内情而令人不解的黑话（在布罗茨基时期——犯罪的行话）。

белых головок.（白头。）"白头"——在俗语中是酒瓶的包含换喻的名称（来自白铁皮的——"白的"——用以压紧瓶盖，塞紧瓶塞）。

корольков и 〈...〉 *сиповок*（金凤头和〈……〉芦笛。行话，"俚语"）——从性感的视角来看的不同类型的女性体态。

лучшей из од/на паденье А. С. в кружева и к ногам Гончаровой.（寄语最优秀的关于/А. С. 普希金拜倒在冈察洛娃的裙摆和脚下的颂诗的作者。）С. 丘达科夫关于普希金的诗也发表于私自出版的杂志《句法》，该杂志也发表过布罗茨基早期的诗作。НСД 不仅反映了这首诗的结尾，也反映了其中的一些其他主题和形象——尤其是"冷漠的死"的主题：

Пушкина играли на рояле

Пушкина убили на дуэли

попросив тарелочку морошки

Умер Пушкин возле книжной полки

В ледяной воде из мерзлых комьев

Похоронен Пушкин незабвенный

Нас ведь тоже с пулями знакомят

Вешаемся мы вскрываем вены

Попадаем часто под машины

С лестниц нас швыряют в пьяном виде

Вы живем тоской своей мышиной

Небольшого Пушкина обидев

Небольшой чугунный знаменитый

В опустевшем от мороза сквере

Он стоит герой и заменитель

Горько сожалея о потере

Юности и званья камер-юнкер

Славы песен девок в Кишиневе

Гончаровой в белой нижней юбке

Смерти с настоящей тишиною

（引文保存了标点符号的特点，依据原作：Сергей Чудаков.
Колёр локаль. М.: Культурная революция, 2007. С. 16）。

　　Энгр（安格尔）——法国画家 Jean-Auguste-Domique Ingres
（1780—1867）；埃尔米塔日博物馆有他的一幅佳作——《古里耶
夫的画像》（1821）。《发扬柏拉图精神》中也有提及（№ 266）。

　　Третьего Рима.（第三罗马。）"莫斯科——第三［罗马和君士
坦丁堡之后的］罗马"——意识形态口号，首先提出的是普斯科
夫的修道士菲洛费于 1511 年提出，布罗茨基也始终加以嘲讽，见
于他的诗《季节——冬季。边境安宁。梦里……》（№ 99）和随
笔《去伊斯坦布尔旅行》（*СИБ* - 2. Т. 5. С. 281 - 315）。

　　драхму во рту твоём ищет угрюмый Харон.（阴沉的哈龙徒

劳地在你的口腔里寻找德拉克马。）希腊神话中的哈龙——一个老人，他把死人的魂灵运过冥河抵达阴间；按规定要付运费，不过少于布罗茨基所写的，通常是在逝者的口腔里放一枚奥波尔（＝德拉克马的1/6），也许，诗人是有意识地容许这个错误，为的是加强诗行中同音重复 *p-х-м* 的表现力。在布罗茨基所熟悉的 С. 丘达科夫为数不多的诗文中也有这样的手法：

> шли конвойцы вчетвером,
>
> Бравые молодчики,
>
> А в такси мосье Харон
>
> Ставил ноль на счетчике.

некто трубит наверху в свою дудку（有谁徒劳地在上空曼声地吹响自己的小号）——天使的号声在召唤死人出席末日审判（参见，例如：《启示录》第8章第2节）。

130. *Бабочка*（《蝴蝶》，下称：Б）。Вестник Русского студенческого христианского движения. 1973. № 2/4（108/110）. 手稿——PHБ（вместе с рукописями 1969г. и, возможно, — 1965г）。在和大卫·贝西亚的交谈中作者说，Б 开始写于侨居前的 1972 年（*Bethea 1994*. P. 241），不过，想必是记忆有误——底稿证明，开始写作的时间更早。其中的一篇写有诗行"墙角由于金发而发亮"，稍后略加改变用于 1971 年的诗《十月之歌》（№ 95），其余的都与 60 年代中叶的诗稿放在一起。

关于 Б 和纳博科夫的创作的关系问题，作者回答说，在写作Б 的时候，即使考虑到某些艺术大师，那也许就是莫扎特和贝克特；贝克特曾被提及是"荒诞派"诗人，至于莫扎特，布罗茨基对采访记者讲过如下的情况：有一次在音乐会后，女友挑逗地对他说，他作为艺术家，是莫扎特的轻佻所不可企及的，他开始写 Б，作为对这个挑战的回应（*Bethea 1994. P.* 241－242）。诗节拟象划分，其诗节令人想起平衡展开的翅膀，据贝西亚的推测（*Bethea 1994. P.* 297），是借用英国玄学派诗人 G. 赫伯特（Herbert）的广为流传的诗《复活节的翅膀》（*Easter Wings*，1633）。蝴蝶——从古代起就是赋予生命以灵魂并经常复活的象征（古希腊人的普叙喀——同时既是灵魂也是蝴蝶）："永生不灭的信使，螟蛾……"（引自 Б，茹科夫斯基的诗《螟蛾和花朵》，1824；这些诗深受普希金的赞赏，参见 1825 年 3 月 15 致兄弟和普列特尼奥夫的信）。除了《黄昏》（№ 49），蝴蝶（螟蛾）一再出现于布罗茨基的诗而且几乎在所有的情况下都更加增强上面所述的象征性潜台词（参见，例如《你飞走吧，白色的螟蛾……》，№ 468，《我搂着双肩，看了看……》，№ 22）。对 Б 的详细分析参见：*Polukhina 1989. P.* 181－194；与纳博科夫的蝴蝶的对比：*Bethea 1994. P.* 241－251，个别的研究成果见 *Кастеллано 1998*。

Сказать, что ты мертва? / Но ты жила лишь сутки.（据说，你死了？/可是你只活了几天。）比较《你的一绺鬈发没有盘成团……》（№ 210）的结尾和《波波的葬礼》的开头："波波死了，不过……"（参见№ 112 的注释）。

Скажи мне, это лиц/ портрет летучий?〈...〉натюрморт : вещей, плодов ли?〈...〉возможно, ты — пейзаж.（你说吧，这是人物/飞行的画像吗？〈……〉静物画：/物品，还有果实？〈……〉也许，你——风景画。）比较《在卡雷尔·维尔林克的画展上》列举彩色画体裁的类似手法（№ 336）。

Жива, мертва ли.（活着，还是死了。）比较《静物画》的结尾诗节（№ 108）。

Друг- энтоломог,／для света нет иголок.（朋友——昆虫学家，／没有为光而存在的针。）比较"我们不会拿针刺伤蝴蝶……"，见《波波的葬礼》（№ 112）。

Ты лучше, чем Ничто.／〈...〉 ты родственна ему.／В твоем полете.／оно достигло плоти.（你比空好。／〈……〉与它心心相印。／在你的飞行中／它得到了血肉之躯。）波卢西娜（*Polukhina 1989*. P. 191）指出了赫列布尼科夫笔下"空"的相似隐喻：

> 那是蝴蝶的懒散和爱的匣子。
> 而乌云瞬息飞逝的空，没有沮丧，一点也不
> 露出沉默的藐视。

布罗茨基的这个地方，连同第 11 诗节的"比时间更没有形体……"很可能是有意识地隐约追忆罗蒙诺索夫的话（转向蠡斯）："你是有形体的天使，或者更好，没有形体！"（"在前往彼得戈夫的路上所写的诗，那时我曾在 1761 年去为科学院请求签署特许权证书，此前已去过多次"，1761）。

131. Торс（《躯干塑像》，下称：T）。Котинент. 1976. № 10.

写作 T 的动机发端于 1972 年 12 月与罗马的初见。"那时我在罗马总共只待了两天。躯干塑像——不是某个具体的人的，不是历史性的，只是对大理石作品的描绘，在那里这种作品很多。现在我觉得这很像法兰西科学院地域上的喷水池，在市郊，花园

别墅拥有许多雕像"（Пересеченная местность. С. 175）。

　　M. 克列普斯在这首诗里看出了对帝国宏伟艺术的讽刺（*Крепс 1984*. С. 241－242）。更正确的是 B. 波卢欣娜感觉到在 T 中归纳了"帝国"主题的形象特征——停滞，向镜子里的国家转化，把现存的一切都变成审美对象（*Polukhina 1989*. P. 202－203），也有人认为，T 是一系列诗作之一，都涉及把人变成物（*Szymak-Reifepowa 1988*. S. 194）。的确，布罗茨基诗作的关键形象——帝国、物、镜子、尘埃、耗子——在 T 中紧密地交织在一起。同时 T 又是对里尔克的诗《古代阿波罗的躯干塑像》的反应（关于重新认识里尔克的另一种尝试，参见《西班牙舞女》的注释，№ 355）；另参见《从二月到四月》的注释，№ 89－93）。和里尔克一样，T 的主题也是变形，不过在里尔克那里，"你"在躯干塑像的"注视"下应该使生活变样（"Du musst dein Leben andern"），而在布罗茨基笔下，"你"（第一诗节和整首诗全都是针对"你"）自己应该变成躯干塑像。

　　132. *Лагуна*（《潟湖》，下称：Л）。Вестник Русского Христианского Движения. 1974. № 2/3（112－113）. С. 174－176；标题《威尼斯》。收入 *PC*。

　　"第一首意大利语诗。我从密歇根来到威尼斯度寒假〈1972年12月。——列夫·洛谢夫注〉在那里开始写《潟湖》。原想记录。不过只写了一半，因为在威尼斯只逗留了 7 天或 8 天——住在膳宿公寓'Аккадемия'。写毕于安阿伯"（Пересеченная местность. С. 170）。详见：*Волков 1998*. С. 203－214。英译本印有献辞，献给作者的两位相识：新闻记者，俄罗斯文学鉴赏家斯特罗布·塔尔伯特（后来成为美国总统克林顿政府的副国务卿）和他的妻子布鲁克（*To Brooke and Strobe Talbott*；*APOS*. P.74）。

Л 归入圣诞节的一系列诗歌，而又在布罗茨基的创作中开启了威尼斯主题（关于它的"预兆"参见下面诗行"北方斯芬克斯的南方弟兄"的注释）。在 Л 之后的《圣-佩德罗》（№ 297），《威尼斯诗节》（№ 304－305），《结冰的烂泥河岸。藏在牛奶里的……》（№ 344），《海滨浴场》（№ 384），《有一回我也在冬天游到这里来……》（№ 381）和最近的诗作之一《写生》（№ 459）。献给威尼斯的是布罗茨基散文体作品中篇幅最大的《水印》（1989；俄译：《绝症患者的堤岸》），在这里几乎可以找到关于威尼斯的诗歌的一切主题和形象，只是改为散文。与圣诞节和威尼斯一样，布罗茨基的诗还有一个经常性的主题，存在于 Л，——世界末日似的洪水泛滥（比较《不冻港本都岸上的……》，№ 79）。

关于布罗茨基笔下的威尼斯参见：*Лосев 1996*，*Турома 2004*；关于 Л—— *Polukhina 1989*. P. 156－158。

Три старухи с вязаньем.（三个带着针织品的老太婆。）从膳宿公寓的三个已过中年的女住户后面观看的是三个帕尔开，命运三女神。

пансион «Аккадемия»（膳宿公寓"Аккадемия"）——中等膳宿公寓（不过在威尼斯是最古老的），位于艺术博物馆"Аккадемия"附近。

Граппа（格拉帕）——葡萄酒，烈性中等——45 度。

Совершенный никто, человек в плаще.（绝对无足轻重，那个穿斗篷的人。）威尼斯最浪漫的时期，在 18 世纪，几乎人人都经常穿着紧裹身躯的斗篷（带风帽的），戴着蒙面的假面具或面纱（铰链式的）。穿斗篷的人作为象征性的匿名者——传统形象；比较季娜伊达·吉皮乌斯："他又来了，鄙视地望着/（这是

谁，——我不知道，他只是一个穿斗篷的人）……"（《胜利的时刻》，1918）。更正确地说，布罗茨基却把自己的抒情主人公（自己）看作20世纪的匿名作者，电影 *Film noir* 中的角色，其精神在于存在主义关于现代人注定孤独的概念（参见：*Лосев 2006*, глава Ⅶ）。比较：费里尼关于好莱坞30年代电影的回忆："我喜欢任何一部电影，只要其中演主角的演员穿着带肩章的斗篷［trench coat］"（Federico Fellini. I, Fellini. New York：Random House, 1995. P. 17）。这样的斗篷配上黑色高领套衫是法国存在主义者的一种制服；例如，驰名的 A. 加缪就穿过（参见：The New Yorker. 2002, February 11. P. 74）。因此布罗茨基自己曾说："你们知道吗，一个人看自己有意或无意地——就像在看一部长篇小说或影片的英雄人物，在其中他是——引人注目的形象。而我的古怪想法是——威尼斯应该退居次要地位"（*Волков 1998. C.* 211）。使抒情主人公与自己分开的最后阶段表现在取消"穿斗篷的人"而代之以第十诗节中的"穿斗篷的身体"，这个说法将重复于 ЧР 中的最后一首诗，《佛罗伦萨的十二月》（№ 184）。从 Л 开始培育诗人的自画像"一个没有姻亲的人"（参见《新生活》结尾诗行的注释，№ 350）。

Венецийских церквей, как сервизов чайных, /слышен звон.（威尼斯的教堂，好像一套茶具，/听得见叮当声。）反复出现于《绝症患者的堤岸》的 Л 的诸多形象之一："冬季在这座城市，尤其是每逢周日，在无数钟声中醒来，仿佛在珍珠般洁白的天堂里，银盘上的一套巨大的茶具跟在薄纱后面叮当作响"（*СИБ-2. T.* 7. C. 17）。比较：1979年彼得堡随笔："……高大的建筑物，没有影子，四周有金色的屋顶，看来像一套易碎的瓷茶具（*СИБ-2. T.* 5. C. 71）。把城市的音响比拟为器皿的响声含有

纪念母亲忌日的诗《对你的怀念渐行渐远，好像被斥退的女佣……》（№ 348）。也许，这带来了对纽约音响的描述，见马雅可夫斯基的诗《布鲁克林大桥》（1925）："在这里/隐约感受到/莫名的不安。/也只是/由于这/无声的不安/你才明白——/火车叮叮当当地爬行，/好像往碗橱里收拾餐具"。

бронзовый осьминог/люстры.（枝形吊灯的青铜章鱼。）比较《海上演习》中的"枝形吊灯晃动/是重新转向软体动物的开始"。

Станок（机床，行话）——床（特别是情人的床）。

фиш（外来语）——鱼。

птицу-гуся（烤鹅）——俄罗斯圣诞节的传统菜肴。

предок хордовый Твой, спаситель.（是你的脊索动物的祖先啊，救世主。）鱼——早期基督教的象征；词语"*ихтис*（鱼）被承认为希腊语"耶稣基督，圣子，救世主"的字母缩写词。关于"鱼的祖先"主题参见：《科德角摇篮曲》的注释（№ 183）。

сфинксов северных южный брат.（北方斯芬克斯的南方兄弟。）手稿中的诗《致罗马的老建筑师》（1964；№ 68）有一个未收入定稿的片段，涉及加里宁格勒的雄狮雕像，也称之为威尼斯狮子的"兄弟"（参见《致罗马的老建筑师》)的注释，№ 68）。这个片段预示着布罗茨基诗作中的威尼斯主题。而多年后是圣-马可关于狮子的独白（参见下面的注释），布罗茨基是这样收尾的："……威尼斯的狮子——显然是列宁格勒的斯芬克斯的又一个变体。这就是为什么在《美好时代的终结》的封面上有——列宁格勒的斯芬克斯，而在《言语的一部分》的封面上却是——威尼斯的狮子。不过列宁格勒的斯芬克斯远为神秘莫测。威尼斯的雄狮却并不那么神秘。他只是说：'Pax tibi, Marce！'［世界归于你，马可！]"（*Волков 1998* С. 203）。实际上布罗茨基在这里

讲错了：彼得堡有两个真正的古埃及斯芬克斯，位于大学沿岸街艺术科学院的对面，雕塑家 П. П. 索科洛夫所创作的斯芬克斯点缀着经过喷水池的埃及大桥等等，不过在 *КПЭ* 封面上的——不是斯芬克斯的侧影，而是四个有翼雄狮（格里芬）之一的侧影，它们支撑着横跨格利鲍耶多夫运河的班科夫大桥的铁链。

знающий грамоте лев крылатый.（识字的有翼雄狮。）威尼斯的象征，福音派教徒圣-马可的有翼雄狮。布罗茨基："……我很喜欢这种野兽。首先，是《马可福音》。它比其余《福音书》更引起我的兴趣。其次，让我高兴的：是猛兽——而且有翼。不是我要把它和自己混为一谈，可是毕竟……第三，这是识字的狮子，能读会写。第四，这个狮子，如果机缘巧合，简直是珀伽索斯的出色变种，从我的视角来看。第五，这个猛兽要是没有羽翼，那就是黄道十二宫的狮子座，一个我非常喜爱的女子的星座"（同上）。狮子座——黄道十二宫的第五个星座（7 月21—8 月 20；参见《你，缠着蛛网般琴弦的吉他状的……》的注释，№ 259），这个星座意味着太阳的能量、意志力、火、纯洁、穿透一切的光，与它密切联系的是情感。

руки тянутся хвойным лесом/перед мелким, но хищным бесом.（伸长的手臂像针叶林一样/在渺小，然而贪婪的魔鬼面前。）似曾相识的论战，出自奥登的诗《西班牙》（*Spain*, 1937；这首诗极其充分地表现了年轻奥登对共产主义幼稚病的同情）。"奥登写到'热心选举主席，突然手臂如林'〈The eager election of chairmen/By the sudden forest of hands〉，他预见到政治感情自发和全体一致的表现，完全表现于谐的 civitas〈充满公民意识的公社〉，按党的指示办。〈……〉布罗茨基〈……〉写到党的官员们反射性地自动反应，'一致赞同'独裁者当前的任性要求"

（Anthony Hecht. The Hidden Law：The Poetry of W. H. Auden. Cambridge，Massachusetts：Harvard Uiversity Press，1993. P. 129）。

Скрестим же с левой，вобравшей когти，/правую лапу，согнувший в локте.（我们就把缩起的左边的爪子，和使胳膊肘/弯曲的右边的爪子交叉起来吧。）既然认定与威尼斯的狮子是同一的，诗人便用"爪子"来描绘所谓的"意大利举手礼"，男性生殖器的手势，意义等同于俄罗斯握住拳头从食指和中指间伸出中指，或美国露出挺直的中指，表示果敢的轻蔑和挑战。

как черт Солохе.（也像索罗哈的魔鬼。）在圣诞诗中，果戈理的中篇小说《圣诞节前夕》（1832）是进行比较的根源；不过描写某种手势，而魔鬼做这种手势给巫婆索罗哈看，这在果戈理那里是没有的。

эбре—— 犹太人（来自意大利语的失真的词 ebreo——犹太人）。

гойка（依地语）——非犹太人。

улыбку льва〈…〉на башне.（狮子的微笑〈……〉塔楼上。）因为讲的是圣-马可广场（参见下面的注释），那么指的就是钟楼上狮子的镀金的巨型浅浮雕雕像（Torre dell'orologio）。

Сан-Марко（圣-马可）——威尼斯中心广场。

В эпоху тренья/скость света есть скорость зренья.（在摩擦时代/光速等于视速。）在不那么神秘的形式中，同样的"公式"也见于《第五首牧歌（夏季)》（№ 321）。

133. *На смерть Жукова*（《悼朱可夫》，下称 НСЖ）。 Континент. 1974. № 1. С. 13－14。

Г. К. 朱可夫元帅（1896—1974）死于 7 月 18 日。这时布

罗茨基在荷兰，就在那里写了 НСЖ（参见：*Вайль，Генис 1990 С. 26*）。

朱可夫几乎在伟大卫国战争的所有决定性会战中起领导作用——保卫莫斯科（1941），斯大林格勒城下击溃德军（1943）——因而成为最著名的军事首长。同样他也对成千上万红军战士在失败的战役中阵亡负有责任。在朱可夫领导的"马尔斯战役"中（1942）根据不同的统计，阵亡的苏军士兵和军官在 20 万到 40 万之间（关于攻克柏林参见下面的注释）。战后不久朱可夫受到惩罚，1964 年斯大林派他担任外省一个军区的首长，去敖德萨。元帅的新的崛起发生在赫鲁晓夫当政的时期，他和自己的军官们逮捕了贝利亚，从而保障赫鲁晓夫夺取政权。1955—1957 年任国防部长。不过 1957 年他被怀疑有"波拿巴主义"倾向而被勒令退休。

尽管 НСЖ 没有提及俄罗斯伟大统帅苏沃洛夫的名字，基本的题材在于：朱可夫——即 20 世纪的苏沃洛夫，因为布罗茨基在 НСЖ 中逼真地模仿杰尔扎温悼念苏沃洛夫的著名诗篇《红腹灰雀》（1800）由于其独创性而易于认出节奏的结构（详细的比较分析见：*Lotman 1999*）。

对话者指出，НСЖ 是"官方的"诗，布罗茨基回答："……在这种情况下，定语'官方的'甚至是我所乐见的。一般地说我认为，这首诗在适当的时候会在真理报上发表。有鉴于此，顺便说说，我忍受了很多委屈。〈……〉……为了不久前出国的侨民，为了季-皮（D. P.），朱可夫令人联想起最可恶的现象。他们从他身边逃走，可见他们对他是没有好感的。〈D. P.，displaced persons，——流亡国外的人们；在这种场合讲的是苏联的战俘和被赶到德国去做工的人们，以及站在希特勒分子方面作战而战后留在西方的人。作为 1945—1947 年在德国的苏军总司令，朱可夫也对强迫季-皮回国负有责任。—— 洛谢夫注〉〈……〉我也在俄罗斯听到形形色色的议论。直至十分可笑的话语：据说，我靠这首诗扑通跪倒在首长脚下。可是要知道，我们很多人多亏朱可夫才保全了生命。不妨也回忆一下，是朱可夫而不是任何别人，从贝利亚的手中拯救了赫鲁晓夫。〈……〉朱可夫是俄国的最后一个莫希干人"（*Волков 1998. С. 54 - 55*）。是什么促使他写了 НСЖ，对记者的这个问题，布罗茨基有一个更简练的回答：在那里〈在苏联。——洛谢夫注〉可以为之写写小诗的人并不那么多"（同上）。

关于 НСЖ，除了上面提及的 М. Ю. 洛特曼的作品，参见：*Тудоровская 1984*，*Kline 1990*（p. 74—76），*Виницкий 1992*，*Иванова 1994*，*Лазарчук 1995*，*Медведева 1995*，*Rigsbee 1999*（p. 64—65）。

блеском маневра о Ганнибале/напоминавший средь волжских степей.（汉尼拔军事机动的光辉/令人联想到伏尔加大草原的中心。）迦太基统帅汉尼拔（公元前 247—前 183）。他载入史册的军事艺术——坎尼之战（公元前 216 年）在此役中汉尼拔采取钳形攻势，包围并消灭庞大的罗马军队。布罗茨基以此役比拟斯大林格勒城下包围并歼灭德军。

как Велизарий или Помпей.（好像韦利扎里或庞培。）韦利扎里（505—565）——东罗马帝国统帅，以自己对野蛮人的成功战役促进帝国威力的重建。562 年被判决阴谋反对查士丁尼一世有罪，一年后平反。根据不可靠然而风行一时的流言，他被判罪后失明，在受惩罚的一年期间沿街乞讨。庞培（公元前 106—前 48）——罗马的统帅和国务活动家，曾取得海上和陆地上的重

大胜利，在罗马遭到惩罚并在放逐中被杀。

Сколько он пролил крови солдатской/в землю чужую!（他让多少士兵的鲜血洒/向异国他乡！）按很多历史学家的意见，朱可夫有时毫无理由地丧失自己的大批军队，包括勒热夫之战（1942）和攻克柏林（1945）。在柏林，他不顾在生力军和军事装备方面占有压倒性优势，在突破设防的高地时丧失了三万士兵和军官，这一数字几乎三倍于防御的德军。

смело входили в чужие столицы, /но возвращались в страхе в свою.（勇敢地走进别人家的首都/却心怀恐惧地走进自家的首都。）在胜利之年对苏军士兵和军官的镇压急剧地再度恢复。135 056 名现役军人在 1945 年被判刑，罪名是"反革命活动"（两倍于 1944 年），还没有算上被镇压的从德军俘虏中解放出来的一百五十多万人（同上）。

прахоря（作为单词）——靴子。在比较分析 НСЖ 和杰尔查文的《红腹灰雀》时，Р. М. 拉扎尔丘克援引果戈理关于杰尔查文的著名陈述："最崇高的词语和最低劣而粗俗的词语非同寻常地结合在一起"，又补充道："布罗茨基'竟敢'（用果戈理的话来说）放肆地把神话中的忘川和盗贼的黑话'прахоря'结合在一起"（*Лазарчук 1995. С.* 247）。

Бей, барабан, и военная флейта, /громко свисти на манер снегиря.（敲起鼓来，还有军人的长笛，/吹响长笛吧，仿效红腹灰雀。）直接影射杰尔查文的诗（见上文），诗的开头是："你怎么唱起了军歌啊，/好像有长笛的声音，亲爱的红腹灰雀"。1866 年版的注释者写道："作者的鸟笼里有一只红腹灰雀，学会了唱一段军人进行曲；作者在这位英雄人物死后回到家里的时候，听着这只鸟儿唱军歌，便写了这首颂诗纪念这位著名的大丈夫"

（引自：Г. Р. Державин. Стихотворения. М.：Государственное Издательство хударственной литературы，1958. С. 504）。"杰尔查文的红腹灰雀在唱，仿效'长笛'，布罗茨基的'军人长笛''在鸣响'仿效'红腹灰雀'。这样一来，布罗茨基诗中的形象不外乎是对杰尔查文的镜子般的倒映。不过，这还不算完。布罗茨基结尾的二行诗是——引文的剪辑，各有不同的来源：〈'敲起鼓来'……〉。来自 Н. 海涅的诗'倾向'〈参见上面'1972年'结尾诗节的注释。——洛谢夫注〉绝非偶然。不仅加强了结局的声势，而且改变了整体的涵义。在颂诗体裁和哀诗体裁的复杂的相互关系中〈在杰尔查文那里〉占上风的是哀诗体裁。〈...〉布罗茨基重建了'红腹灰雀'的体裁结构。然而同样的开头（颂诗体裁和哀诗体裁）在他的诗中的相互关系全然不同。布罗茨基的诗的结构是——杰尔查文诗的结构的镜子般的倒映。从哀诗到颂诗，从'俄罗斯军号的呜咽'到发出号召的隆隆鼓声和清脆嘹亮的长笛声……"（*Лазарчук 1995. С.* 246）。谈起 НСЖ 的结构，要补充的是第一诗节的"俄罗斯军号的呜咽"远在国外的作者听不见，而结尾响亮的军乐声，是他从俄罗斯古典作家那里剽窃的。

134. *Темза в Челси*（《切尔西的泰晤士河》，下称 ТВЧ）。Вестник Рзсского христианского движения. 1976. № 1 (117). С. 158—160.

"这首诗对我相当重要：〈……〉就是从它开始离开所谓铁的诗律学的标准的。在这首诗里，我开始略微拆散韵律。在这一点上，不论多么奇怪，起决定作用的不是英语而是法语的诗学传统。我记得，我开始阅读法语诗选集，于是我觉得，发音吐字可以更多地转向以音节的数量为依据，加强音节诗的要素。结果成了关于伦敦的诗"（*Пересеченная местность. C.* 159—160）。关于他的诗体从 ТВЧ 开始发生了质的变化，布罗茨基也在所罗门·沃尔科夫的采访中谈到（*Волков 1998. C.* 313—314）。ТВЧ 的注释参见：*Rigsbee 1999.* P. 109—111。

заглавие.（标题。）切尔西——伦敦中心的一个区，布罗茨基最初几次来到英国曾在那里的朋友家停留。

жиды——当地方言对麻雀的俗称。

Томас Мор взрает на правый берег с тем же/вожделеньем, что прежде, и напрагает мозг.（托马斯·莫尔望着右岸，热情/依旧，聚精会神。）托马斯·莫尔（Thomas More，1478—1535）从 1523 年到 1535 年住在切尔西区的家里，离那里不远，建立了他面向泰晤士河的雕像。在布罗茨基那里，莫尔凝神观看右岸，正如在其经典之作《乌托邦》（1516）中那样，试图看清未来理想社会的特征（参见下面"*благая весть*"的注释）。

мост/Принц Альберта.（阿尔伯特王子桥。）阿尔伯特王子桥——位于离托马斯·莫尔雕像不远的下游。

дождь затмевает трубу Агриппа.（雨声盖过了阿格利巴的军号声。）执政官 M. B. 阿格利巴（公元前 60—前 12）在罗马建造了供水设施；因此整句相等于"像水龙头一样涌流"这个说法。不排除论战性的潜台词，因为源自 20 世纪俄语诗的最流行的引文，当属马雅可夫斯基的诗行，关于"古罗马的奴隶早就建成的供水设备（长诗《大声疾呼》的引言）"。对马雅可夫斯基的回忆存在于第二诗节的潜台词——参见下面的注释。

ансамбль водосточных флейт.（排水长笛配合默契。）马雅可夫斯基下述诗行的迂喻："长笛上的排水管"（《而你们行

吗?》，1913）。

у галереи Тейт.（在泰特美术馆附近。）泰特美术馆——英国和新欧洲绘画艺术陈列馆，坐落在切尔西区泰晤士河的稍微近些的下游。

молоко будет вечно белеть на дверной ступеньке.（牛奶总是在门口的小台阶上闪着白色。）在英国每逢破晓新鲜的牛奶就会送到家，送奶人把它留在门边（古老的资产阶级伦敦的住房大多是——私人单门独户的新式住宅［town houses］）。比较《质朴小镇的秋日黄昏……》的注释（№ 128）。

«как буква "г" в "ого"».（"好像字母'г'在'ого'里。"）——在两个 o 之间，即在两个零之间，乃是一无所有的象征。

« Что ты любишь на свете сильнее всего?»/« Реки и улицы—— длинные вещи жизни».（"你在世界上最爱的是什么？"/"河流和街道——生活中长的东西。"）。比较"街道越长，城市就越幸福"，见《在韦尔·朱莉娅大街上》（№ 345）。这个形象想必涉及舍斯托夫（列夫·舍斯托夫的"生活中遥远的街道"。没有依据的赞美。СПб.: Шиповник, 1911. С. 31；另参见：*Лосев 2006*，Вступление）。

Больше не во что верить, опричь того/что покуда/есть правый берег у Темзы, есть/левый берег у Темзы. Это—— благая весть.（再也不能信仰什么了，除了/有泰晤士河右岸，就一定有/泰晤士河左岸。这是——福音。）"благая весть"——译自希腊语"福音"。这所有的议论会显得更清晰，只要比较一下关于善与恶互相渗透的看法，见随笔《小于一》（《小于本人》）。这种道德相对主义，布罗茨基讽刺地称之为"福音"，东方把它普

及于全球（*СИБ - 2* T. 5. C. 12）。

отстать от Большого Бена.（落在大本钟的后面。）"大本钟"——威斯敏斯特教堂塔楼上的钟（英国议会大厦）；于是诗中所列举的伦敦的所有名胜——托马斯·莫尔纪念像、阿尔伯特王子桥、泰特游廊、"大本钟"——都按顺序排列，即沿着泰晤士河左岸，一路上从作者站立的地方到威斯敏斯特教堂。

135—154. *Двадцать сонетов к Марии Стюарт* （《致玛丽·斯图尔特的十四行诗 20 首》，下称：ДСК）。Russian Literary Triquarterly. 1975. № 11 P. 457 - 478. 收入 *HCKA*。

十四行诗——转向玛丽·斯图尔特的"适当"形式，她自己也写十四行诗，而且是这种体裁在欧洲极盛时期的同代人。关于布罗茨基的十四行诗，参见《十四行诗二首》的注释（№ 11 - 12）。ДСК 中有 19 首（第五首除外）恪守古典十四行诗的一切要求（五音步抑扬格，其押韵的示意图是 abbaabba 或第一部分八行诗的 ababababab），第二部分六重奏的押韵法是例外，在这里布罗茨基有时使技术问题复杂化，在重复八行诗的韵脚时，十四行诗的第 8 首和第 20 首是完全重复，而第 9 首，第 11 首和第 15 首是部分重复，第 5 首按"翻过来"的公式押韵——aab cbc bcbc bccb。节奏公式的一个例外是十四行诗第 17 首，那里的 11 个诗行不是五音步，而是四音步的抑扬格。布罗茨基自己说过："……对我而言这个组诗最值得注意的是十四行诗形式的变异，而这一点，当然要归功于杜倍雷，没有他，我不知道，十四行诗和我们这些人都身在何处"（*Пересеченная местность*. C. 167；杜倍雷 [du Bellay, 1522—1560]——诗人，文学语言和诗歌形式的创新者，对法国文学，在某种程度上也对欧洲文学发挥了决定性的作用，是最初的法语十四行诗的作者）。

ДСК 的情节起点——关于玛丽·斯图尔特的德国电影，作者曾在童年看到电影中的玛丽·斯图尔特，而在成年后发现了与苏格兰女王在卢森堡花园里的雕像的相似之处，雕像使他魂牵梦萦。评论界指出，先提到 ДСК 情节的是弗拉基斯拉夫·霍达谢维奇的倒数第二首短诗《不，不是苏格兰女王……》（1937），更确切地说，是 Н. Н. 贝尔别洛娃的诗和回忆："1935—1936 年巴黎放映凯瑟琳·赫本出演的电影。她很像我〈……〉。记得，有一天霍达谢维奇对我说，'昨天我们去看了电影《玛丽·斯图尔特》，看到了和你一模一样的人。这真让人高兴啊'"（Н. Н. Берберова. Курсив мой. Нью-Йорк: Руссика, 1883. С. 494）。霍达谢维奇的诗是在电影《苏格兰的玛丽》（*Mary of Scotland*, 1936, реж. Джон Форд）的影响下写的。作为女主角演出的是好莱坞的著名女星凯瑟琳·赫本（Hepburn），霍达谢维奇在寻觅她和弃他而去的妻子尼娜·贝尔别洛娃的相似之处。那时贝尔别洛娃与新欢在卢森堡花园约会。（参见 И. П. 安德烈耶夫和 Н. А. 博戈莫洛夫的注释，见：В. Ф. Ходасевич. Собрание сочинений. Т. 1. М.: Согласие, 1996. С. 530；另见 *Безродный 1997* 和 *Ранчин 2001*. С. 168；为加强评论界的研究结论应该说，布罗茨基很了解并高度重视霍达谢维奇［参见：*Волков 1998*. С. 290］从在美国生活开始，多年来与贝尔别洛娃保持着友好的交往。）

在 ДСК 之后，布罗茨基又写了两首诗，是献给雕像的：《提比略的胸像》（No 323）和《致科尔涅利·多拉贝尔》（No 458）。

1983 年采访记者问他是否以普希金的精神和风格写过诗，布罗茨基答道："我想，有。而且相当多，不过有某些补充，有现代化——在诗坚持回声、普希金的回声原则的时候——即和谐学派的原则。这种情况并不多，然而有。这已是一种规范——普希金的诗意词汇，你会时不时地容许迁喻法。例如，我写了完整的十四行诗组诗，所谓的《致玛丽·斯图尔特的十四行诗20首》，在很大程度上保留了普希金的迁喻法"（*Интервью 2000. С. 150*）。同时，作为例证他朗读的不是十四行诗的第6首，因为它的开端就是出自普希金的直接引文，而是朗读十四行诗结尾的第20首。

ДСК 的三个冗长的注释。苏格兰的文艺学家和翻译家皮特·法朗士不仅写到布罗茨基的组诗，还写到 ДСК 的英译问题（参见：*France 1990*）。极其详尽的逐行注释，多少因为顾及俄国读者而显得多余，提供者英国评论家 B. 维什尼亚克（参见：*Vishniak 1994*）。渊博的随笔献给ДСК，见 Л. М. 巴特金在其书中谈及布罗茨基的诗（参见：*Баткин 1997. С. 101 – 142*）。

Заглавие.（标题。）玛丽·斯图尔特（Mary Stewart，1542—1587），苏格兰女王，在 1558—1560 年期间嫁给法国国王法兰西斯二世。她那狂风暴雨般的个人生活和政治生涯在与英国女王伊丽莎白二世的情场角逐中度过，而结束于断头台上，成为许多文学艺术作品的题材。玛丽·斯图尔特的箴言 "En ma fin mon commencement"（法语，"我的终结乃是我的开端"）以改动的形式，"In my beginning is my end"（英语，"我的开端乃是我的终结"），重复出现于 T. C. 艾略特的诗«Ист Кокер»组诗（《四个四重奏》）的最初两个诗节，阿赫玛托娃从其中引用来作为《没有英雄人物的长诗》第二章的题词。玛丽·斯图尔特有一个时期曾是法国女王，因而雅克·费舍尔（Jacques Feuchere）制作的她的雕像也陈列于一系列其他法国国王和法国杰出女性的雕像之间，环绕着巴黎卢森堡花园中心的平台。玛丽·斯图尔特的这种雕塑造型与 M. Б. 有某些相似之处，后者是布罗茨基早年

大部分抒情诗的对象。

I．«мари, шотландцы все-таки скоты...»（《玛丽，苏格兰人毕竟是牲畜……》）

шотланцы все-таки скоты（苏格兰人毕竟是牲畜）——双语的语义相关：英语的"苏格兰"——Scots。

клетчатого клана.（方格氏族。）传统的苏格兰社会分为氏族；每个氏族穿该氏族所特有的方格衣料的民族服装（塔当）。

Двинешься с экрана.（你将离开银幕。）参见下面"Capa Леандр"的注释。

Люксембургский ［сад］（卢森堡［花园］）——装点着喷水池和雕像的花园，邻近一座同名宫殿，现在那里是法国参议院。事有凑巧，布罗茨基在巴黎下榻于熟人家里，住处就在卢森堡花园附近。"对我而言，卢森堡花园成了那么亲切的地方。认知：夏宫花园〈在彼得堡，在佩斯捷利大街布罗茨基的住宅附近。——洛谢夫注〉，卢森堡花园。连栅栏也有些相似"（*Пересеченная местность. С.* 166）。

встретил Вас〈…〉*и так как "все былое ожило/в отжившем сердце*（遇见了您……"往事全都/再现于过时的心里"）——讽刺性地模拟秋切夫的诗«К. Б.»（1870），其开头是"我遇见了您，往事历历，全都再现于过时的心里"，尤其是作为 С. 多瑙罗夫和 Б. 舍列梅季耶夫的抒情歌曲而风行一时。

II．«В конце большой войны не на живот ...»（《大战末期不惜生命……》）

萨拉/列昂德尔。准确地说，是扎拉·列安杰尔（Zarah Leander, 1907—1981）。瑞典女演员和卡巴莱酒吧的歌手，希特勒帝国的电影明星。她"代替了马尔莲·迪特里希，后者在纳粹分子夺取政权后离开了日耳曼帝国"（*Vishniak 1994*. P. 20）。在影片《女王的心》里（*Das Herz der KÖnigin*，1940，реж. Карл Фрёлих）扮演玛丽·斯图尔特。战后在苏联作为"缴获的影片"放映。关于这部影片给他留下的印象，布罗茨基在忆旧随笔《战利品》（1986）中叙述道："……我和阿道夫·希特勒有某种相同之处——我青少年时代的大爱名叫扎拉·列安杰尔。我只见过她一次，在那里，所谓的在那里和那时，《踏上断头台的路》〈……〉苏格兰女王玛丽的故事。看了这部电影我什么也不记得了，除了一个场面，年轻的宫廷侍从恭敬地把头俯伏在被判决的女王的庄严的膝上。在我看来，出现在银幕上的所有演员之中，她是最美的女星，而我随后的审美和爱好，他们本身是完全公正的，只以她的尺度的偏移来衡量。我体验到奇怪的快感，由于试图解释中断或消失的浪漫的开端。列安杰尔是在两年或三年前去世的，好像是在斯德哥尔摩。此后不久出了唱片，有她的几首流行歌曲，其中有一支儿歌 *Die Rose von Nowgorod*〈《诺夫哥罗德的玫瑰》，德语。——洛谢夫注〉作曲家署名'罗塔'，这不可能是别的什么人，就是尼诺·罗塔自己。曲调远胜于《日瓦戈医生》中拉拉的题材；正文——嗯，正文，幸而是德文，与我无关。嗓音——马尔莲·迪特里希在音色上下功夫，不过声乐技巧好得多。列安杰尔的确在唱，而不是朗读。而我一再想起，要是德国人聆听这个曲调，他们就不愿进军 nach Osten〈东方。——洛谢夫注〉"（OGAR. P. 10‑11；另一种译法见：*СИБ‑2*. T. 6. C. 17；另参见：《莉莉·马尔莲》的注释，№ 533）。

    Назад в «Спартак».（回到"斯巴达克"。）电影院"斯巴达克"位于彼得堡萨尔蒂科夫‑谢德林大街 8 号，一间离布罗茨基家很近的公寓里，也邻近 203 学校，布罗茨基曾在那里就读。

III. «Земной свой путь пройдя до середины...»（《自己尘世的路走到中间……》）

Земной свой путь пройдя до середины, /я, заявившись в Люксембургский сад.（自己尘世的路走到中间，/我，出现在去卢森堡花园的路上。）第一诗行——直接引自但丁《神曲》的首行（М. 洛津斯基译为"*до половины*"）。"……按佛罗伦萨人的计算，上溯至中世纪的传统，这时是三十五岁。布罗茨基在〈……〉1974 年非常接近于这个时期"（*Ранчин 2001. С. 8*）。第二个诗行讽刺性地模拟但丁的第二个诗行；"我出现在幽暗的森林里"。А. 兰钦指出（同上）同样的表现重复出现于《克洛米亚基》（№ 262）。

помесь Пантеона/со знаменитой «Завтрак на траве».（名人墓地的混血儿/和驰名的《草地上的早餐》。）名人墓地，那里安葬着法国伟人，离卢森堡花园不远。《草地上的早餐》（1863）——爱德华·马奈的一幅画，此画一出，引起轩然大波，因为描绘的是一个裸体女子混在一群穿着衣服的男人当中。在卢森堡花园的雕像中有历史人物的纪念碑，也有供观赏的赤裸的人像。

IV. «Красавица, которую я позже...»（《美人儿，我后来……》）

Любил сильней, чем Босуэлла— ты.（对她的爱胜过包斯威尔——你。）包斯威尔伯爵（Bothwell, 1536—1578），玛丽·斯图尔特的第三任丈夫。

Она ушла куда-то в макинтоше.（她穿着麦金托什雨衣走了。）勃洛克下述诗行的讽刺模拟迂说法："你忧伤地裹紧蓝色斗篷，/在潮湿的夜里离家出走"（《关于豪迈，关于功勋，关于荣耀……》，1908）。

гортань … того …（喉咙……那个……）按评论家的意见（*Ранчин 2001. С. 24*）代词"那个"指的是 ДСК 中的果戈理基础（见下）。

V. **«Число твоих любовников，мари…»**（《你情人的数目，玛丽……》）

Число твоих любовников，Мари，/превысило собою цифру три〈...〉для современников была ты блядь.（你情人的数目，玛丽，/突破了数字 3……对现代人而言你就是荡妇。）玛丽·斯图尔特三次嫁人，不过关于她的艳遇的流言，现代历史学家表示怀疑。一般地说，淫秽的词汇在布罗茨基那里相对罕见（有些词根本不用），"荡妇"及其派生词比较常用——总共有九次（参见：*Patera 2003*），用于本义的——"淫乱的妇人"——只有三次。有一回在对匿名人物的叙述中（《想象》，№ 392）曾两次出现于作者的的语言：ДСК 和《提比略的胸像》（№ 323；"你也娶了荡妇为妻"）。有意思的是拿后两种场合对比下面的回忆所作出的见证："……他的浪漫的爱情，我们了解其发展的过程，不仅依据犀利的诗歌，而且依据近距离观察到的情况，有时还依据被迫地参与其中，几乎完全从诗歌转移到日常生活，〈阿赫玛托娃〉说：'归根结底，诗人要明白，哪里是缪斯，哪里是荡妇'。（振聋发聩，恰似'放！'随即枪响；这个词她还用过一次，不过是在引文里，总之，此前或此后这样的词她从未用过。我要作些补充，这个词与现实生活中的女士无关，说出它是绝对不应该的，尤其是出于同情或恶意，也正是如此，使可怜的娜塔莉娅·尼科拉耶夫娜适逢其怒，——不过计数来自诗人，也就向他提出了不容降低的要求。）"（*Найман 1997*）。

VI. **«Я вас любил. любовь еще（возможно…»**（《我爱过

您。爱情还（可能……》）

Я вас любил. Любовь еще возможно ⟨...⟩ Я вас любил так сильно, безнадежно, /как дай вам Бог.（我爱过您。爱情还 ⟨……⟩ 我对您的爱那么强烈，绝望，/愿上帝保佑您。）出自普希金的似曾相识的诗句"我爱过您：爱情还，或许……"（1829）。比较：В. 索斯诺拉的一首无标题诗的开头，它也是基于戏谑地模拟普希金的文选诗行："我爱过您。爱情还——可以存在。不过那是不可能的……"（Виктор Соснора Возвращение к морю. Лирика. Л.: Советский писатель, 1989. С. 173）。对十四行诗的详细分析参见：*Жолковский 1986*。

не сотворит — по Пармениду— дважды.（按巴门尼德的观点——绝对不会创造两次。）巴门尼德（公元前540—前480），古希腊哲学家，埃利尼学派的奠基者。不过他的哲学的基本论点之一：世界不可能有任何变化，即他的世界观与赫拉克利特的世界观相对立，后者教导说，"万物皆流……"因而人"不能两次踏进同一条河"。因而巴门尼德这一行文字的意思就在于什么也不会重复，因为什么也不会变（难怪下一首十四行诗的开端是"巴黎没有变……"）。巴门尼德和赫拉克利特的对比有一个共同点，即作为哲学史的初级课程在苏联的学校里讲授，属于马克思—列宁主义或辩证唯物主义课程。布罗茨基1958年曾作为旁听生在列宁格勒大学听这门课（*Смирнов 1997*. С. 145）。另参见：《出自巴门尼德》和《波斯之箭》（№ 356，418）。

VII. «Париж не изменился. Плас де Вож...»（《巴黎没有变。孚日广场……》）

Плас де Вож（Place des Vosges，孚日广场）——巴黎历史最悠久的广场。

бульвар Распай（Raspail，拉斯拜尔林荫道）——巴黎左岸的主要交通干线之一，从卢森堡花园附近经过。

входит айне кляйне нахт мужик（列入小夜曲）——语义双关地利用莫扎特驰名作品的名称《Eine kleine Nachtmusik》（德语，《小夜曲》）。

Луна, что твой генсек в паравиче.（月儿，你瘫痪的总书记情况如何。）未必是指某个具体的人，麻痹症也曾打败去世前的斯大林和列宁（不过ДСК写于身体的病痛想必开始折磨勃烈日涅夫的时候）。万能的统治者由于身体虚弱而沮丧的形象占据着布罗茨基的想象。改革年代曾刊登列宁高龄瘫痪的照片，布罗茨基从刊物上剪下来，放在皮夹里带在身边。看来，比较的涵义不在于月亮和瘫痪老人的目视相似，而在于月亮好像静止不动。

VIII. «На склоне лет, в стране за океаном…»（《垂暮之年，身在大洋彼岸的国家……》）

На склоне лет, в стране за океаном/（открытой, как я думаю, при Вас）.（垂暮之年，身在大洋彼岸的国家/［其开拓，我想，是在您的年代］。）"我写这些诗始于巴黎，而终于安阿伯"（*Пересеченная местность. С.* 166）。不过开发美洲的时期公认是在1492年，而欧洲人开拓北美大陆则始于16世纪。

помятый свой иконостас.（自己无精打采的圣像壁。）在这里圣像壁——隐喻外部的云朵，实体。

Я б гордым показал тебя славянам.（我会骄傲地向斯拉夫人介绍你。）ДСК中来自普希金的又一句潜在的引文；在普希金笔下——"斯拉夫人骄傲的子孙"（《我为自己建造了非人工的纪念碑……》，1836）。

Alas（英语）——唉。

IX. «Равнина. Трубы. Входят двое. Лязг...» （《平原。军号。有两个人进来。交战……》）

«Мы протестанты». /《А мы католики».* （"我们是新教徒。"/"而我们是天主教徒。"）玛丽·斯图尔特和她的拥护者是天主教徒，而那时的英格兰是新教国家。玛丽·斯图尔特和伊丽莎白一世的政治军事斗争有宗教的内幕。

Примерка шали. "Где это— Дамаск?" （试穿长袍。"这是在哪里——大马士革？"）引出这个问题，是由于名贵的长袍要用花缎或锦缎、丝绸来做，"丝绸的装饰图案则以缎子编结而成〈……〉。用以编结图案的是丝织品或其它衣料。〈……〉来自叙利亚城市大马士革的名称，大马士革在中世纪早期就编织缎子"（Р. М. Кирсанова, Розовая ксандрейка и драдедамовый платок. Костюм — вещь и образ в русской литературе XIX века, М.: Книга, 1989. С. 74）。以下三个诗行的色情—暗示性质与白银时代轻佻诗中"大马士革"这个词的独特含义有关。В. М. 日尔蒙斯基在阿赫玛托娃《没有主角的长诗》的注释里是这样解释的：

"按福音书上的传说（《使徒行传》，第 9 章），异教徒扫罗在去大马色的路上听到耶稣的声音，转向新的信仰，开始以使徒保罗的名义传扬基督教。В. 勃留索夫的诗《去大马色》把肉体的情欲比作那样奇妙的狂喜：

> 我们被卷入最后的
> 爱抚的漩涡。
> 瞧，这就是亘古注定的
> 我们去大马色的旅程。

这个形象也出现于 В. С. 克尼亚泽夫 1913 年献给情人的诗，那是他在自杀前不久写的：

> 我亲吻了'大马色的正门'，
> 正门有缠上兽类毛皮的盾牌，
> 我但愿此刻戴上面罩，
> 成为世间最幸福的人！

按同时代人的讲述，格列博娃参加了'流浪狗'的演出，奇迹剧'走出大马色之路'，仿效古代戏剧的风格。比较 Ф. 索洛古布写给格列博娃-苏杰伊金娜的赞美诗〈……〉：

> 如果热情的手指
> 向你许诺爱情和亲热，
> 你会愉快地垂下眼睛
> 回忆引人入胜的大马色。

(В кн.: Анна Ахматова. Стихотворения и поэмы. Л.: Советский писатель，1976. С. 517)。

Ночь в небольшой по-голливудски замке.（不大的荷里路德风格的城堡之夜。）荷里路德（Holyrood），苏格兰首都爱丁堡的古老宫殿，女王的官邸。玛丽·斯图尔特有一个时期住在那里。"……要有外国人的听觉，才听得出这个名称中的荷里路德的余音"（*France 1990*. P. 99）。

X. «Осенний вечер. Якобы с Каменой…»（《秋日黄昏。仿佛带着卡梅娜……》）手稿——РНБ。

С Каменой.（带着卡梅娜。）卡梅娜——缪斯（俄语单词：
муза，不要求第一个字母大写）。

хор Краснознаменный.（红旗合唱团。）即获得红旗勋章的合
唱团体；这样的合唱团演唱的爱国歌曲时常响起于苏联的无线电
广播节目。

изделия хромого бочара/из Гамбурга.（瘸腿箍桶匠的产品/来
自汉堡。）使用迂喻法描写月亮，基于果戈理《狂人日记》的如
下片段："月亮普通都是在汉堡做的；做得很不行。我纳闷儿英
国为什么没注意到这件事。这是一个瘸腿的箍桶匠做的，这傻瓜
显然不懂得月亮应该怎么做"。Л. 巴特金在其随笔《作为生存条
件的讽刺模拟》（*Баткин* 1997A. C. 101–142）中指出，ДСК 总的
说来，是讽刺性地模拟《狂人日记》（特尼扬诺夫意义上的讽刺模
拟，不一定就是贬低，而是对前面的文字作修辞上的改变）并在
ДСК 中找到很多与果戈理的潜在的呼应。他注意到寄语失去的情
妇的诗开启了组诗《言语的一部分》，也以出自《狂人日记》的引
文作为开端（参见：同上。C. 105；参见"从哪里也没有人带着爱
飞来……"的注释）。"汉堡制造的月亮"在未完成的片段"我啪
地开了电灯，于是女儿……"中也有所提及（*РНБ*）。

К подержанным вещам 〈...〉 */у времени чуть больше,
вероятно, /доверия, чем к свежим овощам.*（时间对于〈……〉
旧家什的/信赖，想必，略大于/对新鲜蔬菜的信赖。）比较这同
一个题材在《美好时代的终结》第 5 诗节中的变异（№ 87）。

в посадском, молью траченом жакете.（穿着市郊的，被衣蛾
咬坏的短上衣。）这意想不到的形容词"市郊的"说明，这是郊
区女居民穿的短上衣（所谓的短上衣，主要是妇女的外衣——
夹克衫，或短大衣）。黑色鼹鼠皮大衣到 40 年代末几乎还是中年

妇女的工作服，她们从郊区把牛奶和蔬菜运到列宁格勒来。

XI. «Лязг ножниц, ощущение озноба...»（《剪子的嘎吱声，感觉到一阵寒颤⋯⋯》）

Лязг ножниц, ощущение озноба.（剪子的嘎吱声，感觉到一阵寒颤。）电影《踏上断头台的路》有玛丽·斯图尔特在临死前理发的镜头。

Рок 〈...〉 что брачные, что царские венцы, /снимает с нас.. 〈...〉 Прощай, юнцы, их гордые отцы（命运〈⋯⋯〉什么婚姻，什么皇冠，/一概被剥夺〈⋯⋯〉别了，年轻人，他们高傲的父辈。）"作者谈到被剥夺的婚礼上的皇冠时，指的是玛丽告别她死去的第一任丈夫，法兰西国王法兰西斯二世，告别她的被杀害的第二任丈夫，并拆散包斯威尔和安娜·戈尔东的合法婚姻。至于被剥夺的王冠，是暗指玛丽·斯图尔特的退位诏，1567年7月25日签署于洛赫列文的宫殿。至于'年轻人'，作者是指许多青年由于和玛丽的亲密关系而惨死：皮埃洛·德·沙司捷利亚尔、戴维德·里措、根里·达尔恩利、詹姆斯·包斯威尔，还有焦尔吉·杜格拉斯及其子威廉，一个16岁的少年侍从，他们曾帮助女王逃离洛赫列文。所谓'高傲的父辈'，想必指的是达尔恩利的父亲连诺克斯勋爵，他未必会宽恕玛丽·斯图尔特处死他的儿子，或威廉的父亲道格拉斯，或很多其他人"（*Vishniak 1994.* P. 35－36）。

«Я одна, а вас 〈...〉 много».（"我一个，而你们〈⋯⋯〉这么多。"）苏联的女售货员，女售票员和其他女职员在顾客、主顾包围中的标准用语。

XII. «Что делает Историю？ — Тела...»（《什么创造历史？——尸体⋯⋯》）

Что делает Историю? — тела. /Искусство? — Обезглавленное тело. (什么创造历史？——尸体。/艺术？——被砍了头的尸体。) 法朗士把这些诗行和玛丽·斯图尔特的名言"我的终点乃是我的起点"联系起来 (*Fpance 1990. P. 112*)。

Истории влетело/от Шиллера. (从席勒那里/飞进了历史。) 席勒 (1759—1805) 的剧本《玛丽·斯图尔特》(1801)，——也许，这是同一主题的最驰名的文学作品，有大量虚构的人物和情节。

XIII. «**Баран трясет кудряшками（они же...**» (《山羊晃动着卷发（那却是……》)

Вокруг Гленкорны Дугласы (四周是格伦科尔纳，杜格拉萨) ——苏格兰所特有的姓氏。

Вышла в неглиже. (她是穿着家常便服出来的。) 依据历史资料，玛丽·斯图尔特走向刑场时穿着斗篷和带有长后襟的连衣裙，长后襟的下面是红色的——为了使血色不显眼——女衬衣。

Как просвечивала жэ! (她怎么露出了жэ！) 以小市民的委婉语代替粗俗语的首字母："жэ"——"ж［опа］（屁股）。"

взять хоть Иванова：/звучит как баба в каждом падеже. (就拿伊万诺娃这个俄语词来说吧：/每一个格的发音都是阴性。) 男人的姓"伊万诺夫"六个格的形式中的三个，单数第二、第三和第四格都是同音同形，相应地，第一格，第四格是女子的姓的第一格"伊万诺娃"。

XIV. «**Любовь сильней разлуки, но разлука...**» (《爱情强于离别，不过离别……》)

страсть, как Шива шестирука, /бессильна — юбку. (情欲好像六臂湿婆，/无力——裙子。) 破折号在这里代替前文一个

句子中的动词"抬",以免重复。湿婆,有时显露出四条手臂,是印度教的三位主神之一;他的主要象征——林伽(男性生殖器),因为湿婆是——创造力的源泉。在十四行诗第20首里潜入ДСК 中的是皮格马利翁的情节单位,这位艺术家迷恋自己雕塑的少女像。

воздвиг бы я не камень, но стекло, /Мари, как воплощение гудбая.(我所建立的不是砖头,而是玻璃,/玛丽,以此体现古德拜。)——体现告别(来自英语 good bye, "再见")。Л. M. 巴特金认为,指的是航空港的玻璃墙,永远隔开了抒情主人公和情妇(参见:*Баткин 1997. С. 118*)。

XV. «Не то тебя, скажу тебе, сгубило...»(《否则你呀,告诉你吧,会遭到杀害……》)

женихи твои в бою/поднять не звали плотников стропила.(你的未婚夫们在战斗中/没有召唤木工来抬起桁架。)引自古希腊女诗人萨福(公元前七世纪)的婚礼歌:

> 哎,你们把天花板抬起来,——
>
> 噢,许墨奈俄斯!
>
> 高些,木匠们,高些嘛!
>
> 噢,许墨奈俄斯!
>
> 新郎进来了,像阿瑞斯一样,
>
> 高于最高的丈夫们!

(俄译者 B. 韦列萨耶娃)

布罗茨基把这段译文和 Дж. Д. 塞林杰尔短篇小说的俄语篇名:《桁架要高些,木匠们!》(俄译者 Р. Райт-Ковалевой:

Новый мир. 1965. № 9）混杂在一起。玛丽·斯图尔特的未婚夫们并不是像战神阿瑞斯那样的战斗中的巨人。

Не «ты» и «вы», смешавшиеся в «ю».（不是"你"和"您"掺杂于"ю"。）临近十六世纪，甚至还更早些，代词"你"（thou）几乎已经被挤出英语的口语，而社会地位较低与较高的人交谈要尊称"您"（you）。这样一来，语言的客套本身有碍于在女王玛丽和她的意中人之间建立亲密关系。

не чьи- то симпатичные чернила.（不是谁的惹人喜爱的墨水。）在被监禁期间，玛丽·斯图尔特利用各种隐秘手段把信函传递给自己的同伙，其中也包括看不见的（симпатические：隐显）墨水（参见：*Vishniak 1994. P.* 41－42）。布罗茨基把它戏称为"惹人喜爱的（симпатичный）"墨水。

не песня та, что пела соловью/испанскому ты в камере уныло.（不是那首歌，你在囚室里/忧郁地唱给西班牙的夜莺听。）"西班牙的夜莺"——西班牙国王腓力二世，玛丽·斯图尔特竭力与他保持联系，对他的帮助寄予厚望。囚室"是作者在影片［《踏上断头台的路》］的影响下想象的"（同上，P. 42），其实直至处决前，玛丽在宫殿里一直享有她的崇高称号所应得的供奉。

заделали свинью.（烤了一头猪，俗语。）即"暗地里捣鬼"，故意找茬。

XVI. «Тьма скрадывает, сказано, углы...»（《黑暗，说过了，遮掩着房屋的四角……》）

Тьма скрадывает, сказано, углы.（黑暗，说过了，遮掩着房屋的四角。）B. 维什尼亚克认为，"说过了"指出，这个诗行是引文，其来源是——《圣经》："不料，有狂风从旷野刮来，击

打房屋的四角，房屋倒塌在少年人身上，他们就都死了；惟有我一人逃脱，来报信给你。"（《约伯记》第 1 章，第 19 节）（*Vishniak 1994*. P. 43－44）。

петь на голос «Унылую пору» .（放声唱"凄凉的时刻"。）十四行诗第 16 首中秋色渐衰的景色（夜幕笼罩着暗红色秋叶的一片火光，只有不多的叶子转化为"腐殖质的覆盖层"而完好无损）结尾是援引俄罗斯抒情诗中标准的伤秋之作，普希金的《秋》（1833），其中从童年起熟记的一个片段始于："令人忧伤的季节！你是多么迷人……"

XVII. «То，что исторгло изумленный крик...»（《从英国人的嘴里发出了……》）

что отвернуть на миг/Филиппа от портрета лик/заставило и снарядить Армаду.（在这个瞬间，/腓力的脸没有从画像上/扭开，也就迫使他装备舰队。）腓力二世（参见上面"西班牙的夜莺"的注释）。某些历史学家认为，处决虔诚的天主教徒玛丽·斯图尔特的是"异教徒"伊丽莎白一世，她诱使腓力决定在 1588 年向英格兰海岸派遣强大的海军，"无敌舰队"（对西班牙的腓力而言，事态的结束令人沮丧——由于海上风暴和英国人成功的作战行动，舰队被全歼）。

твой парик，/упавший с головы упавшей/（дурная бесконечность）.（你的假发，/从掉下的脑袋上掉下/［恶的无限性］。）词语"恶的无限性"（schlechte Unendlichkeit）出自黑格尔的《逻辑学》，曾风行一时，因为列宁的《哲学笔记》使用过，而且这部著作是马克思—列宁主义和辩证唯物主义学习班研习的课程内容（参见上面"按巴门尼德的观点——绝对不会创造"的注释）。"其实恶的无限性这个概念本身，认真地说并不

适用于这个情况〈简单的同音同形的和声：*упавший-упавшей*，*парик падает с падающей голвы*（假发从掉下的脑袋上掉下。）〉，然而可以用作对于黑格尔哲学崇高话题的戏仿，更确切的说，是对辩证唯物主义的戏仿，这种戏仿把它们拉低到不堪入目的客观现实的水平上"（同上，P. 46）。

не вызвал рукопашной/меж зрителей.（不要引起观众的/斗殴。）历史学家证明，曾采取措施，不让任何人带走处决地点的任何纪念品（同上）。

поднял на ноги врагов.（让敌人站稳了脚跟。）参见上面"派遣舰队"的注释。

XVIII. «Для рта, проговорившего "прощай"...»（《对说过"别了"的嘴而言……》）

язык, что крыса, копошится в соре.（语言，就像耗子，在垃圾里乱翻。）皮特·法朗士在这里注意到著名的阿赫玛托娃的似曾相识的表达"要是你知道啊，从什么样的垃圾里长出诗歌……"（《战争的颂歌于我无益……》，1940）　（*France 1990.* P. 105），而弗拉基米尔·维什尼亚克也把这个形象与帕斯特纳克《酒宴》的一个诗行联系起来："抑抑扬格，好像老鼠在面包盘子里翻寻……"，——并注意到创作过程持久地倾向于庸俗化的隐喻：阿赫玛托娃——垃圾，帕斯特纳克——老鼠，布罗茨基——垃圾，耗子（*Vishniak 1994.* P. 48）。

XIX. «Мари, теперь в Шотландии есть шерсть...»（《玛丽，现在苏格兰有羊毛……》）

В озерах 〈...〉 явились монстры (василиски).（湖里〈……〉出现了水怪［怪蛇］。）暗示报刊定期报道，苏格兰尼斯湖里似乎有巨大的水怪出没。怪蛇——神话传说中很可怕的蛇，头上有

尖顶，令人联想到"尼斯湖水怪"的一些画像。

И скоро будет собственная нефть/ шотландская, в бутылках из-под виски.（很快就会有自己的石油，／苏格兰的，灌在装过威士忌的瓶子里。）在创作 ДСК 期间，北海大陆架的石油刚在开发；威士忌，还有毛织物——苏格兰的传统出口商品。

XX．«Пером простым — неправда, что мятежным!...»（《平常的鹅毛笔——撒谎，它在造反！……》）

Пером прнстым — неправда, что мятежным!（平常的鹅毛笔——撒谎，它在造反！）形容词"мятежный"（造反的），涉及感情领域及其表达，并与"нежный"（温柔的）押韵，——ДСК 中的又一个普希金的似曾相识的表达。比较普希金的："Страстей чужих язык мятежный"（《叶甫盖尼·奥涅金》，第三章 3，第二四节），"одарена воображением мятежным"（同上，第九节），"страстей умолкнул глас мятежный"（《哀诗》，《我以为爱情永远消逝了……》）等等。韵脚 *мятежный-нежный* ——见于最初援引的例子，也见于《致＊＊＊》（《我还记得那美妙的一瞬……》）。

обучала чувствам нежным.（教我学会温柔。）"温柔"，作为感伤主义教育的一个科目——来自布罗茨基给予高度评价的 Н. М. 卡拉姆津，他在其纲领性的《致妇女》（1795）中写道，诗人"会为高雅的情感找到恰当的话语"。（卡拉姆津用着重号突出这首诗的结尾："他曾是温柔女性的最温柔的男友！"）

В Непале есть столица Катманду.（尼泊尔有首都加德满都。）看来，这显然是前后不连贯的陈述（因此甚至留有空白）其实在语义上涉及早期有过的两种语言的双关谐语：英语动词 cut（切开）和俄语粗俗词 манда（女性生殖器）的第四格。比

较十四行诗第 13 首勋爵的对白："'若是用它砍得低一些⋯'／'须知不是农夫啊⋯'"于是尼泊尔首都的名称也出现在眼前，好像俄罗斯俗语"捅出实情"的俏皮的迂喻法。然而维什尼亚克或法朗士在注释这个诗行时却忘了，在表面的语义水平上，它毕竟依然是荒谬的前后不连贯的陈述，准备着随之而来的声明："偶然事件，是不可避免的，／会给任何一种劳动带来益处"。这样陈述己见，也像结尾的三个诗行一样，涉及赶在一张白纸之前转化为某种别的东西，是布罗茨基创作的哲学特征，语文创作活动是把生命的荒诞改变为文字；比较"⋯⋯苦难的总和产生荒谬；／让荒谬具有形体吧！／但愿它的容器显现／黑的什么在白的什么上面"（《致 Z. 将军的信》，№ 84）。

155—161. *Мексиканский дивертисмент* （《墨西哥余兴节目》，下称：МД）。Вестник Российского Христианского Движения. 1976. № 3. С. 206 – 216.

1975 年夏布罗茨基在墨西哥作了一次短暂的旅行，是应邀参加电视节目（参见：*Пересеченная местность.* С. 157 – 159），在墨西哥市度过几天，去库埃纳瓦卡拜访了奥克塔维奥·帕斯（见下文），乘汽车去过东南方的尤卡坦半岛，那里保存着玛雅文明的建筑艺术纪念碑。此前"在 60 年代布罗茨基——作为译者——有幸及时接触到'拉丁美洲的资料'各家诗选'牧人之歌'（1964），他为这部诗选翻译了阿根廷人霍谢·拉莫那·卢内的《狂欢节的回旋曲》，而古巴的诗集有一个矫饰的书名《红霞岛》，他在这本诗集中幸运地得到了可供翻译的 Э. 弗洛里特极其高雅的抒情诗（*Грушко* 1990. С. 121）"。自注："关于这个组诗我能说些什么呢——它坚持各式各样的诗格，西班牙语的诗格。用四音步写的所有部分——系词〈看来是偶然失言——МД中没有用四音步写的诗行——洛谢夫注〉，这是民间口头创作的韵文，西班牙的浪漫"（*Пересеченная местность*. С. 159；比较№ 9《丘陵》中一个像用西班牙语写的诗行）。

沿着旅行的足迹所写的 МД 在分为七个部分的结构上，也在个别部分情节表现形式的特征上类似于《立陶宛余兴节目（№ 100-106)》，（见下文）。差别也是实质性的：МД 几乎三倍于《立陶宛余兴节目》，构成前者的诗（《在"大陆"饭店》除外）不是简略的抒情小品，而是充分展开的巨作，在体裁方面接近于叙事诗或哀诗。旅行中的作者的形象也有了明显的改变：他不再过于温情，不因新的印象而满怀热忱，倾向于怀疑论的几乎是下流的历史观。他还发表对他正在旅行的国家的历史更有充分根据的认识。МД 的贯穿始终的主题——历史过程的荒谬的、从不带来有益成果的残酷性——在反复出现的射击武器、饮弹毙命的形象中得到表现（布罗茨基常备的手册——布罗克豪斯和叶夫龙俄文百科辞典在关于墨西哥 19 世纪史的简短札记里，"枪毙"这个词就出现了五次；相当重要的还有死亡的狂欢化，总之，这是墨西哥民间和高级文化的特征。对此布罗茨基早在 60 年代就有机会进行确认，那时苏联举办了大规模的墨西哥文化展览）。主要的"发现墨西哥"反映于 МД 结尾的两个诗行：任何奇特的，从俄罗斯的视角来看，地理环境，任何历史突变都既不能减轻，也不能减少社会的不公正行为，人与人之间所表现的残忍。这使 МД 成为争议性的，1960 年代后出于政治正确先验地认为，殖民地以前的文明优于殖民地的文明。П. 格鲁什科在上面援引的文章中指出，不强调异国风情，是俄语抒情诗的拉丁美洲题材的典型特征，在 МД 中"诗人的思考靠的不是异国情调，而是日常生活，不是差异，而是墨西哥和俄罗斯的历史波折的相似"（Грушко 1990. С. 120）。

Посвящение.（献辞。）布罗茨基来到墨西哥是受邀于诗人和随笔作家奥克塔维奥·帕斯（Paz，1914—1998，获得诺贝尔文学奖，1990）。两位作家的相识开始于涉及列夫·舍斯托夫哲学的交谈（参见迈科尔·伊格纳季耶夫和奥克塔维奥·帕斯的谈话：*Труды и дни 1998. С. 256—258*）尽管年龄的差距很大，相识还是转变为多年的友情。帕斯关于墨西哥历史的思考不可能不使布罗茨基想起恰达耶夫和他本人关于俄罗斯的历史命运及俄罗斯的文化："作为路边的人民，作为历史边缘的居民，我们，拉丁美洲人，作为不速之客从后门钻进西方世界。到哪里都迟了，出生于历史的晚期，我们没有过去，即使有，我们也唾弃过去所保存下来的东西，我们的人民沉睡了一百年。〈……〉尽管如此，尽管在我们的边缘地带爱思索的人不受待见，然而诗人，散文作家，画家可与世界上最优秀的比肩，不断地在各处涌现……"（Octavio Paz. Te Other Mexico：Critique of the Pyramid. New York：Grove Press，1972. P. X）。

1. Гуернавака.（《库埃纳瓦卡》。）

Заглавие.（标题。）Cuernavaca，现在公认的俄语拼写是：Куэрнавака，——墨西哥东南尤卡坦州的首府，古代的西班牙城市，离著名的玛雅遗址不远。布罗茨基曾在那里的 O. 帕斯家做客。

这是献给斐迪南-约瑟夫-马克西米连大公（1832—1867）的两首诗之一，他是奥匈帝国皇帝弗兰茨·约瑟夫的弟弟。1803年在法兰西的军事支持下，奥地利大公被正式宣布为墨西哥皇帝马克西米连一世。他的统治持续了三年，以冷酷无情的国内战争而著称。大多数墨西哥人不尊重马克西米连，认为在贝尼托·胡亚雷斯领导下的自由主义政府才是合法的（见下）。后者有合众国的支持。1867 年 5 月马克西米连被共和主义者俘虏，并于七月十九日根据军事法庭的判决枪毙。有多种语言的不少作品献给马克西米连的凄惨的命运，还有爱德华·马奈的画《皇帝马克西米连的处决》（1867），弗兰茨·威弗尔的戏剧《胡亚雷斯和马克西米连》（1924）和以它为基础的好莱坞电影《胡亚雷斯》（1939；导演威廉·迪特莱）（参见 *Тименчик* 2002）。使被枪毙的皇帝的形象具有浪漫主义色彩的，是因为他的出生就处于浪漫主义的传说中——始终流传着一个信息，说他真正的父亲是莱希施塔德公爵，拿破仑一世之子（"鹰雏"，罗斯丹的驰名戏剧，茨维塔耶娃青年时代诗歌的主人公），而且他本身也是业余诗人。不仅有享乐主义（参见下面的注释），而且也有 M. 的斯多葛派的坚忍不拔，在布罗茨基诗中符合众所周知的马克西米连的性格：在青年时代他为自己规定了 27 条行为准则，总是恪守不渝；第 17 条准则是"永远不要诉苦，因为这是懦弱的迹象"，而为第 22 条准则选择了英语的表达"Take it coolly"（"对一切都要冷静以对"）（Jasper Ridley. Maximilian and Juarez. New York：Ticknor & Fields，1992. P. 48）。

B саду.（在花园里。）初次造访库埃纳瓦卡后，马克西米连迷醉于它的名胜之一，出色的花园，它环绕着建成于 18 世纪的当地财主的别墅。此时之前花园已经由于热带植物群的挤压而荒芜，花园里的塑像、凉台、水池，也都残破不堪。他作了不少努力，使得繁茂的花园井然有序。他在花园里度过很多时间，还因为他毕生认真地迷恋植物。

M. ⟨...⟩ /Сад густ, как тесно набранное «Ж». (M. ⟨……⟩ /

花园茂密，好像用铅字排得紧密的"Ж"。）以姓名的首字母命名主人公，从修辞上把组诗的第一首诗和百科全书的札记联系起来。"由于百科全书的札记"组诗也就结束了。同时，M. 和另一个成对的首字母 Ж.（Мужское/Женское——男/女）把色情的主题引入МД。排得紧密的"Ж"（诗学的自由——一个字母不可能排得紧密或拥挤）作者是这样解释的："字母 Ж 挤在所排的诗行中"。在这里重要的是"女性的形象"，不会受到转喻的性质被抑制的影响。

французский протеже.（法兰西举足轻重的人物。）见上文。

имел красавицу густой индейской крови.（他有一个美人儿，具有浓重的印第安人血统。）尽管强烈地眷恋妻子夏洛特（见下文），马克西米连众多的风流韵事尽人皆知。大多数回忆录作者提及皇帝和十八岁的康塞普西翁·谢达诺的长期同居关系，她是库埃纳瓦卡的一个园丁的女儿，而且有些人证实，她给皇帝生了一个儿子（Joan Haslip. Te Crown of Mexico：Maximilian and His Empress Carlota. New York：Holt, Rinehart and Winston，1971. P. 357）。

М. был здесь императором три года（M. 在这里称帝三年）——1864—1867。

Он ввел хрусталь，шампанское，балы.（他引进了水晶玻璃制品、香槟酒、舞会。）"开支增加了，用于皇宫的供奉、舞会和招待会。在胡亚雷斯任总统期间，某些激进分子指责他给自己规定的薪俸太多，而且把太多的钱花在宴会和国家招待会的香槟酒上；不过，胡亚雷斯的一切开销都出自本人的年俸三万美元。马克西米连宫廷的花销是一万五千美元一年"（Jasper Ridley. Op. cit. P. 173）。

селяне околачивают груши.（粗俗语，农夫们在敲打梨子。）
"敲打梨子——游手好闲，无所事事"。

«Мой сурок».（"我的土拨鼠"。）贝多芬为康德的诗谱写的驰名的浪漫曲（作品编号 52）在俄语译文中的首行是："我在不同的国家到处流浪而我的土拨鼠和我……"

Жена/сошла с ума в Париже.（妻子/在巴黎发疯了。）夏洛特-阿马利亚（在墨西哥——女皇卡洛塔；1840—1927），比利时国王利阿波德一世的女儿，1857 年成为马克西米连的妻子。马克西米连爱自己美丽，有良好教养而又聪慧的妻子，她积极地参与他的政治生涯，包括决定接受墨西哥的皇冠。然而他们的亲密关系由于夏洛特不能生育和马克西米连的经常出轨而满怀忧伤。1866 年 7 月拿破仑三世决定从墨西哥撤出法军，从而让自己的"举足轻重的人物"听凭命运的摆布，夏洛特前往欧洲企图使法国政府改弦易辙。她未能如愿，同年秋在意大利，她开始出现精神病的症状急性迫害狂。马克西米连去世前不久，听到误传的夏洛特的死讯，也就信以为真。实际上精神病患者墨西哥前女皇夏洛特比自己的丈夫多活了六十年。

Гочкис（哈奇开斯机枪）——美国人哈奇开斯（B. B, Hotchkiss）设计的机枪；时代错乱：自动射击武器只是在 1870 年代初才出现，而广泛投入使用是在第一次世界大战时期。

третичный известняк.（第三纪石灰岩。）"……在墨西哥湾的岸边附近有第三纪所形成的丘陵地区。〈...〉盆地高原尤卡坦半岛就来自第三纪的疏松的石灰岩"（Энциклопедический словарь. T. XIX. СПб.: Ф. А. Брокгауз и И. А. Ефрон，1896. C. 6）。

Пошлите альманахов и поэм.（请把诗选和长诗寄来。）马克西米连从童年起毕生不疏远文学：他写过应景诗、旅行纪实、回

忆录。

моя мулатка.（我的混血女后裔。）如果说的是"具有浓重的印第安人血统的美人儿"，那就应该称之为"混血儿"，而称为混血后裔的是黑人和白种人通婚所生的子女；在不知有奴隶占有制的墨西哥，只是在一些港市才有为数不多的黑人居民。这里，尤其是在随后的一首诗中，大概布罗茨基宁可用"混血后裔"是出于语音方面的考虑。

Конец июля прячется в дожди.（七月的末尾躲在雨里。）一般地说，墨西哥有气候干燥的特点，可是布罗茨基在其旅行期间却碰上了"出奇的倾盆大雨"（*Пересеченная местность. С.* 159）。

наступают выборы и лес.（选举和树林渐渐逼近。）拿选举和树林作比较，另参见《潟湖》（№ 132）。

стена осела деснами в овраг.（墙壁的牙床下沉到沟壑。）把古建筑的遗址比拟为有龋齿的口腔，另参见《在湖畔》（№ 127）。

2. 1867.

Заглавие.（标题）——马克西米连皇帝死去的一年（另参见上一首诗的注释）。这首诗被谱写为驰名的阿根廷探戈舞曲 *El Choclo*（作曲者安杰尔·维洛多［Angel Villoldo］，作于 1905 年），有名的俄语民间音乐如"在杰里巴斯大街上开了一家啤酒馆……"（出自"El. Choclo"的一行音符马雅可夫斯基曾引用于长诗《战争与和平》，1916）。关于对探戈舞曲的爱好，布罗茨基写于自传体的随笔《战利品》（*The Spoils of War*：OGAR. P. 18；译文见：СИБ‐2. Т. 6）。对《1867》的文学，音乐，历史文化的潜在含义的研究见：Тименчик2002。

то, что станет танго.（开始成为探戈。）有意识的时代错乱——探戈只是在 20 世纪初才开始流行。

Мулатка тает от любви, как шоколадка.（混血女后裔由于爱情而熔化，像一小块巧克力。）参见上一首诗的注释。

Хуарец.（胡亚雷斯。）贝尼托·胡亚雷斯（现代音标；Benito Juarez；1806—1872），印第安人，通过自己的努力接受教育，成为律师，后来成为国务活动家。作为自由主义政府的首脑，胡亚雷斯领导了抵抗法国的武装干涉及其代理人。在法庭审判马克西米连之后，他拒绝签署特赦被判处死刑的皇帝的命令，甚至无视国际自由革命派社会舆论界如加里波第和雨果，这样重要的人物的呼吁。胡亚雷斯担心，活下来的马克西米连会把追随者召集在自己的周围恢复墨西哥的君主制。

в расчерченной на клетки/Хуарец ведомости делает отметки.（用线条画上方格/胡亚雷斯给统计表打上标记。）电影《胡亚雷斯》（参见上一首诗的注释）有一个相似的场面，而且位于前景的正是办公室里的统计表（Timenchik. 1999. P. 61）。另比较"登陆者在轿式马车上大叫：/'八月枪毙的庇护人'"，见《彼得洛娃曾住在这里，我不能……》（No 530）。

3. Мерида.（《梅里达》。）

Заглавие.（标题。）——墨西哥东南方尤卡坦州的首府，古代的西班牙城市，离著名的玛雅遗址不远。

作者注释："比起别的诗来，我更喜欢《梅里达》，它纯粹是整诗节地反复运用一种韵律，这种韵律出自我在世界上最喜爱的一首诗——豪尔赫·曼里克，《为亡父而做的挽歌》"（*Пересеченная местность.* C. 159；参见《立陶宛余兴节目》结尾的诗，No 106）。

С кафе начиная, вечер/входит в него.（从咖啡馆开始，傍晚/走进了他。）请比较《"涅林加"咖啡馆》里用拟人法表现的时间和空间（《立陶宛余兴节目》，No 102）。关于咖啡馆的传统

主题和形象参见《雅尔塔的冬日黄昏》的注释（№ 64）。

Веспер（太白金星）——夜晚的星辰（vesper——也是召唤晚祷的钟声）上面的五个诗行都提及它。从词源来说，"вечер"和"Веспер"是来自印欧语言的一个词根。

"*Вы， полковник， что змачит/этот луковый запах*?"（"您，上校，意味着什么呀，/这葱的气味?"）在西班牙和其他地中海文化中葱和蒜的气味，对贵族阶层而言是有失体面的。在十四世纪，阿方索十一世，卡斯蒂利亚王国和莱昂王国的国王，专门发布命令，骑士们在食用葱或蒜之后的四周内禁止出现在宫廷附近。

4. В отеле «Континенталь»（《在"大陆"饭店》，下称BOKo）。

Зглавие.（标题。）Continental-Hilton ——在布罗茨基旅行期间，墨西哥最出色的饭店之一，坐落在改革大道。

像《立陶宛余兴节目》中的《Amicum-philosophum...》一样（№ 104），BOKo——莎士比亚式的十四行诗；两首诗的核心形象是同义叠用：《Amicum-philosophum...》（参见№ 104 的注释）"女人的一部分"在这里作为"美女的臀部"出现，它就是"方块状的东西"。关于 BOKo 这首诗的发音吐字的见解，参见：*Вайль* 1995. С. 408。

Победа Мондриан.（蒙德里安的胜利。）荷兰画家蒙德里安（Mondrian，1872—1944）以其抽象的结构而广为人知，形成这种结构的是几何学的正确图形。关于布罗茨基对抽象派的装饰和现代派画风的态度，参见《去伊斯坦布尔旅行》："噢，所有这些没有远见的坏蛋——勒·柯布西耶、蒙德里安、格罗皮乌斯，使世界畸形不亚于任何一个恶棍!"（*СИБ*‑2. Т. 5. С. 288）

В проем оконный вписано, бедро. （一条大腿跨进正方形窗洞。）参见《质朴小镇的秋日黄昏……》的按语（№ 128）。

насчет ацтеков, слава краснокожим／за честность вычесть из календаря／дни месяца, в которые «не можем». （阿兹特克人，光荣属于肤色微红的印第安人，／因为诚实地从日历中减去一个月中的几天，／在那几天"我们不可以"。）阿兹特克人的一个月有 20 天（一年有 18 个月和额外的 5 天）。作者戏谑地猜想，每月"所缺少的"日子就是阿兹特克女人不能履行夫妻义务的那几天。

в платоновой пешере. （在柏拉图的洞穴。）洞穴的著名象征发端于柏拉图《理想国》的第七卷：人们凭着自己的感性知觉极少能判断理念的世界，就如同囚徒被锁在洞穴里，背对着入口，凭着他面前墙壁上闪动的影子来判断洞穴外发生的事情，那里有光源。

5. Мексиканский романсеро. （《墨西哥的罗曼采罗》。）罗曼采罗——在西班牙的诗歌中是一组浪漫曲（参见 МД 的注释引言）。

жизнь течет, как текила. （岁月流逝好像龙舌兰酒。）语义双关：利用俄语动词（течь）的阴性单数过去时（"текла"）和墨西哥最驰名的酒精饮料的名称"текила"的相似之处（tequila：龙舌兰酒——榨取了龙舌兰汁液的白酒）。

На Авениде Реформы. （在革新的林荫大道上。）Paseo de la Reforma（Avenida Juarez 的延续）——墨西哥市的主要街道，它的美盛传于向导之间。

Ларедо （拉雷多）——作为分界线隔开墨西哥和美利坚合众国的城市。

6. К Евгению. （《致叶甫盖尼》。）见"Пересеченной

местности"（第 159 页）。布罗茨基断定，这首诗是献给叶甫盖尼・赖恩的（参见《圣诞节浪漫曲》的有关注释，№ 1）。

Безупречные геометрические громады/рассыпаны там и сям на Тегуантенекском.（毫发无损的几何图形般的庞然大物/撒落在特古安泰佩克的狭长地带的四处。）在墨西哥南部特古安泰佩克的狭长地带保存了扎波提克文明和玛雅文明的大量遗址。

единорогов Kopmeca.（科尔特斯的独角炮。）埃尔南多・科尔特斯（1485—1547）西班牙的征服者（统治者）极其残忍地征服了阿兹特克人，随后——统治着被征服的地区。Единорог（独角兽）——炮的种类。

как сказано у поэта, «на всех стихиях...»（正如诗人所说，"在任何自发势力中……"）——"在任何自发势力中，人——/暴君，叛徒或囚徒"（А. С. 普希金，"致维亚泽姆斯基"，1826）。

7. Заметка для энциклопедии.（《百科全书的一则札记》）МД 结尾的一首诗仿写百科全书的札记，亦如《立陶宛余兴节目》的起首的诗（№ 100）。

Прекрасная и нищая страна.（美好然而贫穷的国家。）比较《立陶宛余兴节目》的《引言》的开头："这是谦逊的滨海国家……"。

Конституция прекрасна. / Текст со следами сильной чехарды/диктаторов.（宪法非常好。/正文带有剧烈地频繁更迭独裁者的/痕迹。）比较下面关于墨西哥宪法的不免令人讥讽的信息："……宪法的构成以美利坚合众国的宪法作为典范〈……〉给共和国总统提供特权，可以暂缓执行宪法的一切保障。这就会严重地降低了它们的实际意义。〈……〉1890 年〈П. 迪亚斯总统〉达到重新修订宪法的目的，从而准许不受限

制地重新参选"（Энциклопедический словарь. Т. XIX. СПб.：Ф. А. Брокгауз и И. А. Ефрон，1896. С. 9，12）。

Человек в очках/листать в кофейне будет с грустью Маркса.（一个戴眼镜的人/在小咖啡馆里翻动书页/将怀有马克思的忧伤。）关于咖啡的传统主题和形象，参见《雅尔塔的冬日黄昏》的注释（№ 64）。

162. «*Классический балет есть замок красоты...*»（《古典芭蕾是美的监狱……》，下称 КБЕ）。Новое русское слово. 1975 сентября. 手稿——РНБ（就是说，КБЕ 的初稿早在国内就完成了）。

这首诗的最终版本献给芭蕾舞演员，舞剧编导和演员 М. Н. 巴雷什尼科夫（生于 1948 年），他在 1974 年逃亡西方。来到纽约后巴雷什尼科夫和布罗茨基相识并成为朋友。比较《献给米哈伊尔·巴雷什尼科夫》的诗（1991）中开篇的章节《丘陵上的视野》（№ 395）。

布罗茨基对舞台艺术态度冷淡："……我从不认真地看芭蕾舞。有一天看了《睡美人》，看了《胡桃夹子》——母亲把我当小孩一样。牵着我走了。当然了，电视上有无数'天鹅似的画面'"（*Волков. 1998*，С. 297）。КБЕ——坚持玩笑口吻的友好书信，其核心是——帝国式的彼得堡的一般文化观念的怀旧形象，作者和收件人要把自己作为艺术家的出身归功于一般的文化观念。这在往昔中没有时间：与拿破仑的元帅们作战的参加者唱起赫列布尼科夫的诗行。于是演员永久地飞出了这座"美的监狱"。

крылышкуя скорописью ляжек.（振翅扇动大腿的草书。）В. 赫列布尼科夫的诗"螽斯"最初两个诗行的迂说法（1908——

1909）：«Крылышкуя золотописьмом/Тончайших жил…» .
（"振翅扇动纤细/肌腱的金色华章。"）

 мы видим силы зла в коричневом трико，/ и ангела добра в невыразимой пачке 〈…〉 Чайковского. （我们在褐色的女紧身衬裤里看到恶的力量，/而在难以启齿的芭蕾舞裙里看到善的安琪儿〈……〉柴可夫斯基和公司。）这个诗节的前两行可能和《天鹅湖》（1876）中的角色有关，《天鹅湖》是 П. И. 柴可夫斯基芭蕾舞剧中最风行的（1840—1893）。上一诗节所使用的具有讽刺意味的粗鲁词汇（"屁股"，"大腿"）在这里更换为两个几乎同义的双关语：男性芭蕾舞服装贴身部分的名称"女紧身衬裤"——俗语中指代女性贴身内衣，由此使人想到邻近的形容语 «невыразимой»（"难以启齿的"）（作为日常的婉词，复数词尾 «невыразимые» 指——男性的贴身内衣，男式长衬裤）。

 пелось бобэоби.（唱着战歌。）В. 赫列布尼科夫的诗的开端《双唇在唱着战歌……》（1908—1909）的迂喻法。两次援引赫列布尼科夫有关芭蕾艺术的诗句，也许，与革命前年代彼得堡的演员小餐厅"流浪狗"的故事有关，小餐厅的常客既有未来的大人物，也有许多芭蕾舞演员，其中包括这样的一些明星，如塔马拉·卡尔萨维娜（参见，例如：贝内迪克特·利夫希茨。一只半眼睛的射击手。Л.：Советский писатель，1989. Глава 8）。

 маршал Ней（内伊元帅）——Michel Ney（1769—1815），拿破仑的法军元帅；因博罗季诺战役获得莫斯科公（prince de Moscowa）的爵位。

 то был не мост，то Павлова была.（那不是吊桥，那是帕夫洛娃。）А. П. 帕夫洛娃（1881—1931），俄罗斯芭蕾舞女演员，在国外度过后半生。

А что насчет того, где выйдет приземлиться.（至于在哪里
要走出去着陆。）这句话显然与布罗茨基的列宁格勒圈子里人尽
皆知的一个趣闻有关，巴雷什尼科夫最后的也是最著名的一批同
伙在逃亡西方之前是"жизели"（列宁格勒基洛夫歌剧和芭蕾
剧院，1973）的阿尔勃莱西特。在列宁格勒酷爱芭蕾舞的圈子
里特别讨论了一个细节，巴雷什尼科夫在结束第二幕坟地一场
时，每一次都会在舞台不同的地方倒下。在这样的一次辩论中，
布罗茨基的朋友 B. B. 格拉西莫夫有些粗鲁地推翻一个推论，这
个推论涉及演员不断地尝试找到新的结论："音乐结束的时候他
碰巧在哪里，他就在那里轰然倒下。"他决定在和巴雷什尼科夫
一家相遇时检验自己的这种理解。"您是对的，"演员说，"不过
要知道，问题不在于在哪里倒下，而在于怎样倒下。"

163—182. *Часть речи* （《言语的一部分》，下称 ЧР）。
Континент. 1976. № 10. С. 86－98. 手稿——Beinecke。

诗的顺序在初次发表中略微不同于最后发表的文本。作者在
1975—1976 年从事组诗的写作，认为这是自己在 70 年代的主要
成就（关于布罗茨基的组诗，参见《立陶宛余兴节目》的注释
前的简要引言，№ 100－106）ЧР 与以前的组诗的区别在于严格
的形式划一：20 首诗，其中 19 首长度相同，12 个诗行，只有 4
个诗行的引言部分稍长，以三音节诗格的变体写就，其中听得见
抑抑扬格的韵律（尤其是起首几句——20 首中的 16 首）。后来
又写了几首诗，其形式，修辞和情节都近似于这个组诗（《我们
赞颂春的来临！用水涮涮脸……》，№ 284，《老鹰计算雏鸡的时
候；干草垛在雾里……》，№ 285，以及收入 У 的某些其余的
诗）；正如 B. П. 波卢希娜对我们所说的那样，对她的问题为什

么他不把这些作品列入 ЧР 的扩大的版本，布罗茨基答道，他认为，最初 20 首诗的组诗是完整的。ЧР 使日历与组诗《幸福的冬季之歌》（参见注释26）和《从二月到四月》（№ 89‐93）有了关系——只是在三首诗里（第 7 首，第 12 首和第 19 首）没有明显的季节特征（这三首诗得以相互联系的是元诗歌题材，其中每一首的主题——诗本身："我生于并长于波罗的海沼泽地，靠近……" "我的静创作，不是我的……" 和 "……而在有俄语词'未来'的时代……"）。就整体而言，诗里所提及的季节特征符合自然顺序（尽管没有严格遵循），这就使 ЧР 具有抒情日记的性质：从第 1 到第 5 首——冬（第 3 首，也许是秋），第 6 和 8 至 10 首——夏，第 11 和 12 首——对以往冬季的回忆，第 14 和 15 首——秋，第 16 至 18 首——春，最后一首——带着对新冬幻想的夏。这样一来，尽管组诗提出了一年四季，却多半是寒冷的，甚至三首春诗之一中的春季（《若是要唱什么，那就唱风向变了……》）也是寒冷的。像任何高雅的抒情诗一样，怀旧、失去爱情、死去的人与永恒宇宙的自然循环间的疏远，这些主题都集中在 ЧР 简短的文本中，不过这里还有一个独特的情节，强有力地表现于组诗的名称和起首的诗，而且与其说体现于情节，不如说体现于文字的事实本身，这是失去旧的而难以产生新的诗歌语言的主题。譬如，开场诗的文字在很大程度上基于固定的言语结构瓦解的表现。用来形容书信来往称谓的标准形容语仿佛在供人选择——"亲爱的"，"尊敬的"，"心爱的"，——但收信人自己却没有命名，甚至他的生物的性或语法上的性也依然无人知道。其余的书信套话毫无意义，其中推行的是逻辑上不可能否定的结构：代替 "发自〈具体地名〉带着爱" —— "从哪里也不带着爱来"，代替结尾的 "您忠实的朋友" —— 开头的 "不是您的，但也不是任谁的忠实朋友"，代替"如上面所说"——"如下面所不曾说过的"。俄语的这种分裂在 ЧР 中以一定的规律性表现为三种基本的修辞方式：（1）过分的省略，在没有完成的固定诗句中尤其明显，比如上述的"亲爱的/尊敬的/心爱的〈收信人〉"，以及"我爱你胜过爱安琪儿和〈上帝〉自己"，"在〈没有〉边际的海洋那边"，"在平放的〈石块〉下面的小水洼里"，"至于星辰，它们总是〈存在着〉"，"假如有一个，随后就有另一个出现"，"写入书写用的〈纸〉"；（2）频繁的跨行，往往甚至把前置词，连接词，连接用语留在诗行的末尾，这就特别明显地破坏了横组合的正常划分："не ваш, но/и ничей"（不是您的，但/也不是任谁的），"сбросив на вреня гору с/плеч"，"жизни, видимо, нету нигде, и ни/на одной"，"куда пожалуемся на ярмо и/кому поведаем"，"с кем в колене и/в локте хотя бы преломить"，"выйти из дому на/улицу"等等（一共有十五个横组合，只是这种类型的）；（3）词疏离话语的方式："я взбиваю подушку мычащим 'ты'"，"учит гортань проговорить 'впусти'"，"чернеет, что твой Седов, 'прощай'"，"оттиском 'доброй ночи' уст не имевших сказать кому"（这里还由于怪诞的倒置而加强了效果），"звучит 'ганнибал' из худого мешка на стуле"（以小写字母开头的写法把历史人物的名字汉尼拔变成了毫无意义的废话），"при слове 'грядущее' из русского языка выбегает мыши"。最后，保持组诗统一性靠的是某些诗里相似形象结构的变异，例如，"Ниоткуда с любовью"（№ 1）——"Зимний вечер с вином в нигде"（№ 4），"Потому что каблук оставляет следы——зима"，"натертый крылом грача〈т. е. черный〉〈...〉воздух"（№ 5）——"совпадает——чем бы ни замели следы——с ощущением каблука", "улыбка скользнет точно тень грача" （№ 14），如此等等。如果说组诗的第一首完全献给失去的——母语环境和情妇，那么最后一首的结尾就是描述所获得的——自由。

诗人，布罗茨基年轻时的好友和老师叶甫盖尼·赖恩这样谈到 ЧР："……在那诗里他终于找到自己的新的语言。总之，他有了发现，可能是主要的发现，也可能是某种程度上的发现，而毫无例外的是拒绝冲动，拒绝对全部俄罗斯抒情诗而言所具有的特点——冲动的、热血沸腾的、令人心碎的腔调。〈……在 ЧР 里〉冲动被弱化，至于格律本身，它是相当冷峻和单调的。其中有某种东西类似于流过而又流逝的时间。〈……〉把自己的诗和时间的速度联合起来——〈……〉时间从容、均匀、无限的速度——时间也就开始确定主要的……"（见：*Полухина 1997*）。

1. «Ниоткуда с любовью, надцатого мартобря...» （《从哪里也没有带着爱来，第十几个三月了……》下称：НСЛ）。收入НСКА. 关于这首诗参见：*Polukhiina 1989. P. 229 – 235*；*Куллэ 1998*. 比较《悼友人之死》（№ 129）中匿名记者致匿名收件人的"非法信件"以及《你会凭笔迹认出我来。在我们这个爱嫉妒的王国……》（№ 339）中的同样主题。

Ниоткуда с любовью.（从哪里也没有带着爱来。）暗示詹姆斯·邦德有关"特工 007"的惊险情节的著名电影的名称《来自俄罗斯的爱情》（*From Russia with Love*，1963，导演 T. 扬格）。这是"甲壳虫"乐队起首的歌词，电影的主题曲："我从俄罗斯带着爱向你飞来……"

мартобря.（三月。）引自果戈理的《狂人日记》。参见组诗《致玛丽·斯图尔特的十四行诗 20 首》第 10 首的注释，№ 144。

с одного/ из пяти континентов, держащегося на ковбоях.（从

五大洲之一，／靠牛仔而存在的那个。）布罗茨基对本书注释者说："为了在美国生活，要非常热爱它的某种东西，哪怕是西部影片……"以及"西部影片引起我好感的——瞬间的正义……"

как безумное зеркало.（好像在疯狂的镜子里。）人好像他所爱的人的镜子的隐喻变体，见《威尼斯诗节 I》的结尾（№ 304）。

2. «Север крошит металл, но щадит стекло…»（《北方弄碎金属，却爱惜玻璃……》）

第一个成对的韵脚，*стекло-перо*，可能使读者惊讶于对这个时期的布罗茨基来说，并非典型的韵脚贫乏。不过，应该指出，组诗诗句的韵脚带有示范性的或重音后的辅音 л-р（р-л）（在语音的清单上按发音动作的相似联合为一个范畴——"流畅"）常遇到：*за моря-земля*（也是这首诗后面的诗节），*локоть-рокот*（《我生于并长于波罗的海沼泽地，靠近……》），*болотах- огородах, злаки- буераки*（《你忘记了被遗弃在沼泽地的乡村……》），*колени и-тихотворение*（《我的静创作，不是我的……》），*стуле-физкультуре*（《蒙霜画框里的深蓝色早晨……》），*октября-"ох ты бля"*，*рядом-взглядом*（《土地上的初寒和秃顶的森林……》），*плевел-Север*（《于是暖和了。在记忆里，好像在田埂上……》），*потерян-зелень*（《我不是疯了，而是一个夏天累了……》）。

Север крошит металл, но щадит стекло.（北方弄碎金属，却爱惜玻璃。）А. М. 兰钦注意到这个诗行与普希金的相似之处（带有论战性）"［沉重的大锤］，／击碎玻璃，锻造纯钢"（*Ранчин 2001. С. 38*）。

И в гортани моей, где положен смех, ⟨...⟩ раздается снег.（我的喉咙里放着笑声，⟨……⟩响起下雪的声音。）"语音

相近而词义毫不相关的两个词可以列入它们的清单。〈...〉 *лежать*〈...〉 *может снег, а раздаваться— смех*"（……雪…… 可以放着，而发出——笑声）（*Ранчин 2001. С. 48*）。兰钦认为， 这是见证之一，在布罗茨基的世界观中，"世界和文字（语言） 是形义同构"（同上，*С. 46*）。

и чернеет, что твой Седов.（而变黑的，是你的谢多夫。） Г. Я. 谢多夫（1877—1914），俄罗斯的极地考察者，死于岛上， 在从艰苦的北极考察中归来的时候。早期极地考察的悲剧性浪漫 色彩激动了布罗茨基那一代青年读者的想象。以此为题材的最风 行的作品当属 Н. А. 扎博洛茨基的诗《谢多夫》（1937）和 В. А. 卡韦林的长篇小说《船长与大尉》（1938—1944）。同样， 参见布罗茨基《玻璃瓶里的信》（№ 69）和《极地考察者》（№ 287）。关于布罗茨基笔下的北方，参见：*Van Baak 1997*。

3. «Узнаю этот ветер, налетающий на траву...»（《我认出 了这风，它飞扑到草地上……》）

这首诗的文学背景是勃洛克的著名组诗《在库里科沃原野》 （1908）以及其余诗作，这些诗合并为诗集《关于俄罗斯的诗》 （1915）。把青草吹弯的风、带箭的"鞑靼人"、负伤的公爵、大 雁（或天鹅）——勃洛克爱国主义抒情作品的诸多形象。

растекаясь широкой стрелой.（展开阔剑。）出人意料地"展 开剑"，原因不仅在于这是秋雨的复杂隐喻，还在于《伊戈尔远 征记》中的动词"展开"被用于古代的含义"跑散"（参见 《美好时代的终结》的注释，№ 87）。

я не слово о номер забыл говорю полку.（关于炮手我忘了对部 队说一声。）参见前面的解释。

кайсацкое имя.（哈萨克人的名字。）"Кайсаки"——民族名

称"казахи"（"哈萨克"）的过时形式，在这里是突厥人的统称；布罗茨基在 60 和 70 年代的大多数抒情诗的对象是巴斯马诺娃，她的姓源自突厥人。

4. **«Это — ряд наблюдений. В углу — тепло...»**（《这——一系列观察的结果。角落里——暖和……》）

Зимний вечер с вином в нигде.（冬天的傍晚哪里都没有酒。）参见组诗起首的札记。在随笔《去伊斯坦布尔旅行》（СИБ - 2. Т. 5，глава 40）中布罗茨基注意到土耳其有一个城市，它的名称和一个俄语词谐音——尼格杰（Нигде）。

Через тыщу лет из-за штор моллюск.（经过一千年从窗帘后面露出软体动物。）末世论的新的洪水幻象和有过人类文明的地方滨海生活的盛况，参见较早的《不冻港本都岸上的……》（No 79）。从地下掘出的海栖或两栖动物——布罗茨基笔下反复出现的形象（参见：*Ранчин 2001.* С. 10 - 11）。

С 〈...〉 *оттиском "доброй ночи" уст/ не имевших сказать кому.*（带有 〈……〉 做着"晚安"口型的嘴/没有对谁说什么。）Э. 别兹诺索夫在这句里看到似曾相识的曼德尔施塔姆的诗《找到马蹄铁的人》（1923），那里有诗行："人的双唇，没有话可说的时候，/ 就保持着说了最后一个词的形状"（参见：*Безносов 1998.* С. 187）。

5. **«Потому что каблук оставляет следы — зима...»**（《因为鞋后跟留下了足印——冬季……》）

о тепле твоих—пропуск—когда уснула.（你亲人的冷暖——放行——在她睡着的时候。）比较组诗《致玛丽·斯图尔特的十四行诗二十首》中的第六首"碰了一下——我在涂抹'胸像'——双唇！"（No 140）。

6. «Деревянный лаокоон, сбросив на время гору с...»
(《木雕拉奥孔，临时从肩上卸下一座……》)

诗里的风景——意大利（收入关于意大利的诗集——Iosif
Brodskij. Poesie Italiane. Milano：Adelphi Edizioni, 1996. P. 21）。

Деревянный лаокоон.（木雕拉奥孔。）拉奥孔——希腊神话中
的祭司，他警告特洛伊人勿中木马计。因而女神雅典娜派蛇去对
付他，那些蛇把他和他的两个儿子全都缠死。既然布罗茨基把这
个词的第一个字母写成小写，想必指的是古希腊的群雕，表现蛇
和搏斗的人体复杂地缠绕在一起。形容词"*деревянный*"大概
是用于一个特殊的含义——由树木组成的（参见《我窗外，木
窗窗外，有几棵树……》的注释，№ 45）。于是整个隐喻应该暗
示着山麓由有结节的树组成的小树林。"看来，首先利用这个古
希腊雕像的形象把某种'纠缠在一起'的现象隐喻化的是帕斯
特纳克：'正是拉奥孔，/将成为寒气/上的烟〈……〉拥抱并摺
倒云彩'（《第九百零五年》，1926）。引人注意的是，阿赫玛托
娃在献给帕斯特纳克的诗《诗人》（1936）中运用的恰恰是这个
形象，作为描述他的诗的特征的一个论据（'因为他把烟比拟为
拉奥孔……'）。茨维塔耶娃在讲到帕斯特纳克和马雅可夫斯基
的时候也用上了拉奥孔的形象（《现代俄罗斯的叙事文学和抒情
诗［弗拉基米尔·马雅可夫斯基和鲍里斯·帕斯特纳克］》，
1933）"（A. E. 巴尔扎赫致注释者的信）。

*море шевелится за огрызками колоннады, /как соленый язык
за выбитыми зубами.*（海涌动于一排立柱后面剩下的一小块地
方，/好像被打掉的牙齿后面的带咸味的舌头。）关于把古希腊的
废墟比拟为损坏的牙齿参见《在湖畔》的注释（№ 127）。比较
"绿色本都用有咸味的舌头吻着正在融化的鳞茎皮的泥地……"

（《朋友，受阿谀奉承的隐蔽形式的吸引……》，№ 532）。

каждый охотник знает, где сидят фазаны, — в лужице под лежачим.（每个猎人都知道，野鸡躲在哪里，——在平放的砖头下的小水洼里。）用于，不确切地说，学校学习记忆法的句子，以便牢记光谱（虹的光谱）颜色的顺序："Каждый Охотник Желает Знать, Где Сидят Фазаны"——首字母和虹的颜色的首字母吻合；红，橙，黄，绿，蓝，靛，紫。讲的是虹在"平放的"砖头下面的小水洼里"泛出的色调"（后者按俗语说是——"水不会流到平放的砖头下面"）。另比较《1972 年》，№ 126："靠近物体的/小水洼不怕显露出来，/即使是个濒死的小东西"。

7. «Я родился и вырос в балтийских болотах подле…»（《我生于并长于波罗的海沼泽地，靠近……》）

в балтийских болотах подле/серых циковых волн.（在波罗的海沼泽地靠近/灰色的含锌浪涛）比较《克洛米亚基》第二诗节的开端（№ 262）。

8. «Что касается звезд, то они всегда…»（《至于星星，它们总是存在》）

вечером, после восьми, мигая.（傍晚，八时后，星星在眨眼。）比较《你忘记了被遗弃在沼泽地的乡村……》中下面的："星星由于浓烟而眨眼"。

9. «В городке, из которого смерть расползалась по школьной карте…»（《在一个小城市里，死亡从那里蔓延在中小学的地图上……》）

из которого смерть расползалась.（死亡从那里蔓延。）巴伐利亚的首府慕尼黑——德国纳粹主义的摇篮。

чугунный лев（铁狮子）——巴伐利亚城徽的狮纹。

скучает по пылк ре речи. （怀念满腔热情的讲演。） 1918—1923 年希特勒和国家社会主义的其他领导人在慕尼黑的啤酒馆里发表演讲。

сквозь оконную марлю. （透过……窗纱。） 比较此后的诗《你忘记了被遗弃在沼泽地的乡村……》。

никто не сходит больше у стадиона. （谁也不再从体育场旁边经过。） 在慕尼黑的体育场上举行数千人的群众大会和纳粹分子的游行示威。

на тонкой спине/ венского стула. （维也纳/椅子精致靠背上。） 比较下一首诗中的：“椅子的侧面”。

10. «Около океана, при свете свечи; вокруг...» （《在大洋附近，在烛光下；四周……》）

у тела, точно у Шивы рук. （身体，好像湿婆，一双手。） 参见组诗《致玛丽·斯图尔特的十四行诗 20 首》的注释（№ 148）。

профиль стула, тонкая марля. （椅子的侧面，……薄薄的窗纱。） 参见此前一首诗的注释。

11. «Ты забыла деревню, затерянную в болотах...» （《你忘记了被遗弃在沼泽地的乡村……》）收入 *НСКА*。ЧР 中没有献辞。

布罗茨基在 1964 年 3 月在列宁格勒被驱逐出境后，被押送到阿尔汉格尔斯克州科诺施区，安排在“达尼洛夫”国营农场当农业工人，定居在诺林斯卡亚村。他在那里住到次年八月。据布罗茨基的回忆：“……这是〈……〉我生平最好的时期之一。不比在这里坏的还有一些，然而更好的——好像不曾有过”（*Волков 1998. С.* 89）。“嗯，在那里干的是什么活儿——雇农！不过这一点也没有使我感到害怕。相反，很合乎我的心意。因为这是纯粹的罗伯特·弗罗斯特和我国的克柳耶夫：北方、寒冷、乡村、土地。那样一种抽象的乡村风光"（同上，C. 77）。起初他住在泰西娅·伊万诺夫娜·佩斯捷列娃的农村木屋（在和沃尔科夫交谈时把她错说为阿尼西娅），而随后搬家到康斯坦丁·鲍里索维奇·佩斯捷列夫和阿法纳西娅·米哈伊洛夫娜·佩斯捷列娃。Т. И. 佩斯捷列娃在 1989 年回忆起曾在诺林斯卡亚村探访布罗茨基的人们："父亲亚历山大·伊万诺维奇。某个尤利娅，马林娜，大概是妻子。那时候她们去另一个房间〈……〉。而且很小声地谈话"（*Размером подлинника*. C. 161）。从流放地回来后，布罗茨基与佩斯捷列夫通信。2002 年在佩斯捷列夫家的木屋上建立了纪念牌。

Пестерев 〈…〉 *пьяный сидит в подвале*.（佩斯捷列夫……醉醺醺地坐在地下室里。）"康斯坦丁·鲍里索维奇（佩斯捷列夫）同样也从我这里预支了一些钱，买瓶酒，是吧？本来是多么杰出的人物啊"（*Волков 1998*. C. 85）。

звезда моргает от дыма.（星星由于浓烟而眨眼。）参见《至于星星，它们总是存在……》的注释。

12. «Тихотворение мое, мое немое...»（《我的静创作，不是我的……》）

参见 В. П. 波卢希娜的注释（*Polukhina 1989*. P. 244 – 247）。

Тихотворение（静创作）"这是布罗茨基的不多的新词语之一……"（同上，P. 246）。

мое немое. 第一诗行的这个双关语（"*мое немое*" = "*моё не моё*"）在末尾的诗行里得以澄清，在那里关于作品疏远作者的同样想法表现于流行语："泼出门的水"。

13. «Темно-синее утро в заиндевевшей раме...»（《蒙霜画

框里的深蓝色早晨……》）布罗茨基完成的诗中唯一一首献给童年的回忆的诗。这首诗里的形象展现于散文作品中的回忆纪实《小于本人》（《小于一》），《一个半房间》，《战利品》（《缴获之物》）。列举五至十年级的学校印象暗示课程表：

1. 古代世界史（听起来像"汉尼拔"），

2. 体育，

3. 可能是（排除法）俄语（有黑板），

4. 物理（有晶体形成的实验）

5. 几何（有平行线）。

按课题推测，是六年级，即在 1953 年—1954 年的冬季。参见：*Лосев 2006*，глава Ⅰ。

«ганнибал».（"汉尼拔"。）参见《悼朱可夫》的注释（№ 133）。

Насчет параллельных линий/все оказалось правдй.（有关平行线的，/原来都是真的。）参见《美好时代的终结》的注释（№ 87）。

14. «С точки зрения воздуха, край земли...»（《从环境的角度来看，陆地的边缘……》）

крича/жимолостью, не разжимая уст.（模仿/金银花丛的喧嚣却张不开嘴。）参见"沉默的第一声呐喊"的注释（《1972年》，№ 126）。

15. «Заморозки на почве и облысенье леса...»（《土地上的初寒和秃顶的森林……》）

这个校订稿初见于莫斯科版的诗集《言语的一部分》（1989）；在 ЧР 和以后的一系列版本里末尾的两个诗行为：

用笔把一个词分为若干字母，
好像把木柴堆成垛。

облысенье леса.（秃顶的森林）比较赫列布尼科夫关于词 *лес*
（森林）和 *лысый*（秃的）同源的一段话，见他的文章《教师和
学生。关于词，城市和人民》（1912）。

в поисках милой всю-то/ ты проехал вселенной.（为寻觅心爱
的人，/你走遍全世界。）俄罗斯民歌的如下开端的变体："我走
遍全世界，哪里也找不到心爱的人儿……"

за бугром в чистом поле.（清洁原野的土丘外。）表现得细致
入微（着眼于）"在土丘外"的隐语（在国外）。

16. **«Всегда остается возможность выйти из дому на...»**
（《总是留下离家到街道上……》）

собака/ вылетает из подворотни, как скомканная
бумага.（狗/飞快地钻出门下的空隙，好像揉成一团的纸。）比较
贾雷尔（Jarrell，1914—1965）的诗《快乐的猫》（ «Скомканный
бедняга»，1941）:《揉成一团的可怜人》（*Poor rumpled thing...*）。

17. **«Итак, пригревает. В памяти, как на меже...»**（《于是
暖和了。在记忆里，好像在田埂上……》）

在这个手稿里，初次见于莫斯科版的诗集《言语的一部分》
（1989）；在 ЧР 和随后的一系列版本里，最后的两行都是：

> 一个戴着帽子的人，郁闷地皱着眉头，
> 而另一位，带着闪光灯，为了拍照……

18. **«Если что-нибудь петь, то перемену ветра...»**（《若是
要唱什么，那就唱风向变了……》）

к лесам Дакоты.（飞向达科他的森林。）北达科他和南达科
他——美国西北部人烟稀少的两个州（早先是"达科他的领土"）。

19. «... и при слове "грядущее" из русского языка...»
(《而在有俄语词"未来"的时代⋯⋯》，下称 ИПС)。

ИПС——简明的哲学信条：关于时间、死、语言和诗的思考，表现于布罗茨基诗歌词汇中最稳固的象征性形象的戏剧性冲突——未来、老鼠、物体、未来。在 1970 年代末和 1980 年代布罗茨基一定会把 ИПС 列入自己公开朗读的作品。

при слове «грядущее»．(在有俄语词"未来"的时代。) 布罗茨基从"грядущее"这个词联想到"грызущее（被啃的）"（参见他本人的解释，见于：*Интервью 2000. С. 59 – 60*）——因此 мыши（老鼠），грызуны（啮齿类动物），也就趋向于这个词（总之，грызть——啃在布罗茨基的个人言语中是颇为常用的动词）。名词 грядущее 和 будущее（以及 будущее время——未来的时间）在布罗茨基的语汇中遇见的总数是 114 次。作为比较——пршлое（过去），былое（曾经），минувшее（往事）和 прошедшее（往事）加在一起，——75 次（往往与 будущее-грядущее 作对比），настоящему（现在）——23（依据：*Patera 2003*）。在多数场合与 *будущим-грядущим* 联系在一起的是 тьма（黑暗），беззвучие（沉默）等有负面含义的词语；从 ИПС 开始，出现为了安置未来的主题而利用作者引入作品的巨变（参见下面这首诗末尾几个诗行的注释）。

выбегают мыши.（几只耗子跑出来。）因为 грядущее-будущее 完全处于思辨的领域，涉及它的思路就持久不变地出现 мыши-мысли（老鼠—思想）的形象（参见《美好时代的终结》的注释，№ 87；另比较"躯干塑像"中的耗子"越过一千年"和耗子在"北肯辛格通"中的类似出现，№ 291）。关于这个形象的深层的神话基质——мыши 象征着时间流逝的可怖（就像普希金

在 "夜间失眠的时候所写的诗")，*мыши* 好像阿波罗的同路人
（对立面是缪斯，灵感）——参见：*Стрижевская 1997. С. 281 – 289*。

отгрызают от лакмого куска/ памяти, что твой сыр
дырявой.（啃掉诱人的美味食品的/记忆，因为你的乳酪有窟
窿。）"……耗子和缪斯在古希腊神话中被赋予独特的永恒的类
似，他们总是在一起。〈……〉不过耗子不同于缪斯不保留记
忆，而是会夺走它，因为谁吃了耗子接触过食物，按照神话所
说，谁就此失忆"（同上，С. 285）。А. М. 兰钦认为，这些诗
行 "无疑起源于霍达谢维奇最后未完成的诗《这不是四音步抑
扬格吗……》：岁月磨灭了记忆……"（*Ранчин 2001. С. 153*）。

безразлично, что/ или кто стоит в углу у окна за
шторой.（无所谓，什么/或谁站在窗角的帘幔后面。）比较阿赫
玛托娃《没有主人公的长诗》中的："莫非那里真的又有人站在
炉子和立柜之间?" 阿赫玛托娃和布罗茨基都有某人（或某物）
站在角落里，——来自陀思妥耶夫斯基的隐约的追忆，以标志自
杀的情节："……在墙壁和立柜所构成的角落里，站着基里洛
夫"，——基里洛夫自杀的场面出自《鬼》；参见 Т. В. 齐维扬
（Т. В. Цивьян. Заметки к дешифровке «Поэмы без героя» //
Ученые записки ТГУ. 1971. Вып. 284. Семиотика. Труды по
знаковым системам. V. С. 277）以及注释者的有关见解。
（Л. Лосев. «Страшный пейзаж»: маргиналии к теме Ахматова/
Достоевский // Звезда 1992. № 8. С. 153. ）在这个语境中讲的
是自杀作为表达意愿的一种变体丧失了吸引力（ "无所谓" ）
（比较《1972 年》关于自杀动机的附注，№ 126）。

Жизнь, которой/ как дареной вещи, не смотрят в пасть/
обнажает зубы.（生命，/作为赠品，每次相遇都不看它那/露出

牙齿的难看的大嘴。）布罗茨基有规律地利用вещь（物体）这个词作为偶然出现的代词。用вещь代替对象或现象的直接称呼总是标志着它和作者个性的疏远。在这个场合是基于谚语的迂说法"赠送的马不看齿龄"，还发生了"赠品"义位上的现实化。比较普希金："不必要的赠品，意外的赠品，／生命，为什么你被赠予我……"按照存在主义的伦理学，应该接受生命的可怕（"每次相遇都露出牙齿"）的赠品。

От всего человека вам остоется часть/речи. Часть речи вообще. Часть речи.（整个人给你们留下的是言语的／一部分。总是言语的一部分。言语的一部分。）布罗茨基的固定主题：生命乃是——发声，言语，书写（总之，"生产文字"；参见《戈尔布诺夫和戈尔恰科夫》第十章，№ 74，《波波的葬礼》，№ 112以及《奉献节》，№ 124，《罗马哀歌》，№ 308 - 319 的注释）。作者所喜爱的说法"剩下言语的一部分"本身是他对贺拉斯非人工纪念碑的主题的变异，其中的"multaque pars mei"的俄语译文往往转达为"我的一大部分"或"我的最好一部分"（参见：М. П. Алексеев. Пушкин и мировая литература. Л.: Наука，1987. С. 240 - 265）。从个人的角度看，这个命题在布罗茨基的随笔作品发展为悖论"one is less than one"（"人小于他本人"，由于布罗茨基没有修正该注释的作者翻译上的错误，所以这个悖论被翻译为俄语的日常用语，"小于一"。）

20. «Я не то, что схожу с ума, но устал за лето...»（《我不是疯了，而是一个夏天累了……》）

关于季节变换引起的疯狂，参见组诗《从二月到四月》起首的引言（№ 89 - 93）。

Поскорей бы, что ли, пришла зима и занесла все это— /

города, человеков, но для начала зелень.（但愿，也许吧，冬天快些来并带来这一切——／城市，人们，但首要的是绿荫。）布罗茨基最喜爱的俄罗斯经典诗作是巴拉滕斯基的《秋》（1837）。尤其是经常援引末尾诗节中的诗行：

> 冬天来了，于是贫瘠的土地
>
> 形成一片空地而无可奈何，
>
> 却高兴地显示出田里
>
> 长满金色的麦穗：
>
> 生与死，财富和赤贫，
>
> 已往年代的一切形象
>
> 在白雪的掩盖下毫无区别，
>
> 白雪单调地覆盖着它们……

　　比较一首未完成的诗中迥然不同的情感《朋友，因为倾向于谄媚的隐蔽形式……》（1970）："我又确信，自然界／所忠实的是它自己，而惊讶于哀怨般的叫声，／我离开北方奔向南方／进入绿色的家乡季节"（№ 532）。

　　слаще халвы Шираза. （比设拉子的果仁酥糖更甜。）设拉子——伊朗西南部法尔斯省的主要城市，诗人哈菲兹和萨迪所颂扬的；苛政使布罗茨基坚定地联想到穆斯林的东方（参见《季节——冬季。边境安宁，梦里……》的注释，№ 99）。

183. *Колыбельная Трескового Мыса* （《科德角摇篮曲》，下称КТМ）。Континент. 1976. № 7. С. 25 – 36. 草稿本（之一？）由布罗茨基赠予此注文的作者。在未完成的诗《秋天很暖和，我

住在立陶宛……》（*РНБ*）的片段中有一些地方近似于对 KTM
的回忆。

布罗茨基认定 KTM 的体裁是"诗"，他说这首诗他从 1975
年夏起，写于科德角上的滨海小镇普罗旺斯塔温，作为"应景
诗"——临近美国即将到来的 200 周年（1976 年 7 月 4 日）。
"这首诗有它自己的故事。〈1976 年〉是联邦独立的 200 周年，
于是我想，为什么不写一首纪念 200 周年的诗呢〈……〉。并
且，我依稀记得，在写这首诗的时候，我感到愉快，因为这是典
型的美国情境：夏天，在凉台上休息以及与此有联系的一切。我
试图描绘的景色没有留下特殊的印象——美国新英格兰小镇里的
黄昏，离海洋不远。在我的下方是城市的主要广场。那里立着联
邦军人的纪念碑〈即国内战争中站在北军一边厮杀的军
人。——洛谢夫注〉，显然也有美国军团大厦的列柱、银行等的
片段。这只是试图在诗里反映美国是怎么一回事"（*Интервью
2000. С. 430*）。布罗茨基在纽约写完了 KTM（参见：
Пересеченная местность. С. 150）。布罗茨基对自己的朋友詹姆
斯·赖斯（Rice）说，KTM 收集的不只是普罗旺斯的印象，而
是新西兰的好几个地方的印象，其中包括新贝德福德，那里正展
开"莫比·迪克"行动。

KTM 的出色之处在于非常清晰的形式和语义结构。其中有
12 章，每一章是有 6 个诗行的 5 个诗节。所有单数章的押韵示
意图是——AABccB，而所有的双数章则是——aBaBcc。在 I，
III，V，VII，IX 章作为关键词反复出现的是 *духота*（闷热），而
在 II，IV，VI 章则是 *империя*（帝国）（在第 VIII 章是 *империя*
的同义词"新大陆"）。在这种情况下，单数章里记录了迁居陌
生环境的抒情主人公的直接印象，而双数章给予的是回忆往日的

生活和了解正发生的事。X 至 XII 章——抒情尾声，这些情节汇合于其中，着重地表现出 XI 章里相邻的词 *духота* 和 *империя*。*духота* 在这里，当然，不只是象征性的。布罗茨基很难忍受闷热。夏天在美国，即使是在北方各州，对出生于彼得堡的人来说，仍是很难适应热天的（纽约所处的纬度和塔什干一样，尽管海风有时使空气凉爽，却也让城市的滨海位置增加湿度，这就使炎热的日子特别难熬。科德角位于纽约西部，但也远在南方，按彼得堡的概念来说，是在 41 和 42 纬度线之间，即在巴统的纬度上。寻找一个凉快的地方度夏，经常让诗人操心。比较《涨潮》，№ 322。另参见《致 A. A. 阿赫玛托娃》的注释，№ 20）。分析布罗茨基的创作中的"帝国"主题，包括 KTM 在内，参见：*Polukhina 1989*. P. 195–210；另参见《Anno Domini》（№ 31）和《Post aetatem nostram》（№ 96）的注释。对 KTM 的多方面分析，参见：*Cmut 2002*。

在下述注释中援引了作者于 1976 年 11 月寄给 KTM 的译者詹姆斯·赖斯的说明，承蒙赖斯教授又提供给我们（原文是英文）。

Заглавие.（标题）科德角（Cape Cod——特雷斯卡角）在从波士顿（马萨诸塞州）往南的大西洋沿岸——驰名的度夏胜地。"摇篮曲"的隐喻在正文里解释清楚了：第 XI 章的第 4 诗节；不过此外"布罗茨基联系这首诗提到萨克斯管大演奏家查理·帕克〈Charlie Parker, 1920—1955〉的唱片《鸟国的摇篮曲（*Lullaby of Birdland*）》（参见：*CP*. P. 515）。另参见《傍晚他冻僵在门口，只见……》的注释和《选自〈校园诗集〉》中的 7.《弗罗洛夫》的注释（№ 57）。

Посвящение.（献辞）"致 A. Б. ——指的是小安德烈"（来自上面援引的詹姆斯·赖斯的说明）；布罗茨基的儿子，安德

烈·巴斯马诺夫，1975年夏满八岁；比较《奥德修斯致特勒马科斯》（No 125）。

Цикады / умолкают в траве газонов. Классические цитаты...（知了/在草坪里不住地叫。……经典引文……）在这里韵脚本身就是独特的引文："*Цитата есть цикада*"（引文是知了）（Мандельштам，《Разговор о Данте》，глава Ⅱ）。接下来在KTM里又两次遇到来自曼德尔施塔姆的其它潜在引文。

Шпиль с крестом 〈...〉 словно будылка（带十字架的尖顶〈……〉好像酒瓶）布罗茨基笔下重复出现的形象；比较"伯爵夫人像克里姆林宫一样站着"（《你，缠着蛛网般琴弦的吉他状的……》，No 259）。

Клавиши Рэя Чарлза.（雷·查尔斯的琴键声。）雷·查尔斯（Ray Charles，1930—2004）。美国爵士乐钢琴家。

фонари 〈...〉 точно пуговицы.（灯火像……衬衫纽扣。）布罗茨基笔下重复出现的形象；参见《从二月到四月》的注释（No 89 - 93）。

Тело похоже на свернутую в рулон трехверстку, / и на севере поднимает бровь.（躯体很像卷成纸筒的3俄里缩为1英寸的地图，/并在北方抬起眉毛。）地理的拟人化——KTM的贯通始终的主题，参见第Ⅸ章的第1个和第2个诗节以及第Ⅺ章的第2个诗节。因为这在KTM中也和整首诗的中心主题之一帝国主题有联系，可以推测经典前提被认为是颓废派宣言的韦尔连的十四行诗《疲惫》（*Langueur*；1883）："Je suis l'Empire à la fin de la décadence..."（逐字翻译："我——衰落末期的帝国……"）。

продлевает пространство за угол, мстя Эвклиду.（以一角为代价延长空间，报复欧几里得。）布罗茨基笔下一贯的隐喻欧几

里得几何和洛巴切夫斯基几何的对比（参见《我总是强调，人生——如戏……》的注释，№ 107）。在这种情况下指的是欧几里得几何的各项公设（陈旧的英译转写：欧几里得）不适用于曲面。欧几里得（约公元前365—前300），古希腊数学家，他的著作直至19世纪仍然是奠基性的。

я сменил империю. Этот шаг / продиктован был тем, что несло горелым.（我更换了帝国。这一步/取决于嗅到了烧焦的气味。）1972年5月10日列宁格勒的克格勃管理局建议布罗茨基立即提出申请，去以色列永久定居。诗人问，如果他拒绝，那会怎样，军官答道："这样的话，您的夏天势必很热。"由于情况的巧合，1972年夏布罗茨基出发（6月4日）后，列宁格勒出现了非常炎热和令人窒息的天气，由于酷暑，城市周围的森林和泥炭沼泽都着火了。

Дуя в полую дудку, что твой факир.（吹响空心木笛，你的杂耍艺人。）像杂耍艺人用小木笛玩催眠的把戏时用的眼镜毒蛇一样，政府的密探没有危害诗人。笛子，空心木笛（长笛）作为司抒情诗女神欧忒耳佩的乐器是布罗茨基诗歌创作的象征：在《1972年》里谈到"空心木笛"（№ 126），以"笛子"结束《致玛丽·斯图尔特的十四行诗20首》，№ 154，带着小笛子的缪斯——诗人的画的永恒主题。

Строй янычар.（列队的亚内恰尔。）俄罗斯伊索式文字作品的传统是把土耳其专制的形象代入俄国政治现实中的地位（另参见《季节——冬季。边境安宁。梦里……》的注释，№ 99）；亚内恰尔士兵——以残酷著称的土耳其苏丹的近卫军（14至19世纪）。

холод их злых секир.（凶狠的战斧的寒意。）参见《速写》的

注释（№ 113）。

север был там, где у пчелки жало. （北方在那有蜂刺的地方。）"在这种情况下意味着从后边，在我的背后，在飞机的后面……"（来自作者给詹姆斯·赖斯的说明。）就像后来布罗茨基所说的那样，这基于童年的语义双关的引子"可怜——被蜜蜂蜇到了屁股里"。这在此处相等于下流的表现形式"［在］屁股里"（俗语的意思：销声匿迹，陷入没有出路的窘境）。失去心爱的东西与KTM贯穿始终的闷热主题有关（参见KTM附注的开篇的札记）。

Я увидел новые небеса / и такую же землю. （我看到新天/新地。）这是——讽刺性的回声，针对《以赛亚书》（第65章第17节）："看哪！我造新天新地；从前的事不再被纪念，也不再追想"（作者注：APOS．P. 151）。另比较《启示录》："我又看见一个新天新地"（第21章第1节）。

пылают во тьме, как на празднике Валтасара, / письмена "Кока-Колы". （在黑暗中闪现，仿佛在伯沙撒的欢乐时节，/字迹"可口可乐"。）先知丹尼尔叙述道，在迦勒底人的伯沙撒王摆设盛宴的时候，一面墙上出现了书信：МЕНЕ，МЕНЕ，ТЕКЕЛ，УПАРСИН（"数过，数过，统计过，分开了"）预言国王必将亡故（《但以理书》，第5章）。在以此为题材的绘画中，字迹往往显出火红色，由此而与"可口可乐"发光的红色广告相对比。

Неизвестный Союзный Солдат. （无名的联盟士兵。）参见《质朴小镇的秋日黄昏……》的注释（№ 128）。

Перемена империи связана ⟨...⟩ с лобачевской суммой чужих углов, / с возрастанием исподволь шансов встречи / параллельных линий. （帝国的更换……涉及洛巴切夫斯基的陌生角的总和，/涉

及平行线相交机会的渐渐/增加。）流亡国外的文化空间，习惯性地用非欧几里得几何学的隐喻来描绘（参见《美好时代的终结》的注释，№ 87）。

с затвердевающим под орех / мозгом.（涉及放到坚果下硬化的／脑子。）布罗茨基说，关于胡桃核和人脑相似的想法，制止了他年轻时的犯法行为（参见：*Волков 1998. С. 67*）。

внутри нас рыба / дремлет.（我们内部有鱼在／打盹。）比较奥登："In my veins there is a wish，/ And a memory of fish…"（*It's no use raising a shout …*，1929；E. 塔拉索夫的拙劣译文："В жилах моих есть желанье / И о рыбе воспоминанье…"：Антология новой английской поэзии，Л.：Гослитиздат，1937. С. 399）。在奥登的诗里，也和别人一样，这几行是——有些讽刺模拟性地表述荣格关于人类祖先的思想（John Fuller. W. N. Auden：A Commentary. Princeton，New Jersey：Princeton University Press，1998. P. 79–80）。随笔《献给致电者》，其开头是议论进化问题，布罗茨基把自己比作一尾鱼，游在"湖水似的镜子"深处和被水草围绕的偶然记住的几行文字。"这几行文字往往萦绕不去地追随着你，而与正事完全无关——自己的或别人的文字，用英文甚至比用俄文更频繁，尤其是奥登的文字"（*СИБ-2. Т. С. 63*）。关于这个情节，详见下面的诗行"人活下来，好像沙地上的鱼"的注释。

континента, который открыли сельдь / и треска.（大陆，发现它的是鲱鱼/和鳕鱼。）现代历史学家认为，第一批欧洲人，在哥伦布之前航行来到美洲岸边的是渔夫，为了捕鲱鱼，特别是鳕鱼；鳕鱼曾是中世纪西欧人蛋白质营养的主要来源之一（参见：см.：Mark Kurlansky. Cod：A Biography of the Fish That

Changed the World. New York: Walker & Co., 1997）。比较用英文写的 *Elegy: For Robert Lowelll*（《哀歌：献给罗伯特·洛威尔》，1977；*CP*. P. 148）："Shoals of cod and eel / that discovered this land before / Vikings or Spaniards ..."（"鳕鱼和鳗鲡群 / 他们发现这个国家早于 / 海盗或西班牙人……"）后来仍是英文的儿童诗 *Discovery*（《发现》）："America first was discovered by fish ..."（"最先发现新大陆的是鱼……"；Joseph Brodsky. Discovery. New York: Farrar, Straus, Giroux, 1999. ［P. 6］）。

Что касается местного флага, то он ⟨...⟩ похож, как сказал бы Салливен, на чертеж / в тучи задранных башен.（至于地区性的旗帜，……萨利文会说，像高耸入云的/塔楼的图纸。）路易斯·萨利文（Sullivan, 1856—1924），美国建筑师，建筑摩天大厦的创始人。"按照弗兰克·洛伊德·赖特的意见，这是萨利文发明的观念，即摩天大厦带有一排排密集的窗户……"（出自给赖斯的说明；布罗茨基发出说明时附上垂直悬挂的美国国旗的插图，令人觉得——多亏线条——像带有窗户的垂直"线"的摩天大厦）。

мотылек ⟨...⟩, / ударяясь в железную сетку.（蜾蛾⟨……⟩/陷入铁网。）夏天美国家庭在窗框里嵌入挡板，以防昆虫。

в полушарьи орла.（进入鹰徽半球。）指美国国徽的鹰纹。

В настоящих трагедиях ⟨...⟩ умирает не гордый герой, но, по швам треща / от износу, кулиса.（在真正的悲剧中⟨……⟩死的不是高傲的英雄，而是沿着接缝由于磨损/而嘶嘶作响的侧幕。）比较纳博科夫的长篇小说《斩首之邀》（1938）结尾处的主人公四处乱爬而不愿等死；另参见《发扬柏拉图精神》的注

释（№ 266）。

Лучше взглянуть в телескоп туда, / где присохла к изнанке листа улитка.（最好用望远镜看看那里，/在那里，蜗牛粘在叶子的反面。）也许，讲的并非仅仅是与其仰望星空不如看看由于炎热而渐渐干透的花园，而是实现了出自最喜爱的普鲁斯特的追忆，这里表明具有思想情节地追忆童年；普鲁斯特有一个片段是献给陶醉于自慰的少年的："……几乎绵软乏力，我在自己的内心铺设人所不知的路，我觉得，它会把我引向死亡，在情感消耗殆尽的时候，而在野生黑色醋栗的叶子上，植物向我垂下自己的枝条，没有留下某种自然的痕迹，类似于蜗牛在叶子上所留下的那样"（Марсель Пруст. В сторону Свана / Перевод А. А. Франковского. Л.: Советский писатель, 1992. С. 172）。这样阅读的益处，在于"蜗牛们"下次出现于 KTM 的第 XI 章第 3 诗节，是在描述创造新词的地方，自我封闭，不容他人插足，即类似于自慰以满足性欲。

В парвеноне хрипит "ку-ку".（暴发户的心里发出"咕咕"的声音。）讥讽地指出美国小城市的标准的新古典主义建筑学（参见第 III 章的"附近法庭/牙齿洁白的柱廊"）——来自"帕特农神庙"（古希腊最著名的神庙）和"парвеню"（法语，parvenu——暴发户，突然发财致富的财主）。在给赖斯的说明中，布罗茨基补充道："парвеню，即暴发户，有出人意料的财富和粗鲁的举止以及相应的建筑艺术的审美情趣。在这种情况下我指的是不知谁的独家住宅……"从那里听得到小市民的钟声，钟上带有机械制造的布谷鸟。

Легионы спят, прислонясь к когортам / формы — к циркам.（古罗马军团睡着，依靠大队，/广场——靠着竞技

场。）在古罗马一个拥有近 500 名军人的分队称为大队，10 个大队组成一个军团。广场（社会性的公益广场）和赛马场（体育表演的场所）在罗马帝国的每一个城市都有。在这里——是虚幻的帝国形象，情节单位，在以下的延续部分降低到拿厨房里的贝壳比拟古希腊的半圆形剧场，拿贝壳上方的水龙头比拟罗马皇帝，拿蟑螂比拟人群。

Голый паркет — как мечта ферзя.（光秃秃的镶木地板——仿佛棋后的梦想。）拿地板比拟国际象棋棋盘的变体，参见《从前的红额金翅雀这时在笼子里……》（No 228），《牧歌》第四首（冬季），诗节 7（No 320），《秋季——美好的季节，如果您不是植物学家……》（No 447）。

Только найдя опору, / тело способно поднять вселенную на рога.（只有找到支点，／身体才能把宇宙举上犄角。）布罗茨基不厌其烦地向赖斯说明这个地方，揭示读者也未必会产生的心理联想。他简略提到词语"身侧的犄角"（他说，这是一种"惩罚"），俚语"打掉犄角"（按照法庭判决，在一定期限内褫夺公权），"犄角"作为词语"倔强的公山羊"的换喻而在末尾指向阿基米德的箴言："给我支点，我也能撬起地球"，补充说（俄语）："犄角＝杠杆"。另比较"……拥有支点 ／ 建立杠杆……"见《1972 年》，No 126。

Даже девять-восемьдесят одна.（甚至九至八十一。）自由落体加速度的量（重力的加速度），$g = 9.81 \ m/s^2$（中小学物理课程资料）。

Сохрани на холодные времена / эти слова.（你要保存这些话／以防严寒时期。）大致援引曼德尔施塔姆的诗"你要永远保存我的话，为了应对灾难和烟幕"（1931）；以后在第 X 章的第三个

诗节又近似地重复曼德尔施塔姆的："你要保存这样的言语方式……"

Человек выживает, как фиш на песке: она / уползает в кусты и, встав на кривые ноги, / уходит, как от пера строка, / в недра материка.（人活下来，好像沙地上的鱼：她/爬进灌木丛，用弯曲的腿站起来，/去大陆深处，好像离开/笔的——字行。）达尔文主义驰名巨著形象化的插图。进化论，其中包括世界大洋是生命的起源，一再地表现于布罗茨基诗作的隐喻，比较《潟湖》中的"你的脊索动物的祖先啊，救世主"（No 132）。活下来的痛苦过程，在这里指适应新的条件涉及继续文学工作的创作过程。这几行准备了超现实主义的形象，在诗的结局中，鱼在屋子的门槛上因为酷暑而极其虚弱。关于使用依地语的鱼"фиш"（不过保留了"рыба"的阴性词尾，因而引出"她爬进"），布罗茨基写信给赖斯，说在这里使用"她"，是为了"降低这个诗行的悲剧基调"。

"Время больше простраства. Пространство — вещь. / Время же, в сущности, мысль о вещи. / Жизнь — форма времени".（"时间大于空间。空间——是物。/ 而时间是关于物的意识。/ 生命——是时间的形式。"）布罗茨基哲学观点的最简练的叙述，其基础属于近代占主导地位的欧洲哲学传统。这个传统起于笛卡儿的唯理论（思维如同奠基的现实——"我思故我在"，物质世界的基本特性是——延伸性）。也可能是康德批判唯心主义的影响（时间如同理性认知的先验条件）。

африка мозга, его европа, / азия мозга.（脑子的非洲，它的欧洲，/ 脑子的亚洲。）如果说人体在第 I 章第三诗节里比拟为 3 俄里缩为 1 英寸的地图，即小比例尺的空间，那么在这里脑子

（意识）由于文字游戏（大脑的两半球——地球的两半球）而比拟为整个行星。

Часть IX, *строфа 3.*（第 IX 章，诗节 3。）大脑两半球的"部分世界"（参见前面的两个诗节）标志着相应的文学形象：在阿拉伯童话《一千零一夜》的场景之后，是古罗马历史上的恺撒和布鲁图（或莎士比亚的悲剧），然后是中国传说中的夜莺和中国皇帝（或安徒生的童话；参见《致明朝的书信》的注释，№ 299），此后是俄罗斯的——"在灯光的圆圈里少女用脚摇着摇篮"（参见布罗茨基本人的诗《预言》，№ 29："我和你将生活在〈……〉生活在一盏自造的灯所营造的不大的圈子里。"后来讲的是——生孩子）。于是，最后，为了文化地理的完备，在西欧，俄罗斯，远东和近东的情景之外又增添了原始文明的某种情境——跳布基-武基舞（美洲舞）的巴布亚人。

Местность, где я нахожусь, есть рай.（我所在的地方是天堂。）参见《Post aetatem nostram》（《塔》），（№ 96）。

Тронь своим пальцем конец пера ...（用自己的手指摸一摸笔的尖端……）接下来整个诗节首先被纳入未完成的诗《是个暖秋。我住在立陶宛……》（1972 年之前）。

Местность, где я нахожусь, есть пик/ как бы горы. Дальше— воздух, Хронос.（我所在的地方，是山峰 / 好像是山区。后来是——空气，时间。）参见诗行"……欧几里得不知道，下到圆锥体上，他所得到的东西不是零，而是时间"的注释（《我总是强调，人生——如戏……》№ 107）。比较相似的陈述，见未完成的诗《是个暖秋。我住在立陶宛……》。

Сохрани эту речь.（保存这言语。）参见上文。

в лице тарелки.（在盘子里面。）参见《戈尔布诺夫和戈尔

恰科夫》（№ 74）第 VI 章和《与天人交谈》（№ 88）中对脸和盘子的类似比较。向赖斯说明这个隐喻，提及与脸相似时，布罗茨基说："把〈指针〉拨到'五点缺二十分'的位置——〈结果是有〉胡子的脸"。

Как хорошее зеркало, тело стоит во тьме.（作为一个好镜子，身子站在暗处。）比较"身子"的隐喻/镜子，见《从哪里也没有带着爱来，第十几个三月了……》，№ 163，以及《威尼斯诗节（1）》（№ 304）。

Пара раковин внемлет улиткам его глагола: / то есть, слышит свой собственный голос.（一对贝壳要蜗牛听它的话：/就是说，听自己的声音。）指的是人的耳廓在听自己的嗓子所发出的话语声。参见上述"蜗牛"的隐喻的假定起源。

не спрашивай 〈...〉 "Кто там?" — и никогда не верь/ отвечающим, кто там.（你不要问……"谁在那里？"——而且永远也不要相信/答复者说的，谁在那里。）比较"'自己人'在门口那里可恶地讥笑说"（《五周年纪念》，№ 289）。

мысль о Ничто.（关于空的思考。）同心宇宙的最后一个圆圈：地球〈海洋（空间）〈时间（"一连串的日和夜"）〈地狱和天堂（玄之又玄的世界）〈"关于生的想法和关于死的想法"〈"关于空的思考"（思维的范畴）。另参见诗行"空。不过想起它/你好像突然看见无源之光"的注释，见《1971 年 12 月 24》，№ 110。

184. *Декабрь во Флоренции*（《佛罗伦萨的十二月》，下称 ДВФ）Континент. 1976. № 10. C. 98–99.

布罗茨基于 1975 年初访佛罗伦萨，"我不记得了，由于什么缘故来到佛罗伦萨。的确，寒冷，潮湿。我在那里到处走动，随便看看。〈……〉我总想以这种方式写作，仿佛我不是惊讶的旅行者，而是那种拖着脚步走过的旅行者。这符合实际上的行进。起先你跑进当地的陈列馆，来来去去，看他们的市政府——看市政厅，走进 Casa di Dante〈但丁之家。——洛谢夫注〉，不过发生的主要事情是——你沿阿尔诺河拖着自己的骨头"（*Пересеченная местность*. C. 174 – 175）。

ЧP 中这首诗是献给在异国城市怀旧和孤独的主题的结尾：《质朴小镇的秋日黄昏……》，No128（安阿伯），《潟湖》，No 132（威尼斯），《切尔西的泰晤士河》，No 134（伦敦）和 ДВФ（佛罗伦萨）。与之前的三首诗不同，ДВФ 有更多聚焦的文学言外之意，在这里就是——但丁和曼德尔施塔姆的悲剧命运。佛罗伦萨——但丁（1265—1321）的出生地，由于政治问题诗人被驱逐出境，在流亡中度过二十年，死于五十六岁的年纪，在远离家乡的拉韦纳。和 ДВФ 作者的命运形成对照。而关于自己的命运和曼德尔施塔姆的命运相似，布罗茨基早在 1966 年初就对丘科夫斯卡娅说过（参见：*Чуковская 1997*. T. 3. C. 317）。在《沃罗涅日的笔记》里（1935—1937），布罗茨基认为，具有贯穿始终的怀念意大利的主题的诗，是曼德尔施塔姆的巅峰之作。尤其是诗里以涅瓦河的流冰的画面为开端，彼得格勒的形象也像在ДВФ 里一样，邂逅了但丁的佛罗伦萨的形象："来自干硬的楼梯，来自广场／带有棱角的宫殿／自己的佛罗伦萨在周围／阿里格尔唱得更洪亮，用他那疲乏的双唇。// 仔细琢磨那个人鲜明生动的语言／我的影子夜夜折磨人……"（"听见了，我听见了早上的冰……"，1937）。二十世纪俄罗斯诗歌中涉及同一座城市的最著名的诗，勃洛克的组诗《佛罗伦萨》（1909），在

ДВФ 中几乎没有引起反响。不同于勃洛克的带有"烧红的砖头"的佛罗伦萨，这座意大利城市出现在 ДВФ 里是潮湿和寒冷的，这在俄罗斯诗歌中只有一个先例——见曼德尔施塔姆的《阿里奥斯托》（1935—1937）："欧洲冷，意大利昏暗……"。和两座城市一样，两个诗人——流放犯但丁和曼德尔施塔姆的形象也被混淆了，还因为，毫无疑问，布罗茨基接受《神曲》是通过曼德尔施塔姆的《关于但丁的交谈》（1933）。布罗茨基对大卫·贝西亚说过，他最初看到的《神曲》是 M. 洛津斯基在 1962 年至 1963 年的译本，就在那时也看了《圣经》（参见：*Bethea 1994*. P. 265－266）。《关于但丁的交谈》的初版在 1967 年出现于俄罗斯，不过即使布罗茨基不曾读过该版的手稿，那个年代他精神生活中最重要的因素是与阿赫玛托娃和娜塔莉亚·曼德尔施塔姆的交往；曼德尔施塔姆的两位女性对话者谈到但丁，她们称呼他为"第二中心"。正是这个圈子在严肃地关注着艾略特，他的随笔《但丁》（1929）展开了诗人作为流放犯人的题材，这是 ДВФ 的核心题材。

"诗——但丁的有一定含义的诗。即可以说，用的是全面的三行连环韵诗体"（*Пересеченная местность*. C. 174）。ДВФ 的结构——九个诗节各有九个诗行（各有三个三行连环韵诗体）——符合《神曲》的结构。"我们知道数字 3 和 9 对作者 *Vita Nuova*（《新生》）和 *Commedia*（《神曲》）具有深刻的象征意义，于是布罗茨基决定着重地运用这个传统。〈……〉也许，例如，考虑到'十二月'开端几行里暗示野兽和树林，布罗茨基因而以九个同样对称的诗节构建自己的诗，着眼于 *Inferno*（《地狱》）中地狱的九层？"（*Bethea 1994*. P. 64－65）。不过，ДВФ 的诗节（不同音步的三音节诗格的变体 AAABBBCCC）但丁的三行连环韵诗体（ABA BCB CDC……）不是模仿，而是讽刺性模拟。但丁的中间诗行的不押韵词尾成为下一个三行连环韵的韵脚，这就保障了连接和继续前行，而布罗茨基的一连三个韵脚造成了时断时续的印象和所记录的观察之间的并非必要和偶然性的联系。这个印象还更加深了，由于大量的跨行（占40%的诗行），其中的九个诗行有失体统，因为结束诗行的是虚词——连接词 *но*，*и*，*ни*，前置词 *от*，*на*，*о* 而在第九诗节还拆开固定词组：*то ／ есть*。除了 ДВФ 之外，"全面的三行连环韵诗体"布罗茨基在1964 年用于诗作《秋天从鸟窝……》（№ 212），而在 ДВФ 之后的几个月后用于《五周年纪念日》（№ 289）和《戏剧性》（1994—1995，№ 432），以及 1991 年《悲剧的画像》中的相似的示意图（№ 430）。（所产生的效果近似的《话说洒掉的牛奶》的诗节，№ 80，也包含着"三个"同样部分构成的：AAABCCCB。）总之，这种三诗行的结构，对俄罗斯诗歌而言，并非典型特征，然而常见于奥登笔下。

　　ДВФ 在大卫·贝西亚的专著中有特别详细而全面的注解（参见：*Bethea 1994*. P. 63－73）。另参见：*Rigsbee 1999*. P. 111－113；*Loseff 2003*。

　　Заглавие.（标题。）贝西亚指出，除了作者走访佛罗伦萨的实际时期之外，十二月还是——曼德尔施塔姆死去的月份（参见：*Bethea 1994*. P. 68）。

　　Эпиграф.（题词。）来自阿赫玛托娃的诗《但丁》（1936）。作者取阿赫玛托娃这首诗的开头两行作为 ДВФ 的英译版的题词："他死后也没有回 ／ 自己的亲爱的佛罗伦萨……

　　Двери вдыхают воздух и выдыхают пар.（门扇吸入空气又呼出蒸汽。）从中涌出蒸汽的这些门扇，"引起记忆中的地狱之门，

如此强有力地描述于《地狱篇》的第三歌的开端：〈...〉**НИЧТО НЕ БЫЛО СОТВОРЕНО ДО МЕНЯ, ЛИШЬ ВЕЧНЫЕ СОЗДАНИЯ, Я БУДУ СУЩЕСТВОВАТЬ ВЕЧНО, ОСТАВЬ НАДЕЖДУ, ТЫ, ВХОДЯЩИЙ**"（*Bethea*. P. 64）。

население гуляет 〈...〉, / *напоминая новых четвероногих.* 〈...〉 *на мостовую выходят звери.* / *Что-то вправду от леса.*（居民……散步，/这河像新的四足兽。……几个野兽来到马路上。/的确有什么来自树林的东西。）在《地狱》第一歌中但丁叙述他怎样在"昏暗的树林里"迷路，在那里开始尾随他的有猞猁，狮子和母狼。

в известном возрасте просто отводишь от / *человека.*（到了一定的年龄你简直会从别人的身上/移开视线。）但丁长诗的第一行："人世的生活度过人生的中间……"（M. 洛津斯基译）；布罗茨基在 1975 年 12 月是 35 岁；大约就在那个年龄但丁永久地离开了佛罗伦萨。比较《去伊斯坦布尔旅行》中的"……在一定的年龄人厌倦像自己一样的人，厌倦弄脏自己的意识和下意识"（*СИБ-2*. Т. 5. С. 313）。

твой подъезд в двух минутах от Синьории / *намекает глухо* 〈...〉 *на причину изгнанья.*（你的离市政厅两分钟内的路程 / 无望地暗示〈……〉放逐的起因。）邻近故宫（Palazzo Vecchio），古称领主宫（Palazzo delle Signoria），即佛罗伦萨政府的官邸，位于所谓的但丁之家，陈列馆，在 20 世纪的分界上建造于修复的属于阿利基耶里家族的古建筑之间。"黑色的"掌管市政厅的教皇派，在 1302 年判决但丁终身放逐。还有一个细节，类似于作者的个人经历：布罗茨基住在列宁格勒的一个街区，该街区在地方的国家安全委员会的"大家庭"办公大楼附近，在那里于

1972 年 5 月断然建议他出国。

вторая / флоренция с архитектурой Рая.（拥有天国/建筑艺术的第二个佛罗伦萨。）据推测，天国和佛罗伦萨拥有同样的建筑艺术，显然，这涉及经常被援引的米开朗琪罗关于佛罗伦萨最著名的名胜之一的陈述，桑·乔瓦尼的浸礼堂东门于 1425—1452 年点缀着洛伦佐·季培尔底的浅浮雕："他们好像为了天国而走近"。标题《天国之门》固定归这篇作品所用。

На Старом Мосту ⟨...⟩ бюстует на фоне синих холмов Челлини.（在古老的桥上……青色丘陵的背景下建立了切利尼的胸像。）横跨阿尔诺河的古老的桥（Ponte Vecchio），几乎从伊特鲁里亚时代就保留在佛罗伦萨市中心。这是佛罗伦萨仅有的一座桥，桥上至今还像中世纪一样有小铺子。因为这些小铺子传统上大多出售珠宝，19 世纪末在古老的桥上竖立了著名的雕塑家，珠宝匠和回忆录作者 Б. 切利尼的青铜胸像（Cellini, 1500—1571）。

бойко торгуют всяческой бранзулеткой.（大胆地销售各式各样的妇女饰物。）贝西亚认为，这个诗行——是借助勃洛克的写作方式展开的"游戏"，新时期唯利是图的佛罗伦萨："可是〈你，佛罗伦萨〉不可能使自己再生 / 就在商品的尘埃里折腾吧！"（《你死吧，佛罗伦萨，犹大……》，1909）（参见：*Bethea 1994.* P. 266 – 267）。"Бранзулетка" 来自被歪曲的波兰词 brasoleta——"браслет"，在这里用于概括性的含义——"бижутерия"。比较 И. 伊利夫和 Е. 彼得罗夫驰名的长篇小说《金牛犊》的结尾："妇女饰物！——边防军官突然尖叫〈……〉。——妇女饰物！——其余的人也都喊叫起来……"（И. Ильф, Е. Петров. Золотой теленок. М.: Панорама, 1995. C. 326）。

золотые пряди ⟨...⟩ красавицы ⟨...⟩ кажутся следом

ангела. (金色发绺……美人的……好像安琪儿……的足印。) 从在《新生活》里描写初遇开始 (*Vita Nuova*, 1293), 但丁经常把别尔特利切描绘为天使; 布罗茨基总是把女子的金发和天使头上的光环联想起来——参见《1971 年 12 月 24 日》的注释, № 110。

Человек превращается в шорох пера по бумаге, в кольца / петли, клинышки букв. (人转化为笔在纸上的沙沙声, 转变为指环、/领带、楔形字母。) 比较曼德尔施塔姆论《宗教剧》: "如果从文字的角度来看这令人惊叹的作品, 从独立的书写艺术的角度来看, 那么在 1300 年就完全可以和写生、音乐相提并论并立足于最值得尊重的职业之列, 那么除了已经列举的类似项目, 还要加上新的——按照顾客的命令书写, 临摹, 复制。〈……〉在这里说临摹还不够——这里是在最严酷极不耐烦的命令下的习字课" (Осип Мандельштам, «Разговор о Данте» в кн.: Осип Мандельштам. Сочинения в двух томах. Т. 2. М.: Художественная литература, 1990. С. 248 – 249)。布罗茨基一再谈到灵感好像用笔在纸上描绘字母的人体活动, 参见: 例如他临死前涉及普希金的一封信 (*Труды и дни*. С. 22 – 23)。不过贝西亚指出了与阿克梅派创作观的直接对立: 从古米廖夫及其门徒的角度来看语言变成躯体, 在布罗茨基那里躯体的本质转化为语言 (*Bethea* 1994. Р. 72)。

обнаружив "м" в завулярном слове, / перо спотыкалось и выводило брови! (在一个平常的词里发现 "м", / 笔磕绊着描出了眉毛!) "М"——"М. Б." 的首字母。在布罗茨基喜爱的《神曲》的第二部分, 《炼狱》, 我们读道: "谁在人脸上寻觅'омо', 在这里无需费劲就能读完字母 M (Песнь XXIII, ст. 32—33, 译者 М. 洛津斯基)。正如注释者所说明的, 这里反映了中世纪的观念, 词语 OMO DEI (上帝的人) 字母 OMO 描绘的是人脸：M——眉毛和鼻子，而 OO 是———一双眼睛。

Дома стоит на земле, видимы лишь по пояс（房屋立在大地上，只看得见齐腰处）——好像罪人陷入齐腰深的冰冷的沼泽地（《炼狱》，第七歌）。

Тело в плаще（一个穿斗篷的人）——自我援引；参见《潟湖》的注释（№ 132）。

Полость / рта подворотни ⟨…⟩ *к воспаленномю нёбу.*（口腔/下的缝隙……引起上腭发炎。）比较《威尼斯诗节（1）》（№ 304）："车马驶来，谁上腭的咽峡炎发作／灯"。

две старые цифры «8»（两个古老数字"8"）——"侨居国外的老两口在但丁的佛罗伦萨度过自己的余生"（*Polukhina 1989*. P. 167；基于和作者的倾谈）。关于数字 8 对布罗茨基的持久不变的象征意义参见诗行"两片叶子的阴影仿佛数字 8"的注释（《戈尔布诺夫和戈尔恰科夫》，№ 74[①]）。

дряхлый щегол.（衰弱的红额金翅雀。）红额金翅雀——曼德尔施塔姆在 1936 年 12 月写于沃罗涅日的一组诗中的鸟：《孩子的嘴咀嚼着自己的麦麸……》《我的红额金翅雀，我将昂起头来……》《在红额金翅雀凭空怀恨的时候……》《这个地区在水色很深的……》。

о дворец, о / купол собора, в котором лежит Лоренцо.（照着宫殿，照着大教堂的/穹顶，大教堂是洛伦佐的长眠之处。）洛伦佐·"豪华者"·美第奇（Lorenzo de Medici, 1449—1492），佛罗伦萨和托斯卡纳的统治者，艺术的庇护者和作家；他的墓地在美第奇家族世袭的教堂，圣洛伦佐教堂的小礼拜堂里，小礼拜堂是

---

① 疑为编著者笔误，该句出于《以撒和亚伯拉罕》，№ 13。

由米开朗琪罗设计并用雕塑装饰的建筑物（美第奇的小礼拜堂，1524—1534）。附近有美第奇-里卡尔基的宫殿。

щегол разливается в центре проволочной равнины .（红额金翅雀在拉韦纳市中心的电线上啼啭。）在这个诗行的冗长注解中大卫·贝西亚谈到形象的"三角剖分"。红额金翅雀之于布罗茨基乃是——曼德尔施塔姆精神；在随笔《文明的孩子［儿子］》中他把曼德尔施塔姆的诗比拟为红额金翅雀的震音（*СИБ-2. T. 5. C. 99*）。剥夺鸟儿自由的电线引起记忆中的曼德尔施塔姆之死是由于集中营的有刺铁丝。同时把鸟笼比拟为别人的城市，但丁注定要死在那里，正如作者对自己的译者和注释者焦尔乔治·克莱因所说，部分地令人想起但丁在拉韦纳的纪念碑，它被奇特的铁栅栏所围绕，令人联想到笼子。最后，两位诗人的生活环境被投射在作者本人的命运上（*Bethea 1994. P. 68-79*）。不过，在世界观上，作者把自己放在伟大先驱者们的对立面（参见下面"不对，/说什么爱驱动星辰"的注释）。相似的"三角剖分"发生于布罗茨基最近的作品之一，随笔《致贺拉斯的信》：贺拉斯——奥登——作者。

Одну ли, две ли / проживаешь жизни.（一个，两个 / 你度过一生。）比较《亲爱的，今晚我迟迟走出家门……》（№ 371）："……忘记一个生命，对人来说，最少，/还需要一个生命"。

неправда, / что любовь движет звезды.（不对，/ 说什么爱驱动星辰。）从这里到诗节的结尾展开了对但丁世界观基本论点的论战性主题，而同时也针对曼德尔施塔姆：爱驱动宇宙。《地狱》第一歌，第39—40页："它们〈太阳和星辰〉众多美好 / 上帝的爱驱动……"而全部《神曲》结尾的诗句是："爱，驱动太阳和天体"。曼德尔施塔姆："大海也好，荷马也好——一切

都是爱在驱动"（《失眠。荷马。鼓起的风帆……》，1915）。

Каменное гнездо оглашаемо громким визгом / тормозов.（砖砌的窝充满了刹车的响亮刺耳的/声音。）Л. 巴特金注意到，勃洛克早在 1909 年就震怒地写到佛罗伦萨："你的汽车发出呼哧呼哧的响声……"（参见：*Баткин 1997.* C. 195）。

громада яйца, снесенного Брунеллески.（有伯鲁涅列斯基下的巨蛋。）花之圣母马利亚大教堂的巨大穹顶，由建筑师菲利普·伯鲁涅列斯基（Brunelleschi, 1377—1446）建造于 1419—1446 年。

О, неизбежность «ы» в правописанье «жизни»!（噢，在"жизни"的正字法中"ы"的必然性！）贝西亚的见解在于，"ы"由两个单独部分组成，因而建议破坏规则，代之以融为一体的"и"，象征人生不可避免的分离（参见：*Bethea 1994.* P.72）呈献于深思者之前。更准确地说，作者利用的不是字母，而是动物的嗥叫声。比较《悲剧的画像》（№ 430）。在一个手稿本里，布罗茨基试图凭记忆再现 M. 隆吉诺夫的淫秽的"骠骑兵的常识"，其中包括："Ы 不可能是首字母，/'Ы'妓女这样哼哼，在结束的时候"。

Есть города, в которые нет возврата. / Солнце бьется в их окна, как в гладкие зеркала.（有些城市没有返回的路。/阳光照进它们的窗户，好像照进光滑的镜子。）《一座改名城市的指南》（1979）中关于彼得堡："当一月快落的太阳那鲜红的球体把它的威尼斯式的高高的窗户染上淡淡的金色的时候，桥上冷得哆嗦的步行者突然看见考虑到彼得而建筑这些墙壁：孤独的行星的巨大镜子"（*СИБ - 2.* T. 5. C. 68）。接下来"在精神上这个城市毕竟还是首都，它和莫斯科的关系正如佛罗伦萨和罗马……"（同上，C. 70）。

Там всегда протекает река под шестью мостами.（那里的一

条河总是在六座桥下流过。）在彼得堡的涅瓦河上有六座桥，铁路桥除外，在佛罗伦萨的阿尔诺河上有九座桥（六座在市内的中心区）。

там толпа говорит, осаждая трамвайный угол.（那里群众在说话，把有轨电车包围在一个角落里。）城市群众的包围，——这个隐喻也见于《1971 年 12 月 24》（№ 110）："售货台引来围观／人群把一大堆包裹给牲口驮上"。

на языке человека, который убыл.（在说一个人的语言，这人已经被除名。）对结尾的诗行可能有两种看法。一方面，这是怀旧的表示，惋惜离别母语（无论在拉韦纳的但丁，还是在沃罗涅日的曼德尔施塔姆都没有与母语隔绝）。然而这也就肯定了诗人对母语的不可逆的反作用：诗人被放逐，但同胞讲的语言，是他参与创建的。ДВФ 的但丁题材加强了这种看法。布罗茨基说："诗人在社会面前只有一个责任，就是：好好写作。即这是——对语言负责。实际上诗人是——语言的仆人和卫士。他既是它的仆人，也是它的卫士，推动者。诗人完成的事什么时候为人们所接受，**那么结果就是，他们讲的是诗人的语言**，而不是国家的语言。例如，今天意大利人所讲的语言，更多地要归功于但丁，而非所有那些带着他们的规划的教皇派或皇帝派"（*Волков 1998.* С. 106－107；黑体字是后加的）。

《献给奥古斯塔的新四行诗》

在原诗集的扉页印着：献给 М. Б. 的诗，1962—1982。Ann Arbor, Michigan：Ardis, 1984. 首印：1795 册；第二次印刷（1988）：1088 册也；第三次印刷（1990）：1065 册。

在 HCKA 中收入了 60 首诗以及组诗《致玛丽·斯图尔特的十四行诗 20 首》。30 首诗是之前的集子—— *OBΠ*、*KПЭ* 和 *ЧP* 中没有的，这其中的 8 首后来又收入进 *У* 中。《诗节》（《分手时——默然无语……》）在 HCKA 中被改为一个缩短的章节（详见注释№ 34），与 *У* 中的版本相比，《诗节》（《仿佛玻璃杯……》），№ 236，多了一个诗行，而《克洛米亚基》，№262，多了两个诗行。

关于 HCKA 布罗茨基这样说道：

"这本写了 20 年的诗集或多或少可以说有一个接受者。而且众所周知，这本诗集是我生命中的非常重要的一部分。当我想到这本诗集的时候，我做了这样一个决定：哪怕是最优秀的手笔也不能干涉这本诗集，因为我本人已经将它做到极致。换句话说，如果这本诗集不是我自己独立完成的，那么它将是极度混乱的无稽之谈。除此之外，在与洛谢夫交谈的时候，我突然萌生了一个想法。我重新审视这些诗歌，发现他们以惊人的形式组成了某种题材。于是我想，《献给奥古斯塔的新四行诗》可以作为某种统一的作品来读。遗憾的是，我没有写出'《神曲》'，很显然，我也已经永远无法写出'《神曲》'来了。但在某种意义上却得到了一个带有自己题材的诗集——从原则上来看更具散文性，然而他们正应如此。我有一个隐约的希望，那就是读者能明白我上面所说的。"（*Волков 1998*. C. 317）

诗集是献给艺术家玛丽安娜·巴甫洛芙娜·巴斯马诺娃（М. Б.）的。根据资料显示，布罗茨基和巴斯马诺娃相识于 1962 年 1 月 2 日（参见《六年后》，№ 37 的注释）。他们的关系经历了相互亲近和破裂后，在 1968 年两人正式分手，不久之后，他们的儿子安德烈出生了（参见《亲爱的，今晚我迟迟走出家门……》，№ 371 的注释）。在这一时期，布罗茨基的人生又发生了其他的悲剧——被逮捕、被关押在精神病院、审判并被判处流放，也因此在俄罗斯和世界范围获得了巨大的声誉。但是根据阿赫玛托娃的笔记所记录的来看，对布罗茨基来说这所有的不幸与同巴斯马诺娃的分别相比，都是次要的。（参见：*Ахматова 1996*，passim；另参见 И. Ефимова 的珍贵的佐证：*Ефимов 2002*）。М. Б. ——天才艺术家 П. И. 巴斯马诺夫（1906—1993）的女儿，在青年时代与以俄罗斯先锋派大师卡基米尔·马列斯基和 М. В. 马秋申（1868—1934）及马列斯基的追随者 В. В. 斯特尔利科夫为主的小团体非常亲近。М. Б. 的母亲 Н. Г. 巴斯马诺娃——另一位有才能的艺术家。М. Б. 专业的艺术视角和审美趣味在布罗茨基的诗中有一些反映（例如参见：《你，缠着蛛网般琴弦的吉他状的……》№ 259）。

HCKA 与这些经典的献给同一人的爱情抒情组诗典范，比如，丘特切夫的《献给杰尼斯耶娃》和茨维塔耶娃的《女友》不同，HCKA 中直接的呼唤（"你是——风、亲人。我是——你的……""你的一绺鬈发没有盘成团……""你忘记了被遗弃在沼泽地的乡村……""我只是你曾用手掌/触及的那个人……"，等等）和关于过往的回忆（《普斯科夫登记表》《六年后》《克洛米亚基》，等等）放在同等地位，有些诗中的情节似乎既不是直接的也不是隐喻的与 М. Б. 相关。这些诗的情节与自然相关或者是与历史、神话事件相关——《Einem alten Architekten in Rom》《蒂朵和埃涅阿斯》《奉献节》（最后一首诗与整部诗集的主题之间的关系作者曾说明道："……众所周知这是一首带有自传性质的诗，因为这一天〈奉献节，2 月 16 日——洛谢夫注〉我的儿子诞生了。"*Интервью 2000. C.* 298）这些诗与诗集的整体抒情情节之间的联系对作者来说非常明显，这种联系也是读者阐释文本时的分析对象。HCKA 的读者也发现了这本诗集中的隐喻性密码，这种密码在单独阅读某一首诗的时候是无法察觉的。例如；"风"（你）而"树林、小树林、风景"（我）。为 HCKA 所做的一系列后记，都成为了诗歌本身，《亲爱的，今晚我迟迟走出家门……》（№ 371）和《面孔变丑的女友住在乡下……》（№ 401）。

某位评论家把 HCKA 当做"自由的、浪漫的、'新的'、由诗歌体短篇小说镶嵌而成的长篇小说，而完全不是散文"来读（А. Копейкин. Заметки о шестой книге Иосифа Бродского // Континент. 1983. № 38. С. 387）。参见如下：В. Бетаки. ［Рецензия］// Стрелец. 1985. № 4；Ю. Кублановский. На пределе лиризма // Русская мысль. 1983, 11 августа. № 3477；Лиля Панн. «Альтранатива〈sic〉Иосифа Бродского» в：*Иосиф Бродский и мир.* С. 54—64。

186. *Песенка*（《儿歌》）。HCKA。

Перстеньки из рывья.（嵌宝石的金戒指。）Рыжьё（俗语）——黄金。

187. *Ночной полет*（《夜航》）。Эхо. 1978. № 1. 手稿——РНБ。

В брюхе Дугласа（在麦道的肚子里）美国麦道型（Douglas）靠马达发动的运输飞机，在第二次世界大战的年代里，曾提供给俄罗斯，战后还使用了很久。比较"……在飞鱼的肚子里/我摆脱了凶恶的追杀者"，见阿赫玛托娃《没有主人公的叙事诗》的

"尾声"。

на одной из шестой.（在地球六分之一。）参见《美好时代的终结》的注释（№ 87）。

в Быково（在贝科沃）——莫斯科的飞机场，服务于国内航班。

188. *«В твоих часах не только ход, но тишь...»*（《你的钟不仅在走，而且寂静……》）。Воздушные пути. 1967. № 5.

189. *«Ты — ветер, дружок. Я — твой...»*（《你是——风、亲人。我是——你的……》）。НСКА.

190. *«Что ветру говорят кусты...»*（《灌木丛对风说着什么……》）。ЧР - 2/3.

191. *«Черные города...»*（《反革命城市……》）。НСКА.

Камерный Айболит.（监狱里的医生艾伯利特。）"艾伯利特医生"——К. 丘科夫斯基的故事《艾伯利特》中的主人公（1929）。行话中的"艾伯利特"——"大夫"，在这里是监狱（囚室）的大夫或精神病院的医生，抒情主人公是被强迫送进那里的。

Горе—есть демократ.（忧伤——是民主主义者。）比较"我只有怀着忧伤才感觉到共同责任"（《我代替野兽走进笼子……》）（№ 337）。

Чтобы не только Бог 〈...〉 слится с пейзаем мог.（但愿不只是上帝〈……〉能与景色融为一片。）比较"渴望与上帝融合，

如同与景色融合"（《和天人交谈》，№ 88）。

193. «Ветер оставил лес...» （《风离开森林······》）ЧР－2/
3。手稿——*РНБ*，注明的年份："1964"。

195—196. Из «Старых английских песен» （《选自〈英国
老歌〉》）。

1. «Заспорят ночью мать с отцом...» （《夜里母亲和父亲争
执起来······》）ЧР－2/3。参见《冬天的婚礼》的注释（№ 7）。
手稿——*РНБ*。

200. «Как тюремный засов...» （《像监狱大门的门闩······》）。
Воздушные пути. 1967. № 5. 手稿——*РНБ*。

*Боль разлуки с тобой/вытесняет действительность равнзю/
не печальной судьбой, /а простой Архиметовой правдою.*（与你分
手的悲伤/挤走的现实不是/同样凄凉的命运，/ 而是简单的阿基
米德公理。）参见《致一位女诗人》的注释（№ 67）。隐喻基于
在学校里熟记的"阿基米德定律"（流体静力学的基本定律）：
对浸入液体的物体起反作用的力等于被物体挤出的液体的重量。

202. « Шум ливня воскрешает по углам...» （《倾盆大雨的
喧嚣响彻各个角落······》）ЧР－2/3。手稿——*РНБ*。

Салют мимозы.（含羞草的敬礼。）参见 "······灌木〈······〉
像猛烈的爆炸······" 的注释，见《以撒和亚伯拉罕》（№ 13）。

*У задержавшей на гитаре взгляд/пучок волос напоминает
гриф.*（把目光停留在吉他上/一小束头发像鹰首。）参见《你，

缠着蛛网般琴弦的吉他状的……》的注释（№ 259）。

205. *Зимняя почта* (《冬季邮政》)。Эхо. 1978. № 1. 手稿——*РНБ*。

这首诗的名称应该成为诗集的书名，诗集是为"苏联作家"出版社准备的（参见注释的导引杂记，见 *ОВП*）。

Ходики, оставив в стороне/от жизни два кошачьих изумруда. （简易挂钟使两颗/猫眼绿宝石不介入生活。）在廉价的挂钟——"简易挂钟"上往往画着猫脸，猫眼随着钟摆的摆动而转动。比较阿赫玛托娃："两颗绿宝石闪了闪。猫就喵喵叫"（《记忆中的地下室》，1940）。另比较"马形的绿宝石一闪"（《你将在黑暗中疾驰，沿着一望无际的寒冷的丘陵地带……》，№ 10）。

206. *Псковский реестр* (《普斯科夫登记表》)。*НСКА*. 手稿——*РНБ*（片段）。

其他的版本有副标题"（为 М. Б. 而作）"，放在这里未免多余。诗中描述的去普斯科夫和伊兹博尔斯克之行实现于 1962 年 2 月至 3 月。"登记表"没有提及那时作者已经结识了 Н. Я. 曼德尔施塔姆——布罗茨基的有关回忆参见：*Интервью 2000*. С. 523 – 524。

"印刷本之一的英语名称是：'Wishes to my（supposed）mistress'——'祝福我的（拟议中的）情妇'——在我们的版本中名称下面的是：'Кссссс!'。作者在 1972 年确认上面援引的"《普斯科夫登记表》的正确性。〈……〉在老版本之一中〈…….〉有迈拉赫的手迹：1964 年夏。看来这是准确无误的。"В. Р. 马拉姆津的附注（*МС*. Т. 2. С. 36 второй пагинации）。

Семейство Найман.（奈曼的家庭。）作家 А. Г. 奈曼（生于 1936 年）和他的第一任妻子艺术学家 Э. Б. 科罗博娃都是布罗茨基的亲密朋友，曾与他和 М. Б. 常去普斯科夫。

Музей, /《Мытье》Шагала. （展览馆，／沙加尔的"沐浴"。）在被描述的这个时期，俄罗斯先锋派大师的作品，只有凭特别许可证才能在展览馆的展品储藏室或偶然在外省的展览馆里看到。在普斯科夫的艺术、历史和建筑展览馆里有马尔卡·沙加尔的一幅不大的 53 厘米×44 厘米的画《婴儿沐浴》（1916）。

От жара смелый.（来自热带的勇士。）"……我感冒了，体温升高了……"（同上。C. 523）。

мой ФЭД.（我的照相机。）苏联产的照相机（名称——费利克斯·埃德蒙德维奇·捷尔任斯基的姓名的缩写词 ФЭД；仪器以苏联秘密警察创始人的名字命名，因为最初的生产安排在劳改队）。

207. *Гвоздика* （《石竹》）。*НСКА*. 手稿——*РНБ*。

"这首诗还有一个变体诗名为《瓦斯喷嘴》。在草稿本№ 1，第 122 页上这个变体的底稿在 1964 年 12 月 9 日的笔记（第 120 页）和《悼 Т. С. 艾略特》，第 134 页（1965 年 1 月 12 日）上。因此它似乎不是像《石竹》那样写于 10 月，而是写于 12 月。可是草稿本里面有《石竹》的底稿，因而也有这样的可能性：《石竹》是后来写的，注明的日期是凭记忆估计的。这里将变体引述如下：

瓦斯喷嘴

М. Б.

有一天，我和你漂泊两地的时候，

在某个周五、周四、周六，

什么时候有病的头由于忧虑而

越发沉重，不能

垂在我的胸前——又很久没有书信，

而内心不愿中断

也不愿让钟的滴答声盖过布雷盖怀表，

那么遥远，完全听不见—

—拿着报纸在昏暗的窗边坐下

于是你发觉，在黄昏时分，

把自己的小斧子扔上月球后

闵希豪生男爵怎样向月亮上爬去。"

В. Р. 马拉姆津的注解（МС. Т. 2. С. 16 второй
пагинации）。

马拉姆津援引的变体有意思的是其中既与《石竹》，也与《你
呀，在我的话声停下的时候……》（№ 209）逐字逐句地吻合。这
允许我们认定面前的底稿增加了两首抒情诗：《石竹》，抒情主人
公是——作者，而《你呀，在我的话声停下的时候……》，抒情主
人公是——诗的收件人。

209. «*Тебе, когда мой голос отзвучит...*»（《你呀，在我的
话声停下的时候……》）。НСКА. 手稿——РНБ.

参见前面的注解。

брегет（布雷盖怀表）——瑞士生产的古董怀表闹钟。在这
里——只是怀表（或心的隐喻，正如前面的一个诗节）。

210. «Твой локон не свивается в кольцо…» (《你的一绺鬈发没有盘成团……》)。Р. Х. Д. 1977. № 123. 手稿——*РНБ*。

Как бабочка（не так ли?）на плече: /живое или мертвое оно ⟨…⟩ /связующее легкое звено/меж образом и призраком твоим.（好像蝴蝶［不是吗?］在肩上: /活的或死的它⟨. ……⟩/黏合你的形象和幽灵/之间的薄弱环节。）比较这个主题在《蝴蝶》中的发展（№ 130）。

211. *Румянцевой победам* (《献给鲁缅采娃的胜利》)。*Эхо.* 1978. № 1. 手稿——*РНБ*。

Заглаавие.（标题。）刻在方尖碑上文字的戏谑的迂说法，方尖碑立于彼得堡市瓦西里耶夫斯基岛上的鲁缅采夫街心公园（1799），纪念俄军在 П. А. 鲁缅采夫的指挥下所取得的胜利: "献给鲁缅采夫的胜利"。这首诗是写给塔季扬娜·鲁缅采娃，М. Б. 的女同学，她曾在 1964 年试图处理好布罗茨基和 М. Б. 的关系。

212. «Осенью из гнезда…» (《秋天从鸟窝……》)。*НСКА.*

215. «О, как мне мил кольцеобразный дым…» (《噢，我觉得环形烟多么美呀……》)。*НСКА.* 在 *МС.* 的 Т. 3、*СИБ－1* 和 *СИБ－2* 中名为《股市行情》。手稿——*РНБ*。

218. «Колокольчик звенит…» (《铃声响了……》)。Russica－81.

Колокольчик звенит —/предупреждает мзжчину/не пропустить

годовщину.（铃声响了——/ 预告男人/不要错过周年纪念。）铃声（在这里是）——野花。周年纪念日是 М. Б. 的生日（参见这首诗下面注明的日期，不过根据列宁格勒艺术家协会官方制定的手册，应该是 7 月 20 日；比较《你，缠着蛛网般琴弦的吉他状的……》，№ 259）。

ромашка —неточный,/одноразовый, срочный/пророк.（洋甘菊——不准确的、/ 一次性的紧急/预言。）指的是用洋甘菊花瓣依次猜测"爱—不爱"。猜测者扯下花瓣依次重复"爱"和"不爱"。最后答案，是正好采下最后一片花瓣所重复的选择。

228. *«Раньше здесь щебетал щегол...»*（《从前的红额金翅雀这时在笼子里……》）*НСКА.* 手稿本——*РНБ.*

шебетал щегол/в клетке.（红额金翅雀这时在笼子里/唧唧喳喳。）参见《弗洛伦萨的十二月》的注释（№ 184）。

Шашки паркета, где/произошла ничья.（交际场所的跳棋上，那里/好不容易打成平局。）比较《秋天是美好的季节，假使你们不是植物学家……》中的类似形象（№ 447）。

233. *«Песчаные холмы, поросшие сосной...»*（《沙丘上长了一棵松树……》）。*НСКА.*

Из соседских дач/порой послыши то детский плач, /то взвизгнет ⟨...⟩ скрип уключин.（从邻家别墅里/时而传来孩子的哭声，/突然……听得见桨架吱吱作响。）来自勃洛克的诗《陌生的女郎》（1906），也与彼得堡北方的边疆区有关。勃洛克："郊外别墅的寂寞的上空"，"响起孩子的哭声"，"桨架的吱吱作响"，"女人的尖叫声"。

Лемешев из-под плохой иголки.（列梅舍夫从坏针下面。）
С. Я. 列梅舍夫（1902—1977）——驰名的歌剧男高音演唱家。
适配器的针（拾音器的针）要定期更换，以保持留声机唱片的
优质演奏。

*Пасынок природы, хмурый , /финн, извлечь/плывет извлечь
свой невод из глубин.*（大自然的弃儿，愁眉苦脸的芬兰人，/洄水
从水深处取出自己的大渔网。）来自普希金的长诗《青铜骑士》
（1833）序诗的似曾相识的表现。普希金笔下："那些贫苦的芬兰
渔民，把一张张破旧的渔网撒进莫测深浅的海中……"

*Парус одинокой яхты, /чертя в дали прозрачную лазурь, /
вам не покажется питомцем бурь.*（孤帆在远方划出/清澈的蓝天，
不向你们/露出暴风雨的凶残。）令人联想起莱蒙托夫的《孤帆》
（1832）。莱蒙托夫："孤帆"，"比蓝天更明亮的细流"，"寻求
风暴"。

Устья Лахты.（海湾的乌斯季亚河。）不完全正确，因为不
存在海湾的河。浅海湾——彼得堡北郊居民区的名称，在芬兰湾
岸边，毗邻拉赫蒂河水泛滥所形成的三条小河尤多洛夫卡、卡缅
卡和格鲁哈尔卡。

Когда умру , пускай меня сюда/перенесут.（我死后你让人把
我从这里/抬走。）参见《新英格兰》的注释（№ 426）。

234. **«Помнишь свалку вещей на железном стуле...»**（《你
记得堆在铁椅子上的东西……》）。Континент. 1978. № 18.
С. 131. 收入 У。

Эпиграф.（题词。）来自阿赫玛托娃《三首诗》的第一首
（1944—1950）开端；阿赫玛托娃回忆在塔什干的住宅，从 1943

年 5 月住在那里，1944 年又回到列宁格勒。

Зима тревожит бор Красноносом, / когда торжество крестьянина под вопросом.（冬天以赤嘴潜鸭惊扰松林，/那时农民在有疑问的情况下展开隆重的庆祝活动。）两篇文选作品的雷同来自低年级学校所背熟的文字（涅克拉索夫长诗《严寒，红鼻子》的开端："不是风在松林上空怒号……"和普希金《叶甫盖尼·奥涅金》诗节二的开端："冬天！……农民兴高采烈……"），都发生在复杂伤感的隐喻结尾之前，基于学校的语法概念。

235. «*Повернись ко мне в профиль. В профиль черты лица...*»（《你转向我的侧面吧。脸型的侧面……》）。НСКА.

Профиль（侧面）——布罗茨基诗歌词汇中常见的一个词。在他的诗中遇到 48 次（Patera 2003；比较：阿赫玛托娃——9 次，曼德尔施塔姆——2 次，而且一次是在译文中）。对采访记者的问题，为什么他在自己手稿页边画的恰恰是侧面，布罗茨基回答："我想，这在某种意义上是发生于下意识，因为词本身是——侧面这种〈现象〉，它任务在于，揭示意义。此外〈诗人——〉是弹唱歌者，一个像鸟儿一样歌唱的人，而鸟儿〈……〉示人以侧面"（*Интервью 2000.* C. 611）。

236. *Строфы* （《诗节》，下称：С‑2）。Континент. 1978. № 18. 收入 У。手稿——*Beinecke*。这个诗节 22 的变体在 У 中是没有的。

参见 *ОВП* 中同名诗的注释，№ 34。参见：*Szymak-Reiferowa* 1998. S. 152‑153。

Кончить цикладской / вещью без черт лица.（以基克拉泽斯

的/没有面部特征的作品结束。）比喻在爱琴海中的齐克拉德群岛上被发现的被时间摧毁的古代群雕。

как сказал авиатор, /уходя облака.（正如飞行员消失于/云端时所说。）与 Б. 帕斯捷尔纳克的《夜》（1956）有似曾相识之处："飞行员在沉睡的世界上空，/消失于云端"。C‑2 的中心主题，时间的毁灭性作用，直接而论战性地涉及《夜》的最后一个诗节的名言："你别睡，别睡，艺术家，/不要屈服于睡眠。你是——永恒的人质/时间的奴隶。"也许，对帕斯捷尔纳克另一首诗的回声，《哈姆雷特》（1956，引自尤里·日瓦戈的几首诗），是紧接在后面的整个诗节 8。关于帕斯捷尔纳克对同样标题的诗（《分手时——默然无语……》）的影响参见诗节 34 的注释。比较人—人质的隐喻，以及文本中的脸型渐渐消失，见《瑞典音乐》，№ 270。

свинопас, /чей нетронутый бисер/переживет всех нас.（猪倌，/他的纯洁的小珠子/比我们所有的人都活得更长久。）俗语的迂说法"把小珠子扔在猪面前"；在这种情况下，小珠子——字母，由它们构成文字（这个题材在后面的两个诗节里展开）。

эльзевир（艾尔塞维尔体铅字）——古代的印刷活字之一（以 17 世纪尼德兰出版世家的姓氏命名）；在这里是换喻法，文字。

дурной карусели, /что воспел Гесиод（赫西俄德所颂扬的/恶劣的旋转木马）——对日历无限重复的循环所作的别有寓意的评语；古希腊（欧洲）第一位诗人赫西俄德在其长诗《工作与时日》中讴歌农历（公元前 7 世纪）。

песня сатира/вторит шелесту крыл.（讽刺的歌曲/响应着羽翼的窸窣声。）比较《诗节》（《分手时——默然无语……》，№

34）中相似地把收件人与天人作比较，而把作者比作——无论谁：*херувим и храпоидол*（基路伯和木头人）。

у боззрившихся с блюда（从小碟上盯着看）——即从宇宙的视角："小碟"——"飞碟"，幻想中的宇宙飞船。

мордатый〈…〉друг（大脸的〈……〉朋友）——大概是Л. 波利亚科夫，摄影师。

Вот конец перспективы.（这就是我们展望/的终结。）和"*дивные дивы*（令人惊讶的女演员）"的韵脚在一起，构成《美好时代的终结》（№ 87）的自我援引。

жрецы Элевсина.（埃莱夫西诺斯的祭司。）在古希腊离雅典不远的城市埃莱夫西诺斯，有一个著名的殿堂，那里举行仪式（秘密的宗教仪式），纪念得墨忒耳和波塞冬（分别为丰收女神和海神）。

знаменитый всхлип（有名的啜泣声）——暗示经常被援引的（值得称道的）T. С. 艾略特的《内心空虚的人们》的名言（1925）："This is the way the world ends/Not with a bang but a whimper"（"瞧，世界是怎样结束的——/不是毁于爆炸，而是毁于啜泣声"）。

259. **«*Ты, гитарообразная вещь со спутанной паутиной...*»**（《你，缠着蛛网般琴弦的吉他状的……》）*ЧР - 1* С. 3（参见《我踩了多久，看看鞋后跟就清楚……》的注释 № 265）。

日期——М. Б. 的生日，布罗茨基是记得的（另一首诗下面注明的日期"7 月 21 日"，比较《铃声响了……》№ 218，列宁格勒艺术家协会手册中的日期是另一样的——7 月 20 日）。《极地考察者》注明的也是这个日期，№ 287. 布罗茨基在英语译文中给予这首诗一个意味深长的标题：*Minefeld Revisited*（《回到雷区》)。

гитарообразная вещь со путаыной паутины/струн, продолжающая коричневеть. (缠着蛛网般琴弦的吉他状的/东西，在客厅里继续变成褐色。) 一般将女性侧影比作吉他，或反之，将吉他比作女性侧影——公式化了（在因特网上很快找到两打例证）。它见于 20 年代两首风行一时的诗歌作品——约瑟夫·乌特金的诗《吉他》（1926；"我也在背后/带着亲爱的吉他/那女性身影穿过/战斗的风暴"）以及伊利亚·谢尔文斯基的史诗《乌利亚拉耶夫性格》（1924；"也按吉他的女性身影来说/带着奔放的琴弦——秘书"）。布罗茨基在这里和《倾盆大雨的喧嚣响彻各个角落……》（№ 202；"把目光停留在吉他上/一小束头发像鹰首"）中——这个联想把先锋派彩色写生艺术联结起来。像女性身影的弦乐器——乔治·布拉克（Braque, 1882—1963）的立体派结构中常见的情节。这些油画的基本色调是——褐色。

белеть а ля Казимир на быстиранном просторе. （而卡济米尔却在清洁的大地上变白。）卡济米尔·马列维奇（1878—1935）。俄罗斯画家和艺术理论家。1920 年代在马列维奇为数众多的列宁格勒学生中也有 П. И. 巴斯马诺夫，"М. Б."——布罗茨基抒情诗的主要收件人的父亲，还有 В. В. 斯捷尔利戈夫，在 1950 至 1960 年代也同样地成了地下先锋派艺术家的教师，这一流派其中包括 М. Б.。这样一来，马列维奇的创作和思想曾是诗人圈子里经常讨论的题目（阿姆斯特丹现代艺术博物馆 [Stedelijk Museum] 对马列维奇在西方的推广中起到了重要的作用，其科学助手是阿达·斯特鲁韦 [Ada Stroeve]，布罗茨基的朋友，参见《在卡列尔·威林克的展览会上》的注释，№ 336）。一些列"在白的上的白的"结构是马列维奇在 1919 年创造的。

极简派艺术配色的精神上的试验在二十世纪六十年代被讨论，与之相关的还有 B. 魏斯贝格和一些俄罗斯画家—先锋人物于 1968 年出版的"白色沿着白色"的素描。甲壳虫乐队的《白色专辑》（这张专辑并没有正式名字，最后，甲壳虫乐队的专辑名字没有印在专辑的白色封套上，而是印上了乐队的名字"Beatles"，这样就同以前的专辑满眼花哨的封套形成鲜明的对照）。在马列维奇的颜色的象征意义中，白色起着特殊的作用："画布的白的底色就是被想象为空间，然而含义不是'天空'或可以望到的深度，而是无限的宇宙空间"（С. М. Иваницкий，«Малевич в Третьяковской галерее» в кн.：Kazimir Malevich［catalogue No. 277］. Stedelijk Museum，Amsterdam，1989. С. 41）。比较 B. B. 斯捷尔利戈夫在 1960—1970 年代的陈述："白的正方形在白的正方形上。某时、某地、某个角落有一个小矮子正确地考虑到普遍真理的一个片段并把它体现出来。他写下白的在白的上面。白的正方形在白的正方形上面。这不是对真理的最纯正的态度的典范吗……白的在白的上面！现代最离奇的花朵！就拿两种态度来说吧，我要说，您是彩色画画家吗？"（B. B. Стерлигов. Дух дышит, где хочет. СПб.：Музеум，1925. С. 44，39）在 1916 年访问马列维奇的工作室之后，B. 赫列勃尼科夫写道："我又在彩色写生领域看到时间存在于指定的空间。在这位画家的意识里白色和黑色时而在彼此之间进行真正的战斗，时而销声匿迹，把地方让给纯粹的面积"（同上。С. 159）。白色和黑色的时空象征意义，早已为布罗茨基所掌握：比较"'土壤是黑的。'——'噢，不，它是白的……'"等见于未写完的青年时代的长诗《百年战争》（Звезда. 1999. № 9），在《献给雅尔塔》里幻想白色世界（№ 85），"白的在白的上面，好像卡济米尔的梦想"（《罗马哀歌〈XI〉》，№316），雪被好像空间的最佳外貌（《我不是疯了，而是一个夏天累了……》；№182），创造性自我实现的不变的动机好像黑的在白的上面（参见《致 Z. 将军的信》的注释；№84）。

看来很可能的是，梅尔维尔的长篇小说《莫比·狄克，或白鲸》第 17 章"白鲸"对年轻诗人的想象所起的巨大作用是探讨白色的象征意义："〈白色〉是宗教开端的意义重大的象征，甚至也正是基督教真正崇拜的对象，同时又加重人类所恐惧的一切。〈……〉无神论全色的无色是人力所不及的……"（Герман Мелвилл. Моби Дик, или Белый кит, М.：Художественная литература, 1967. С. 227 – 228；另参见《玻璃瓶里的信》的注释，№69，和《献给新的儒勒·凡尔纳》的注释，№279）。

比较"与光学的教导相反，对布罗茨基而言，白色不是颜色的齐全，而是它的完全缺失"（Лотман 1998. С. 204）。另参见《极地考察者》的注释，№287。

спой мне песню.（你为我唱一首歌吧。）这个标准的句子在这里是援引普希金的诗"冬天的晚上"（1825），把"你，缠着蛛网般琴弦的吉他状的……"与这个句子联结起来的是怀旧情结，两个人在乡下的舒适的藏身之地，有酒的傍晚（比较《预言》中普希金那同样的潜台词；№29）。

расческа/ в кулаке дрессировщика-турка.（梳子/握在土耳其驯兽师的拳头里一样。）尽人皆知的杂技节目"狗—数学家"，其基础在于狗拥有远比人类灵敏的听觉，以吠声反复向训练狗的人发出讲堂里听不到的音响信号，例如，借助于藏在口袋里的梳齿噼啪作响。

над Ковалевской.（在科瓦列夫斯卡亚的上方。）C. B. 科瓦列

夫斯卡亚（1850—1891），数学家。

звезны салюта 〈...〉 *и стоят графины кремлем на ткани.*（礼炮的星光〈……〉长颈玻璃瓶像克里姆林宫一样立在丝绸上。）用节日摆着酒瓶的餐桌，及在餐桌的上方打开香槟，比拟节日放礼炮瞬间的红场，——比较"……小桌上的/药品好像克里姆林宫一样/铺开……"见《哀歌》（《始终不渝是安置原则的进化……》）（№ 368）。

260. *Элегия*（《哀歌》）。Russica‐81.

багажу/под холодными буркалами.（行李/在冷冰冰的眼睛下面。）所指的是"眼睛下面的眼袋"。Буркалы（俗语）——眼睛。

не бздюме（俗语，粗话）——你别怕。

достижения Мичурина.（米丘林成就。）И. В. 米丘林（1855—1935）。园艺育种家，因自己的植物杂交品种而闻名。

Мы — только части/крупного целого, из коего вьется нить/к нам, как шнур телефона, от динозавра/осталяя простой позвоночник.（我们——只是/巨大整体的部分，有一条线从它那里/向我们蜿蜒而来，好像电话塞绳，从恐龙/身上留下平常的脊柱。）比较特写《去伊斯坦布尔旅行》29章中的相似议论（1985；*СИБ*‐2. Т. 5. С. 302‐303），而且随笔《献给脊柱》的开端也是一样（1978；*СИБ*‐2. Т. 6. С. 57）。类似的演化情节见于《潟湖》（№ 132），《Aere perenniua》（№ 460），而在爱情—怀旧的语境里，正如在此处，见《不冻港本都岸上的……》（№ 79）。

261. *Горение*（《亮光》）。Контимент. 1983. № 36. 手稿——*Beinecke*。

"《亮光》——俄罗斯爱情抒情诗的最优秀的创作之一——恰恰对抒情诗而言，最崇高的感情和色情的纠结是罕见的。〈……〉看来，在本国的诗中'反叛的快意'初次被颂扬为天地之间的上帝之光"（*Баткин 1997. С.* 179）。评论家还没有注意到俄罗斯抒情诗中的一首著名的诗——帕斯捷尔纳克的《冬夜》（1948），完全基于混淆神圣的天主教形象和色情形象，而且帕斯捷尔纳克这首诗中的叠句是关于光的诗行——"蜡烛在桌子上燃着，／蜡烛亮着"。

Назорею б та страсть／воистину бы воскрес!（但愿拿撒勒激情满怀，／真的复活了！）拿撒勒——把自己献给上帝的人，是圣徒；在这里是——耶稣基督（《约翰福音》第 19 章，第 19 节）。这几行引起了亵渎的指责（参见：Континент. 1985. № 43. С. 380）。

Как менада пляши／с закушенною губой.（好像跳舞的迈那得斯／带着咬伤的唇。）迈那得斯（巴克坎忒斯），"狂妄从事"（希腊语），把自己引向纪念狄俄尼索斯（又名巴克科斯）的狂热舞蹈；按照神话，迈那得斯曾折磨伟大的唱诗者俄耳甫斯。"我们在'光'里感觉到——按现代的方式——来自普希金的迂说法。'感性的激情、狂妄、震怒、／呻吟，年轻的巴克坎忒斯的叫喊……'在普希金之后又过了一年半，仿佛无意中给他的简短答话（他——代替女子'巴克坎忒斯'，是'迈那得斯'！）"（*Баткин 1997. С.* 179）。А. М. 兰钦把这个形象溯源至巴秋什科夫的《致巴克坎忒斯》（1815）和曼德尔施塔姆的抒情诗："巴秋什科夫假想的巴克坎忒斯的诗意形象被具体化，'咬伤的唇'相当于葡萄的紫红色的唇〈……〉咬伤的嘴预示着布罗茨基的文句是来自〈……〉曼德尔施塔姆的诗：'在慌乱中／咬伤

温柔的樱桃小嘴……'(《我和别人一样……》)"（*Ранчин 2001. C. 68*）。

Тот, кто вверху еси, / да глотает твой дым!（在你上面的那个人，/还吞咽你的烟！）"在你上面"——祈祷"我们在天上的父"开端的迂说法："我们在天上的父，你在天堂……"（教会斯拉夫语）；在《圣经》时代认为，在祭坛上烧掉的祭品上方冒的烟，会把祭品带给上帝。

263. *Келломяки*（《克洛米亚基》，下称：*K*）。Континент. № 36. 1983. 收入 *У*（没有诗行 IX 和 X）。手稿——*Beinecke*。在 *У* 没有收入的诗行 IX 和 X，在 *HCKA* 中有，并且在 *СИБ* 得到了恢复。

Келломяки（克洛米亚基，Kellomäki——"有钟楼的小山丘"）——芬兰湾岸边的别墅区，往北离列宁格勒 50 公里，1945 年更名为科马罗沃以纪念植物学家科马罗夫。别墅区内坐落着作家创作之家和几十座别墅，那是 40 至 50 年代为列宁格勒的学者建造的（所谓的"科学院专区"）。布罗茨基曾一再造访生物学家 Р. Л. 贝格的别墅（在别墅彻底翻修后，现属于 2000 年诺贝尔奖获得者物理学家 Ж. 阿尔费罗夫）。诗里所描写的恰恰是这个创作之家。阿赫玛托娃从 1955 年到 1965 年在科马罗沃度夏，她也就葬在科马罗夫家族的墓地上。布罗茨基在科马罗沃与阿赫玛托娃相识并多次在那里拜访她（参见《致 А. А. 阿赫玛托娃》的注释，№ 20）。关于这首诗，参见：杰拉尔德·史密斯，«Версификация в стихотворении И. Бродского "Келломяки"»（*Поэтика Бродсково*）。

в дюнах, отобранных от чухны.（在夺自楚赫纳人的岸边沙

丘里。）芬兰地峡，包括波罗的海岸边的滨海村镇，根据战后 1939—1940 年与芬兰的和平条约均归苏联所有。

В маленьких городах.（在一些小城市里。）起首第三个诗节的这个开头又见于倒数第三个诗节。参见《八月》的开头（№ 461）。

от тебя оставались лишь губы, как от того кота.（你只剩下了双唇，正如那个公猫。）变成俗语的荒诞派的片段，出自刘易斯·卡洛尔的书《阿利萨在奇异的国家》：柴郡的公猫走了，不过他把微笑留下。

Эта скворешня пережила скворца.（这只椋鸟比灰椋鸟活得更长久。）阿赫玛托娃《滨海十四行诗》（1958）开头几个诗行的迁说法："这里人人都比我活得长久，一切，甚至半死不活的椋鸟……"。

В середине жизни, в густом лесу.（在生命的中期，在茂密的森林里。）《神曲》开头几行的迁喻（参见《致玛丽·斯图尔特的十四行诗20首》第三首的注释，№ 137）。

Но прошедшее время вовсе не пума.（然而在过去时决不是美洲豹。）在但丁《神曲》的开端，但丁在树林里碰上了豹子。

точка в пространстве есть точка "а" / и нормальный экспресс, игнорируя "б" и "с" ⟨...⟩ вода из бассейна вытекает.（空间的一个点是"а"/而正常的快车故意不理会"б"和"с"⟨……⟩水从游泳池里流出。）中小学教科书的数学题往往是："火车，从 А 点移动到 Б 点"和"排水管 А"，经过后者把游泳池灌满，而"排水管 Б"，水经过它流出来。布罗茨基混用这些文字的若干片段。比较几首诗中的类似形象，如《学龄儿童读物》（№ 28，204）和《拜占庭的》（№ 440）。

урок/лобачевских полозьев.（洛巴切夫/简单的雪橇课。）参见

《美好时代的终结》的注释（№ 87）。

Маклай.（马克莱。）Н. Н. 米克卢霍－马克莱（1846—1888），俄罗斯旅行家，民族学家，研究新几内亚，马六甲，密克罗尼西亚和美拉尼西亚居民的文化。

общий локоть〈…〉, *которого ни тебе, ни мне, / не укусить.*（相同的胳膊肘〈……〉你也好，我也好/反正咬不着。）布罗茨基在谈话中常用的俗语"咬胳膊肘"（由于懊丧，绝望）的迂回法。

дверь, / которая〈…〉/ *годится только, чтоб выйти вон.*（侧门。/不过〈……〉/它的用处只是走出去。）这个结尾套用 1968 年的诗《六年后》的结尾（№ 37，227）。

263. *«То не муза воды набирает в рот...»*（《那不是缪斯一声不吭……》）。Russica－81. 手稿——*Beinecke*。

«Варяг»（"瓦良格"）——俄罗斯传奇的巡洋舰，舰长于 1905 年宁愿击沉自己的军舰，也绝不投降成为日军的俘虏。

264. *«Я был только тем, чего...»*（《我只是你曾用手掌……》）。Russica－81. 手稿——*Beinecke*。

"这首诗（《我只是你曾用手掌……》）作者赋予特殊地位，把它置于诗集的末尾，这是唯一由他亲自规划的诗集。诗定向于最崇高的典范。好像普希金在《先知》中描述'第二次出生'，不过在普希金那里，获得创造力的是——听觉、视觉、嗓音——来得好像宗教禁欲主义启示的结果（'在荒漠中'等等），这是六翼天使带来的启示，而在布罗茨基笔下，则是宗教色情的启示，体现者是情人"（*Лосев 1995. С. 290*）。诗的尾部（"天体是这样创造的……"等等）——清晰的回声，来自柏拉图的宇宙爱力思想和关于天文力学的超验想象，把万有引力解释为天体的互爱——比较但丁《神曲》的最后一行："爱，驱动太阳和天体"（译者 M. 洛津斯基）。

Я был только тем, чего/ты касалась.（我只是你曾用手掌/触及的那个人。）依据 C. 甘德列夫斯基在和注释者对话中的推测，这，也许是有意或下意识地响应 A. Г. 奈曼的诗《浪漫曲》（1963；Анатолий Найман. Облака в конце века. Tenafly, New Jersey：Эрмитаж，1933. C. 50），那里的第一行是"我期待着你的爱……"。

Joseph Brodsky
COLLECNED POEMS
Copyright © 2018，The Estate of Joseph Brodsky
All rights reserved.
Simplified Chinese edition copyright © 2021
by SHANGHAI TRANSLATION PUBLISHING HOUSE（STPH）

图字：09－2012－802 号

图书在版编目（CIP）数据

布罗茨基诗歌全集. 第一卷. 下／（美）约瑟夫·布
罗茨基（Joseph Brodsky）著；娄自良译.—上海：
上海译文出版社,2020.12
书名原文：BLIOTEKA POETA by Joseph Brodsky
（UKWYI）MS
ISBN 978－7－5327－8687－9

Ⅰ.①布… Ⅱ.①约… ②娄… Ⅲ.①诗集—美国—现代
Ⅳ.①I712.25

中国版本图书馆 CIP 数据核字（2021）第 041939 号

布罗茨基诗歌全集 第一卷 （下）
［美］约瑟夫·布罗茨基 著 娄自良 译
策划／冯涛 责任编辑／刘晨 装帧设计／小阳工作室

上海译文出版社有限公司出版、发行
网址：www.yiwen.com.cn
200001 上海福建中路 193 号
江阴市机关印刷服务有限公司印刷

开本 889×1194 1/32 印张 18.75 插页 6 字数 270,000
2021 年 10 月第 1 版 2021 年 10 月第 1 次印刷
印数：0,001—8,000 册

ISBN 978－7－5327－8687－9/I·5367
定价：178.00 元